AF300884

(K)EIN

FÜR EINE

ROMAN

Katie MacAlister

Über die Autorin

Als Kind war die US-amerikanische *New-York-Times-*, *USA-Today-* und *Publishers-Weekly-*Bestsellerautorin Katie MacAlister eine Leseratte. Einmal in der Woche ging sie in die Bibliothek, um anschließend ihre Zeit im Bann der ausgeliehenen Bücher zu verbringen. Auf die Idee, selbst Romane zu schreiben, kam sie allerdings erst, als sie einen Softwareratgeber verfassen musste und sich dabei mit der Trockenheit des Stoffes quälte. Seither hat Katie MacAlister sich auf Romane spezialisiert, die sowohl im Heute als auch in der Vergangenheit spielen können. Besonders ihre paranormalen Romanzen, in denen Vampire die Hauptrolle spielen, oder die *Dragon-*Reihe sind inzwischen weltweit bekannt. Ihr Zuhause teilt sie sich mit einer Katze und zwei Hunden.

Vorwort

Dieses Buch ist eine Merkwürdigkeit (auf vielerlei Art, aber wir haben die meisten von ihnen umschifft), besonders weil ich, während ich es innerhalb von sechs Tagen schrieb, regelmäßig in der nun nicht mehr funktionierenden Shoutbox aufkreuzte, in meinem Nachrichtenforum, und gegenüber den Damen, die dort gerade unterwegs waren, in manisches Gelächter ausbrach.

Zum Glück sind sie vertraut damit, wie gestört ich bin, wenn die Muse mich in ihrem Klammergriff hält und sie haben nicht nur meine Überdrehtheit ertragen, sondern sie haben mich auch ermutigt, weiterzumachen. Dieses Buch ist den Damen der Shoutbox gewidmet, besonders Janet Avants, Sara Bates und Vinette Perez als Auszeichnung für ihren Heldenmut im Angesicht einer halb-hysterischen Autorin.

Kapitel eins

Der Mann vor ihr war verrückt. Entweder das, oder er hatte eine Art von Anfall, der es mit sich brachte, dass er auf und ab hüpfte und wild gestikulierte, während er wie ein Wasserfall redete. Die Worte kamen mit einer solchen Geschwindigkeit, dass sie alle in einem dichten und unverständlichen Strom mündeten.

Nicht dass Harry die Worte verstanden hätte, selbst wenn der Mann langsamer gesprochen hätte. Sie stand von der hölzernen Sitzecke auf, auf der sie gesessen und den Frieden der linden Mittelmeernacht genossen hatte. „Die Versuchung, etwas von wegen ,babylonische Sprachverwirrung' zu sagen, ist fast überwältigend – das ist Ihnen klar, oder?", fragte sie den Mann.

Er machte weiter mit seiner Routine aus Hüpfen, Gestikulieren und Plappern, dieses Mal fügte er noch eine merkwürdige zupfende Bewegung am Saum ihrer Leinentunika hinzu. Sie schaute sich um, fragte sich, ob sie etwas falsch verstanden hatte. „Ich darf nicht hier sein? In diesem Garten ist für uns Zutritt verboten? Derek sagte, es wäre der Gartenbereich auf der anderen Seite des Hauses, der für die Gäste reserviert wäre. Habe ich das falsch verstanden?"

Der kleine Mann – und er war klein, mehr als zwanzig Zentimeter kleiner als ihre stabilen eins achtzig – hatte offensichtlich genug von ihrer Begriffsstutzigkeit, denn er ergriff ihr Handgelenk und zerrte sie in Richtung des riesigen Klotzes von Haus.

„Ist das Kind in den Brunnen gefallen?", fragte sie, ein kleines Lächeln huschte über ihre Lippen, bevor ihr Blick von dem Mann, der ihr vorkam wie einer der Bediensteten, zum Haus selbst wanderte. „Nur dass ‚Haus' eine ziemliche Untertreibung als Beschreibung ist, oder etwa nicht? Es ist mehr ein Palast. Häuser haben keine Seitenflügel – Paläste schon. Und es wäre eine Herausforderung, ein Haus zu finden, ganz für sich alleine, auf seiner eigenen griechischen Insel. Nein, mein Herr, das ist einfach ein ausgewachsener Palast, und obwohl ich davon ausgehe, dass Sie einen guten Grund haben, mich dorthin zu zerren, sollte ich Sie darauf hinweisen, dass die einzigen Leute, die in diesen palastartigen Anlagen übernachten, Gäste sind, und ich begleite die Band. Wir haben den kleinen Bungalow an dem Ende der Insel, wo die Bediensteten wohnen. Hallo? Sie sprechen wirklich kein einziges Wort Englisch, oder?" Harry seufzte.

Der Mann zog sie weiter durch einen sehr hübschen Garten, der bepflanzt war mit süß duftenden, blühenden Sträuchern aus der Mittelmeerregion, die ihr unbekannt waren, schönen Hecken, und hübschen neoklassischen Statuen. Die Nachtluft war mild; der schwere Duft von einigen Blumen mischte sich mit dem schärferen, und ihrer Meinung nach, angenehmeren, Duft des Tangs. Es war alles so, wie sie sich das private Inselparadies eines reichen Mannes vorgestellt hatte. Nun, mit der Ausnahme des zähen, kleinen Mannes, der ihr Handgelenk umklammert hielt.

„Darf ich mich nicht einfach ruhig irgendwohin setzen?", fragte sie den Mann. „Ich verspreche, dass ich niemanden belästigen werde. Ich glaube nicht, dass ich dazu in der Lage wäre – ich habe einen solchen Jetlag, ich kann noch nicht einmal klar denken. Schauen Sie, da ist eine schöne kleine Bank in einer Ecke neben der Statue des Typen mit dem ziemlich großen Schwanz. Ich wäre niemandem im Weg. Ich werde einfach da drüben sitzen und über seine gigantischen Genitalien nachdenken und alles ist gut."

„Harry!", ein Mann tauchte plötzlich an einem Fenster auf, hängte sich über die Brüstung und winkte hektisch, „da bist du ja! Beeil dich!"

„Derek, was tust du im Haus?" Harry presste die Lippen zusammen beim Anblick des jungen Mannes. „Du hast gesagt, wir dürften nicht in seine Nähe kommen, während die Gäste hier sind."

„Das ist jetzt egal! Beeil dich!"

„Wenn du denkst, dass ich nichts Besseres zu tun habe, als um die halbe Welt zu fliegen, um deinen Hintern zu retten, weil du dich nicht an ein paar einfache Regeln halten kannst –"

„Nein, es geht nicht um mich", er trat vom Fenster weg, „es geht um Cyn! Sie ist angegriffen worden!"

„Was?" Der Ausruf überraschte den kleinen Mann, der immer noch ihr Handgelenk festhielt, sodass er es fallen ließ, als hätte es plötzlich Feuer gefangen. Adrenalin schoss durch sie wie ein schmerzhafter Stachel, Adrenalin und eine Wut, die sie fast auffraß. Sie sprang vorwärts, leichtfüßig setzte sie über die niedrige Steinbalustrade auf dem Patio und schoss wie der Blitz zum nächsten Eingang des Hauses und riss die französischen Türen auf. Sie legte keinen Stopp ein, um sich bei der kleinen Gruppe von Leuten zu entschuldigen, die um einen Billardtisch stand, als sie um die Männer und Frauen in eleganten Abendroben spurtete und zielstrebig durch die Tür hechtete, die in einen Hauptteil des Gebäudes führen musste.

Der kleine Bedienstete folgte auf dem Fuß bis in den Flur, der mit Marmor gefliest war, wo er weiß Gott wohin abdrehte. Harry war es egal – ihr Kopf war leer bis auf das Entsetzen, das in den Worten klang, die sich in ihrem Kopf wiederholten. Es geht um Cyn! Sie ist angegriffen worden!

„Harry, Gott sei Dank –“ Terry tauchte aus einem Seitenflur auf, gestikulierte zu einer ausladenden Treppe, sein Gesicht von Besorgnis verzogen. „Wir wussten nicht, wo du warst. Sie ist da oben.“

Harry schabte ein oder zwei Lagen von Glasur ab, als die beiden die scheinbar endlosen Stufen hinaufschossen; ein abgelenkter Teil ihres Gehirns fand es ironisch, dass sie ausgerechnet jetzt für ihre Größe und ihre langen Beine dankbar war. „Was ist passiert?“, keuchte sie, als sie oben ankamen, und Terry deutete nach links.

Er warf ihr einen besorgten Blick zu, sagte aber nichts. Derek stieß fast mit ihr zusammen, als er aus dem Raum schoss. „Hier rein! Harry, du musst etwas unternehmen! Dieser Bastard... er... er...!“

„Ich bringe ihn um, wer auch immer es ist“, sagte sie, während ihr das Blut in den Adern gefror bei dem Gedanken, welche Abscheulichkeit sich zugetragen hatte. Sie drückte Derek zur Seite und betrat den Raum, ihr Atem abgehackt, das Herz kurz vorm Bersten. Sie hatte den Ausdruck „rotsehen" zuvor schon gehört, aber sie hätte niemals gedacht, dass man das wörtlich nehmen sollte. Für einige Sekunden aber hätte sie geschworen, dass alles in dem Zimmer einen hässlichen roten Farbton annahm. Es war offensichtlich ein Schlafzimmer; ein schneller Blick ließ sie die üblichen Stühle erkennen, einen großen Schreibtisch mit passendem Kleiderschrank und ein großes Bett mit dünnen Vorhängen, die in der Brise wehten, die durch die offenen französischen Türen hereinkam. Ihre Aufmerksamkeit konzentrierte sich auf das Bett, als sie darauf zustürzte; sie nahm sofort eine der zwei zusammengesunkenen schluchzenden Gestalten in ihre Arme.

Vage nahm sie wahr, dass noch eine andere Person im Zimmer war, aber seine Identität verblasste zur Bedeutungslosigkeit. „Es ist alles gut, Cyndi. Ich bin jetzt hier", sagte sie und ihre Wut wurde größer, als die jüngere Frau an ihrer Schulter weinte. „Du wirst in Ordnung kommen. Wir werden denjenigen, der das getan hat, bezahlen lassen."

„Er ist bösartig! Er ist schrecklich!" Cyndi lehnte sich zurück, Tränen rannen aus ihren schon roten, blutunterlaufenen Augen. Sie war nackt, ein Betttuch umklammerte sie über ihren bloßen Brüsten, ihr Gesicht unverletzt, aber fleckig von den Tränen. Einige fies aussehende, wunde Flecken waren auf ihrem Hals und ihrer Brust, aber es war der quengelig verzogene Mund, der plötzlich eine Alarmglocke in Harrys Kopf angehen ließ.

„Was ist passiert? Hat dich jemand angegriffen?"
Cyndi holte tief und zitternd Luft und schaute kurz
über Harrys Schulter. „Ja! Na ja … Mehr oder weniger.
Er hat mich abserviert, Harry. Abserviert!"

Harry blinzelte einige Sekunden. „Er was?"

„Er hat mich abserviert, gemein und… und… hinter-
hältig. Ich kam hier in sein Zimmer, und ich dachte,
wir würden miteinander anbandeln, und alles lief wie
am Schnürchen, aber bevor wir zur Sache kommen
konnten, du weißt schon, es richtig machen konnten,
hat er mir gesagt, ich solle verschwinden. Einfach so!"

Harry fuhr sich mit einer zitternden Hand über die
Augen. Langsam normalisierte sich ihr Herzschlag
wieder. „Also bist du nicht angegriffen worden?"

„Verbal schon. Er hat mir gesagt, er wollte mit mir
keinen Sex, und dass ich verschwinden sollte, weil er
schlafen wolle." Cyndi gestikulierte zum Bett. „Wenn
das keine Beleidigung ist, jemanden ins Bett zu locken,
ihn auszuziehen, und ihn dann überall zu küssen,
bevor man demjenigen sagt, er solle verschwinden,
dann weiß ich nicht, was eine Beleidigung sein soll!"

„Er hat dich gelockt?"

„Ja! Nicht so sehr mit Worten, aber hat mich mehrmals heute Nacht angesehen, und eine Frau weiß, was
dieser eine Blick bedeutet", sagte Cyndi mit merkwürdig hochnäsiger Schüchternheit. „Er begehrte mich.
Also kam ich hier herauf und dann war alles wirklich
schön, bis er total verrückt wurde und mir sagte, ich
solle verschwinden. Das ist einfach nicht richtig, Harry. Es ist traumatisch! Du hast keine Ahnung, wie
traumatisch das ist, in jemandes Zimmer zu gehen, in
dem man vorhat, fantastischen Sex zu haben, und

dann einfach gesagt bekommt, man solle verschwinden, weil jemand schlafen will. Ich bin doch keine Schlampe! Ich sollte hier auch schlafen!"

Harry holte einen tiefen, tiefen Atemzug, um sich davon abzuhalten, dass junge, selbstgerechte Mädchen vor ihr zu erwürgen. Sie erinnerte sich daran, dass der einzige Zweck ihres Aufenthaltes hier darin bestand, auf die Kids aufzupassen und zuzusehen, dass ihnen nichts passierte. Ihr fielen die roten Striemen auf Cyndis Brust ins Auge und ein kleiner Funke von Wut brannte in ihrem Magen.

Sie drehte sich um, zog die lauernden Gestalten von Terry und Derek aus dem Weg. Amy hatte sich an letzteren geklammert, ihre Augen groß und besorgt. Auf der anderen Seite des Zimmers lehnte ein Mann betrunken an der Wand, er trug ein paar offensichtlich hastig angezogene Hosen mit offenem Hosenbund, sein Gesicht war schlaff und ausdruckslos, als er beobachtete, wie Harry auf ihn zukam. Er war ein klein wenig größer als sie, offensichtlich Grieche, mit dunklen Augen und dunklem Haar, und unter anderen Umständen hätte er sicherlich als klassische Schönheit gegolten, für die sie hätte tot sein müssen, um sie nicht wahrzunehmen.

„Ich habe in drei Teufels Namen keine Ahnung, was du ihr angetan hast, um solche Striemen zu hinterlassen, aber ich habe den Eindruck, dass es wichtig sein könnte, dich darauf hinzuweisen, dass sie gerade mal achtzehn Jahre alt ist. Hast du es nicht geschafft, sie aus dem Zimmer zu kriegen, ohne sie anzufassen?", fragte sie, und kämpfte gegen den Drang an, Cyndi oder den brünstigen Hengst vor ihr anzuschreien. Er musste einer der Gäste der Party sein – für die die Band mit großen Unkosten hergebracht wurde, um zu spielen –, aber in diesem Moment hätte es Harry nicht egaler sein können, wenn er der Besitzer dieses Sündenpfuhls gewesen wäre; sie wollte einfach nur Cyndi hier herausschaffen ohne ein weiteres Drama.

„Ich –" Der Mann blinzelte sie an, schluckte schwer, und stieß sich von der Wand ab, um einen Schritt vorwärts zu machen. „Die kleine Nutte hat sich mir an den Hals geworfen. Sie war in meinem Bett, hat auf mich gewartet. Ich hab sie nicht genagelt, wenn es das ist, was alle so aufregt."

„Nutte!", brüllte Cyndi und hätte sich auf den Mann gestürzt, wenn sie nicht in dem Bettlaken verwickelt gewesen wäre. „Du Bastard! Ich bin keine Nutte! Terry, was ist eine Nutte?"

„Es ist mir egal, wer hier wen versucht hat zu verführen. Du hättest wissen sollen, dass sie zu jung ist. Du hast einfach Glück, dass sie volljährig ist. Und offensichtlich bist du ein bisschen hart mit ihr umgesprungen, wenn du solche Striemen hinterlassen hast."

„Ich bin verletzt!", heulte Cyndi, die sich auf den Gedanken einließ. „Er hat mich verletzt! Er ist ein tierischer, schrecklicher Mann, der mich verletzt und beleidigt hat! Ich glaube, ich werde ohnmächtig."

„Du bist nicht verletzt, du kleine –" Klugerweise behielt der Mann das letzte Wort für sich, als Harry die Stirn runzelte. „Ich habe sie nicht verletzt."

„Oh mein Gott, ich blute!", heulte Cyndi in einer dramatischen Tonlage und klammerte sich an Terry fest. „Ich muss ins Krankenhaus!"

„Schau, das ist nun weit genug gegangen. Ich will einfach nur, dass du mir versprichst, um Cyndi für den Rest des Wochenendes einen Bogen zu machen, in Ordnung?", sagte Harry in einem Versuch, wieder Kontrolle über die Situation zu bekommen.

Der Mann schaute sie finster an. „Wer zum Teufel bist du, mir das zu sagen? Ich wette, ihr habt das alles hier geplant mit der kleinen Nutte, oder etwa nicht? Was für ein abgekartetes Spiel, eure Freundin hier raufzukriegen, die versuchen sollte, mich rumzukriegen, und dann vorgeben sollte, dass sie angegriffen wurde. Was habt ihr noch auf Lager? Erpressung? Das könnt ihr gleich vergessen, weil ich auf gar keinen Fall auf euren kleinen Plan hereinfallen werde."

Mit jedem Wort wuchs Harrys Wut. Oh, sie wusste ganz genau, dass Cyndi die Situation ausnutzte bis zum letzten Rest, genauso wie sie wusste, dass Cyndi ihm nachgelaufen war und nicht andersherum, aber seine Verleumdung brachte sie dazu, ihm einfach nur eins auf die Nase geben zu wollen. Hinter ihr hörte sie, wie sich die Tür öffnete, aber sie ignorierte es und sagte einfach: „Wer ich bin? Ich sag dir, wer ich bin. Ich bin dein schlimmster Albtraum."

„Ich weiß nicht." Er grinste auf diese anzügliche und Art, wie es Betrunkene tun. „Ich bin bereit, mich auf einen Versuch einzulassen. Ich wette mit dir, dass du ein paar Dinge weißt, die deine kleine Freundin nicht weiß."

Der Mann langte nach ihren Brüsten. Harry sah wieder rot, bevor sie seine Hand wegschlug und, so fest sie konnte, auf seinen nackten Fuß trat. Dann rammte sie schnell ihr Knie zwischen seine Beine. Als er sich mit einem Schrei krümmte, verpasste sie ihm, so fest sie konnte, ein blaues Auge. Sein Kopf ruckte nach hinten, sein Gesicht für einen Moment erstarrt in Schock und Schmerz, bevor er nach hinten zusammenbrach.

„Was zur Hölle ist hier los?!“, brüllte eine Stimme hinter ihr.

Sie wirbelte herum, um einen absolut wütenden Mann auf sich zukommen zu sehen. Sie blinzelte bei diesem Anblick, für einen Moment geplättet, dass solch eine glorreiche Version von männlicher Schönheit jenseits der Seiten von Hochglanz-Modemagazinen existierte. Er war sogar größer als der Mann, den sie gerade ausgeknockt hatte, gute zehn Zentimeter größer als sie selbst, mit einer breiten Brust, die kein bisschen versteckt wurde von einem schwarzen Seidenshirt, das am Kragen offen war, und dabei ein Stück bronzefarbener Haut enthüllte, das sie plötzlich lecken wollte. Die kleine Einbuchtung, wo sein Hals auf sein Schlüsselbein traf, lockte sie mit sündhafter Faszination, und sie starrte ihn an, für einen Moment verwirrt, fragte sich, was in aller Welt ihr Gehirn tat, dass es verlangte, dass sie diesen fremden, wenn auch schrecklich schönen Mann kosten sollte.

„Wer sind Sie?“, verlangte er zu wissen, seine schwarzen Augen glitzerten vor Zorn, der irgendwie bekannt aussah. „Was zur Hölle haben Sie mit meinem Bruder gemacht?“

„Ihr Bruder?“ Plötzlich waren aller Ärger und der ganze Zorn wieder da und erfüllte sie mit Selbstgerechtigkeit. „Ich habe ernsthaft in Betracht gezogen, ihn in einen blutigen Haufen zu prügeln. Du bist ein großer Junge – ich lass dich helfen, wenn du magst."

Ein dunkler Blick wanderte über sie auf eine Art, bei der ihr heiß und kalt zugleich wurde, der sie aber sofort als unter seiner Würde aussortierte. Er stieß sie zur Seite und marschierte dorthin, wo der andere Mann sich schwach an der Wand bewegte. „Ich glaube, der Ausdruck heißt ‚nur über meine Leiche'. Steh auf, Theo."

„Du willst auch auf meine Liste? Prima", schnaufte Harry und hätte ihre Ärmel hochgekrempelt, wenn nicht die Leinentunika, die sie trug, ärmellos gewesen wäre. „Du kommst als Nächstesr dran. Mach schon, Theo, steh auf, damit ich dir den Kopf abhacken kann."

Der große, unglaublich attraktive Mann hievte seinen Bruder auf die Füße, eine seiner Lippen kräuselte sich. „Du bist betrunken."

„Nicht betrunken", protestierte Theo, seine Augen glasig. „ Ich hatte kaum was. Diese kleine Hexe –"

Harry bewegte sich schneller, als sie sich jemals bewegt hatte, darauf aus, ihm das Wort direkt von den Lippen zu prügeln, aber der andere Mann hielt sie fest, als sie sich auf seinen Bruder werfen wollte.

„Wer zum Teufel sind Sie?", schnaubte er, sein Arm wie Stahl um ihre Hüfte.

„Den ‚schlimmste Albtraum'-Satz habe ich schon aufgebraucht", keifte sie ihn an, ihre Hände zu Fäusten geballt. „Aber du glaubst besser, dass ich das in der Tat bin!"

Er hielt ihre Faust auf, gerade als sie dabei war, ihm einen Schlag auf die Nase zu versetzen, und schubste sie zurück in die kleine Gruppe von Leuten, die neben dem Bett stand. Seine schwarzen Augen wanderten über sie alle. „Ihr seid nicht auf der Gästeliste. Was tut ihr hier?"

„Sie sind die Band", sagte Harry, während sie mit dem Daumen auf die vier wies, Cyndi nun aufrecht, eingewickelt in das Laken, dass sie in stummem Erstaunen zusammenpresste. „Die, die deine Schwester für ihren achtzehnten Geburtstag engagiert hat; ich nehme an, du bist der Besitzer dieses Hauses der Laster."

Die Augen des Mannes kehrten zu ihr zurück, Verachtung tropfte aus ihnen genauso wie aus seiner Stimme, als er sagte: „Du siehst ein bisschen zu alt aus, um in einer Teenieband zu spielen."

„Ich bin nicht alt", sagte sie und streckte sich. Hinter dem Mann brach Theo in einem Stuhl zusammen, beugte sich vor, um den Kopf mit einem Mitleid erregenden Stöhnen in seinen Händen zu vergraben. Sie verengte ihre Augen, als sie ihn ansah, und fragte sich, ob sie seinen Bruder lange genug ablenken könnte, um einen wirklich guten Treffer zu landen. „Ich bin gerade mal dreiunddreißig und ich bin ihr Manager. So ähnlich. Als Bevollmächtigte. Ich bin eigentlich Schriftstellerin, aber ich bin als ihr Manager eingesprungen, weil Timothy einen Blinddarmdurchbruch hatte und Jill musste bei ihm bleiben, weil sie den Termin für ihr erstes Kind hat, und es gab keinen anderen, der auf die Kids aufpassen könnte, also hat sie mich gefragt, ob ich für diesen einen Auftritt dabei wäre. Und, Idiot, der ich war, habe ich gedacht, wie schwer kann es sein, aufzupassen, während sie auf einer Party eines obszön reichen Ölmilliardärs spielen? Niemand hat mir gesagt, dass dein Bruder ein Trunkenbold ist, der nicht so viel Verstand hat, wie Gott einem Kartoffelkäfer gegeben hat!"

Harry starrte den Mann böse an, als der von seinem Bruder zu dem zusammengekauerten Mädchen schaute, das nun Gott sei Dank still war. Er nahm ihr zerzaustes Erscheinungsbild wahr, bevor er seine Augen auf Harry verengte. „Ich verdiene mein Geld mit Immobilienerschließung, nicht Öl."

Sie starrte ihn für einen Moment an: „Macht das einen Unterschied?"

„Tut es, wenn du glaubst, dass die Quelle meines Reichtums ein Grund für eine Beleidigung ist. Und zu dieser Situation" – er gestikulierte mit Abscheu zu Cyndi – „Theo musste niemals Gewalt anwenden, um eine Frau in sein Bett zu bekommen. Normalerweise ist es genau andersherum."

„Behaupten Sie, dass ich hier ganz alleine raufkam, ohne dass er mich zuerst gefragt hat?" Cyndi rang mit einem Seufzen nach Luft und deutete mit dem Kinn auf ihn. „Er hat mich gebeten, hier hochzukommen. Nicht so sehr mit Worten, aber mit seinen Taten."

Harry runzelte die Stirn. „Welche Taten?"

„Er hat mich zweimal angelächelt und mir einmal zugezwinkert und dann hat er meinen Arm berührt, als ich an ihm vorbeigegangen bin. Ich bin nicht blöd, wisst ihr! Ich merke schon, wenn ein Mann mich begehrt! Also bin ich hochgekommen, um auf ihn zu warten, weil es klar ist, dass er denkt, dass ich superheiß bin."

Harry schloss ihre Augen für einen Moment, dann nahm sie Cyndi beim Arm und unterdrückte den Impuls, sie zu schütteln. „Ich weiß noch nicht einmal, wo ich anfangen soll, Cyndi."

„Anfangen womit? Ich bin nicht die, die hier im Unrecht ist. Theo ist das!", antwortete Cindy mit einem weiteren selbstgerechten Seufzen.

„Dachte ich mir so. Das wäre nicht das erste Mal, dass eine geschäftstüchtige junge Dame versucht, sagen wir, finanzielle Vorteile aus Theos mangelndem Verstand zu ziehen", sagte der nervtötende Mann.

„Bullshit!", fauchte Harry und ließ Cyndi los, um zu dem Mann hinüberzumarschieren. Seine Augenbrauen wanderten in die Höhe bei diesem Kraftausdruck. Sie konnte sich nicht erinnern, wie sein Name lautete – es war einer dieser langen Namen mit scheinbar viel zu vielen Vokalen darin –, aber sie konnte sich vage erinnern, dass Jill etwas gesagt hatte darüber, dass er auf der Liste der weltweit begehrtesten Junggesellen war. Wenn sein Aussehen ein Indikator dafür war, dann wollte sie das gerne glauben. „Ich bin gewillt, zuzugeben, dass Cyndi heute Abend einen großen Mangel an Intelligenz offenbart hat –"

Cyndi schnappte wieder nach Luft, wütend.

„Aber weder sie noch ich versuchen, deinen kostbaren Bruder zu erpressen. Es war einfach nur ein junges Mädchen – ein sehr junges Mädchen, das gerade mal volljährig ist, möchte ich betonen –, das offensichtlich geblendet von der Situation war und einige Fehlentscheidungen getroffen hat."

„Ich bin nicht geblendet", protestierte Cindy. „Ich bin verletzt! Ich blute überall!"

Der Mann machte ein angewidertes Geräusch und sah aus, als wollte er mit den Augen rollen.

„Das ist kein Blut, Cyndi", erklärte Harry. „Obwohl ich zugebe, dass dein Spielgefährte viel zu hart mit dir umgegangen ist. Und obwohl eine härtere Gangart kein Verbrechen ist, ist es sicherlich auch kein vergnügliches Schäferstündchen."

„Es ist kein Verbrechen begangen worden, abgesehen von Fehlentscheidungen", fauchte der Mann bei ihrem zarten Hinweis, sein Stirnrunzeln wandelte sich für einen Moment in einen Ausdruck der Überraschung, als Harry ihn in die Brust piekste, als sie sprach: „Sie hat überall auf ihrem Dekolleté Striemen! Schau sie doch einfach nur an! Welche Art von Mann tut so etwas?"

Iakovos Papaioannou konnte nicht glauben, dass die Amazone vor ihm die Nerven hatte, ihn in die Brust zu pieksen, als ob sie das Recht dazu hätte, ihn zurechtzuweisen. Für einen Moment war er sprachlos, weil sie keinerlei Rücksicht auf seine Bedeutung nahm, als sie ihn weiterhin scharf kritisierte, und ihm die absurdesten Anschuldigungen um die Ohren haute.

Er ließ sie weitermachen, einfach nur um das Vergnügen zu haben, sie zu beobachten, und musste sich eingestehen, dass, obwohl seine Präferenz in Frauen selten über schlanke, elegante, kühle Blondinen hinausging, diese Frau, diese Erdgöttin mit ihren üppigen Kurven und wildem braunen Haar, das sich über ihren Rücken ringelte, etwas tief in ihm rührte. Etwas Ursprüngliches, einen Drang, der erwacht war und verlangte, dass er sie in der grundlegendsten Art, zu der ein Mann nur fähig war, zu der seinen machte.

Seine Augen wanderten zu ihrem Mund, und er schaute fasziniert zu, wie sie die Lippen bewegte, während sie ihm weiterhin eine Predigt hielt. Ein flüchtiger Geruch erregte seine Aufmerksamkeit und er atmete tiefer ein in der Hoffnung, ihn wieder zu riechen; und als er ihn wiedergefunden hatte, bemerkte die analytische Seite von ihm, dass es einfach nur der Duft nach einer sonnengewärmten Frau war, als ob sie draußen am Strand gelegen hätte. Es war nichts Besonderes, nichts Ungewöhnliches und doch schien es direkt zwischen seine Beine zu gehen, befeuerte sein Begehren, wie es das teuerste Parfum niemals getan hatte.

„– und du hörst noch nicht einmal zu!", brüllte die Göttin, lenkte seine Aufmerksamkeit ab von der Fantasie, wie er sie auf seinem Bett ausbreiten und sich tief in ihrem glorreichen Körper vergraben würde. Sie versetzte ihm einen besonders harten Pieks in die Brust und er nahm ihre Hand gefangen, ohne nachzudenken, und strich müßig mit dem Daumen über ihre Finger.

„Natürlich tue ich das nicht", sagte er wegwerfend. „Da gibt es nichts weiter zu diskutieren. Die Frau hat Theo verfolgt, nicht andersherum. Sie ist nicht verletzt, obwohl sie das Gegenteil behauptet."

Sie starrte ihn mit sprachloser Überraschung für einen Moment oder zwei an. Dicke schwarze Wimpern blinzelten über Augen, von denen er zuerst geglaubt hatte, dass sie grau waren, aber nun konnte er sehen, dass sie mehr haselnussbraun waren; die Iris schien leicht dunkler zu werden, als sie seine Hand anschaute: „Was tust du da?"

„Ich versuche, das Offensichtliche klarzustellen", gab er zur Antwort, seine Augen auf ihren Lippen und er fragte sich, ob sie nach Meer schmecken würde. Sie sah nach einer Göttin aus, die dem Meer entstiegen war, um Rache zu üben, ein Sturm in menschlicher Form.

„Nein, deine Hand. Dein Daumen, es ist ..."

Ihr Blick wanderte zu seinem und er beobachtete mit primitiver Befriedigung, wie sich ihre Pupillen weiteten in ihrer plötzlichen Anerkennung von ihm als Mann. Wie einfach es wäre, sie zu erregen, diesen Sturm. „Wie heißt du?"

„Harry", sagte sie und schauderte plötzlich ein wenig, als sie ihre Finger seinen entzog.

Er runzelte die Stirn. Das war auf gar keinen Fall angemessen für eine Göttin aus dem Meer: „Du hast einen Männernamen?"

„Es ist eigentlich ein Spitzname", sagte sie mit einem reuigen Lächeln. Sein Blick wanderte sofort zu ihren Lippen, das Ziehen in seinen Lenden warnte ihn, dass, wenn er weiter über ihren Mund nachdachte und was er gerne mit ihm anstellen würde und was dieser Mund mit ihm anstellen könnte, dann würde es damit enden, dass er sie zu seinem Bett trug. Während diese Idee für ihn ganz in Ordnung war, gab es andere Dinge, um die er sich kümmern musste ... Zumindest, solange Elenas Party stattfand.

„Mein Name ist eigentlich Eglantine, aber niemand außer meiner Mutter ruft mich so. Es ist einfach so ein sperriger Name, dass jeder mich Harry nennt. Wie heißt du?"

„Iakovos Panagiotis Okeanos Papaioannou", sagte er mit einem leichten Stirnrunzeln, als ob er überrascht wäre, dass sie das nicht wusste. Das machte sie platt. Sie stürzte sich auf den ersten Teil: „Jackydos?"

„Iakovos. Das ist griechisch für Jakob." Als sie ihn nur anstarrte, erklärte er: „Mein Name ist mehr als nur ein bisschen sperrig, ja. Ich würde vorschlagen, da du die Managerin dieser jungen Frau bist, dass du sie zu ihrer Unterkunft begleitest. Ich werde mich um meinen Bruder kümmern."

„Ich bin verletzt! Ich will ins Krankenhaus!", weinte Cyndi.

„Mach dich nicht lächerlich. Du brauchst keinen Arzt", erklärte Iakovos ihr.

„Ich bin ihre Ersatzmanagerin und wenn sie ins Krankenhaus will, dann bringe ich sie in ein Krankenhaus." Harry piekste ihn wieder in die Brust, nicht, wie sie sich selbst erklärte, weil sie wieder seine Finger auf ihren spüren wollte. Ja, sicher, er war der Inbegriff von Sex auf zwei Beinen, der Standard von blendend aussehender Kerl, aber er war auch ein extrem begriffsstutziger, blendend aussehender Kerl, der eine große Überraschung auf sich zukommen sah, wenn er dachte, dass er einfach Cyndis (wenn auch kleinere) Verletzungen abtun könnte.

„Darf ich dich daran erinnern, dass du in meinem Haus bist", sagte Iakovos, seine Stimme tief und unglaublich erregend. „Auf meiner privaten Insel."

Harry hatte niemals gedacht, dass Stimmen sündhaft sexy sein könnten, aber die Art, wie dieser Mann herumgrummelte in seiner Brust, da stellten sich ihr die Härchen im Nacken auf. Es war, als wäre er ein

Gott, ein griechischer Gott, der zum Leben erweckt worden war, und direkt hier vor ihr stand, der allerhand Dinge mit intimen Teilen ihres Körpers anstellte, über die sie nicht nachdenken wollte. Er war der Bruder eines Trunkenbolds, um Himmels willen! Wie konnte sie nur seine Stimme erregend finden? „Schau mal, Yacky –“

„Iakovos!“

„Wir mögen zwar in deinem Haus sein auf deiner kostbaren Insel, aber wir sind auch in einem Land, wo ich durchaus gewillt bin zu wetten, dass es den Missbrauch von Frauen nicht toleriert, besonders bei amerikanischen Staatsbürgern und doppelt besonders, wenn diese amerikanische Staatsbürgerin gerade über achtzehn ist.“ Harry holte tief Luft und schickte dem griechischen Gott einen Blick, der ihn hätte zusammenbrechen lassen sollen. „Ich nehme an, dass wir ein Boot nehmen müssen, um von dieser Insel des Schmutzes herunterzukommen, wir brauchen eines, um Cyndi zum Krankenhaus auf dem Festland zu bringen. Und da ich auch annehme, dass dir alle Boote hier gehören, würde ich es sehr wertschätzen, wenn du einen deiner Lakaien schicken könntest, um eines für uns aufzutreiben.“

„Und wenn nicht?“, fragte Iakovos, seine schwarzen Augen waren nahe daran, ihr Feuer entgegenzuspucken.

„Dann wirst du ein kleiner trauriger Panda sein“, schnaubte sie.

„Du drohst mir?“ Er sah aus, als wäre er deswegen völlig fassungslos. „Darauf kannst du deinen unglaublich attraktiven Arsch verwetten, der wahrscheinlich hart genug ist, das ich Centstücke darauf springen lassen kann, dass ich dir drohe!", fauchte sie zurück.

Ein unbeschreiblicher Blick huschte über sein Gesicht. „Du bist die respektloseste Frau, die mir je begegnet ist."

„Du bist der attraktivste Mann, den ich jemals in meinem Leben gesehen habe, aber das bedeutet nicht, dass ich dich lecken werde!", schrie sie.

Er starrte sie offen überrascht an.

„Entschuldige. Das kam ein bisschen falsch rüber." Ihr wurde heiß, als sie eine gesunde Gesichtsfarbe annahm, während sie sich mental dafür verdammte, dass ihr merkwürdiges Gehirn sie zuerst sprechen ließ und dann denken. „Manchmal kommt der Dialog, den ich in meinem Kopf schreibe, aus meinem Mund, anstatt dazubleiben, wo er hingehört."

„Du willst ... lecken?", fragte er, mit dem gleichen merkwürdigen Gesichtsausdruck.

„Nicht alles von dir!", sagte sie mit Würde und straffte ihre Schultern. „Einfach nur diesen einen Punkt, wo dein Hals auf das Schlüsselbein trifft. Wo diese kleine Einbuchtung ist..." Ihre Stimme verlor sich, als er sie weiterhin ansah, als wären gerade zwei tanzende Brüste auf ihrem Kopf erschienen. „Das ist jetzt egal, es ist nicht wichtig."

Er öffnete seinen Mund, um etwas zu sagen, schüttelte den Kopf, und mit einem wegwerfenden Blick Richtung Cyndi und den anderen, die immer noch um sie herum im stillen Schock versammelt waren, holte er ein Handy aus der Tasche und sprach schnell in Griechisch. „Ein Boot wird auf euch am östlichen Dock warten." Seine Lippen verengten sich, als er zu seinem

Bruder sah, bevor er ihn in die Höhe riss. „Ich nehme an, dass ein Besuch im Krankenhaus dich rückversichern wird, dass dein Schützling keine weiteren Verletzungen davongetragen hat, außer die von ihrem Stolz.“

„Stolz?“ Harry ergriff seinen Arm, als er gehen wollte. Er wirbelte herum und nagelte sie mit einem wütenden Blick fest, dem sie mehr als nur mit einem von ihren eigenen begegnete. „Sie ist schrecklich gebeutelt.“

Sein Blick flackerte zu Cyndi, die sich in die Brust warf und ihm einen widerspenstigen Blick schenkte. „Ich sehe keine Anzeichen von Gebeutelt-Sein.“

„Sie hat Striemen überall auf ihrer Brust und ihrem Nacken!“, sagte Harry und deutete zu Cyndi.

Er schaute sie für einen Moment lang ruhig an und dann hätte sie schwören können, dass einer seiner Mundwinkel zuckte. „Hattest du niemals einen Liebhaber, der starken Bartwuchs hatte?“

„Hä?“

„Es ist normal bei griechischen Männern, dass sie sich mehr als einmal am Tag rasieren müssen, und mein Bruder und ich sind keine Ausnahme dabei.“

Sie betrachtete seinen Kiefer und kniff leicht die Augen zusammen. Er hatte leicht dunkle Schatten auf seinem unteren Gesicht, als ob er bald einen männlichen Stoppelbart zur Schau tragen würde. Er hatte außerdem sehr attraktive Lippen, die Unterlippe insbesondere. Mit diesem süßen, oh so süßen Schwung, und der Oberlippe mit dem tiefen Einschnitt in Verlängerung der langen geraden Nase. Wie bei der Stelle an seinem Nacken hatte sie den schlimmsten Drang, diese Einbuchtung der Oberlippe zu kosten. Sie leckte tatsächlich ihre eigenen Lippen, während sie darüber nachdachte, bevor sie sich erinnerte, dass es keine Option war, den Bruder eines Trunkenbolds anzuschmachten, besonders dann, wenn dieser auf dem Cover von *GQ* sein könnte. „Er ... Was war die Frage?"

Er seufzte. „Kratzspuren vom Bart. Das ist das, was all diese roten Striemen zu bedeuten haben."

„Haben sie?" Sie wandte sich an Cyndi. „Cyn?"

„Er hat mich verletzt", sagte sie mit Tränen in den Augen. „Selbst wenn es nur seine rauen Wangen waren, ich muss einen Arzt konsultieren."

Amy, die Freundin von Derek und die zweite Sängerin der Band, umarmte sie sofort, Sorge stand in ihren blauen Augen. Sogar Terry, der fröhliche Terry, der immer einen Scherz auf den Lippen hatte, sah ernst aus, als er näher zu den beiden Frauen trat. Vier Augenpaare beobachteten Harry, mit einer offensichtlichen Bitte in ihnen.

„Kratzspuren vom Bart." Sie wandte sich nach dem nervtötenden Gott mit den sexy Lippen um. Er hob eine Augenbraue und sie war dankbar, dass er offensichtlich über solchen sterblichen Dingen stand wie ‚ich hab's dir ja gesagt'.

„Ich hab dir gesagt, dass sie nicht verletzt ist", sagte er mit einem leichten Grinsen.

Sie deutete mit dem Finger auf ihn. „Du hast dich gerade selbst von deinem Podest gestoßen, Loser. Alles klar. Ich bin bereit zu akzeptieren, dass dein Bruder sie nicht absichtlich verletzt hat. Aber sie ist sehr durcheinander und sie hat in der Tat einige fiese Striemen, also denke ich, es wäre besser für unser aller Seelenfrieden, wenn sie einen Arzt konsultieren würde. Wenn du und Mister Übergriffig da drüben hier verschwinden würdet, würde ich Cyndi etwas anziehen und wir werden sie aufs Festland bringen."

Er presste seine leckbaren Lippen aufeinander, als wäre er nicht daran gewöhnt, Befehle entgegenzunehmen, ein Gedanke, der ihr immenses Vergnügen bereitete. Oh, wie viel Spaß würde es machen, ihn ein oder zwei Grad runterzustufen, um ihn daran zu erinnern, dass er von sich selbst zwar dachte, dass er ein Gott unter Geringeren sei, aber dass er in Realität nicht mehr als ein Mann war. Ein sehr reicher, urbaner, sexy und wahrscheinlich sehr faszinierender Mann, aber immer noch ein Mann.

Sie sah auf die Einbuchtung an seinem Schlüsselbein. Ihre Zunge drückte gegen ihren Gaumen. „Versuchung ist ein Schwein."

„Das kannst du laut sagen", murmelte er und schenkte ihr einen dunklen Blick, bevor er sich auf dem Absatz umdrehte und den Raum verließ, seinen Bruder hinter sich herschleppend.

Kapitel zwei

Es gab keinen Grund für ihn, hier zu sein. Der Frau, mit der Theo ein wenig zu viel getändelt hatte, fehlte rein gar nichts und doch war er hier im Flur des Krankenhauses und wartete darauf, zu hören, was er ohnehin wusste – dass sie nicht angegriffen worden war.

Also warum war er hier, wenn er zu Hause sein sollte, um ein Auge auf Elena und die Gäste zu haben, die sich in seinem Haus befanden? Abgesehen von der Party anlässlich des Geburtstags seiner Schwester, hatte er hunderttausend andere Dinge, die er viel lieber tun würde, anstatt in der sterilen Atmosphäre des kleinen Krankenhauses zu stehen, dem sein Vater vor acht Jahren gespendet hatte, nach dem Tod seiner geliebten zweiten Frau.

Krankenschwestern eilten an ihm vorbei, die meisten schenkten ihm nichts weiter als ehrerbietige Anerkennung aufgrund seines Status als örtlicher Wohltäter, einige warfen ihm wärmere Blicke zu, die mit Vergnügen verweilten. Er machte sich wenig aus der Aufmerksamkeit, die sie ihm schenkten – Frauen waren um ihn herumscharwenzelt seit dem Moment, wo ihm Haare zwischen den Beinen sprossen.

„Ich glaube, ich sterbe", murmelte Theo, der den Kopf zwischen seinen Knien versenkt hatte, während er in seinem Stuhl hing. „Diese Frau hat mir die Eier gebrochen."

„Das nächste Mal, wenn du sie nicht in der Hose behalten kannst, such jemanden mit etwas mehr Erfahrung", erklärte ihm Iakovos, in seiner Stimme war deutlich das grimmige Gefühl der Ungerechtigkeit zu hören, das er empfand. Diese Frau hatte ihn in die Brust gepiekst! Sie hatte ihn angeschrien!

Theo schaute mit einem schiefen Grinsen auf. Sogar halb betrunken und mit einem blauen Auge besaß er den berühmten Papaioannou-Charme, der eine vorübereilende Krankenschwester dazu brachte, nach Luft zu schnappen. „Ich konnte gar nicht anders, Jake. Sie war so heiß. Hat vorgegeben schüchtern zu sein, aber sie hat sich mir an den Hals geworfen, und sie hatte Titten, die mich verrückt gemacht haben. Alles wäre gut gewesen, aber dann hat sie Forderungen gestellt, das Nächste, was ich weiß, ist, dass diese dürre Handvoll rumgeschrien hat, dass sie angegriffen worden sei, und dann sind die zwei anderen reingekommen. Selbst dann hätte ich noch erklären können, dass das scheue Reh sich wegen nichts aufregte, aber dann haben sie diese ... diese ..." Eine Hand legte sich schützend über seine Hoden.

„Amazone?", fragte Iakovos.

„Teufelin. Hast du gesehen, wie sie mich angesehen hat? Ich dachte, sie würde mir das Fell über die Ohren ziehen, bis du ihr Einhalt geboten hast."

„Du hättest es verdient, wenn ich sie gelassen hätte.“ Sein Kiefer malmte, als er auf seinen Taugenichts von Bruder herabsah.

Er war Einzelkind gewesen bis zur zweiten Ehe seines Vaters, fünfzehn Jahre nach seiner Geburt. Iakovos war fast zwanzig Jahre älter als Elena und dreizehn Jahre standen zwischen Theo und ihm. Manchmal fühlte er sich alt genug, um ihr Vater zu sein. „Ich habe dir doch gesagt, lass den Alkohol weg.“

„Ich war nicht betrunken“, protestierte Theo, „ich hatte nur einen kleinen Schwips.“

„Deine kleinen Schwipse werden dich ins Krankenhaus bringen mit Leberversagen, wenn du dich nicht beherrschst. Oder ins Gefängnis, wenn du noch einmal so etwas abziehst wie heute Abend – mach dir nicht die Mühe zu erklären, dass du das Mädchen nicht angegriffen hast. Ich weiß, dass du das nicht getan hast. Du hättest sie trotzdem nicht in deinem Zimmer haben sollen.“

Theo schenkte ihm ein weiteres Lächeln, aus dem der Charme tropfte. „Komm schon, Jake“, sagte er und benutzte den englischen Spitznamen, der Iakovos die Lippen zusammenpressen ließ. „Alles, was die Männer aus der Papaioannou-Familie tun müssen, ist, zu lächeln und Frauen reißen sich darum, in unsere Betten zu krabbeln. Es ist ja nicht so, als hättest du niemals einem kleinen süßen Ding nachgegeben.“

„Es gibt so etwas wie Nestbeschmutzer. Und ich habe sicherlich nicht der Versuchung nachgegeben, eine von Elenas Freundinnen zu verführen. Ich will keinen Ruf als Frischfleischliebhaber.“

Theo zog eine Grimasse. „Du bist neununddreißig, Iakovos, nicht neunundachtzig. An Elenas Freundinnen gibt es nichts auszusetzen. Einige von ihnen sind –“ Er hörte auf zu sprechen, der selbstzufriedene Ausdruck auf seinem Gesicht verwandelte sich blitzartig in einen des Entsetzens.

„Da ist die Teufelin! Ich seh zu, dass ich hier wegkomme, bevor sie mich wieder angreift.“

Iakovos drehte sich um, um die Frau zu beobachten, die den engen Krankenhausflur auf ihn zumarschierte. Ihre langen Beine schluckten die Distanz, ihr Haar wehte hinter ihr wie ein Banner. Sie sah genau aus wie die Personifikation eines Sommersturms auf dem Meer, einer, der über ihn hereinbrach. Für einen Moment fragte er sich, ob er noch der Gleiche wäre, sobald der Sturm losbrach, aber er schob dies als fantasievollen Gedanken beiseite, einen, der es nicht wert war, näher betrachtet zu werden. Besonders, stellte er bei sich fest, als er seinem Blick erlaubte, über die näher kommende Frau zu wandern, da es so viel bessere Beschäftigung für seine Aufmerksamkeit gab. Diese Frau – er konnte sich nicht dazu durchringen, von ihr mit diesem schrecklichen Spitznamen zu denken –, was hatte sie gesagt, war ihr Name? Rose? Nein, die französische Version dieses Wortes, Eglantine ... ein ungewöhnlicher Name, ein altmodischer Name, der zu ihr passte.

Sie war fast so groß wie er, und üppig geformt, nicht sein normales Beuteschema. Sie war einfach gekleidet, trug neutrale Leinenhosen und eine ärmellose Tunika, die ihre Konturen von anderen Männern verborgen hätte, aber seine scharfen Augen entdeckten die einladende Kurve ihrer Hüften, als der Saum der Tunika für einen Moment zurückflatterte. Ihre Brüste waren anständig bedeckt, aber nichts konnte die Fülle verstecken oder den sanften Schwung ihrer Oberarme, die mit leichten Sommersprossen bedeckt waren. Bei den Standards, die die Frauen anlegten, die er normalerweise datete, konnte man ihr Gesicht nicht als schön bezeichnen, aber er fand es trotzdem hübsch. Sie hatte ein rundes, stures kleines Kinn, diesen herrlich weiten Mund, zu dem seine Augen immer wieder zurückkehrten, eine Stupsnase mit Sommersprossen und zwei Augen, die in diesem Moment einen Ausdruck hatten, als würde sie nichts glücklicher machen, als wenn er auf der Stelle tot umfallen würde.

„Eglantine", sagte er, sie begrüßend, als sie vor ihm zum Halten kam, die Hände in die Hüften gestützt.

Ihre Nasenflügel blähten sich. „Yacky."

Für einen Moment schloss er die Augen. „Mein Name ist Iakovos. Sollte es dir nicht möglich sein, dich daran zu erinnern, darfst du mich gerne mit Mister Papaioannou anreden."

Sie schaute ungläubig drein. „Das ist nicht dein Ernst."

„Ist es. Das ist mein Name. Er ist nicht so schwierig auszusprechen. Ich bin mir sicher, dass du das mit wenig Aufwand meistern würdest, wenn dir danach wäre."

„Jep, und Affen könnten aus deinem Hintern fliegen, aber da weder das eine noch das andere besonders wahrscheinlich ist, können wir einfach mal weitermachen, sollen wir?"

„Was hast du gesagt?", fragte er wütend bis in die Zehenspitzen. Sie war so herrlich respektlos, aber er hatte das verzweifelte Gefühl, wenn er nicht die Kontrolle über die Unterhaltung übernähme, wäre er verloren in dem Sturm, der sie zu begleiten schien.

„Ich sagte, wir sollten weitermachen und ich –"

„Du hast gesagt –" Er atmete schwer durch die Nase. „Du hast etwas gesagt über Affen, die aus meinem Hintern fliegen. Das ist das zweite Mal, dass du das in einer Unterhaltung erwähnst."

„Deinen Hintern? Wirklich?" Sie hob die Augenbrauen. „Hast du ein Problem mit deinem Hintern?"

„Nein, ich habe kein Problem damit." Das Gefühl, dass er die Kontrolle verlor, wurde stärker. Er holte tief Luft und nahm ihren einzigartigen Geruch sogar über die antiseptischen Gerüche des Krankenhauses wahr. „Aber du scheinst eines damit zu haben."

Sie sah überrascht aus und bevor er fragen konnte, wie es der jungen Frau ging, war sie um ihn herumgegangen und überraschte ihn, indem sie seinen Mantel hochzog, den er übergeworfen hatte für die Bootsfahrt zum Festland. „Was machst du da?", verlangte er zu wissen, während er sich mehr und mehr fühlte, als wäre er ein Stück Treibgut in einem Strudel.

„Ich schaue nach, ob ich ein Problem mit deinem Hintern habe. Ich glaube nicht. Macht es dir etwas aus, wenn ich ihn anfasse?"

Iakovos schaute sie über seine Schulter an, das erste Mal sprachlos in seinem Leben. Bevor er verlangen konnte, dass sie ihn mit dem Respekt behandelte, der einem Mann in seiner Position zukam, streckte sie die Hand aus und legte sie auf eine Backe. Sofort strömte das Blut in seine Lenden und bescherte ihm eine starke Erektion.

Er war völlig, komplett und gänzlich überfordert mit ihr.

„Also, es ist ein bisschen schwer zu erkennen, weil du keine hautengen Hosen anhast, aber von dem, was ich fühlen kann, nein, ich habe kein Problem mit deinem Hintern." Harry ließ seine Jacke los, als er herumwirbelte, um ihr ins Gesicht zu sehen, ihre Finger kribbelten von dem Kontakt mit seiner warmen Rückseite.

Sie hätte so gerne beide Hände eingesetzt, aber sie vermutete, dass das die Sache zu weit treiben würde. Er hatte jetzt schon einen dieser unbeschreiblichen Ausdrücke auf seinem Gesicht, als ob er nicht entscheiden könnte, ob er sie erwürgen oder besinnungslos küssen wollte.

„Ich hoffe wirklich, es ist das zweite", erklärte sie ihm.

„Was für eine Leiter?", fragte er, in seinen Augen ein etwas irrer Blick.

„Entschuldigung, innerer Monolog mal wieder. Es ist nicht wichtig. Haben wir das Problem mit deinem Hintern behoben? Gut. Dann können wir uns jetzt vielleicht um das Problem von Cyndi kümmern, der Doktor sagt, sie hat Abreibungen an ihrer Brust und ihrem Hals, ihr Blutdruck geht durch die Decke und er musste sie sedieren, weil sie kurz davor war, komplett zusammenzubrechen. Ich glaube nicht, dass sie in wirklicher Gefahr schwebt, aber sie hat sich selbst in einen solchen Zustand reingesteigert, dass es wahrscheinlich das Beste ist, wenn sie die Nacht über hierbleibt", sagte sie und hob das Kinn. Sie forderte ihn heraus – sie forderte ihn einfach heraus –, ihr zu sagen, dass sie albern war.

Ein Muskel zuckte einige Male in Iakovos Kiefer, aber alles, was er sagte, war: „Es ist mir egal, ob sie einen Monat hier verbringt, solange sie sich nicht wieder Theo an den Hals wirft."

„Er musste nicht annehmen, was sie angeboten hatte. Nicht zu vergessen, dass er sternhagelvoll war und viel zu grob mit ihr umgegangen ist, so zerbrechlich, wie sie ist", erklärte ihm Harry und eiste ihre Gedanken von der Frage los, wie sein Hintern wohl aussehen würde, um sich wichtigeren Dingen zu widmen. „Amy hat gesagt, sie würde bei Cyndi bleiben. Der Arzt möchte, dass sie über Nacht bleibt, aber anscheinend dauert es eine Weile, bis sie sie in ein Zimmer bringen können. Er sagte, sie wären kalt erwischt worden, weil die Hälfte des Personals zu einem Zugunglück in einer anderen Stadt gerufen worden wäre, also kann es einige Stunden dauern. Ich bin sicher, dass du zu deiner Party zurückwillst."

Seine Augenbrauen, gerade Striche aus Ebenholz, die sich gegen den warmen Bronzeton seiner Haut abhoben, zogen sich zusammen. „Erteilst du mir Befehle, Eglantine?"

„Nein, Yacky, das tue ich nicht. Ich schlage einfach nur vor, dass du wahrscheinlich nach Hause willst, weil es eine Weile dauern wird, bis Cyndi untergebracht ist. Es macht keinen Sinn, dass du auch hierbleibst. Ich nehme an, du bist in einem anderen Boot herübergekommen?"

Er nickte, seine Augen suchten in ihrem Gesicht, als würde es dort irgendeine Antwort geben. „Du bist müde."

„Oh, ich bin jenseits von müde", stimmte sie zu und schenkte ihm, wie sie hoffte, ein strahlendes Lächeln, während sie über ihre Arme rieb, um die kühle Luft zu vertreiben. Das Krankenhaus war sehr modern, wenn auch klein, und verfügte offensichtlich über eine sehr effiziente Klimaanlage. „Ich bin seit mehr als vierundzwanzig Stunden wach." Sein Stirnrunzeln war eine Frage. Sie beantwortete sie mit einem Schulterzucken: „Die Kids sind einen Tag vor mir geflogen. Ich wurde erst heute Morgen als Notstoppen rekrutiert. Äh… Gestern Morgen. Irgendwann. Seit ich Seattle verlassen habe, habe ich den Überblick darüber verloren, wie viel Uhr wir eigentlich haben."

Er starrte sie für einen Moment an, sagte nichts, sah sie einfach nur an. Sie konnte nicht anders, als auf seine Lippen zu starren und fragte sich, welche Art von Wunder sie vollbringen müsste, um sie zu kosten.

Ohne ein Wort zu sagen, zog er sein Jackett aus und legte es ihr um die Schultern, bevor er sich umdrehte und den Flur hinabschritt. Das Jackett war warm von seiner Körperwärme und es roch nach ihm. Der Duft seines Rasierwassers – Zitrone und wie frisches Holz zugleich – neckte sie in der Nase, als sie ihm nachsah. „Oh, ich habe überhaupt kein Problem mit deinem Hintern", sagte sie leise, bevor sie sich in einen Stuhl schmiegte, plötzlich so erschöpft, dass sie nur noch die Kraft dazu aufbrachte, sich in das Jackett zu kuscheln und sich zu wünschen, sie wäre zu Hause in ihrem kleinen Apartment, in dem es keine sexy, arrogante, reiche Playboys mit unglaublich großartigen Hintern gab.

Sie wachte auf und stellte fest, dass sie zur Seite gerutscht war in dem Stuhl und auf den Kragen von Iakovos schönem Jackett gesabbert hatte.

„Komm", sagte der Mann selbst und streckte eine Hand nach ihr aus.

„Wohin?", fragte sie und wandte ihr Gesicht ab, damit er nicht sehen würde, wie sie Tentakel von Sabber auf dem nassen Stück seines Mantels abwischte.

„In der Innentasche ist ein Taschentuch", sagte er mit der Resignation eines Märtyrers.

„Entschuldigung", sagte sie und tupfte damit ihre Lippen ab, bevor sie ihm das Jackett wieder hinhielt. Er schaute es an, als hätte sie damit gerade eine Kläranlage ausgewischt. „Behalte es. Ich habe mehrere."

„Ich wollte nicht einschlafen und es vollsabbern. Ich werde es reinigen lassen und schicke es dir." Sie stand langsam auf und fühlte sich, als wäre sie hundert Jahre alt.

„Du wirst es in ein paar Minuten brauchen. Auf dem Wasser ist der Wind nachts kalt."

„Ich habe dir gesagt, dass ich nicht weggehen werde, bis Cyndi in einem Zimmer untergebracht ist." Er versuchte, sie zum Aufzug zu scheuchen. Sie blieb störrisch stehen.

Er schnalzte verärgert mit der Zunge. „Du bist erschöpft und du musst dich ausruhen."

„Ja, also, du magst vielleicht Mister Fantastisch sein, aber du bist nicht mein Chef."

„Mister Papaioannou, nicht fantastisch", verbesserte er sie.

„Ich werde niemals in der Lage sein, das auszusprechen!"

„Das wirst du. Es ist nicht so schwer. Sag es langsam. Papai –oan–"

„Argh!", rief sie, als die Gefühle der letzten zwei Stunden – kombiniert mit einem ziemlich schlimmen Fall von Schlafentzug – sie mehr oder minder der wenigen Hemmungen beraubten, die sie hatte. Sie wusste das und trotzdem gab es nichts, absolut gar nichts auf dieser schönen Erde, was sie daran gehindert hätte, das zu tun, was sie hatte tun wollen ab dem Moment, ab dem sie diesen nervigen, lästigen, unglaublich sexy Mann vor sich gesehen hatte.

Sie ergriff mit beiden Händen seinen Kopf, zog sein Gesicht zu ihrem hinab und saugte seine Unterlippe in ihren Mund.

Für eine Sekunde war er wie versteinert, dann zog er sich zurück und seine Augen glitzerten wie polierter Onyx. „Ich mag keine aggressiven Frauen!"

Sie starrte ihn an, fassungslos aufgrund ihrer eigenen Frechheit, aber absolut überwältigt von dem kurzen Geschmack seines Mundes. Bevor sie überhaupt anfangen konnte, eine Entschuldigung zu stottern, war er über ihr, die kühlen harten Paneele der Wand hinter ihr hielten sie aufrecht, während ein heißer, harter Mann ihre Vorderseite bedeckte. Sein Mund war wie Feuer, ein süßes sinnliches Feuer, das sie zu verbrennen drohte, und nichts übrig lassen würde als einen Harryförmigen Aschefleck an der Wand. Er bat nicht um Erlaubnis für seine Zunge, mit der er ihre besuchte – sie war plötzlich einfach da, wanderte durch ihren Mund, als ob er ihm gehörte, während er in ihren Mund stöhnte.

Sie legte beide Hände auf seine Brust, sammelte jedes bisschen Kraft und stieß ihn dann zurück.

Sein Gesichtsausdruck war so schwarz wie seine Augen, aber das hielt sie nicht auf: „Und ich mag keine Männer, die sich nicht darum scheren, um Erlaubnis zu fragen, bevor sie ihre Zunge in meinen Hals stecken!"

Diese wunderschönen, funkelnden Augen verengten sich. „Wie viele Männer haben denn ihre Zunge in deinen Hals gesteckt?"

„Keiner! Aber darum geht es nicht!"

Sie lechzte, lechzte buchstäblich nach dem Feuer seines Kusses und der Hitze seines Körpers, die in jede ihrer Poren eingedrungen zu sein schien und sie mit dem brennenden Verlangen nach mehr zurückließ. Mehr von seinem Mund, mehr von seinem Körper, einfach mehr.

Er knirschte mit den Zähnen. „Ich war niemals zuvor gezwungen, um Erlaubnis zu fragen, eine Frau zu küssen. So etwas passiert mir nicht! Und ich werde nicht –"

Sie warf sich auf ihn. Sie sprang ihn einfach an, wickelte beide Arme um seine Schultern und ihre Beine um seine Hüften. Er fing sie auf, zog sie höher hinauf, sodass ihr Mund direkt vor seinem war und seine Finger gruben sich in ihren Hintern. „Halt die Klappe und küss mich."

Seine Augen öffneten sich weit vor Empörung. „Hast du mir gerade gesagt, dass ich die Klappe halten soll?"

„Ja. Ja, das habe ich. Willst du da jetzt ein Drama draus machen?"

Das Versprechen von Vergeltung leuchtete hell in seinen Augen, aber bevor er antworten konnte, tauchte Cyndis Doktor aus dem Aufzug auf. Er blieb stehen, schaute sie an, blinzelte einige Male, als könnte er nicht glauben, was er da gerade sah.

„Hi, Doktor Panagakos", sagte Harry und versuchte, sich eine plausible Erklärung zurechtzulegen, warum sie sich hier an einen der begehrtesten Junggesellen der Welt klammerte, ihre Beine um seine Hüften gewickelt, seine Hände auf ihrem Hintern.

Iakovos schaute sie düster an: „Oh, du hast keine Schwierigkeiten, Panagakos auszusprechen?"

„Er hat Konsonanten in seinem Namen", sagte sie mit einem pointierten Blick.

Er grollte tief in seiner Brust, seine Augen verbrannten fast ihre Haut.

Der Doktor quetschte sich an ihnen vorbei und murmelte etwas von einem Patienten, den er untersuchen müsste.

„Also?", fragte sie Iakovos.

Der Muskel an seinem Kiefer zuckte. „Also was?"

„Küsst du mich jetzt, oder nicht? Ich meine, wir sind in dieser wirklich kompromittierenden Position und obwohl du keine Rückenprobleme zu haben scheinst, kann ich mir vorstellen, dass es für dich doch anstrengend wird, mich noch länger so zu halten."

„Redest du immer so viel?", fragte er, sein Blick ruhte nun auf ihren Lippen.

„Immer."

„Gut." Er küsste sie, drückte sie wieder gegen die Wand und seine Zunge bewegte sich mit langsamen sinnlichen Streicheleinheiten über ihre.

Er fühlte sich, als wäre er mitten in ihrem Sturm gefangen, das Leben auf den Kopf gestellt, alles, was er wusste und fühlte und glaubte, war komplett über den Haufen geworfen von dieser nervigen, irrationalen, begehrenswerten Frau. Sie schmeckte nach dem Meer, nach verlorenen Hoffnungen und Träumen, nach Frau. Sie war süß und salzig und so heiß, dass er einen Schweißtropfen fühlte, der sich auf seiner Stirn bildete. Er begehrt sie mit einer Intensität, die er nicht gefühlt hatte seit... Nun, noch nie. Keine andere Frau hatte jemals gedroht, seine Gedanken so auf den Kopf zu stellen, wie sie das tat. Es gab keine vernünftige Erklärung für seine spontane und allumfassende Leidenschaft für sie – es war wie der Sturm, den sie repräsentierte, der über ihn hereinbrach mit einem Wahnsinn, von dem er wollte, dass er niemals endete.

„Jake, ich fahre nach Hause. Ich schicke Spyros zurück mit der Barkasse–"

Widerstrebend ließ Iakovos von Harrys Zunge ab, zog sich von ihr zurück und ließ zu, dass ihre Füße wieder Bodenkontakt hatten, aber hielt sie an den Hüften fest, als sie in ihn hineinstolperte. Ihre Augen schimmerten, ihr Gesichtsausdruck war der von Verwunderung, ihre Lippen so rot wie reife Kirschen und er fühlte immensen männlichen Stolz bei der Tatsache, dass ein Kuss sie so mitnehmen konnte. Wenigstens war er nicht allein in dem Gefühl, gerade überwältigt zu werden.

Er drehte seinen Kopf, um seinen Bruder anzusehen. Theos Gesichtsausdruck wechselte von Schock zu einem langsamen Grinsen. „Oder vielleicht willst du eher früher als später mitkommen?"

„Wir werden jetzt zur Insel zurückkehren, ja", sagte er und beäugte Harry mit einiger Sorge. Sie blinzelte einige Male und hielt sich noch an seinen Armen fest, als ob sie benommen wäre. „Ich bin gut, aber nicht so gut, Liebling", erklärte er leise. Sie blinzelte mit diesen unglaublich dicken schwarzen Wimpern ein paarmal zu ihm hin, dann richtete sie sich plötzlich auf und gab den Arm frei, den sie umklammert hielt. „Ich weiß nicht – das wird ziemlich spektakulär. Aber ich kann nicht mitkommen."

Ihr Blick huschte zu Theo hinüber. Sie richtete sich noch mehr auf und straffte die Schultern. „Über was amüsierst du dich so? Noch nie jemanden gesehen, der deinen Bruder küsst?"

„Viele Frauen", antwortete er und sein Grinsen wurde breiter. „Ich habe es mir überlegt", sagte er zu Iakovos auf Griechisch, „sie ist keine Teufelin. Sie ist eine Hexe."

Er rollte mit den Augen und legte eine Hand auf Harrys Rücken, um sie sanft in Richtung Aufzug zu bugsieren. „Es ist spät. Wir werden jetzt zurückfahren."

„Schau, Yacky, ich hatte gerade gesagt –"

„*Yacky*?"

Iakovos knirschte mit den Zähnen wegen des abfälligen Lachens, das auf das Wort folgte. „Ich habe gerade gesagt, dass ich nirgendwohin gehe, solange Cyndi nicht in einem Zimmer untergebracht ist."

„Sie ist in einem Zimmer. Ihre Freundin ist bei ihr. Ich habe die zwei anderen mit der ersten Barkasse zurückgeschickt."

Harry hörte auf zu diskutieren und schaute ihn mit diesen großen Augen an, die nun ein mysteriöses dunkles Graubraun aufwiesen. „Ist sie? Aber der Typ in der Aufnahme sagte, das könnte noch ein paar Stunden dauern."

„Reichtum und Ruhm haben manchmal ihren Nutzen", sagte er ihr und schob sie zum Aufzug. „Reichtum, okay, aber Ruhm. Ähm. Nicht wirklich. Lasst mich nur nach ihr sehen und sichergehen, dass alles in Ordnung ist."

Iakovos wartete, bis sie zufrieden war, dass ihr Schützling gut untergebracht war und fragte dann: „Was weißt du von Ruhm?" Er war sich sehr bewusst, dass sie neben ihm stand in dem engen Aufzug, als sie das Krankenhaus verließen. „Du hast gesagt, dass du nicht der normale Manager der Band seist."

„Bin ich auch nicht." Sie warf ihm einen merkwürdigen Blick zu und ein kleines Lächeln kräuselte ihre Lippen. Er wollte sie hier und jetzt ausziehen und auf dem Boden des Aufzugs mit ihr schlafen. „Habt ihr hier die neuesten Filme aus den USA?"

„Ja."

„Hast du diesen einen gesehen, der vor ein paar Monaten rauskam?" Sie nannte den Titel eines beliebten Films, der ihm besonders gefallen hatte.

„Ich habe ihn tatsächlich mit Elena zusammen gesehen."

„Ah. Also, der basiert auf einem meiner Bücher."

Sowohl Theo als auch er starrten sie überrascht an. Sie lächelte. „Ich habe doch gesagt, dass ich eine Autorin bin. Ich schreibe Thriller unter dem Pseudonym M. J. Reynolds. Das war das erste Buch, das verfilmt wurde und obwohl sie die Geschichte aus dem Buch total verändert haben, war es schön, es zu sehen."

Iakovos machte sich eine gedankliche Notiz, das neueste Buch von M. J. Reynolds von seinem Nachttisch verschwinden zu lassen, bevor er Harry in sein Bett brachte. Und dass er sie dahin bringen würde, war nicht länger verhandelbar – er wollte sie so sehr, dass er zitterte, und ihr ging es offensichtlich ähnlich. Bevor die Nacht vorüber war, würde er diesen Sturm zähmen oder er würde bei dem Versuch sterben.

Kapitel drei

Harry erhob keine Einwände, als sie Iakovos' Insel erreichten und er sie ins Haus geleitete, anstatt sie zu den Quartieren des Personals zu bringen. Theo sagte auch nichts, sondern verschwand auf der Rückseite des Hauses, wo man Musik hören konnte. Iakovos wusste aus Erfahrung, dass Elenas Freunde gerne bis Sonnenaufgang tanzten. Ohne ein Wort nahm er Harrys Hand, führte sie die Treppen hinauf und wandte sich nach Norden in den Trakt der Familie. Er war sich schmerzlich ihres Geruchs, ihrer Nähe und ihrer Hitze bewusst und war zu sehr damit beschäftigt, all die Dinge zu planen, die er mit ihr anstellen würde, wenn er sie endlich nackt und in seinem Bett hätte, um noch Energie für Unterhaltung zu verschwenden.

Zum Glück schien sie keine Konversation zu benötigen. Sie schenkte ihm nur einen langen Blick, als er die Tür zu seinen persönlichen Räumlichkeiten öffnete und ihr mit einer Geste bedeutete, einzutreten. Sie unterzog das Zimmer einer Musterung, dann ihn, und ihre Aufmerksamkeit schien geteilt zu sein zwischen dem unteren Bereich seines Nackens und seinem

Mund. Nachdem sie einen Moment nachgedacht hatte, nickte sie kurz, als sei sie zu einer Entscheidung gekommen und betrat sein Wohnzimmer. Er geleitete sie hindurch, durch das Ankleidezimmer und an seinem großzügigen Badezimmer vorbei, zu seinem Schlafzimmer. Die Türen waren offen, sodass er die Wellen beobachten konnte, die sich an den Felsen darunter brachen, auf der Nordseite der Insel, und die Wildheit des Wassers lockte immer eine Resonanz tief in ihm hervor.

„Benutzt du eine Form von Verhütung?", fragte er höflich und kämpfte mit dem Drang, ihr einfach die Klamotten vom Leib zu reißen und sie anzuspringen.

„Die Pille, ja."

Er streckte die Hand nach ihr aus und stutzte dann, ein schrecklicher Gedanke kam ihm in den Sinn: „Gibt es einen Mann in deinem Leben?"

Sie schüttelte den Kopf und starrte seine Oberlippe an. Mit einem Finger berührte sie die Einbuchtung zwischen der Lippe und seiner Nase. „So sexy", murmelte sie.

„Warum nimmst du dann die Pille?", verlangte er zu wissen und seine Haut prickelte bei dem Gedanken, dass ein anderer Mann versuchen könnte, seinen Sturm zu erobern.

„Hauptsächlich aus Bequemlichkeit. Auf diese Weise habe ich nur ein paarmal im Jahr meine Tage."

„Gibt es keinen anderen Mann, mit dem du zusammen bist? Keinen Mann, den du begehrst?"

„Oh, ja, da gibt es einen Mann, den ich begehre", sagte sie, „können wir jetzt weitermachen? Weil, ich fühle mich, als würde ich explodieren oder so was, wenn du mich nicht bald berührst."

„Wer ist dieser Mann?" Die Worte kamen mit einem Fauchen: „Wie ist sein Name?"

Ein kleines Lächeln bog ihre Lippen nach oben. „Yannykos Papa-momo ... äh ... nein. Es tut mir leid. Ich kann's immer noch nicht aussprechen."

Ihn. Sie wollte ihn. Sie begehrte ihn. Natürlich tat sie das; sie hatte sich im wahrsten Sinne des Wortes ihm an den Hals geworfen im Krankenhaus. „Zieh dich aus", war alles, was er sagte.

Ihre Augenbrauen wanderten nach oben, bevor sie ein langes, langsames Lächeln lächelte, das er in seinen Eingeweiden zu fühlen schien. „Du magst also einen Striptease, wie? Okay. Ich weiß nicht, wie gut ich das kann, aber ich kann es versuchen."

Er zog sein Hemd und seine Schuhe aus, ließ aber die Hosen an, als sie langsam die Reihe von Knöpfen an ihrer Tunika öffnete. Er war erregt, seine Erektion schwer und heiß und so hart, dass er sich nicht daran erinnern konnte, dass sie jemals so hart gewesen war. Obwohl sie sich auf ihn geworfen hatte, wollte er sie nicht erschrecken mit dem Anblick dessen, wie sehr sie ihn erregte.

Sie hielt inne, ihre Aufmerksamkeit lag auf seinen Lenden. „Mutter Gottes, Jesus, Maria und Josef. Du, mein Herr, baust ein ganz schönes Zelt. Das sieht aus, als würde es wehtun. Du entspannst dich besser, bevor du dir noch dauerhaften Schaden zufügst."

Soviel zum Thema, sie nicht erschrecken. Er zog die Möglichkeit in Betracht, sie zu bitten, seine Hosen zu öffnen, entschied aber, dass er es nicht überleben würde, ihre Hände in der Nähe seiner Lenden zu spüren, sodass er selbst Hose und Unterwäsche mit schneller Effizienz auszog.

Ihre Augenbrauen wanderten bei seinem Anblick in die Höhe, aber sie sagte nichts und ihr Blick huschte von seinen Genitalien, über seinen Nacken, zu seinem Mund.

„Brauchst du Hilfe mit diesen Knöpfen?", fragte er, nachdem ein paar Minuten vergangen waren und sie sich immer noch mit der langen Reihe von ihnen abmühte.

„Ja, warum fängst du nicht unten an und arbeitest dich nach oben vor und wir treffen uns in der Mitte."

Sein Lächeln war voll von männlichen Absichten und er streckte die Hand aus. „Wie du möchtest."

„Weißt du, dass du die Knöpfe abreißen solltest, hatte ich nicht so ganz im Sinn, als – oh, aber hallo!" Er zerriss die Tunika, seine Hände waren sofort auf ihren Brüsten. Er vergrub sein Gesicht in ihnen, konnte nicht widerstehen, in die prallen kleinen Opfergaben, die sich nur für ihn darboten, zu tauchen und atmete ihren Geruch tief ein, seine Finger streichelten die empfindlichen Spitzen, bis sie sich an seinen nackten Schultern festklammerte und ihre Augen weit geöffnet waren.

Er hob den Kopf, seine Hände waren mit ihren Leinenhosen beschäftigt. „Das wird knapp, Liebling."

„Was du nicht sagst", erwiderte sie mit einem Schaudern, als sie mit der Hand über seine Brust streichelte, „es tut mir leid, aber kannst du aufhören mit dem, was du gerade tust?"

Er zog ihre Hosen nach unten und runzelte die Stirn, als er aufsah. „Was?"

„Danke."

Sie beugte sich vor und leckte über den Ansatz seiner Kehle, stöhnend, als sie sich an ihm rieb. Er schielte, als seine Erektion sich in die weiche Seite ihres Bauches presste.

„Fertig?", fragte er mit erstickter Stimme, als sie seinem Schlüsselbein einen kleinen Kuss gab.

„Für den Moment. Da gibt es immer noch diesen Punkt über deiner Lippe, aber den werde ich mir zum Nachtisch aufheben. Jetzt bist du dran, wenn du möchtest."

„Danke", sagte er ernst und ohne weitere Umstände rupfte er ihre Unterwäsche ab und befreite ihre Brüste aus der warmen Umgebung ihres BHs.

„Ich mag einen Mann, der sofort zur Sache kommt", sagte sie und wand sich, als er sie gegen seinen Körper presste und den Kopf senkte, um ihren köstlichen Mund zu beanspruchen.

Die Art, wie sie sich gegen ihn bewegte, ließ alle möglichen Alarmglocken in seinem Kopf schrillen. Wenn sie sich noch ein Stück weiter nach links bewegte, wäre alles für ihn vorbei.

„Du schmeckst nach dem Meer, mein kleiner Sturm", murmelte er in ihren Nacken, als er sie hochhob, sie zum Bett trug und sich dann mit ihr darauf niederließ.

„Salzig, meinst du? Es ist wahrscheinlich die Hitze. Daran bin ich nicht gewöhnt."

„Wild", verbesserte er, „du schmeckst ungezähmt. Endlos wechselhaft."

„Oh, hübsch", sagte sie mit einem langen Atemzug und ihr Körper lag da mit träger Grazie.

Er knabberte an ihren Brüsten und ergötzte sich an den kleinen leisen Geräuschen der Lust, als er erst eine, dann die andere Brustwarze leckte, bevor er sich tiefer bewegte.

Er küsste ihren Bauch, ihr Geruch befeuerte den seltsamen primitiven Drang in ihm, sie zu besitzen. Er müsste sie jetzt haben oder er würde bersten. Er spreizte ihre Beine für ihn, positionierte sich am Eingang ihres Paradieses, seine Arme neben ihr aufgestützt und senkte den Kopf, um sie zu küssen, als er sich darauf vorbereitete, in ihre Wärme einzudringen.

Sie seufzte lang und langsam und ihre Augen schlossen sich vor Lust, als er sich einen Weg zu ihren Brüsten küsste. Er biss die Zähne zusammen gegen den Drang, sich in ihr zu vergraben. Er würde das hier langsam angehen, ihr die Zeit geben, die es brauchte, um ihre Leidenschaft zu wecken. Er küsste sich einen Weg um ihr Ohr herum, knabberte an der Linie ihres Nackens, sein Penis so heiß und schwer, dass er wirklich glaubte, es würde ihn umbringen. „Das ist gut, oder, Liebling?"

Sie gab keine Antwort. Er biss sanft in ihr Ohrläppchen und merkte dann, dass irgendetwas nicht stimmte. Er erhob sich weit genug, dass er auf sie herabsehen konnte. Sie war errötet vor Leidenschaft, ihre Augen geschlossen, ihr Mund rosig und gut geküsst ... Und leicht geöffnet. Der winzigste Schnarcher kam zwischen diesen köstlichen Lippen hervor.

Sie war eingeschlafen? Während sie sich liebten? Sie waren nicht direkt beim Geschlechtsverkehr, aber das hier zählte sicher als Vorspiel. Iakovos starrte auf sie herab in komplettem Unglauben. Niemals jemals zuvor war eine Frau beim Vorspiel mit ihm eingeschlafen. Vielleicht waren nicht alle so verrückt von Begehren, wie sie sagten, er hatte immer sein Bestes getan, um ein aufmerksamer Liebhaber zu sein und Vergnügen darin gefunden, sicherzustellen, dass seine Begleitung seine volle Aufmerksamkeit erhielt, bevor er selbst seinen eigenen Höhepunkt erlebte.

Jetzt hatte dieser Sturm, dieses Unwetter von Frau, die seinen Körper und Geist so mühelos verzehrte, die Frechheit, einzuschlafen, während er versuchte, ihr Vergnügen zu bereiten.

Er biss ihr sanft in die Schulter, um zu sehen, ob sie einfach nur eingenickt war. Vielleicht war er zu sanft gewesen, weil er es hatte langsam angehen lassen wollen? Vielleicht war es zu viel Vorspiel gewesen? Ihre Nase kräuselte sich. Er biss erneut zu.

Sie schnarchte.

Was waren die Benimmregeln für einen Liebhaber, der in solch einer Situation eingeschlafen war, fragte er sich und hasste es, sie so warm und verführerischer liegen zu lassen, wollte aber gleichzeitig nicht weitermachen, während sie nicht teilnahm.

„Eglantine", sagte er in einer Stimmlage, die vielleicht ein kleines bisschen mit Verzweiflung getränkt war.

Sie runzelte im Schlaf die Stirn.

„Harry."

„Mrrf?" Ihre Augen öffneten sich. „Hmm?"

„Du bist eingeschlafen."

„Bin ich?“ Sie blinzelte einige Male und dann wanderte ihr Blick dahin, wo seine Brust auf ihrem Bauch lag. „Oh! Es tut mir leid! Das hat nichts mit dir zu tun, Iakovos, wirklich. Ich nehme an, der Jetlag hat mich eingeholt. Möchtest du weitermachen?“

„Wenn du die Zeit für mich erübrigen kannst“, sagte er, bissig, das wusste er, aber er hatte das Gefühl, dass er ein bisschen bissig sein durfte in dieser Situation.

„Ich bin ganz die deine“, sagte sie und streichelte mit der Hand über seinen Rücken bis zu seinen Pobacken, als er sich bewegte, um wieder ihren Mund in Besitz zu nehmen.

Er stöhnte in ihrem Mund wegen ihrer Hitze, beobachtete, wie Leidenschaft ihre Augen weich werden ließ. Ihre Lippen waren süß, wie frische Beeren in Salzwasser, ihr Nacken und ihre Schultern lockten seinen Mund. Er biss sanft in ihr Ohr, leckte sich einen Weg zu ihrem Kiefer und murmelte Worte der Lust, während er dies tat.

Sie war wieder eingeschlafen.

Iakovos betrachtete ihr Gesicht, der Sturm nun friedlich, während sie schlafend dalag, ein leises Lächeln umspielte ihren Mund, die dichten Wimpern lagen auf der honigsüßen Haut ihrer Wangen.

Er rollte sich mit einem Seufzen auf den Rücken und warf einen reumütigen Blick auf seine Erektion. „Also nur wir zwei heute Nacht, so scheint es.“

Harry murmelte etwas Unverständliches, rollte sich hinüber, um sich halb auf seine Brust zu legen, und wickelte ein Bein um seines. Sie seufzte zufrieden, drückte einen Kuss auf seine Wange und kuschelte sich näher an ihn. Dabei schnarchte sie sanft in seinen Nacken.

Oh ja, er hatte den Sturm gezähmt. Direkt in die Bewusstlosigkeit.

Sonnenlicht weckte Harry auf, einfach weil sie nicht daran gewöhnt war, es zu sehen in ihrem nach Westen ausgerichteten Schlafzimmer. Sie öffnete die Augen und schaute sich mit verschlafener Verwunderung um. Große Flügeltüren waren geöffnet, um die Brise vom Meer einzufangen und dadurch konnte sie das blaugrüne Wasser der Ägäis sehen, das gegen die Felsen anbrandete. Eine lange niedrige Kommode stand neben den Türen. Bilder in gedeckten Farben hingen in geschmackvoller Anordnung der Wand. Sie war in einem Zimmer, einem männlichen Zimmer, einem Zimmer, in dem wahrscheinlich ihr ganzes Apartment Platz hätte und dann wäre noch etwas übrig... Plötzlich erinnerte sie sich, wo sie war.

Sie drehte sich um, um Iakovos vorzufinden, der auf der Seite lag, seinen Kopf auf einer Hand gestützt, der sie beobachtete mit unlesbaren schwarzen Augen. Im Licht der Morgensonne jedoch konnte sie erkennen, dass sie nicht wirklich schwarz waren; sie waren dunkelbraun mit Flecken von Schwarz und leuchtendem Gold.

„Peinlich", sagte sie nach einem Moment der Stille.

„Findest du?", fragte er und seine Stimme glitt über ihre Haut wie Seide.

„Du nicht?"

„Nicht besonders, nein."

„Ja, also, du bist wahrscheinlich schon mit Legionen von Frauen aufgewacht, aber ich bin nicht der berühmte, begehrteste griechische Playboy der Welt. Ich weiß nicht, was ich tun soll. Du musst mir schon sagen, was man normalerweise in solch einer Situation macht. Soll ich mich normal verhalten, so als würde ich jeden Morgen neben einem anderen Liebhaber aufwachen? Sollte ich erröten und schüchtern meine Augen von deinem nackten Körper abwenden? Sollte ich dich anspringen? Was ist der Standard in so einer Situation?"

Ein kleines Stirnrunzeln machte sich in dem Gebiet zwischen seinen Augenbrauen breit. „Du bist keine Jungfrau. Du musst schon mal mit einem Liebhaber zuvor aufgewacht sein."

„Einem Liebhaber, ja. Aber nicht Unmengen von ihnen wie bei dir."

„Wer sagt, dass ich Unmengen von Liebhabern hatte?"

„Magazine. Zeitschriften. Die Klatsch-Seiten im Internet, kein Zweifel", sagte sie und zählte sie an ihren Fingern ab.

„Sie übertreiben."

„Nein. Aber aus reiner Neugier: Mit wie vielen Frauen bist du schon wach geworden?"

Er schaute für einige Sekunden aus, als würde er nicht antworten, dann runzelte er die Stirn in Konzentration: „Ich hab sie niemals gezählt."

„So viele, ja?"

„Nein, ich hatte nur einfach nie das Bedürfnis, sie zu zählen. Sobald eine Beziehung vorbei ist, ist sie vorbei. Ich beschäftige mich dann nicht mehr damit."

„Nicht gerade das, was jemand hören will, der das erste Mal neben dir im Bett aufwacht", sagte sie, schubste ihn auf den Rücken und umschloss seine Hüften mit ihren Beinen. Sofort wanderten seine Hände zu ihren Brüsten. „Ich habe das schreckliche Gefühl, dass du mich irgendwann letzte Nacht aufwecken musstest. Bin ich wirklich eingeschlafen?“

„Zweimal“, sagte er, seine Finger spielten mit ihren Brüsten.

„Habe ich deinen männlichen Stolz verletzt?“, fragte sie und machte ein Hohlkreuz, als er sie nur mit der Berührung seiner Hände in Brand setzte.

„Sehr.“

Sie legte ihre Hände über seine und gebot ihm für einen Moment Einhalt, als sie sich zu ihm hinablehnte, um ihn zu küssen. „Es tut mir wirklich leid, Iakovos. Der Jetlag muss mich umgehauen haben. Hast du's wenigstens ... zu Ende gebracht?“

„Nein.“

Sie zuckte zusammen. „Entschuldige“, wiederholte sie.

„Das ist nichts, was ich wieder erleben möchte, aber du darfst es gerne wiedergutmachen, wenn du möchtest“, sagte er und in seinen Augen war ein dunkles sinnliches Funkeln, das Wärme bis in ihre Zehenspitzen verströmte.

Sie wand sich auf ihm. „Oh, ich denke, so viel schulde ich dir wenigstens. Möchtest du oben oder unten sein?“

„Was?“ Er schaute sie an, als könne er nicht fassen, was sie gefragt hatte.

„Willst du, dass ich dich reite wie ein gemietetes Maultier oder bevorzugst du es, Mister Missionarsstellung zu sein? Ich hab mit beidem kein Problem, für mich ist es also egal." Sie streichelte mit ihren Händen über seine Brust, genoss das Gefühl des weichen Haares immens, das ihre Fingerspitzen kitzelte. Sein Brusthaar verengte sich unterhalb seines Bauchnabels und strebte in einem schimmernden Pfad zu seinem Penis.

Seine Lippen zuckten. „Bist du immer so respektlos, wenn es um Sex geht?"

„Sicher. Es sollte schließlich Spaß machen, oder nicht?"

„Vergnüglich, ja." Er ließ seine Hände zu ihren Hüften wandern und strich mit den Daumen über ihre empfindliche Haut. Für einen Moment sah sie Sterne, bevor sie ihre Hüften gegen seine bewegte. „Heiß und schwitzig und erfüllend, absolut."

Sie stöhnte und erhob sich ein wenig, als er einen seiner Finger in ihrer Tiefe vergrub. „Oh, wie sehr erfüllend."

„Harry?"

Sie stöhnte wieder, drückte ihren Rücken durch, als er einen zweiten Finger in sie schob. „Hrrn?"

Er drehte sie auf den Rücken, legte sich auf sie, zog ihre Beine und drapierte sie um seine Hüften. „Ich bin lieber oben."

„Das passt definitiv für mich", japste sie, als er in sie eindrang. Sie hob ihre Hüften an, um seinen Stößen zu begegnen, sein Mund war plötzlich auf ihrem und bescherte ihr eine Reizüberflutung. Er schmeckte so gut, so heiß, sie wollte dort bleiben für immer, ihn genießen, während ihr Körper seine harten Stöße willkommen hieß, mit denen er in ihre Tiefe eindrang. „Härter", flüsterte sie und ließ ihre Lippen über seinen

Nacken wandern, kostete das Salz seiner Haut, als er
ihren Anweisungen folgte und sich mit mehr Kraft
bewegte.

„Schneller."

„Mein kleiner Sturm", stöhnte er in ihr Ohr. „Ich hätte es wissen müssen, dass du es so magst, wild und
unkontrolliert."

„Unkontrolliert ist definitiv besser", ächzte sie und
zog ihre Beine enger um seine Hüften, ließ ihre Nägel
sanft über seine Wirbelsäule kratzen. „Lieber Himmel,
was machst du mit mir!"

„Wenn es nur irgendwie vergleichbar ist mit dem,
was du mit mir machst –" Seine restlichen Worte gingen verloren, als sie plötzlich erstarrte, ihr gesamter
Körper verharrte einen endlosen Moment am Rand
von etwas Ungeheuerlichem, bevor sie seinen Namen
rief und in seinen Armen kam.

Er folgte ihr, sein heiserer Schrei von Vollendung
klang süß in ihren Ohren, fast so süß wie sein Gewicht
auf ihr, als er auf ihr zusammenbrach. Sie streichelte
seinen Rücken und es kümmerte sie nicht, dass er
glitschig war von Schweiß, denn den hatte er sich
definitiv verdient. Sein Atem war so abgehackt wie
ihrer, kleine heiße Luftstöße auf ihrem Nacken, während er wieder zur Besinnung kam.

Er rollt sich von ihr herunter, seine Augen waren
groß und er starrte die Decke an, sein Atem immer
noch unregelmäßig. Harry fühlte sich, als hätte jemand ihre Gliedmaßen mit solchen ersetzt, die keine
Knochen haben. Sie sah zu Iakovos hinüber und wollte gerade sagen, dass er jederzeit oben sein könnte, als

sie plötzlich bemerkte, wie groß das Bett eigentlich war. „Heiliger Bimmbamm, Yacky. Das Bett ist riesig."

Sein Kopf drehte sich ihr zu, in seinen Augen Unglauben. „Entschuldigung?"

„Dein Bett." Sie deutete auf den Platz zwischen ihnen beiden. „Du könntest eine fünfköpfige Familie beherbergen. Es ist riesengroß. Wozu brauchst du solch ein gigantisches Bett?"

Er war wieder dazu übergegangen, sie anzusehen, als würden Brüste über ihrem Kopf tanzen. „Ich bin ein großer Mann. Ich muss mich ausbreiten können."

Sie musste sich ein Lächeln verbeißen. Diese Tatsache war ihr mitten in der Nacht aufgefallen, als sie zur Toilette gegangen war. Er hatte geschlafen, einen Arm über sie gelegt, während er auf dem Bauch lag, alle viere von sich gestreckt und dabei sehr viel Platz gebraucht. „Ja. Ich mag das an dir. Du gibst mir das Gefühl, feminin zu sein. Nicht viele Kerle schaffen das, weil ich so groß bin, weißt du. Ich glaube in der Tat gar nicht, dass einer von ihnen es zu solch einem Maße geschafft hat."

„Eglantine", sagte er, seine Lippen verengten sich, als er sie über die vielen Meilen seines Bettes bis an seine Brust zog. „Ich glaube, wir sind darüber eingekommen, dass wir unsere Ex-Partner nicht diskutieren."

„Nein, du konntest deine nur nicht zählen, weil es so viele waren. Ich kann meine an einem Finger zählen."

Er schürzte die Lippen. „Du hattest bis jetzt nur einen Partner?"

„Ja. Es ging aber über drei Jahre, also ich glaube, das könnte man als drei zählen. Einer klingt so erbärmlich, meinst du nicht auch?"

„Nein“, sagte er und deckte sie beide zu. „Ich denke nicht, dass das erbärmlich klingt. Schlaf noch ein bisschen.“

„Es ist Morgen“, protestierte sie und wurde sich des trägen Gefühls bewusst, das es so falsch erschienen ließ, sich aus dem warmen, weichen Bett zu bewegen. „Ich habe Sachen zu erledigen.“

„Es ist früh und du hattest bloß ein paar Stunden Schlaf.“

„Ich sollte nach den Jungs sehen. Sie fragen sich wahrscheinlich, was mit mir letzte Nacht passiert ist.“

„Du kannst mit ihnen später sprechen.“

„Ich sollte mich um Cyndi kümmern und sicherstellen, dass es ihr gut geht.“

„Ich werde für dich im Krankenhaus anrufen. Schlaf, kleiner Sturm. Du brauchst deine Kraft für später.“

„Haha. Sehr witzig.“ Sie kuschelte sich an ihn und ihr Körper entspannte sich in seiner Wärme. Sie fragte sich, wie hoch der Preis dafür wäre, für immer in seinen Armen bleiben zu können.

Kapitel vier

„Harry Knight, du bist ein Idiot, dich in einen Typen zu verlieben, den du gerade erst getroffen hast." Die Worte blieben zurück, als sie sauber in den engen Pool eintauchte, den sie versteckt in einer Ecke des Gartens gefunden hatte, außer Sicht wegen großer Büsche. Das Becken war nicht geheizt und lag im Schatten, sodass der Kälteschock sie nach Atem ringen ließ, als sie wieder an die Oberfläche kam und Wasser aus ihren Augen wischte. Dann suchte sie sich eine der vier Bahnen aus und ging in leichte Kraulzüge über, die dafür gedacht waren, sie nach einem Morgen voll Sex, der so hirnverdrehend gut gewesen war, dass ihr Körper immer noch von diesem Gefühl summte, aufzuwecken. Nicht so sehr ein Gefühl von sich selbst, sondern von ihm.

Iakovos. Sie ließ den Namen durch ihre Gedanken wandern während sie faule Runden schwamm und versuchte, festzunageln, was genau sie von ihm hielt.

Er war sexy, definitiv. Sein reiner Anblick brachte sie sprichwörtlich dazu, zu sabbern und sorgte für einen leichten Schwindel, als wäre sie fünfzehn und verliebt in einen Rockstar.

Er war fürsorglich. Er benutzte nicht einfach nur ihren Körper und gab selbst nichts zurück. Er machte Liebe mit seinem ganzen Selbst, seine geflüsterten Worte, mit denen er ausdrückte, was er fühlte, dachte und wie sehr er ihre Reaktionen liebte, waren fast so gut wie das Gefühl seines Körpers. Sie hatte nicht viel Erfahrung mit Männern, aber instinktiv verstand sie, dass Iakovos' Verhalten im Bett viel mehr war als nur das Pflichtprogramm.

Sie drehte sich auf den Rücken, ihre Arme und Beine bewegten sich scheinbar mechanisch, als sie ihre Bahnen schwamm, während ihre Aufmerksamkeit immer noch damit beschäftigt war, wie sehr sie seine Intelligenz mochte. Sie hatte zuerst gedacht, dass er dieser typisch arrogante Stock-im-Arsch-Typ wäre, selbstverliebt und mehr als nur ein bisschen begeistert von seiner eigenen Wichtigkeit. Aber ab dem Moment, als sie ihn im Krankenhaus geküsst hatte, war ihr aufgegangen, dass er gar nicht so war. Oh, er mochte es, Reden zu schwingen, aber ab der Sekunde, als er begriffen hatte, dass sie die Fassade hinterblickte, hatte er sich noch nicht einmal bemüht, sie aufrechtzuerhalten.

Während sie in den blauen, wolkenlosen Morgenhimmel starrte, dachte sie, dass Iakovos ganz einfach ein sehr netter, sehr faszinierender Mann war und wenn die Entwicklung nicht sofort und komplett aufhörte, würde sie sich wie verrückt in ihn verlieben.

Ein Schatten fiel auf ihr Gesicht und sie hielt mit ihren Schwimmzügen inne, sodass sie für einen Moment Wasser spuckte.

„Eglantine. Treffen wir uns also wieder", sagte eine tiefe, träge Stimme.

Sie wischte das Wasser aus ihren Augen und strampelte für einen Moment im Wasser, während sie nach oben sah, wo er am Poolrand stand. Er trug eine dunkelblaue Badehosen und ein Handtuch.

„Yacky. Es tut mir leid", stammelte sie und konnte die Augen nicht abwenden von seinem nackten Körper. „Mir war nicht klar, dass das dein Pool ist."

„Das sind alle meine Pools", sagte er und Humor sickerte durch seine Stimme. „Es ist meine Insel."

„Nein, ich meinte... Ich glaube, ich habe einfach nicht nachgedacht. Das sah einfach nach einem unbenutzten Bahnenpool aus. Ich hatte nicht vor, ihn ohne Erlaubnis zu benutzen –"

„Liebling, du darfst, was auch immer du willst hier benutzen und das beinhaltet auch mich, eine Tatsache, von der ich hoffe, dass sie besser früher als später eintrifft, wenn du mich weiterhin so anschaust."

Sie grinste und schwamm langsam davon. „Ich kann nichts dafür. Hast du schon mal den Ausdruck gehört Zunge am Gaumen festkleben? Es sieht ganz so aus, als würdest du dafür sorgen, dass meine Zunge am Gaumen festklebt, Iakovos."

„Ich habe bessere Dinge mit deiner Zunge vor." Er tauchte über ihren Kopf in die nächste Bahn ein und kam wieder an die Oberfläche, sein schwarzes Haar nach hinten geglättet. Er hatte einen kleinen Witwenspitz und trug seine Haare etwas länger als die meisten Männer, die sie kannte, gerade lang genug, sodass sie an den Spitzen seiner Ohren entlang streiften. Sie waren so weich wie Seide, wenn sie ihre Finger darin vergrub, erinnerte sie sich mit einem kleinen Schauder.

Er sah sie mit diesem unbeschreiblichen Gesichtsausdruck an, seine Augen glitzerten wie die Morgensonne auf dem kühlen Wasser. „Wenn du mich weiterhin so ansiehst, Harry, dann will ich wieder mit dir ins Bett."

„Oh, damit habe ich kein Problem", sagte sie und gab diesem Gedanken ihre volle Zustimmung.

Er bewegte sich auf sie zu, legte dann einen Stopp ein und schüttelte den Kopf: „Ich schwimme immer morgens."

„Dann solltest du das auf jeden Fall tun. Würde es dich stören, wenn ich auch noch ein paar Runden drehe?"

„Nicht im Geringsten."

Er suchte sich eine Außenbahn aus, sie nahm an, damit er sie nicht vollspritzte. Für einen Moment beobachtete sie ihn, als er mit einem geschmeidigen Kraulen davonschwamm, bevor sie selbst ihre Runden wieder aufnahm.

Sie hatte gerade vier Bahnen Brustschwimmens beendet, das besonders unordentlich geraten war, als sie realisierte, dass er sie beobachtete. Sie warf ihm einen neugierigen Blick zu: „Stimmt was nicht?"

„Nicht im Geringsten. Du schwimmst sehr gut."

Sie zuckte mit den Schultern und wandte sich wieder ihrem zuvor unterbrochenen Rückenkraulen zu:

„Ich komm klar. Es ist nicht oft, dass ich die Gelegenheit habe zu schwimmen, also nutze ich sie, wenn ich sie habe.“

„Du solltest es öfter tun“, sagte er und imitierte ihr Rückenkraulen. Sie spähte aus dem Augenwinkel nach ihm. Sein Kraulen war wesentlich besser als das Rückenschwimmen. „Du könntest eine wirklich gute Schwimmerin sein, wenn du es etwas öfter machen würdest.“

Es brauchte ein paar Sekunden, bevor seine Aussage in ihrem Hirn ankam. Als sie dort eingesickert war, legte sie einen Stopp ein und starrte ihn an: „Implizierst du gerade, dass nur, weil ich nicht ein absurd reicher, begehrenswerter Junggeselle bin, ich auch kein guter Schwimmer bin?“

„Begehrtester Junggeselle, nicht begehrenswerter“, verbesserte er sie und machte sich nicht die Mühe, sie anzusehen, verdammt sei sein arrogantes Getue. „Und alles, was ich gesagt habe, ist, dass wenn du mehr üben würdest, du auch ziemlich gut im Schwimmen wärst.“

„Oh, das ist eine Kampfansage, Junge“, sagte sie und schwamm zu den Stufen, die aus dem Pool führten.

„Ich wollte dich nicht beleidigen –“

„Zum Teufel mit wollte!“ Sie zupfte am Badeanzug, der immer über ihren Hintern nach oben rutschte und schritt zum anderen Ende des Pools. „Komm aus dem Wasser, komm schon. Du wirst den Worten Taten folgen lassen.“

„Was genau schlägst du vor? Eine Wette?“, fragte er, als er langsam aus dem Pool kletterte.

„Das klingt gut. Wir veranstalten ein kleines Wettschwimmen, sollen wir? Der Gewinner muss ..." Sie verstummte und versuchte, sich einen geeigneten Einsatz zu überlegen.

„Sex mit der anderen Person haben?", schlug er vor, während sich langsam ein sinnliches Lächeln auf seinem Gesicht breitmachte und er auf sie zuschritt, das Wasser glitzerte auf seiner Brust wie einzelne Diamanten.

„Abgemacht. Wie viele Bahnen schaffst du?"

Sein Blick wanderte langsam über ihren Körper. „Das lasse ich dich bestimmen, aber ich sollte dich darauf hinweisen, dass ich einen unfairen Vorteil dir gegenüber habe."

„Weil du größer bist als ich?", fragte sie, während sie ihre eigene Inspektion vornahm. Ihn einfach nur anzusehen, sorgte dafür, dass ihr Herzschlag sich beschleunigte. Bevor er antworten konnte, hob sie die Hand. „Einen Moment – muss die Zunge von meinem Gaumen lösen."

Er lachte und schüttelte den Kopf. „Nein, der Vorteil liegt darin, dass ich täglich schwimmen kann. Und was Zungen angeht..." Er beugte sich herab und nahm ihren Mund in Besitz, seine Zunge wie ein Brand auf ihren Lippen, die kühl waren durch das Wasser. „Wie gesagt, ich kann mir eine Menge Dinge vorstellen, die ich mit ihnen anstellen könnte."

„Also, du wirst auf jeden Fall einen Vorteil haben, wenn du das noch mal machst", sagte Harry und trat einen Schritt zurück, nachdem sie einige Minuten unter der brennenden Berührung seiner Hände und seines Mundes ausgehalten hatte. „Du stellst irgendetwas mit meinen Knochen an, sodass sie wie aus Gummi sind."

Er hob die Hände in einer Geste der Kapitulation und trat ebenfalls zurück. „Ich will nicht verdächtigt werden, dass ich betrüge. Sollen wir sagen vier Bahnen? Irgendein besonderer Stil?"

„Was ist dein stärkster?", fragte sie, „Kraulen?"

„Kraulen ist in Ordnung", stimmte er zu und sie wusste ohne jeden Zweifel, dass er vorhatte, sie das Wettschwimmen gewinnen zu lassen. Sie lächelte innerlich, denn sie war sich sicher, dass sie diese Absicht in unter einer Minute untergraben könnte.

„Willst du uns einzählen?", sagte sie und nahm ihre Position ein auf der mittleren linken Bahn. Er wählte die neben ihr.

„Die Ehre gebührt dir."

„Okay. Auf fünf." Sie spreizte die Beine und ging in die Hocke, bis ihre Finger gerade über der Wasseroberfläche baumelten – die klassische Startposition. „Bereit?"

Er schenkte ihr einen neugierigen Blick und imitierte dann ihre Position „Bereit."

Sie zählte sie ein und gab ihm eine halbe Sekunde Vorsprung, bevor sie in den Pool eintauchte. Adrenalin sorgte für einen kleinen Kick, als sie unter Wasser schwamm, bevor sie nach einer Weile an die Oberfläche kommen musste, um Luft zu holen. Dann nahm sie sofort einen schnellen, aber durchhaltbaren Rhythmus auf. Nach einer Bahn war sie eine ganze Körperlänge vor ihm. Sie machte nur ein kleines bisschen langsamer, als sie eine Wende unter Wasser vollführte und so konnte er sie einholen, damit er sehen konnte, dass sie kein Problem damit hatte, ihn abzuhängen.

Sie bemerkte den Moment, in dem er das feststellte. Sein geschmeidiges Kraulen wurde abgehackt, als er versuchte, mehr Energie in die Züge zu legen, um schneller zu werden. Innerlich schüttelte sie den Kopf und legte einen Zacken zu, spürte die Endorphine, als sie ihre zweite Wende machte, nun zwei volle Längen vor ihm. Als sie auf der letzten Bahn war, holte er bei jedem Zug Atem, ein sicheres Zeichen dafür, dass ihm die Power ausging.

Sie kam fast eine halbe Bahn vor ihm ins Ziel und drehte sich um, um ihn heranschwimmen zu sehen. Er machte sich nicht die Mühe, den Seitenrand zu berühren, sondern hielt neben ihr inne und wischte sich das Wasser aus Augen und Nase, sein Atem so abgehackt, wie als er heute Morgen mit ihr im Bett gewesen war, seine breite Brust hob und senkte sich mit Mühe, als er versuchte, dringend benötigten Sauerstoff in seine Lungen zu pumpen.

„Du... schwimmst... professionell...", keuchte er und wischte sich das Haar zurück, die Anklage in seinem Blick.

„Nein. Aber ich war in der Schule und auf der Uni in den Schwimmteams." Sie lächelte und schwamm zu ihm hinüber, ihre Hände glitten seine Brust hinauf. „Du hast viel Kraft, Iakovos, aber keinen Stil, keine Finesse. Deine Beine sind überall und ich würde mit dir wetten, dass deine Zug- und Druckphase nicht stimmen."

Er langte nach ihr und zog sie an sich, seine Hände waren hart auf ihrem Hintern und er knurrte in ihren

Mund, als er sagte: „Ich zeige dir, wer hier keine Finesse hat."

Zu Iakovos' Unwillen hatten sie allerdings keinen Sex im Pool, aber es war knapp. Gerade rechtzeitig erinnerte er sich daran, dass obwohl keiner seiner Familienmitglieder jemals diesen Pool benutzte, einige der Hausgäste das durchaus tun könnten, und es würde sie der Lächerlichkeit preisgeben, wenn man sie finden würde, ihn tief in seiner wundervollen Seehexe vergraben.

Es hatte ihn sowohl überrascht als auch begeistert, dass sie ihn geschlagen hatte, während er sich doch so sicher gewesen war, dass er sie leicht abhängen könnte. Das hatte er davon, dass er angenommen hatte, dass sie wie jede andere Frau wäre – es war absolut normal, dass ein Sturm, auf See geboren so wie sie, so schnell wie ein Delphin schwimmen konnte. Er gab die Brust frei, an der er gesaugt hatte und zog die obere Hälfte des Badeanzugs mit Widerwillen wieder zurück, wieder einmal begeistert von dem weggetretenen Blick, der in ihre Augen trat, wann immer er sie berührte.

„Ich kann mich nicht erinnern, dass ich mich jemals so darauf gefreut habe, einen Wetteinsatz einzulösen", sagte er ihr, und ergriff noch einmal Besitz von ihrem Mund, einfach weil er sich selbst nicht stoppen konnte. „Aber das werde ich mit Freuden heute Nacht tun."

„Für mich klingt es gut", sagte sie und seufzte glücklich.

Für einen Moment sah er auf sie herab, ihr Gesicht gerötet, die langen Strähnen ihres Haares flossen hinter ihr auf dem Wasser. Obwohl er nicht dafür verantwortlich war, Elenas Gäste zu unterhalten, waren sie trotzdem Gäste in seinem Haus und ab und zu sollte er sich sehen lassen. Geschäftliche Verpflichtungen hatte er für die paar Tage verschoben, die er der Geburtstagsparty seiner Schwester widmete, aber es gab immer Arbeit zu erledigen. Er hatte nicht vor, sich mit ihr zufriedenzugeben, obwohl diese Frau, deren Körper sich gerade so einladend an seinen presste, komplett anders war als alle anderen, die er jemals hatte. Sie war auch einfach nur eine Frau.

Er schaute tief in ihre Augen, die vor Leidenschaft leuchteten, und er wusste, dass es dumm war, sich selbst zu belügen. Er hatte keine Lust, den Gastgeber zu spielen und ihn interessierte es auch nicht, geschäftlichen Verpflichtungen nachzukommen. Er wollte die Zeit mit Harry verbringen und herausfinden, welche wunderbaren Dinge ihr Geist sich ausdenken würde. „Hast du heute irgendetwas vor?"

Er hatte sie so durcheinandergebracht, dass es einen Moment dauerte, bis sie ihre Gedanken sortiert hatte. Auch das begeisterte ihn. „Cyndi wird heute Nachmittag aus dem Krankenhaus entlassen und ich sollte da sein, um sie abzuholen."

„Das können die anderen übernehmen. Ich werde ihnen ein Boot bereitstellen."

„Ich sollte ihr Manager sein", erinnerte sie ihn.

Er mochte den Gedanken nicht, dass sie auf Abruf bereitstehen sollte. „Ich werde Dmitri veranlassen, dass er sich darum kümmert."

„Dmitri?"

„Mein Assistent.“ Sie sah aus, als würde sie protestieren wollen, also küsste er sie wieder, um sie abzulenken.

„Und dann werden sie sicherlich proben wollen“, sagte sie einige Minuten später und klammerte sich an seinen Schultern fest, ihr Mund heiß auf seinem Nacken. „Ich sollte da sein für den Fall, dass sie etwas brauchen.“

„Mein Personal kümmert sich um alles, was sie brauchen“, sagte er, seine Hände auf ihrem Hintern, als er sie sanft zur Metallleiter schob. Lieber Gott, wie er ihren Hintern liebte. „Zieh dich an und ich nehme dich mit nach Krokos. Du wirst es mögen – es ist nicht weit runter an der Küste, aber es ist jenseits der Touristenpfade.“

„Ich sollte nicht ...“ Sie kletterte aus dem Pool.

Er folgte ihr, hob ihr Kinn an, um auf ihre Unterlippe beißen zu können.

„In Ordnung“, sagte sie nach einem Moment des Zögerns, und Wasser lief über ihren glatten schwarzen Badeanzug. Er beobachtete, wie ein paar Tropfen zwischen ihren Brüsten verschwanden und fühlte, wie seine Lenden heiß wurden. „Aber ich warne dich, wenn du mich irgendwo hin mitnimmst, wo wir alleine sind, werde ich über dich herfallen.“

Er grinste und konnte sich nicht daran hindern, auf Beutezug für einen letzten Kuss zu gehen. „Darauf hoffe ich, Liebling, darauf hoffe ich.“

Harry war im siebten Himmel oder zumindest so nah dran, wie man das der Erde sein konnte. Sie schaute zurück, von wo sie auf dem Bug von Iakovos’ flottem kleinen Schnellboot saß, und Wind blies das Haar um sie herum, als hätte es ein eigenes Leben. Die Geschwindigkeit, mit der sie sich fortbewegten, machte es unmöglich, eine Unterhaltung zu führen, ohne zu schreien, also gab sie sich damit zufrieden, die Aussicht zu bewundern, die hauptsächlich aus Iakovos bestand. Er trug ein paar schwarze Hosen und ein dünnes rotes Baumwollhemd, das gerade weit genug offen stand, um sie die sexy Stelle auf seinem Nacken sehen zu lassen und eine kleine Spur von Brusthaar, von dem sie wusste, dass es seidig weich war. Sie liebte seine Brust, konnte nicht aufhören, sie zu berühren und zu kosten.

Er beobachtete sie ebenfalls, eine Hand lässig auf dem Steuerruder, die andere ruhte auf seinem Oberschenkel.

Sie liebte auch seine Oberschenkel. Er hatte die langen Muskeln eines Schwimmers und war überraschend kitzlig an der Innenseite. Ihre Zehen rollten sich in den Sandalen, als sie kichernd daran dachte, wie sie früher am Tag sanft ihre Fingernägel über seine Oberschenkel hatte kratzen lassen und wie er sich gewunden hatte.

Sie warf ihm ein Lächeln zu und drehte sich wieder in die Richtung, in die sie fuhren, als ein Schimmer auf der Backbordseite sie nach Luft schnappen ließ. Sie deutete in die Richtung und rutschte vom Buckel runter, bis sie neben ihm stand und ergriff seinen Arm, damit er hinsah. „Delfine!"

Er legte einen Schalter um, der das Boot auf Autopilot setzte und wand seine Arme um ihre Hüften, als er gehorsam in die Richtung sah, wo drei Delfine neben und vor dem Boot auftauchten.

„Sie spielen mit unserer Bugwelle", rief er.

„Ich habe noch nie welche gesehen." Sie krallte sich an der Metallreling fest und lehnte sich nach vorne, um sie beobachten zu können. Sie lachte, als einer nur wenige Meter von dem Boot durch die Wasseroberfläche brach. Dieser Anblick füllte sie mit so viel Freude, dass ihr Tränen in die Augen traten.

„Lehn dich nicht so weit vor oder du fällst ins Wasser", warnte er.

Sie drehte sich herum, um die Freude mit ihm zu teilen und fand sich plötzlich in der Hitze seines Blicks wieder. Ohne nachzudenken, bewegte sie sich in seine Umarmung und legte die Arme um seine Hüften, stand einfach nur da, ihr Körper an seinen gepresst, sein Mund streichelte sanft ihre Stirn, während ihr Haar um sie beide blies. Sie war zufrieden, einfach bei ihm zu sein, während sie in dieser magischen Welt aus Meer, Sonne und Mann eintauchte, der schnell ihr Herz eroberte.

Eine Stunde später stand sie am Fuße von Stein und Erde, die sich aus dem kristallblauen Meer erhoben, eine braunrote Landschaft, gesprenkelt mit grünen Flecken und strahlend weißen Steingebäuden, die sich mit schier unmöglicher Leichtigkeit an die Hänge klammerten.

Iakovos musste vorher angerufen haben, denn ein Jeep erwartete ihn, als er an dem schmalen Dock anlegte. Einige größere Schiffe lagen auf Reede, darunter eine Yacht, aber Harry schenkt ihnen keine Aufmerksamkeit, während Iakovos etwas über die Gegend erzählte.

„Safran ist das wertvollste Gut in dieser Gegend, aber wir sind zur falschen Zeit im Jahr hier, um die Krokusfelder zu sehen. Vielleicht wirst du ein anderes Mal die Gelegenheit haben zu sehen, wie es verarbeitet wird, aber für heute hast du die Wahl zwischen Mittagessen, Besichtigung oder ich könnte uns ein Zimmer im Hotel besorgen, damit du mich verführen kannst."

Sie schaute auf die Stadt, die sich stufenweise erhob, dazwischen grünes Gestrüpp, das ein harmonisches Bild ergab mit den blendend hellen Gebäuden und den roten Ziegeldächern. Die Luft roch nach Meer und warmer Erde und nach warmem Mann. Sie wollte ihr Gesicht in seinem Hals vergraben und einfach nur seinen Geruch einatmen, aber da er sich die Mühe gemacht hatte, sie hierherzubringen, dachte sie sich, dass sie diese Gelegenheit nutzen sollte.

„Wie wäre es mit ein bisschen Besichtigung, danach Mittagessen und dann schauen wir mal, was wir mit diesem Gedanken machen, dass ich dich vernaschen könnte."

„Ich kenne meine Meinung zu diesem Thema, aber es wird, wie du möchtest." Seine Hand war warm auf ihrem Rücken durch das dünne Gewebe ihres leichten Sommerkleids, als er sie durch die Stadt führte, um ihr die Sehenswürdigkeiten zu zeigen, die es gab.

„Was ist das?", fragte sie und spendete mit einer Hand ihren Augen Schatten, als sie auf eine Masse von weißen Gebäuden deutete, die sich über die Hügelflanke ergossen.

Er warf ihnen einen flüchtigen Blick zu und manövrierte sie dann in die andere Richtung. „Ferienwohnungen. Komm, wir schauen uns den älteren Teil der Stadt an."

Sie besichtigten eine hübsche, kleine weiße Kirche und spazierten durch die Hauptstraße, sahen sich einen seltsamen, aber schönen viereckigen Turm an, der tatsächlich ein Taubenschlag war und schließlich ließen sie sich in einer Taverna in den Ausläufern der Stadt nieder, saßen hoch auf der Hügelflanke und sahen auf das Wasser unter ihnen.

„Du wirst nicht in Schwierigkeiten kommen hierfür, oder?", fragte Harry, die im Schatten eines alten Olivenbaums saß.

„Dass ich dich einlade oder für die Dinge, die ich vorhabe, mit dir anzustellen? Definitiv nicht für Ersteres, aber ziemlich wahrscheinlich für Letzteres."

„Jetzt will ich definitiv ein bisschen Zeit für die Verführung", lachte sie und war sich sehr bewusst, dass sein Bein sich unauffällig gegen ihres presste, als sie an der Schmalseite des kleinen Patios der Taverna saßen.

„Ich meinte, einfach so abzuhauen und deine Gäste allein zu lassen. So sehr ich den Tag auch genieße, ich kann nicht anders, als mich schuldig zu fühlen, dass ich dich von deinen Aufgaben fernhalte."

„Vielleicht", sagte er und schenkte ihr ein langsames Lächeln, das sie in eine Pfütze von Begehren schmelzen ließ, „habe ich einfach dich zu meiner Aufgabe für den Tag gemacht."

„Noch so ein Satz und du bist in großen Schwierigkeiten", warnte sie ihn.

„Wirklich?“ Er warf ihr einen nachdenklichen Blick zu. „Wie das?“

Sie lehnte sich nach vorne und ihre Brust streifte seinen Arm, während sie einen Finger über seine Wange gleiten ließ.

„Du musst allen hier erklären, warum du mit einer Frau gekommen bist und mit einem knochen- und hirnlosen Klecks von Sabber wieder gehst.“

Bevor er antworten konnte – und sie konnte sehen, dass er in ähnlicher Art antworten würde –, trabte der Besitzer der Taverna herbei, um zu sehen, was sie essen wollten.

„Hast du irgendwelche Vorlieben?“, fragte Iakovos, nachdem er mit dem Mann gesprochen hatte.

„Nicht wirklich, aber ich sollte dich warnen, ich bin allergisch gegen Schalentiere.“

Er schaute sie schockiert an. „Das ist gleichbedeutend mit Ketzerei in Griechenland.“

„Auch in Seattle. Es ist der Fluch in meinem Leben.“

Er sprach wieder mit dem Besitzer, der ihr zuzwinkerte, bevor er verschwand, um ihr Essen zu bringen.

„Er sagt, du hast Glück.“

„Ich?“ Sie machte große Augen. „Weil ich mit einem aus den Top Ten der sexiest Junggesellen der Welt unterwegs bin?“

„Wohl kaum. Weil die Delfine dich in Krokos willkommen geheißen haben“, gab er zur Antwort und schenkte ihr ein Glas Bier ein. „Du hast wirklich niemals zuvor welche gesehen?“

„Nein. Stört es dich, wenn ich dich berühre?“

Nun war er an der Reihe mit den überraschten Blicken und eine Seite seines Mundes zuckte ein bisschen. „Mir macht es nichts aus, aber du läufst Gefahr, den Besitzer der Taverna zu schockieren."

„Nicht diese Art von Berührung, Mister Gedanke in der Gosse. Ich will dich einfach nur berühren und ich weiß nicht, ob du das als Tabubruch ansehen würdest."

„Ich kann ehrlich sagen, dass du meine volle Zustimmung hast, mich wie auch immer und wann auch immer zu berühren", sagte er und nahm einen großen Schluck Bier. „Beruhigt dich das?"

„Ja, danke." Sie legte ihre Hand auf seinen Oberschenkel und genoss das Gefühl des harten Muskels unter ihren Fingern und die Wärme, die durch den Stoff seiner Hosen sickerte. „Warum sprichst du Englisch mit einem britischen Akzent?"

„Ich bin in England zur Schule gegangen. Spielen wir jetzt das Fragespiel? Warum hatte eine Frau, die so schön ist wie du, bis jetzt nur einen Partner?"

„Männer", sagte sie mit einem Seufzen, das sich in ein kleines Schaudern verwandelte, als er lässig seinen Arm über die Rückenlehne ihres Stuhles legte und seine Finger dabei sanft über ihren Nacken strichen, „sind eingeschüchtert von mir. Entweder bin ich größer als sie, was sie alle nervös macht, oder ich bin zu
…"

„Ungezähmt?", schlug er vor und seine Finger tauchten in ihr Sommerkleid ein, um die Haut ihres Rückens streicheln zu können.

„Unkonventionell. Diejenigen, die nicht von mir eingeschüchtert sind, sind … Ich weiß nicht … Einfach nicht mein Fall. Sie haben keinen Sinn für Humor oder sie interessieren sich für Zeug, das mir egal ist."

„Was für Zeug?“, fragte er und seine Finger verur-
sachten einen kleinen Brandherd in tieferen, intime-
ren Regionen bei ihr.

„Sport? Politik?“

„Nein, nichts dergleichen. Es ist eher die Art, wie ihr
Gehirn funktioniert, vermute ich. Sie haben einfach
nicht diesen... Funken, der mich fasziniert und der
mich dazu bringt, Zeit mit ihnen verbringen zu wollen.“

Er schwieg einen Moment. „Habe ich diesen Funken?“

„Du“, sagte sie und lehnte sich weit genug vor, damit
ihre Lippen über seine streicheln konnten, als sie
sprach, „hast viel zu viel von diesem Funken für meinen Seelenfrieden.“

Kapitel fünf

Sie schafften es nicht zurück zur Insel, bevor Iakovos dem Drang nachgab, der tief in seinem Inneren brannte, seit sie ihn in die Brust gepiekst hatte. Er wollte dem Licht und dem grünen Sommerkleid, das sie trug, die Schuld geben, weil es nicht nur ihren Körper so liebkoste, wie er es tun wollte, sondern weil es auch die schöne lange Silhouette ihrer Beine und die ihrer glatten Arme zeigte, die ihrer Brüste, von denen er wusste, dass sie nur für seinen Mund gemacht waren.

Während sie zum Haus zurückfuhren, ging die Sonne unter und er schaffte es zu glauben, für genau drei Minuten, dass das, was er für Harry fühlte, nur eine zeitweilige Verliebtheit war, einfache, ehrliche Lust und nichts mehr.

Das dauerte genau so lange, bis er sie beobachtete, wie sie seine persönliche Galionsfigur war, die am Bug des Bootes posierte, der Wind blies das Material ihres Kleides um sich herum und gab damit verlockende Einsichten auf ihre Hüften und ihre Unterwäsche frei.

Plötzlich war es zu viel für ihn. Er musste die Situation unter Kontrolle bringen oder es riskieren, komplett den Kopf zu verlieren. Er drosselte den Motor und stellte ihn auf Autopilot, dann rief er nach Harry, damit sie mit ihm mit einem Glas Champagne anstieß, der unter Deck gekühlt war.

Sie saß auf der Rückbank, ihr Gesicht strahlte vor Vergnügen, als sie die Küste beobachtete, die an ihnen vorbeizog, aber ihre Augen wurden dann lebendig, wenn sie ihn ansah. Er mochte das; er mochte die Art, wie sie so ehrlich war mit ihren Gefühlen und nicht versuchte zu verstecken, was sie dachte oder fühlte.

„Wie bist du zur Schriftstellerin geworden?", fragte er, entschlossen, die nächste Stunde durchzubringen, die es brauchen würde, um nach Hause zu kommen, ohne die Kontrolle zu verlieren in ihrer Hitze.

„Ich habe für einen Softwareentwickler gearbeitet und Teile ihrer Bedienungsanleitungen geschrieben. Eines Tages dachte ich, dass es lustig wäre, hier und da ein wenig Humor in diesen Bedienungsanleitungen unterzubringen. Der Direktor des Programms stimmte darin nicht mit mir überein. Ich habe meinen Job verloren und habe gleich dann beschlossen, dass ich Belletristik schreiben will, wo ich meine eigenen Welten erfinden und sie mit Charakteren bevölkern kann, die ich mag oder an denen ich ein kleines bisschen Rache üben will. Ich habe ein paar Bücher verkauft und von da aus ging es dann quasi von alleine. Bin ich jetzt dran?"

Er wollte sie so sehr, dass es wehtat. Vielleicht würde die Unterhaltung ihn davon ablenken, dass er sie dringend besitzen wollte. „Ja, jetzt bist du dran. Willst du fragen, wie ich so… Wie hast du es genannt?"

„Absurd reich? Ja, das ist tatsächlich das, was ich dich fragen wollte. Wurdest du hineingeboren oder hast du dir deinen Reichtum selbst erarbeitet?"

Er schenkte ihr einen langen Blick. „Spielt es eine Rolle?"

„Absolut", sagte sie, ohne eine Sekunde zu zögern.

Er beobachtete sie, fasziniert von dem Spiel des Lichts in ihren Augen. Sie musste glauben, dass sie ihn beleidigt hätte, denn sie beeilte sich zu erklären: „Es ist mir egal, wie viel du hast, weißt du. Ich verdiene selbst ein hübsches Sümmchen und es gibt nur mich, die ich zu versorgen habe, also suche ich nicht nach irgendeinem Sugar Daddy oder so was in der Art."

Zu seiner eigenen Überraschung zog er diese Aussage nicht in Zweifel. Normalerweise hatte er ein sehr gutes Gespür dafür, wenn Leute etwas von ihm wollten, aber sie brachte keine der Alarmglocken in ihn zum Klingeln.

„Aber es gibt einen großen Unterschied zwischen dem, was du einfach nur bekommen hast und dem, was du selbst verdient hast", sagte sie zögerlich.

„Glaubst du, dass ich mein Geld ererbt oder selbst verdient habe?", fragte er sie und war neugierig zu sehen, wie sie ihn wohl analysieren würde.

„Ich glaube …" Ihr Blick wanderte suchend über sein Gesicht. „Du fühlst dich sehr wohl mit dir selbst, was mich glauben lässt, dass du mit Überfluss geboren wurdest und du musstest dir niemals Sorgen darüber machen, wo deine nächste warme Mahlzeit herkommen würde. Aber gleichzeitig kommst du mir vor wie ein Mann, der seinen eigenen Weg gemacht hat, einen, der keine Angst davor hat, auf ein Ziel hin zu arbeiten. Also glaube ich, dass du absurd reich bist, weil du ein Selfmademan bist."

„Milliardär ist, glaube ich, die richtige Bezeichnung", sagte er, überrascht davon, wie gut sie ihn analysiert hatte. „Es ist tatsächlich so, dass ich in relativ komfortable Umstände hineingeboren wurde, aber mein Vater hat sein Vermögen verloren, kurz nach meiner Geburt. Als ich volljährig wurde, habe ich beschlossen, dass ich das wieder aufbauen würde, was verloren gegangen war und ich habe zwanzig Jahre dafür gebraucht."

„Aber du bist in England zur Schule gegangen."

„Und habe abends und am Wochenende gearbeitet, um mich über Wasser zu halten. Meine Mutter ist bei meiner Geburt gestorben und mein Vater hat fast fünfzehn Jahre um sie getrauert, bis er die Mutter von Elena und Theo traf."

Sie schaute ihn mitfühlend an. „Das muss sehr schwer gewesen sein für dich und deinen Vater. Hast du ein enges Verhältnis zu ihm?"

„Das hatte ich, bis er vor acht Jahren gestorben ist. Wie sieht es mit dir aus – du sagtest, du seist alleine? Hast du keine Familie?"

„Einzelkind, Eltern geschieden. Sie leben beide noch, aber ich habe meinen Vater nicht gesehen, seit ich zwei war und meine Mutter hat ihr eigenes Leben und ihre eigenen Interessen. Sie lebt in Arizona; ich lebe in Seattle ... Wir telefonieren einmal im Monat miteinander."

„Keine Freunde?", fragte er und konnte sich nicht davon abhalten, mit seinem Daumen über diese samtweiche Wange zu streichen, die von der Sonne erhitzt war.

„Natürlich habe ich Freunde. Ich bin kein Eremit", sagte sie und lehnte sich in seine Berührung. „Was ist mit dir? Wie sortiert ein Mann, der so erfolgreich ist wie du, die Leute aus, die einfach nur etwas von ihm wollen, und behält die wahren Freunde?"

Seine Augen weiteten sich bei so viel Scharfsinn.

Sie lächelte bei diesem Gesichtsausdruck. „Du vergisst, dass du mit jemandem sprichst, der Mails bekommt von jedem, der glaubt, er sei ein Schriftsteller. Die meisten wollen einfach nur Ratschläge, aber es gibt einige, die wollen mich benutzen. Ich habe mir gedacht, wenn es so für mich ist, muss es für dich hundertmal schlimmer sein."

„Ich habe einige enge Freunde", sagte er langsam und wunderte sich darüber, wie vertrauensselig er gegenüber diesem Kind der See war. Es war so, als würde er sie schon sehr lange kennen. „Und es gibt Theo und Elena. Harry?"

„Hmm?"

„Ich werde es nicht bis ganz zurück auf die Insel schaffen."

„Oh, Gott sei Dank", sagte sie und ihre Schultern sackten vor Erleichterung nach unten. „Ich wollte dich nicht einfach anspringen für den Fall, dass du dachtest, ich sei nur an deinem Körper interessiert, wenn es eigentlich dein Verstand ist, der so unglaublich sexy ist, nicht dass ich nicht deinen Körper absolut vergöttern würde, weil ich ein paar Jahre tot sein müsste, um das nicht zu tun, aber trotzdem, ich will nicht, dass du glaubst, dass ich dich als nichts weiter als eine Orgasmusmaschine wahrnehme."

Er starrte sie an und er realisierte jetzt, dass die Ruhe, die vor dem Sturm kam, mit einem Wusch seines eigenen Atems endete, als er aufstand, sie auf seine Arme nahm und sie hinab in die Kabine trug. Er vergeudete auch keine Zeit, dachte Harry bei sich, als er mit schneller Effizienz zuerst sie und dann sich auszog und sie auf eine der zwei Kojen legte, die an den Wänden der Kajüte standen.

„Ich glaube nicht, dass du da reinpasst", erklärte sie ihm und schaute nach oben, wo er gebeugt stand, um sich nicht an der Decke zu stoßen. „Schau – ich fülle das ganze Ding schon aus. Mein Kopf und meine Füße berühren jeweils die Wände."

Er fauchte etwas in Griechisch, von dem sie glaubte, dass es nicht besonders nett war. Sein Blick wanderte hierhin und dorthin, seine Finger zuckten, bis er plötzlich die Matratze der anderen Koje ergriff und sie auf den Fußboden der Kajüte warf, zusammen mit den Decken.

„Steh auf", sagte er und gestikulierte zu ihr hinüber.

Sie stand auf. Er zog ihre Matratze vom Bett und schubste sie neben die erste, dann warf er die Decken über beide. „Runter", befahl er.

Sie warf ihm einen Blick zu und war amüsiert über die Tatsache, dass er eine Lösung für das Problem gefunden hatte.

Sicherlich verdiente solch eine Problemlösung eine Belohnung. Sie kniete sich vor ihn hin und nahm seine Erektion in ihre Hände. „Also, ich bin kein großer

Experte in dem, was ich jetzt tun werde; wenn ich also etwas tue, was du nicht magst oder wenn es falsch ist oder wenn du irgendwelche Verbesserungsvorschläge hast für dieses ganze Erlebnis, dann bin ich mehr als bereit, dir zuzuhören.“

Er sah auf sie hinab mit wachsender Hoffnung in den Augen. „Ich werde dich auf jeden Fall wissen lassen, wie es ist.“

„Danke“, sagte sie dankbar. „Die meisten Männer reden nicht darüber, wenn es darum geht, weißt du. Sie liegen einfach zuckend und stöhnend da und dann schlafen sie ein. Also, zumindest hat das mein Freund so gemacht und ehrlich, ich weiß nicht, wie man sich verbessern soll, wenn man kein Feedback bekommt. Es ist genauso wie Schreiben, wenn man darüber nachdenkt. Mein Ziel während jedes Buches ist es, eine bessere Schriftstellerin zu werden, und da ich eine Art Novize bei dem hier bin, würde ich es bevorzugen, wenn du mir konstruktive Kritik zukommen lässt, sobald wir fertig sind.“

Er starrte auf sie hinab mit einem Ausdruck, der totaler Unglaube zu sein schien. „Du willst, dass ich die Art und Weise kritisiere, wie du mir Lust bereitest?“

„Also ... Ich bin ein großer Verfechter von Kritikgruppen“, sagte sie und nahm seine Hoden in eine Hand, während die andere seine Länge erkundete – und da war sicherlich eine Menge Länge zu erkunden. „Nicht dass ich glaube, dass das Einbringen von Gruppen hier angemessen wäre, aber lass uns davon ausgehen, dass du mein Kritikpartner bist, okay?“

„Harry“, sagte er und seine Stimme klang heiser.

„Ja?“

„Wir werden in der Türkei sein, wenn du nicht aufhörst zu reden und wir zur Sache kommen. Oder, Al-
ternativvorschlag, du könntest auch das machen, was
du vorhast."

Sie streichelte über seinen Schaft. „Nicht, wenn du
mir nicht versprichst, mir zu sagen, was ich besser
machen könnte."

Er schloss die Augen und holte tief, tief Luft. „Ich
verspreche es."

„Danke. Okay. Los geht's dann!" Er schmeckte heiß;
das war ihr erster Gedanke. Heiß und ein bisschen
salzig und als sie einen Rhythmus fand, der ihn dazu
brachte, sich im Türrahmen festzuhalten und er seine
Augen verdrehte, seine wunderschöne Brust sich hob,
als seine Hüften sich synchron mit ihr bewegten, da
dachte sie, dass es vielleicht keine so gute Idee wäre,
jetzt aufzuhören, um nach seiner Meinung zu fragen.
Allerdings, man wusste es nicht, bis man fragte und
sie glaubte sehr an Kommunikation.

„Also", sagte sie und mit einem leichten Plopp gab sie
die Spitze seines Penis frei. „Anregungen?"

Er schaute mit einem leicht verrückten Blick in seinen Augen auf sie herab. „Anregungen? Ist es das, was
du gerade gesagt hast? Du sagtest ‚Anregungen'?"

„Ja. Ich glaube, es ist nicht unbedingt gut, mittendrin
einfach aufzuhören, aber ich dachte mir, ich nehme
diese Möglichkeit wahr, um zu lernen, also wenn du
Feedback hast, das du mit mir teilen möchtest, dann
will ich es hören."

„Feedback", sagte er, als ob er das Wort nicht verstehen würde.

„Ja, du weißt schon, Feedback. War ich zu schnell? Zu langsam? Nicht genug Streicheleinheiten mit der Zunge direkt unter der Spitze? Findest du's gut oder nicht so gut, wenn ich an deinen Hoden fummele, während ich es mache?"

Er sah für ein paar Sekunden weiterhin auf sie herab und dann hüpfte sein Adamsapfel. „Ich glaube, das beste Feedback, das ich dir geben kann, ist taktil."

„Auf welche Weise taktil?", fragte sie und schaute auf seinen Penis. Obwohl sie normalerweise Männer mit viel Körperbehaarung nicht anziehend fand, war Iakovos alles andere als abstoßend. „Als Nebenbemerkung, können wir uns über dein Haar unterhalten?"

„Warum nicht?", sagte er und lud sie mit einer Geste ein, fortzufahren. „Stört es dich, wenn ich mich dafür hinlege?"

„Nein, mach nur. Es ist für mich sowieso einfacher auf den Knien." Sie rückte herüber, sodass er einen Großteil der Matratze bekam.

Er legte sich hin, die Hände hinter dem Kopf verschränkt, sein Penis deutete steil nach oben. „Du wolltest über meine Körperbehaarung diskutieren, nehme ich an? Es tut mir leid, wenn sie dich stört, aber griechische Männer, wie du vielleicht weißt –"

„Oh, es stört mich nicht im Geringsten", unterbrach sie ihn und streichelte seine Brust. „Ganz im Gegenteil. Deine Brustbehaarung zum Beispiel ist so, so weich, ich will einfach mein Gesicht darin vergraben."

„Tut dir gar keinen Zwang an", sagte er und gestikulierte zu seiner Brust.

Sie beugte sich vor und ihre Brüste streiften über seinen Bauch, als sie ihr Gesicht in die Mitte seiner

Brust presste und die Linie zwischen seinen Brustmuskeln leckte. „Sehr weich."

„Ich freue mich, dass du das so denkst", sagte er höflich, aber sie konnte nicht anders, als wahrzunehmen, dass seine Stimme wieder rau wurde. „Nur damit du es weißt, sobald du damit fertig bist, meine Körperbehaarung zu katalogisieren, bin ich dran."

„Dann bin ich froh, dass ich mich rasiert habe, bevor ich nach Griechenland kam", sagte sie und küsste zuerst eine Brustwarze, dann die andere. Sie verteilte Küsse über eine Schulter, dann über die glatte, seidige Haut seines Bizeps und hinunter bis zu seinem Handgelenk.

„Das Haar auf deinem Arm ist auch sehr weich. Und ich liebe deine Hände, aber die hebe ich mir für ein andermal auf."

Er hob seine freie Hand, um zuerst den Handrücken und dann die Handinnenfläche zu betrachten. „Du hast die seltsamsten Vorlieben aller Frauen, die ich jemals getroffen habe."

„Nun, das Haar auf deinen Beinen ist ein Stückchen rauer als auf deinem Arm", sagte sie und knabberte an seiner Hüfte, bevor sie sich einen Weg zu seinem schweren Oberschenkelmuskel küsste. „Ich mag es, dass du hier kitzelig bist, aber ich verspreche, dass ich dich jetzt nicht kitzeln werde. Ich glaube, was ich am meisten an deinen Beinen mag, wo wir schon beim Thema sind, ist die Tatsache, dass du keine stämmigen Oberschenkel und storchbeinige Unterschenkel hast. Du hast wirklich großartige Unterschenkel, weißt du."

„Es ist gut zu wissen, dass die ganze Trainingszeit, die ich in sie investiert habe, sich auszahlt." Sie schaute auf, wo sie gerade sein Knie küsste und seinen Unterschenkel streichelte.

„Machst du spezielle Übungen?“

„Nein, Liebling, das mache ich nicht.“

„Oh. Du hast Spaß gemacht.“

„Habe ich. Ich entschuldige mich. Bist du durch?“

„Noch nicht ganz. Deine Füße, Iakovos.“

Er hob den Kopf, um an seinem Körper hinabzuschauen. „Ich habe zwei davon.“

„Ja. Es sind schöne Füße. Sie gefallen mir. Ich werde allerdings nicht an deinen Zehen saugen, schlicht weil ich den Gedanken abstoßend finde. Also wenn du irgendwelche fetischartigen Gedanken hattest über Zehen saugen, dann tut es mir leid, dass ich dich enttäuschen muss.“

„Um ehrlich zu sein, ich bin davon auch kein großer Fan“, sagte er. „Bist du jetzt durch?“

„Fast. Ich habe noch nicht dein Schamhaar erwähnt.“

Er legte sich wieder hin und begann zu lachen, während seine Hände vage Gesten in der Luft vollführten.

Sie stützte ihr Kinn auf seinen Hüftknochen und wartete, bis er fertig war. „Du lachst mich aus“, sagte sie endlich, als sein Lachen zu einem Gurgeln versiegt war.

Er wischte sich über die Augen und grinste. „Mit dir, Harry, nicht über dich.“

„Ich versuche, eine ernsthafte Diskussion –“

Sein Penis hüpfte neben ihrem Gesicht. Ihre Unterlippe zitterte für einen Moment, bevor sie die Kontrolle zurückerlangte. Sie räusperte sich. „Ich versuche, eine ernsthafte Diskussion über dein Schamhaar zu führen und du … du …" Ein merkwürdiges kleines Schnaufen kam von ihr.

Er lag still, Lachtränen rannen ihm aus den Augen und er wartete.

„Oh Gott, das bringe ich nicht fertig", sagte sie und brach dann in Lachen aus, lehnte sich über ihn und küsste ihn auf die lächelnden Lippen. „Ich liebe dein Schamhaar. Lieb mich, Iakovos. Jetzt gleich, bevor ich eine Vorlesung darüber halte, Münzen von deinem Hintern springen zu lassen."

„Das hast du schon erwähnt", sagte er und gluckste, als er sie neben sich zog.

„Aber ich glaube, dass ich dich gewarnt habe, dass ich erwarte, dass ich dann dran bin."

„Du willst über meine Körperbehaarung sprechen?" Sie schaute hinab auf ihren Schamhügel. „Alles Wichtige ist aber abrasiert außer das da und ich denke, ich sollte dich warnen, dass das, was du siehst, nicht der normale Sachstand ist. Meine Freundin hat mich überzeugt, dass wenn ich nach Griechenland fahren würde, ich die Bikinizone enthaaren müsste und lieber Himmel, Iakovos, ich werde das kein zweites Mal machen lassen. Du hast keine Ahnung, wie weh das tut."

Er legte eine Hand auf ihren Venushügel und berührte sanft das in Form geschnittene Haar. „Ich kann mir nicht vorstellen, warum Frauen glauben, dass sie durch solch eine Folter gehen müssen."

„Also, Kerle mögen Frauen ohne Wildwuchs, hat zumindest meine Freundin gesagt."

„In Form geschnitten ist eine Sache. Mit den Wurzeln ausgerissen …" Er zuckte zusammen und lehnte sich vor, um einen Kuss in die Falte ihrer Hüfte zu drücken. „Glaub nicht, dass du das wegen mir tun müsstest. Also, ich glaube, wir hatten eine Diskussion über deine orale Technik."

Sie hörte auf, sich zu winden, als er ihre Beine spreizte und ihre Knie über seine Schulter legte. „Oh, ja, bitte, ich nehme Vorschläge gerne an."

„Hier ist mein erster Vorschlag." Er senkte seinen Kopf und sein Mund schloss sich über ihren empfindlichen Partien und seine Finger erkundeten sie vorsichtig, bis er den Punkt fand, der dafür sorgte, dass sie die Hände in den Decken vergruben und sich wand vor anwachsender Lust.

„Sag mir", sagte er und hob den Kopf und hatte dabei ein offensichtliches Funkeln in seinen Augen, „wie wäre es, wenn ich einen Finger in dich schiebe? Bevorzugst du zwei? Du bist zu eng für drei, aber ich glaube, zwei würden ganz gut passen."

Sie starrte ihn für ein paar Sekunden böse an. „Das, mein Herr, ist nicht fair."

„Noch nicht einmal annäherungsweise", stimmte er zu und bewegte sich so zwischen ihren Beinen, dass ihre Beine nun um seine Hüften lagen. Seine Spitze schubste sie an und forderte Einlass. „Langsam und sanft oder schnell und hart?"

Sie hob die Hüften an und zog ihn zu sich, bis er in sie hineinglitt. „Hart und schnell. Immer hart und schnell. Mach mich verrückt, Iakovos!"

Er brachte sie dazu, Sterne zu sehen und als die beiden keuchend dalagen, erschöpft von einem schnellen und heftigen Orgasmus, da wusste sie, dass es zu spät war. Sie konnte ohne einen fantastischen Liebhaber leben, ohne Sex, der so heiß war, dass man einen Teppich damit dampfreinigen konnte, aber sie konnte nicht ohne alles andere leben, aus dem dieser unglaublich wundervolle, endlos faszinierende Mensch bestand, der Iakovos war.

Jetzt musste sie ihn nur noch davon überzeugen, dass er auch nicht ohne sie leben konnte.

Kapitel sechs

„Ich sollte nach den Kids schauen, um sicherzustellen, dass alles in Ordnung ist", erklärte Harry Iakovos, als sie den Pfad vom Anlegesteg in die Gärten erklommen.

„Sie sind erwachsen. Ein paar Stunden werden sie ohne dich klarkommen."

Der westliche Himmel leuchtete immer noch mit Spuren von Rot und Orange vom Sonnenuntergang, die Farben gingen ins Violette über und über ihren Köpfen hing die samtige Nacht. Die Nacht brach über Iakovos' kleiner Insel herein, die Außenbeleuchtung erhellte große weiße Steinstrukturen und malte bernsteinfarbene Lichtinseln auf die Wände, während diskret platzierte Solarleuchten mit kleinen Lichtern den Garten sprenkelten, gerade genug, damit man sehen konnte, wo man hinging.

Sie wollte so sehr, dass er ihre Hand nahm oder einen Arm um sie legte. Sie wusste, sie könnte selbst den Kontakt herbeiführen, aber sie wollte, dass er derjenige wäre, der den Anfang machte, wollte, dass er genauso wie sie fühlte, dass etwas fehlte, wenn sie sich nicht berührten.

„Was für ein völliger Blödsinn", schimpfte sie mit sich selbst und nahm mutig seine Hand.

Seine Finger drängten sich um ihre, als er anhielt, um sie anzusehen. „Sie sind erwachsen, Harry –"

„Nein, entschuldige, der Blödsinn war für mich, nicht für dich." Eine Hälfte seines Mundes zuckte. „Hast du wieder inneren Monolog fabriziert?"

„Das passiert oft, fürchte ich", sagte sie mit einem Seufzen. „Ich glaube, all die Jahre, die ich schreibend verbracht habe, haben eine Kurzschlussreaktion in meinem Gehirn initiiert. Ich habe mit mir selbst geschimpft, weil ich wollte, dass du meine Hand nimmst, aber ich nicht diejenige sein wollte, die das selbst anregt, weil ich glaubte, es würde irgendwie mehr bedeuten, wenn du meine Hand zuerst nehmen wolltest. Aber dann habe ich realisiert, dass das scheinheilig ist, weil du vielleicht wolltest, dass ich deine Hand nehme, aber nicht wolltest, dass ich glaube, dass du etwas anderes als ein Lumpenseckel wärst und wenn ich wirklich deine Hand nehmen wollte, dann könnte ich einfach aufhören zu warten, bis du derjenige bist, der zuerst handelt und, verdammt noch mal, einfach deine Hand nehmen und aufhören, mir darüber Gedanken zu machen, ob oder ob du nicht zuerst meine Hand nehmen wolltest."

„Ich hätte dich lieben können in der Zeit, die du gebraucht hast, um das zu erklären", sagte er und hob ihre beiden Hände zu seinem Mund, sodass er ihre Finger küssen konnte. „Danke dafür, dass du so rücksichtsvoll mit meinen Gefühlen umgehst. Das nächste Mal werde ich einfach deine Hand nehmen, ohne mir

Gedanken darüber zu machen, ob ich ein Lumpenseckel bin.“

„Gut“, sagte sie und lächelte ihn an. „Ich werde nach den Kids sehen.“

„Du musst später zu mir kommen“, sagte er, als sie seine Hand freigab, um zum Südende des Gartens zu gehen.

Sie blieb stehen und drehte sich um. „War das eine Frage oder Feststellung?“

„Beides.“

Sein Gesicht lag im Schatten, aber sie konnte die Leidenschaft hören, von der sie wusste, dass sie in seinen Augen leuchten musste.

„Selbst Hades und Zerberus könnten mich nicht von dir fernhalten.“

„Hades und Zerberus?“

„Es hat sich griechischer angehört als Tod und Teufel.“ Sie blies ihm einen Kuss zu und wandte sich dann nach Süden.

Seine Stimme hallte ihr nach: „Harry?“

„Ja?“

„Was genau ist ein Lumpenseckel?“

Sie lachte. Sie konnte gar nicht anders – sie war einfach so glücklich. Ein Zettelchen an ihrer Tür versicherte ihr, dass Cyndi sich nicht nur von ihren Abenteuern mit Theo erholt hatte, sondern dass es ihr sogar gut genug ging, um die Band für einen spaßigen Abend in der Stadt auf dem Festland zu begleiten.

Ihr Glück hielt genau so lange an, bis sie die Tür zu ihrem Bungalow öffnete und entdeckte, dass sie beraubt worden war.

„Was zur Hölle?" Sie drehte sich mit offenem Mund im Zimmer um, aber ihr Koffer war weg, der Badeanzug, den sie in dem winzigen Badezimmer aufgehängt hatte, ebenso, ihre Tasche mit ihrem Pass und ihrem Telefon – alles weg.

„Verdammt noch mal!" Sie überprüfte das Zimmer neben ihrem, stieß die Tür auf, um Amys und Dereks Sachen im üblichen Chaos im Raum verteilt zu sehen, aber alles war da. Sie versuchte die nächsten zwei Türen, aber auch diese beiden Zimmer waren nicht ausgeraubt.

„Verflixt und zugenäht", sagte sie und rannte durch den Garten zum Haupthaus. Sie fühlte sich ein bisschen seltsam, als sie in Iakovos' Haus hineinplatzte, wenn andere dort waren, aber sie wusste, dass er wütend wäre, wenn er erfahren würde, dass jemand sie beraubt hatte.

Zu ihrer Überraschung war niemand im Patio, als sie hindurchging. Es war auch niemand in dem Zimmer mit den Billardtischen. Sie blieb stehen und lauschte aufmerksam, aber kein Laut von Stimmen, Musik oder Gelächter drang an ihr Ohr. Wo zur Hölle waren alle?

„Iakovos?", fragte sie, als sie in den Flur trat. Ihre Stimme erzeugte ein hohles Echo.

„Verirrt?"

Sie wirbelte herum bei der Stimme des Mannes, wurde aber enttäuscht, denn der große, attraktive Grieche, der am Türrahmen lehnte, war nicht der, den sie suchte. „Nein, ich habe mich nicht verirrt, ich habe nach Iakovos gesucht."

Theo stieß sich vom Türrahmen ab und kam auf sie zu, mit einem Grinsen auf den Lippen, als er mit einem Glas zu den Stufen deutete. „Er ist wahrscheinlich oben. Du weißt, wo seine Räumlichkeiten sind?"

„Ja." Sie beäugte ihn, als er näher kam. Er schien nicht betrunken zu sein, aber irgendetwas sagte ihr, dass er es trotzdem war. „Ich hoffe, du hast nicht vor, ein anderes Mitglied der Band anzugreifen."

„Ich habe keinen von ihnen angegriffen", sagte er und hielt vor ihr an. Ihre Nase kräuselte sich bei dem Geruch von Whisky.

Er bemerkte ihr Mienenspiel und schaute flüchtig auf sein Glas, dann wieder zurück zu ihr, immer noch mit demselben Grinsen. „Willst du einen Drink?"

„Nein danke. Wo sind sie alle?"

„Festland. Es gibt einen Club in der Stadt, den Elena liebt, also sind sie alle dorthin gefahren, um die Nacht durchzutanzen." Er kam näher, seine Körpersprache ließ sie sich unwohl fühlen. „Tanzt du gerne, meine Schöne?"

Sie trat einen Schritt zurück. „Manchmal. Es kommt auf die Gesellschaft an. Weißt du zufällig, ob meine Gruppe mit deiner Schwester mitgefahren ist?"

„Ich denke schon. Elena mag es, Leute um sich herum zu haben. Ich, andererseits" – er ließ einen Finger über die Länge ihres Arms wandern – „verbringe lieber einige Zeit mit einer besonderen Person."

Das kann er nicht ernst meinen, dachte sie bei sich. Er konnte nicht wirklich glauben, dass sie Interesse an ihm hatte, oder? Nein, das konnte er nicht. Das war der Alkohol, der ihn dazu brachte, sich so zu verhalten. „Und du glaubst, dass ich diese Person bin?" Sie konnte nicht anders, als sich zu erkundigen und fragte sich, wie weit er gehen würde, bevor sie ihn wieder zurechtstutzen musste.

Seine Augenlider sanken auf Halbmast und gaben ihm einen sinnlichen Schlafzimmerblick. „Ich glaube, das könntest du."

Es war fast zu einfach. Sie fühlte sich ein bisschen unfair und entschied, dass, anstatt abzuwarten, wie sehr er sich zum Narren machen würde, sie dem Ganzen lieber ein Ende bereiten sollte. „Dann bist du auf der falschen Fährte."

„Ah." Er streckte sich und nahm einen Schluck von seinem Alkohol, dann schenkte er ihr ein weiteres widerliches Grinsen.

„Du bist hinter Jake her. Und wenn ich dir sagen würde, dass ich auch Geld habe, würdest du mich dann so küssen, wie du ihn küsst?"

Für einen Moment schaute sie ihn ungläubig an, dann warf sie ihren Kopf zurück und lachte.

„Du bist betrunken, bereit, mit einer Frau, die mit deinem Bruder schläft, anzubandeln und du glaubst, dass nichts falsch daran ist, einem jungen Mädchen wehzutun. Nein, Theo, es gibt nicht genug Geld auf der Welt, um mich zu überzeugen, dich zu küssen. Ich denke, ich werde deinen Bruder finden und ihn fragen, ob er Hirnshampoo hat, denn, ehrlich, ich will nichts lieber als vergessen, dass ich dir heute Abend begegnet bin."

„Hexe", spuckte er und haute das Glas auf den halbmondförmigen Tisch hinter ihm.

„Ich besorge mir einen Besen", sagte sie und quetschte sich an ihm vorbei zu der Treppe.

Er griff grob nach ihrer Brust und brachte sein Gesicht nah an ihres, ohne Zweifel, um ihr einen Kuss aufzuzwingen.

Harry schlug die Hand von ihrer Brust und haute ihre Handkante auf seinen Kiefer, sodass sein Kopf zurückflog. Er knurrte etwas auf Griechisch, aber sie setzte einen rechten Haken auf seine Nase nach.

„Du musst der dümmste Mann sein, dem ich je begegnet bin", erklärte sie ihm, als er auf dem Boden zusammenbrach. Blut floss von seiner Nase auf sein weißes Poloshirt. Sie trat über seinen hingestreckten Körper hinweg und fügte hinzu: „Ich hoffe, deine Nase ist gebrochen."

Sollte sie von diesem Intermezzo Iakovos erzählen?, fragte sie sich, als sie den Weg durch das Haus zum Nordflügel antrat. Sie war der Ansicht, sie sollte, weil Theo eindeutig nah daran war, die Kontrolle zu verlieren. Wenn die Sache mit Cyndi das nicht bewiesen hatte, dann die Tatsache, dass er es völlig in Ordnung fand, ihr nachzustellen. Er war abgebrüht, es bei ihr zu versuchen, wenn er doch wusste, dass sie mit Iakovos schlief.

Sie hielt inne, als ihr ein Gedanke kam – vielleicht wusste er das nicht. Alles, was er gesehen hatte, war, wie sie ihn geküsst hatte, nichts mehr. Vielleicht war Iakovos umsichtig gewesen mit ihrer sich anbahnenden Beziehung, und er wollte nicht, dass die Leute wussten, dass sie zusammen waren.

Sie dachte für einen Moment daran, wie seine Hand von ihrer Hüfte zu ihrem Hintern gewandert war, während sie auf Besichtigung waren und schüttelte den Kopf. Sie glaubte nicht, dass er übermäßig besorgt war, ihren Status geheim zu halten.

Seine Tür tauchte vor ihr auf und sie stand für eine Minute davor und wusste nicht, ob sie einfach hineingehen oder klopfen sollte. „Mach beides, du Idiot", sagte sie zu sich selbst und klopfte dann leicht an die Tür, um sie dann so weit zu öffnen, dass sie den Kopf hineinstecken konnte. „Iakovos?" Das Wohnzimmer war verlassen, ebenso wie das kleine Zimmer, das danebenlag, aber die Tür zum Bad war leicht geöffnet und Dampfschwaden quollen hervor. „Jemand zu Hause?", rief sie laut, bevor sie die Tür öffnete.

Iakovos stand vor dem Spiegel mit einem Handtuch um die Hüften und rasierte sich. „Das ging schnell", sagte er und schaute sie im Spiegel an. „Alles in Ordnung mit deinen Schützlingen?"

„Ich weiß nicht; sie scheinen mit deiner Schwester unterwegs zu sein. Iakovos-"

Er hob eine Augenbraue und wartete darauf, dass sie fortfuhr. Als sie das nicht tat, rasierte er sich fertig und wischte sich das Gesicht ab, bevor er sich zu ihr umdrehte.

„Dein Bruder ..." Sie erinnerte sich an die frühere Unterhaltung mit ihm. Er war, das wusste sie, ein Mann, der seine Familie schätzte.

„Was ist mit ihm?"

„Er ist betrunken", sagt sie endlich, nachdem sie zu einer schnellen Entscheidung gekommen war. Theo mochte ein Trunkenbold sein, aber er war nicht dumm. Sie hatte den Schimmer von Intelligenz in seinen Augen in der Nacht zuvor gesehen, im Krankenhaus. Sicherlich hatte er verstanden, dass sie kein Interesse an ihm hatte.

Er zuckte mit den Schultern und ließ einen Kamm durch sein feuchtes Haar gleiten, womit er die seidigen Strähnen aus der Stirn bürstete. „Es war klar, dass er das zum Anlass nehmen würde, wenn Elenas Freunde hier sind. Solange er nur zu Hause betrunken ist und nicht in der Stadt, mache ich mir keine Gedanken.“

„Selbst wenn er eine andere Frau angreift?“, fragte sie, inzwischen abgelenkt von dem Spiel der Muskeln in seinen Armen und seiner Brust.

„Er weiß es besser, als eine von Elenas Freundinnen anzugreifen und ich habe ihm gesagt, dass er aufpassen soll, wenn es um deine Gruppe geht. Du hast dich nicht umgezogen.“

Sie schaute auf ihr Kleid herab und erinnerte sich plötzlich, weshalb sie in erster Linie gekommen war. „Nein, und ich glaube auch nicht, dass ich das tun werde. Es tut mir leid, das sagen zu müssen, aber entweder hat sich jemand auf deine Insel gestohlen, ohne dass du's weißt oder einer der Freunde deiner Schwester ist ein Dieb, denn alle meine Sachen sind verschwunden. Meine Klamotten, mein Pass, meine Digitalkamera – alles weg. Ich kann alles bis auf den Pass ersetzen, aber es ärgert mich trotzdem.“

Er schenkte ihr einen seltsamen Blick, nahm dann ihren Arm und zog sie zurück in sein Ankleidezimmer und öffnete eine der Schranktüren. Sie spähte hinein und sah ihre vertrauten Klamotten neben seinen Hosen, Hemden und einer Unmenge von Anzügen hängen. „Das sind meine Sachen.“

„Ich habe deine Sache hierher bringen lassen, während wir in Krokos waren“, sagte er mit einem vielversprechenden Lächeln. „Es schien effizienter, anstatt dass du die ganze Zeit hin und her laufen musst.“

„Effizient schon, aber auch ein bisschen eigenmächtig ... Du bekommst acht von zehn Punkten für Stil“, sagte sie und war erleichtert, dass sie keine Zeit damit vertrödeln musste, ihren gestohlenen Pass wiederzufinden.

„Deine Tasche und die anderen Sachen sind im Wohnzimmer“, sagte er, „hast du Hunger?“

„Meinst du essen oder dich?“, fragte sie und knabberte an ihrer Unterlippe, als sie seine schöne nackte Brust und seinen Bauch betrachtete.

„Ich will jetzt mal eingebildet sein und mir denken, dass du mich meinst. Aber ich habe eigentlich an Essen gedacht.“

„Wir haben erst vor ein paar Stunden gegessen“, sagte sie und versuchte, das Feuer einzudämmen, das sie zu verbrennen drohte, einfach nur weil sie neben ihm stand. Verdammt, Harry, schimpfte sie mit sich selbst, wer ist nun der Lumpenseckel? Du kannst nicht einmal eine Unterhaltung mit dem Mann führen, ohne gleich mit ihm ins Bett zu wollen.

Er schenkte ihr ein trockenes Lächeln. „Ich bin ein großer Mann, Liebling, und du bist eine fordernde Frau. Wenn du willst, dass ich weiterhin all die Dinge mit dir anstellen kann, über die du gerade nachdenkst, muss ich regelmäßig essen.“

Sie wurde ein bisschen rot, als ihr Blick von dem Handtuch, das sie nachdenklich beäugt hatte, zu seinem Gesicht huschte. „Ich würde ja sagen, dass es mir leidtut, dich so anzustarren, diese Gedanken zu haben, von denen du weißt, dass ich sie habe, obwohl ich nicht weiß, woher, denn ich habe das perfekte Pokerface, aber wir beide wissen, dass es mir kein bisschen leidtut. Abendessen klingt prima."

„Man kann viele Dinge über dein Gesicht sagen", erklärte er und trat einen Schritt näher, sodass er ihr Kinn mit seinen Fingern einfangen konnte und sein Daumen über ihre Wange streichelte, „aber ich glaube, wenn du versuchen würdest, mit mir Poker zu spielen, würdest du furchtbar verlieren."

„Das klingt nach einer weiteren Wette", sagte sie und lächelte bei dem Ausdruck in seinen Augen.

Er senkte den Kopf, bis seine Lippen über ihre streichelten. „Eine, die ich gerne annehmen werde, aber ich sollte dich warnen, denn eine der Arten, wie ich mich über Wasser gehalten habe, als ich zur Schule ging, war das Glücksspiel."

„Pferdewetten?", fragte sie und war überrascht, denn er schien nicht die Art von Mann zu sein, der so etwas tat.

„Kartenspiel. Poker war meine Spezialität. All diese reichen Jungs kamen mit fettem Taschengeld zur Schule und sie waren einfach auszuräumen für einen armen Jungen aus Griechenland, der nichts zu verlieren hatte."

„Warst du so gut?", fragte sie und wollte lachen.

„Besser als gut." Der Blick, den er ihr schenkte, sorgte dafür, dass sich ihre Zehen kringelten. „Fast unschlagbar."

„Oh, ich liebe einen Mann, der frech wird", sagte sie ihm und verschränkte die Hände hinter ihrem Rücken, damit sie sich nicht auf ihn werfen würde. „Ich habe ja gedacht, dass du deine Lektion gelernt hast, als ich dich heute im Schwimmen so überzeugend geschlagen habe, aber nein, du bettelst geradezu um Bestrafung. Die Wette gilt, Mister Kartenhai.“

„Dann nach dem Essen“, sagte er und das Versprechen in seinen Augen hatte nichts mit Poker zu tun. Er griff um sie herum und zog eine Jeans aus dem Schrank. „Wo würdest du gerne essen? Wir könnten in der Stadt essen oder ich könnte meine Haushälterin etwas für uns zubereiten lassen und könnte es von deinem nackten Körper aus verspeisen.“

Sie starrte ihn für einen Moment an und konnte nicht atmen wegen all der Bilder, die in ihrem Kopf tanzten. Fünf Sekunden brauchte sie, um den Drang zu unterdrücken, ihn einfach anzuspringen und diesen süßen Fleck auf seinem Nacken zu lecken und an seiner Oberlippe zu saugen und ihre Hände durch sein seidiges schwarzes Haar gleiten zu lassen, dann brachte sie es fertig zu schlucken und ohne ein weiteres Wort nahm sie einige Klamotten aus dem Schrank und ging an ihm vorbei ins Badezimmer.

Sie fand die Toilettenartikel, die sie mitgebracht hatte, auf einem Schränkchen im Badezimmer. Sie duschte, wusch sich das Salz aus ihren Haaren und beeilte sich, es zu trocknen. Sie war immer ungeduldig, weil es Äonen zu dauern schien, bis ihre Haare trocken waren. Sie wollte sie gerade hochbinden und damit aus dem Weg haben, als sie sich erinnerte, dass er ihr ins Ohr geraunt hatte, dass er diese wilde Mähne liebte, als er sie auf dem Boot liebte.

„Gerade dann, als ich es abschneiden lassen wollte",
sagte sie und warf es zurück. Sie überprüfte kurz im
Spiegel, ob sie präsentabel genug war und zog dann
los, um ihn zu finden.

Ein Zettel klebte an der Tür seines Wohnzimmers.
„Kümmere mich um das Abendessen. Wir essen hier.
Pokerchips sind in der Schublade auf der linken Sei-
te."

Sie lächelte und sprintete plötzlich zu ihrem Laptop,
den jemand auf dem kleinen Schreibtisch aufgestellt
hatte. Sie versuchte hektisch, sich an die Pokerregeln
zu erinnern, als er den Raum betrat, mit einer Flasche
Champagner und zwei Gläsern in einer Hand und
einem merkwürdigen Gesichtsausdruck.

„Eglantine", sagte er und stellte die Gläser ab.

„Yacky", sagte sie und schloss eilig den Browser.

„Mein Bruder liegt im südlichen Flur, bewusstlos,
und anscheinend mit einer gebrochenen Nase. Ich
nehme nicht an, dass du irgendetwas darüber weißt?"

Sie setzte eine Unschuldsmiene auf.

„Also, warum glaubst du überhaupt, dass ich etwas
damit zu tun haben könnte?" Sein Gesichtsausdruck
wurde grimmig, als er mit dem Daumen über ihre
Finger strich.

„Hat er etwas getan, dass du dich verteidigen musstest?"

„Ich habe dir gesagt, er ist betrunken", sagte sie vorsichtig.

„Was hat er getan?"

Da war eine Frostigkeit in seiner Stimme, die ihr
nicht gefiel. Obwohl sie keine Lust hatte, sich irgendwelchen Mist von Theo bieten zu lassen, wollte sie

auch keine Feindschaft zwischen den Brüdern. Ein wütender Iakovos würde sich wahrscheinlich weniger darum kümmern, dass sein Bruder Hilfe bekam, als wenn er in einer versöhnlicheren Stimmung war.

„Er schien zum einen zu glauben, dass ich hinter dir her wäre wegen des Geldes."

Er machte ein abwehrendes Geräusch. „Das bist du nicht."

„Nein, das bin ich nicht, aber ich nehme an, dass es von seiner Seite her nur logisch erschien. Ist er übrigens eifersüchtig auf dich? Denn du bist der besser Aussehende und Ältere und der attraktivste Milliardär der Welt?"

„Nicht, dass ich wüsste und danke für das Kompliment, dass du denkst, er wäre eifersüchtig auf mich und nicht andersrum. Was hat er getan, um dich zu verärgern?"

„Er hat versucht, mich zu küssen", sagte sie endlich, denn sie fühlte sich unwohl bei dem Gedanken, ihn anzulügen.

„Ich bringe ihn um."

Sie ergriff seinen Arm, als er sich umdrehte, die Kiefer aufeinandergepresst, die Augen funkelnd. „Meinst du nicht, dass du ein bisschen überreagierst? Er hatte schließlich keinen Erfolg und ich habe ihn sauber abgefertigt. Glaubst du wirklich, dass seine Nase gebrochen ist? Das habe ich nicht beabsichtigt, aber, ehrlich gesagt, hoffe ich, dass ihm das eine Lektion ist."

„Sie ist gebrochen. Ich habe sie gerichtet, nachdem ich ihn in seinem Zimmer abgeladen habe."

Sie starrte ihn für einen Moment an. „Du weißt, wie man eine gebrochene Nase richtet?"

„Ja. Lass mich los, Eglantine."

„Zum Teufel werde ich das, Yacky. Es ist egal – es ist völlig egal."

Er sah sie mit Augen an, in denen die Wut brannte, sein Gesicht wunderschön in seiner Wut. „Mein Bruder versucht, meine Geliebte zu küssen und du glaubst, dass es egal ist? Ich weiß ja nicht, mit welcher Art von Mann du zusammen warst, aber griechische Männer nehmen es nicht nett auf, wenn andere ihren Frauen nachstellen und ich bin keine Ausnahme bei dieser Regel."

„Vielleicht wusste er nicht, dass wir … dass wir …" Sie gestikulierte zwischen ihnen beiden hin und her.

„Er weiß es", schnappte Iakovos.

„Was genau sind wir? Ich weiß nicht, wie man das nennen soll. Gehen wir miteinander aus? Sind wir ein Paar? Ein Thema? Bist du offiziell mein Freund, denn wenn du das bist, dann werde ich jede einzelne meiner Freundinnen anrufen und ihnen sagen, dass mein Freund der attraktivste Mann ist, der jemals über diese Erde gewandelt ist. Ich werde ihnen Bilder schicken von dir in deinen Badehosen, damit sie ausführlich leiden, weil sie wissen, dass ich dich lecken und berühren und mit dir schlafen darf und sie nicht." Sie holte einen tiefen, zittrigen Atemzug. „Das wird einer der besten Momente in meinem Leben sein!"

„Harry", sagte er und fuhr sich mit einer Hand durchs Haar, „versuchst du, mich abzulenken, damit ich nicht losziehe und meinen Bruder erwürge?"

„Ja. Klappt es?"

„Ja."

„Prima." Sie schwieg und fügte dann hinzu: „Ich habe das durchaus ernst gemeint mit den Bildern. Würde es dir etwas ausmachen, für mich morgen Modell zu stehen? Und vielleicht könnten wir auch ein paar Schnappschüsse von uns beiden als Paar machen? Denn eine meiner Freundinnen wird mich sicher beschuldigen, dass ich dich stalke, wenn ich keine Bilder von uns beiden zusammen vorweise. Vielleicht eines, auf dem du mich küsst. Und eines, wo ich deine nackte Brust berühre. Oder würde es besser aussehen, wenn ich auf deinem Schoß sitze? Hmmm."

Er holte tief Luft. Sie würde ihn umbringen. Er wusste das. Und er hatte das akzeptiert. Sie würde nebenbei solche Bomben platzen lassen wie die, dass dieses Schwein von seinem Bruder sie angefasst hatte – und er glaubte nicht für einen Moment, dass Theo einfach nur damit gedroht hatte; wenn Harry sich mit Gewalt verteidigen musste, dann bedeutete das, dass sie sich von der Situation bedroht gefühlt hatte – und dann erwartete sie von ihm, dass er nichts dagegen unternahm.

Also, sie musste etwas über ihn zur Kenntnis nehmen. Niemand berührte sie. Sie war sein Sturm, seine Göttin und er war sich bewusst, dass die Gefühle, die seinen Bauch gerade in Aufruhr versetzten, weit über das normale Maß hinausgingen von dem, was ein Mann fühlte, wenn seine Frau von einem anderen angemacht wurde. Er wusste es in dem Moment, dass er Himmel und Hölle in Bewegung setzen würde, um sie in Sicherheit zu wissen. Sie war seine, so einfach war das, und wenn Theo sie auch nur schief ansehen würde, dann würde er ihn so schnell von der Insel schicken, dass er nicht wusste, wie ihm geschah.

„Iakovos?"

Er wandte seine Aufmerksamkeit ab von den dunklen Gedanken, was er mit Theo anstellen würde, und hin zu der Frau, die vor ihm stand. Sie trug ein fließendes hauchdünnes Shirt in Feuerrot mit Perlenverzierung und passende, lose sitzende Hosen, die ihre Hüften umschmeichelten. Er konzentrierte sein Gehirn auf das, was sie gesagt hatte. „Du kannst mich nennen, was du willst, aber hör auf, schuldig dreinzusehen. Ich werde Theo nicht vermöbeln, obwohl er es verdient hätte. Wir werden Champagner trinken und das Abendessen sollte bald bereit sein und dann werde ich dich so lange lieben, bis du aufhörst, darüber nachzudenken, welche Bilder von mir du deinen Freunden zeigen willst und stattdessen darüber nachdenken, auf welchem Wege du meinen Ärger beschwichtigen willst, der daher resultiert, dass du mir nicht sofort gesagt hast, dass Theo dir nachstellt."

„Bist du leicht zu beschwichtigen?", fragte sie.

„Nein." Er streckte die Hand nach ihr aus, seine Hände waren in ihrer wilden Mähne und er fühlte, wie sich seine Hoden zusammenzogen, während sich eine Erektion aufbaute. „Sei so einfallsreich, wie du möchtest, mit deinen Versuchen, meine Laune zu versüßen."

Sie kicherte, als sie mutig die Hände auf ihn legte und ihn zum Stöhnen brachte. „Du redest mit einer Schriftstellerin, Iakovos. Meine Fantasie ist mein Kapital und ich versichere dir, ich habe vor, alle meine

Aufmerksamkeit darauf zu richten, dich verrückt zu machen vor Begehren.“

„Das tust du bereits“, murmelte er und wollte sie gerade küssen. Er hielt inne, als es an der Tür klopfte und seine Haushälterin Rosalia betrat den Raum mit einem Tablett, ihr Ehemann Spyros folgte ihr mit einem zweiten.

Rosalia schaute Harry an, die errötete und einen Schritt von Iakovos wegtrat.

Er wusste, dass Rosalia, die eigentlich als Theos und Elenas Kindermädchen angestellt gewesen war, die Frau sehen wollte, die seine Aufmerksamkeit beanspruchte. Die letzte Frau, mit der er zusammen gewesen war, hatte sie nicht gemocht, und sie hatte ihrem Missvergnügen deutlich Ausdruck verliehen. Aber wenn sie glaubte, dass sie irgendetwas tun könnte, dass Harry sich auch nur im Geringsten unwohl fühlen lassen würde, dann würde er keine Hemmungen kennen, sie daran zu erinnern, wer ihr Gehalt bezahlte.

„Das ist Rosalia“, sagte er, nachdem er einen auffordernden Blick von der Frau kassiert hatte.

„Es ist mir ein Vergnügen, Sie kennenzulernen“, sagte Harry und streckte ihre Hand aus.

Rosalia stellte das Tablett ab und schaute die dargebotene Hand für einen Moment an, bevor sie sie ergriff und oberflächlich schüttelte.

„Lassen Sie mich Ihnen helfen.“ Harry räumte ihren Laptop und die Tasche vom Tisch. „Was auch immer das ist, es riecht köstlich.“

„Das ist Spyros, Rosalias Ehemann. Er spricht kein Englisch.“

„Wir kennen uns bereits", sagte Harry und ihre Augen tanzten mit verhohlenem Amüsement, als sie ihre Hand Spyros darbot. Der alte Mann stellte das Tablett ab, putzte sich seine Hände an seinen Hosen ab, bevor er ihre Hand schüttelte und ihr auf Griechisch mitteilte, dass sie eine nette Abwechslung war zu der letzten Frau, die Iakovos auf die Insel gebracht hatte.

Sie lächelte ein bisschen unsicher und ihre Augen wanderten zu ihm für eine Übersetzung.

„Er sagte, dass du willkommen bist", sagte Iakovos und schenkte seinem Angestellten einen stechenden Blick.

Rosalia hatte Teller und Platten auf den Tisch gestellt, ihre Augen auf Harry gerichtet. „Ist das diejenige, die für das Chaos im Flur verantwortlich ist?" Sie sprach auch auf Griechisch, ihre dunklen Augen forderten ihn mit einem Blick auf, die Wahrheit nicht zu beschönigen.

Iakovos seufzte bei sich. Theo war der besondere Liebling von Rosalia. Sie war immer gewillt gewesen, auch über die peinlichsten Situationen, in denen sich sein Bruder wiedergefunden hatte, hinwegzusehen. „Ja."

Zu seiner Überraschung verzog sie die Lippen zu einem Lächeln, als sie Harry zunickte. „Die ist nicht wie die anderen."

„Nein, das ist sie nicht."

„Fahr es diesmal nicht an die Wand", sagte sie mit einem warnenden Blick, als sie die Tabletts einsammelte und zur Tür ging. „Sie trägt ihre Nase nicht so hoch wie die anderen. Sie wird dir starke Söhne gebären."

Rosalia segelte aus dem Zimmer und ein grinsender Spyros trottete ihr nach.

„Oh je", sagte Harry und sah besorgt aus. „Irgendetwas sagt mir, dass das nicht gut gelaufen ist. Habe ich etwas falsch gemacht? Oder mag sie es einfach nicht, wenn du Frauen hier hast?"

„Tatsächlich hat sie gesagt, dass ich es mit dir nicht an die Wand fahren soll."

Sie strahlte bei diesem Satz. „Hat sie das? Was für eine nette Frau. Klug auch. Ich hoffe, du nimmst dir ihre Worte zu Herzen."

Er ließ den Champagnerkorken knallen und sagte sich selbst, dass er niemals abschätzen könnte, was sie als Nächstes sagen würde. Sie war eine Freude, eine wilde, unerwartete Freude. „Jede andere Frau, die ich mit hierhergenommen habe, war damit beschäftigt, mich zufriedenzustellen und mir alle Wünsche von den Augen abzulesen. Keine andere hat mir jemals gesagt, ich solle es nicht an die Wand fahren."

„Ernsthaft?" Sie nahm das Glas, das er ihr reichte, und ihre Augen waren groß, als sie sein Gesicht betrachtete.

„Das muss schnell langweilig geworden sein."

„Ist es auch. Harry?"

„Ja, Iakovos?"

„Iss dein Abendessen." Eine Seite seines Mundes wanderte nach oben, als er sie das Begehren in seinen Augen sehen ließ. „Wie ich heute Morgen erwähnt habe: Du wirst deine Kraft brauchen."

Kapitel sieben

Es war nicht leicht gewesen, aber Harry hatte es geschafft, sich am nächsten Morgen aus Iakovos' Bett zu stehlen. Sie war tatsächlich ziemlich stolz auf diese Heldentat, weil er etwas gemurmelt hatte davon, bis zum Konzert am Abend im Bett zu bleiben, aber endlich hatte sie ihn überzeugt, dass sie wirklich ihren Pflichten nachkommen und sicherstellen musste, dass Cyndi sich von ihrem Trauma erholt hatte und außerdem danach sehen musste, dass für dieses Event am Abend alles glatt ging.

Sie trug die gleiche taupefarbene Leinentunika und Hosen, die sie am ersten Tag angehabt hatte; die Knöpfe waren wie von Zauberhand wieder angenäht worden und die Klamotten gebügelt, eine Tatsache, die sie dazu gebracht hatte, Rosalia ausfindig zu machen, um ihr zu danken.

„Nicht der Rede wert", sagte die ältere Frau, während sie in der Mitte einer geschäftigen Küche stand.

Obwohl Harry immer etwas nervös war, wenn es darum ging, mit Rosalia in Kontakt zu treten, mochte sie die Frau. Sie hatte dichtes schwarzes Haar, in dem weiße Strähnen waren, und das sie in einem Knoten trug, ein Gesicht, das zeigte, dass ihr Leben nicht immer einfach gewesen war und eine so vernünftige Haltung, dass Harry sich trotz der Umstände in ihrer Gegenwart entspannte.

„Ich weiß es zu schätzen, dass Sie meine Sachen reinigen. Ich habe nicht viel dabei, weil ich dachte, dass wir ohnehin nur ein paar Tage hier sein würden." Harry formulierte vorsichtig, weil sie nicht den Eindruck erwecken wollte, dass sie es als normal ansehen würde, dass Iakovos sie bitten würde zu bleiben, wenn die Band wieder nach Hause führe. Sie war sich ziemlich sicher, dass er das täte, aber sie war niemals eine gewesen, die sich von ihren Wünschen hatte lenken lassen.

„Kyrie Papaioannou, er wird Ihnen mehr kaufen. Machen Sie sich keine Gedanken", sagte die Frau.

„Ich bin mir sicher, dass er das tun würde, wenn ich ihn fragen würde, aber es gibt keinen Grund dafür. Wenn ich etwas brauche, dann bin ich mir sicher, dass ich es in der Stadt bekommen kann. Ich wollte Ihnen für die Knöpfe danken und dafür, dass Sie meine Wäsche machen."

Die Frau neigte den Kopf, nahm damit ihren Dank an und sagte, während Harry sich auf den Weg zum Ausgang machte: „Ihnen gefällt es hier, ja? Griechenland sagt Ihnen zu?"

Da war eine Frage in Rosalias Augen, die nichts zu tun hatte mit dem Land, aber dafür jede Menge mit diesem einen Mann. „Ja", sagte Harry langsam und begegnete ihren Augen. „Ich liebe alles an Griechenland."

„Gut", sagte die Frau und nickte abrupt mit dem Kopf. „Sie gehen jetzt. Wir sind mit der Party beschäftigt."

Harry lächelte und verließ die Küche, sie fühlte sich, als hätte sie gerade einen Test bestanden. Das Lächeln verschwand, als sie über den Rasen zu den Bungalows des Personals wanderte und sie mit den Worten „Houston, wir haben ein Problem" begrüßt wurde.

„Ein Problem?", fragte sie Derek, der ihr mit grimmigem Gesicht entgegensah. „Was für ein Problem? Iakovos hat gesagt, dass ihr auf das Festland hinübergefahren seid, zusammen mit seiner Schwester und ihren Freunden letzte Nacht. Ist da irgendetwas passiert?"

„Iakovos?", fragte Derek und sah sie mit viel Verwunderung an. Wie Terry und Amy war er in Badesachen, die drei entspannten in ein paar Stühlen, die feuchten Handtücher zu ihren Füßen ließen vermuten, dass sie eine Runde in dem schönen, blaugrünen Wasser gedreht hatten.

„Mister Papamomo… Oh, bringt mich nicht dazu, seinen Nachnamen auszusprechen, er hat viel zu viele Vokale. Und hört auf, mich so wissend anzusehen. Was ich mit einem griechischen Milliardärsplayboy mache, der seine eigenen Inseln besitzt und einen unglaublich wundervollen Hintern hat, geht niemanden etwas an außer mich."

„Aber er ist alt", sagte Terry mit der Naivität eines Neunzehnjährigen. „Dieser Sekretärtyp, den er beschäftigt, hat gesagt, dass er wesentlich älter ist als seine Schwester."

„Er ist nicht so alt! Er ist total fit." Hitze wallte von ihrer Brust auf, als sie sich daran erinnerte, wie fit er genau war.

„Ich nehme an, es macht keinen Unterschied, weil du –" Terry schloss den Mund schnell.

„Auch alt bin?", fragte sie und starrte ihn düster an.

„Nicht alt. Einfach... Gereift?", fragte er mit etwas, von dem sie sicher war, dass er annahm, dass es ein charmantes Lächeln wäre.

„Es ist ja nicht so, als sei ich prähistorisch, um Himmels willen. Ich könnte eure Schwester sein."

Die drei schauten sie stumm an.

„Okay. Eine wirklich sehr viel ältere Schwester, aber trotzdem eine Schwester. Welches Problem haben wir? Und wo ist Cyndi?"

„Cyndi ist das Problem", sagte Amy und nahm Dereks Hand.

„Ist sie nicht wieder auf dem Posten?" Sie schaute sich um. „Wo ist sie?"

„Sie ist nicht hier, Harry. Sie hat letzte Nacht hingeworfen."

„Sie was?" Amy nickte. „Wir haben versucht, dich auf dem Telefon zu erreichen, aber der Anruf ging direkt auf deine Mailbox."

„Oh mein Gott." Harry legt beide Hände an ihren Kopf und rieb ihn, als ein plötzlicher Kopfschmerz sich bemerkbar machte. „Ich habe mein Handy gestern hiergelassen, weil Iakovos sagte, ich könnte seins benutzen, wenn ich eines bräuchte."

„Du warst auch nicht in deinem Zimmer", bemerkte Terry mit funkelnden Augen.

„Nein, ich ... äh ... habe bei Iakovos übernachtet. Mein Gott. Sie ist gegangen? Warum?"

„Sie sagte, dass sie nicht hierbleiben würde, wo sie ständig dem Typen begegnen würde, der sie nicht wollte und sie sei ein Nervenbündel und, jede Menge darüber, dass sie eine Pause von dem Stress bräuchte." Amy sah fast verschreckt aus.

Harry schaute das Mädchen entsetzt an, eine Gänsehaut breitete sich auf ihrem Rücken aus. „Das kann sie nicht machen, oder? Habt ihr nicht so eine Art Vertrag?"

„Haben wir und sie kann. Und sie hat es gemacht." Terry schaute auf die Uhr. „Sie hat heute einen Flug von Athen aus gebucht."

Harry setzte sich plötzlich auf einen benachbarten Stuhl, ihre Beine waren wie Pudding. „Heiliger Strohsack. Also, wir müssen sie einfach wieder hierher schaffen. Athen ist nur ein paar Stunden weg von hier – da ist noch genug Zeit, um sie pünktlich zur Party wieder hierzuhaben. Ich werde sie anrufen. Ich werde sie zur Vernunft bringen."

„Das wird keinen Sinn machen", sagte Amy. „Wir haben es alle versucht."

Harry dachte an Iakovos' köstliche Lippen. Sie wollte sie nicht sehen, wenn sie schmal wurden vor Ärger und es war sicher, dass er ärgerlich werden würde, wenn er herausfinden würde, dass der Leadsänger der Band, die er für viel Geld hierhergebracht hatte, sich abgesetzt hatte. Er wäre nicht mit ihr persönlich verärgert, aber er wäre auch nicht glücklich. Sie mochte es, wenn er glücklich war. Er zog sie auf mit atemberaubenden Aussagen und er berührte sie und ließ sie seine Oberlippe lecken. Sie liebte seine Lippen. Sie liebte sie besonders dann, wenn sie allerhand Dinge mit ihrem Körper anstellten; wenn sie nur daran dachte, dann fühlte es sich an, als sei ihre Haut zu eng. „Ja, also, ihr mögt vielleicht nicht so motiviert sein wie ich."

Vierzig Minuten später musste Harry aufgeben und schaltete ihr Handy aus. Sie sah in drei ängstliche Gesichter, die sie beobachteten. „Sie will nicht zuhören."

„Ich habe es dir gesagt. Sie ist wirklich mitgenommen von alldem, Harry."

„Ich sollte Tim anrufen ... Aber er sollte noch ein paar Tage länger im Krankenhaus bleiben und außerdem hat Jill ihren Geburtstermin ... Verdammt. Warum muss Cyndi so ein Trottel sein und versuchen, mit Theo zu schlafen?" Harry stand auf und begann, unruhig auf und ab zu wandern. „Also, wir müssen einfach mit euch drei klarkommen. Lasst mal sehen ... Amy, du kennst Cyndis Songs so gut wie deine eigenen, oder nicht?"

Sie nickte. „Ja, aber –"

„Okay, also übernimmst du einfach ihre Rolle und wir finden jemanden, der an deiner Stelle das Keyboard spielt."

„Wer?", fragte Derek und wedelte mit der Hand, um auf ihre Umgebung aufmerksam zu machen. „Dieses Fleckchen Erde ist großartig und alles, aber ich glaube, dass Musiker hier dünn gesät sind. Zumindest die, die unsere Musik kennen."

„Also... Wir könnten jemanden in Athen ausfindig machen..." Harry biss sich auf die Unterlippe und fragte sich, wie sie einen Musiker finden sollte, der Amy ersetzen könnte, und das innerhalb so kurzer Zeit und in einem fremden Land noch dazu.

„Du könntest es übernehmen“, schlug Amy vor.

„Mach dich nicht lächerlich. Ich bin keine Musikerin“, sagte Harry und fragte sich, ob es so etwas wie ein Such und Find in Athen gab.

„Tim hat zählt, dass du in seiner Band warst.“

Sie schaute flüchtig zu den dreien hinüber. „Vor zwanzig Jahren, ja. Vielleicht könnte einer der Gäste… Nein, das wäre nicht richtig.“

„Harry“

„Nein!“, erklärte sie ihren erwartungsvollen Gesichtern. „Ehrlich, Leute, das ist ewig und drei Tage her, dass ich in Tims Band war.“

„Aber du warst Sängerin, oder nicht?“

„Wenn du es so nennen willst. Ich habe ein paar Vocals gemacht, aber die meiste Zeit habe ich einfach –“ Sie presste die Lippen aufeinander.

„Keyboard gespielt?“, fragte Terry mit einem Grinsen.

„Halt die Klappe. Das mache ich nicht.“

„Also, wenn du willst, dass wir wegen Vertragsbruch verklagt werden, okay“, sagte er mit einem nachlässigen Schulterzucken.

„Jetzt übertreibst du. Iakovos würde euch nicht verklagen.“

Sie alle sahen sie an und brachten sie dazu, dass sie errötete. Sie wusste, was sie dachten – dass sie die Sache gegenüber Iakovos ausbügeln könnte, sodass er sie nicht bestrafen würde für den Vertragsbruch. Sie wäre verdammt, wenn sie ihn auf diese Weise benutzen würde.

„Wenn ihr erklärt, was passiert ist, dann bin ich mir sicher, dass ihr euch mit ihm irgendwie einigen könnt. Den Vorschuss zurückzahlen, irgend so was."

„Und das Geld, das er bezahlt hat, um uns vier nach Griechenland zu holen? Und für die Unterkunft hier?" Derek schüttelte den Kopf. „Wir sind pleite. Wir haben alles zusammengeworfen, um die Aufnahmeausrüstung für das Studio zu kaufen. Wir können ihm nichts zurückzahlen."

„Also … Vielleicht könnte ich …"

„Uns stört es nicht, wegen dir den Vertrag zu brechen", versicherte ihr Terry. „Es wird unsere Karrieren ruinieren und uns wahrscheinlich für den Rest des Lebens schädigen, aber wenn es dich nicht stört, dann versuchen wir, dir das nicht vorzuwerfen."

Harry erkannte das Unausweichliche, wenn es ihr ins Gesicht lachte, aber das machte die bittere Pille nicht einfacher zu schlucken. Ihre Schultern sackten ab, als sie die Niederlage erkannte. „Ich kenne eure Songs noch nicht einmal."

„Du hast zehn Stunden, um sie zu lernen", sagte Derek fröhlich und hielt ihr sein Handgelenk hin, sodass sie die Uhrzeit sehen konnte.

„Ich nehme an, wenn Amy die Songs singt, dann könnte ich eine vereinfachte Version der Musik spielen, aber wirklich –"

„Ich kann Cyndis Songs nicht singen", jammerte Amy.

„Warum nicht?"

„Weil ich nicht ihr Stimmvolumen habe! Außerdem gibt es da diesen Tanz-mit-dem-Mond-Song. Ich kann überhaupt nicht tanzen. Ihr wisst das.“

„Ich kann es auch nicht, aber das hat mich nicht davon abgehalten, Unterricht in Bauchtanz zu nehmen“, sagte Harry mit einem erinnerungsseligen Lächeln, als sie an den Versuch dachte, um ihrem Ex-Freund eine Freude zu machen. „Mann, war das ein Desaster.“

„Du tanzt?“ Amys Augen wurden groß, als sie die beiden Jungs ansah.

„NEIN!“, brüllte Harry sie an. „Denkt noch nicht einmal, was ich glaube, was ich weiß, das ihr denkt!“

„Du kannst singen; du hast gerade gesagt, dass du für Tim gesungen hast. Und du kannst Bauchtanz und das ist, was Cyndi im Mond-Song macht“, sagte Amy und ihre Hand lag auf Harrys Arm. „Wenn du dieses Lied übernehmen könntest und vielleicht einige andere, dann kann ich meine machen und… und… Es wäre in Ordnung.“

„Wenn ihr von mir erwartet, dass ich ein Bauchtanzkostüm anziehe und herumstolziere –“

„Bitte, Harry.“

„Ich habe euch gesagt, dass ich das Keyboard für euch übernehme, aber singen und tanzen kommt überhaupt nicht infrage. Es gibt keinen Grund auf Gottes schöner Erde, warum ich wieder auftreten sollte. Habt ihr das verstanden? Gut.“

Eine Stunde später war sie zurück in der Küche und entschuldigte sich bei Rosalia.

„Ich kenne dieses Kleid nicht. Es ist was?“

„Ein Outfit für eine Bauchtänzerin. Oder irgendwas in der Art. Ein langer, fließender Rock und ein knappes, kurzes Oberteil, das nur die Brüste bedeckt. Glauben Sie, ich kann so etwas in der Stadt kaufen?"

Die ältere Frau musterte sie mit einem ungläubigen Blick. „Sie brauchen das für die Party?"

„Ja. Das ist eine lange Geschichte und ehrlich gestanden, wenn ich zu lange darüber nachdenke, dann will ich nur schreiend wegrennen."

„Gibt es ein Problem?"

Harry wirbelte bei dieser Frage herum. Ein Mann stand im Türrahmen, so groß wie sie, aber drahtig, mit kurzen schwarzen Locken.

„Ich bin Dmitri", sagte der Mann und streckte seine Hand aus. „Ich bin Iakovos' Assistent und auch sein Cousin. Sie sind Eglantine, richtig?"

„Bitte nennen Sie mich Harry."

„Gibt es ein Problem mit den Vorbereitungen für heute Abend? Ich habe mit den Bühnenbauern und den Tontechnikern gesprochen, und sie haben mir versichert, dass alles in Ordnung ist."

„Oh Gott, ich hatte noch nicht einmal Zeit, mich um die Tonausstattung zu kümmern", sagte Harry und fuhr sich mit einer Hand durch die Haare.

„Kann ich bei irgendetwas behilflich sein?"

Sie beäugte den Mann. Er schien Mitte dreißig zu sein und hatte warme, freundliche Augen. Er war weder Iakovos noch Theo ähnlich, aber sie hatte das Gefühl, dass sie ihm vertrauen konnte.

„Ich bin ziemlich gut darin, Probleme zu lösen", sagte er, als sie zögerte. „Iakovos bezahlt mich nicht nur wegen meiner fantastischen Persönlichkeit, wissen Sie."

„Ich bin sicher, dass Sie sehr effizient sind", sagte sie mit einem Lächeln und entschied, dass sie es riskieren würde. „Und für den nächsten Welttag der Sekretäre kaufe ich Ihnen eine große Flasche Scotch, wenn Sie mir ein Bauchtanzkostüm in den nächsten fünf Stunden auftreiben können."

Er blinzelte noch nicht einmal, sondern zückte nur sein Handy. „Wie ist Ihre Größe?"

Sie teilte ihm ihre Maße mit und gab ihm eine Beschreibung von dem, was sie brauchte.

„Sie sind echt gut", sagte sie ihm, als er ihr, ohne wenigstens mit der Wimper zu zucken, versicherte, dass er eine Art Kostüm für sie auftreiben würde. „Wenn Sie das zustande bringen, dann sage ich Iakovos, dass er Ihnen eine Gehaltserhöhung geben soll."

„Wenn das Outfit, das Sie haben wollen, nur annähernd dem ähnlich sieht, was ich mir vorstelle, dann werden Sie ihm das nicht sagen müssen. Er wird einen Blick auf Sie werfen und mir die Gehaltserhöhung freiwillig geben."

Sie lachte und drückte seinen Arm, bevor sie davoneilte, um die Songs zu proben, von denen sie das schreckliche Gefühl hatte, dass sie nie mehr dieselben wären, wenn sie mit ihnen fertig wäre.

Kapitel acht

Iakovos war ungeduldig und das war ein Gefühl, das er kein winziges bisschen mochte. Wenn es eines gab, das er mehr als alles andere schätzte, dann war es seine Fähigkeit, Situationen zu kontrollieren, die seine Aufmerksamkeit und seine Zeit verlangten. Den finanziellen Ruin seiner Familie hatte er erlebt und ihn überlebt. Er hatte seinen Verstand eingesetzt, um nicht nur als einsamer Ausländer die Schule zu überstehen, sondern von der Universität abzugehen, auf dem besten Wege, ein sehr reicher Mann zu werden.

Er hatte hart gearbeitet, hatte getan, was er tun musste und schließlich hatte er einfach Glück gehabt, sehr viel Glück, im richtigen Moment an der richtigen Stelle zu sein und ein Stück Land in die Finger zu bekommen, das sein Gewicht in Gold wert war. Danach ging es einfach nur darum, sich an die Situation anzupassen, sie zu beherrschen und sich dann der nächsten Aufgabe zu widmen.

„Das Leben", sagte er zu niemandem im Speziellen, als er neben dem Tisch stand, der mit Essen beladen war und er auf die Menschen in bunten Strandkla-

motten schaute, die sich um den größten der drei
Pools versammelt hatten, deren sich sein Haus rüh-
men konnte, „ist ganz besonders nervig gerade im
Moment.“

„Wie war das?“

Er schaute auf, um in die lachenden Augen seiner
Schwester zu sehen, die ihn beobachteten. Elena lach-
te immer, besonders jetzt, wo sie achtzehn und eine
Erwachsene war, umgeben von ihren Freunden und
ihr Leben vor ihr lag wie eine mit Glitzer gepflasterte
Straße.

„Nichts. Hast du Spaß an deinem Geburtstag?“

„Jede Menge.“ Sie hielt ihr Handgelenk hoch. „Ein
sehr attraktiver Mann hat mir dieses wundervolle
Diamantarmband heute Morgen geschenkt.“

„Ich bin froh, dass es dir gefällt“, sagte er und fragte
sich gleichzeitig, wie Harry wohl aussehen würde,
wenn sie Diamanten trug und nichts weiter.

„Ich liebe es und ich liebe dich, weil du mir so einen
wundervollen Geburtstag bescherst“, sagte sie und
küsste ihn auf die Wange.

Er murmelte etwas Unverbindliches. Diamanten wären zu langweilig für seine Sturmgöttin. Sie verlangte
nach einem Edelstein mit mehr Tiefe, etwas, das ihrem feurigen Geist Konkurrenz machen würde. Rubine?

„Also, Iakovos, Rosalia hat berichtet, dass du gestern
Abend mit der Dame aus Amerika dein Abendessen
auf deinem Zimmer eingenommen hast.“

Nein, Rubine wären zu grell für Harry. Ihr Charakter
verlangte nach etwas, das auf den Sturm hinweisen
würde, der in jedem Moment um sie herum tosen

könnte, während es auch die Ruhe reflektieren könnte, die danach folgte. Ah, er hatte es. Smaragde.

„Iakovos?"

Er schaute auf seine Schwester herab, als sie an seinem Ärmel zupfte.

Ihr Grinsen war mehr als nur frech. „Ist sie nett, diese Dame aus Amerika?"

Das Bild tanzte durch seinen Kopf von Harry, nackt, auf seinem Bett ausgebreitet, mit Smaragden, die in ihrem Haar glitzerten und über ihrem Bauch drapiert waren. Seine Lippen verengten sich, als das Blut, das ganz unschuldig durch seine Venen geflossen war, plötzlich Halt machte und sich direkt auf den Weg in seinen Penis machte.

„Ich habe sie nicht gesehen, aber Theo sagt, sie sei riesig, so groß wie er und gebaut wie –" Elena streckte ihre Hände aus.

„Sie ist überhaupt nicht riesig. Sie ist perfekt proportioniert, jeder Zentimeter von ihr, und Theo soll seine verdammte Klappe halten oder ich sorge dafür, dass er sie hält."

Elena sah für einen Moment erschrocken aus, dann lachte sie los, das Geräusch wie ein leichtes Plätschern, wie Sonnenlicht auf einem Bach. Harrys Lachen war viel erdiger, ein tiefes, kehliges Glucksen, das ihn direkt schwindlig machte.

„Ich werde dich nicht mehr aufziehen, aber ich will sie treffen."

Er wandte seine Aufmerksamkeit weg von dort, wo sie hingewandert war. „Du wirst sie und die anderen heute nach dem Konzert sehen."

„Ich kann es gar nicht erwarten, sie zu sehen", sagte sie und tanzte fast vor Aufregung. „Und du bist der beste Bruder der ganzen Welt. Ich hoffe, dass deine perfekte Frau weiß, wie wunderbar du bist."

Ein selbstgerechtes und sehr männliches Lächeln zupfte an seinen Mundwinkeln. Ganz sicher hatte er sie befriedigt zurückgelassen, als sie es endlich fertiggebracht hatten, sich aus dem Bett zu schleppen.

„Wo ist Theo?", fragte er, da ein Gedanke zum nächsten führte.

Elena, die spürte, dass sie seine Aufmerksamkeit verloren hatte, zuckte mit den Schultern. „Er war im Spielzimmer, als ich ihn zuletzt gesehen habe."

„Ich habe ein paar Dinge, die ich mit ihm klären möchte, bevor noch viel Zeit vergeht", sagte Iakovos mit grimmiger Befriedigung und verschwand, um seinem Bruder die Meinung zu geigen.

Als er damit fertig war, von Rosalia über das Abendessen informiert worden war, das vor dem Konzert stattfinden würde, und er schnell schwimmen gegangen war, wusste er, dass er den Kampf verloren geben musste. Er wollte Harry sehen.

Was tat sie gerade im Moment? Wahrscheinlich war sie mit der Band zusammen und stellte sicher, dass sie in keine Schwierigkeiten gerieten. Warum konnten sie nicht auf sich selbst aufpassen? Er wusste von den Sicherheitsüberprüfungen, die die Gruppe durchlaufen hatte, dass keiner von ihnen über zwanzig war, aber sicherlich waren sie alt genug, dass sie niemanden brauchten, der sich damit verausgabte, sie im Auge zu behalten.

„Wo willst du hin?", rief er Dmitri zu, als er seinen Cousin sichtete, der zum östlichen Anlegesteg ging.

Dmitri wandte sich um und sagte mit dem Anflug eines Grinsens: „Ich werde den Kurier in Empfang nehmen, der gerade von Athen eingeflogen ist."

„Welcher Kurier?", fragte er, da er von nichts wusste, was so wichtig war, dass es zu seiner Insel gebracht werden müsste.

„Der Kurier, der dir ein Geschenk bringt."

„Ich hatte gerade eine furchtbare Auseinandersetzung mit Theo", sagte Iakovos mit einem langen Blick auf Dmitri. „Ich bin nicht wirklich in der Stimmung, Ratespiel zu spielen. Welches Geschenk?"

„Ich würde es dir sagen, aber ich glaube nicht, dass Harry es schätzen würde, wenn ich ihre Überraschung ruiniere."

Harry hat ihm ein Geschenk gekauft? Warum war er überrascht? Es sah ihr so ähnlich, dass sie den Spieß herumdrehte, gerade wenn er Vereinbarungen mit dem prestigeträchtigsten Juwelier in Athen getroffen hatte, eine Auswahl von Smaragden zu seiner Begutachtung zu schicken. „Ist es etwas, das mir gefallen wird?", fragte er.

Dmitris Grinsen wurde breiter. „Wenn es so gut ist, wie ich glaube, dann wirst du, mein Freund, in Dankbarkeit auf die Knie sinken, dass ich zugestimmt habe, für dich zu arbeiten."

„Wenn du sonst nichts fertigbringst, dann schaffst du's doch immer wieder, mich zu amüsieren", sagte Iakovos trocken. „Ich hoffe einfach nur, dass es sein Geld wert ist, es hierherfliegen zu lassen."

„Es kostet dich nichts. Harry hat darauf bestanden, es zu bezahlen, also kannst du aufhören, dir Sorgen zu machen, dass sie dein Geld ausgeben würde."

„Ich habe niemals geglaubt, dass sie das tun würde, und selbst wenn, es wäre mir egal."

Dmitri zögerte, als er gehen wollte und schaute Iakovos lange an. „ Nein, ich glaube nicht, dass dich das interessiert. Sie hat dich wirklich am Haken, oder?"

„Ja. Wo ist sie?"

Dmitri deutete mit dem Kopf nach Süden.

„Mit dieser Band zusammen?"

„Ja."

Er verzog das Gesicht. „Sie sollten sie etwas Zeit für sich haben lassen." Und, noch wichtiger, Zeit für ihn.

„Ich denke, ich werde es ihr überlassen, dir zu sagen, was vor sich geht", erklärte Dmitri rätselhaft und verschwand dann, um das Boot zum Festland zu nehmen.

Iakovos beobachtete, wie er verschwand und fragte sich, wie Harry es fertiggebracht hatte, sowohl Rosalia als auch Dmitri so schnell für sich zu gewinnen. Er konnte sich nicht an das letzte Mal erinnern, dass einer von beiden einer seiner Geliebten seine Zustimmung erteilt hätte.

Der Lärm, der ihn begrüßte, als er über den Rasen ging, der die Grenze zu den Quartieren der Bediensteten bildete, brachte ihn zum Lächeln. Statt erschöpft zu sein von ihren Aktivitäten spät in der Nacht und morgens früh, klang Harry ganz so, als könnte sie einen Hurrikan zur Ordnung rufen.

„Was ist hier los? Warum schreist du so?", fragte er, als er sich ihnen näherte und versuchte, seinen Gesichtsausdruck in einen von unbeeindruckter Strenge zu bringen, aber er glaubte, dass er das nicht schaffte. Er wartete und Erwartung machte sich in ihm breit, was Harry tun würde, wenn sie ihn sah. Von all ihren positiven Eigenschaften war es dieses Gefühl des Unerwarteten, das ihn am meisten faszinierte. Er wusste ganz einfach nie, was er von ihr erwarten sollte.

„Ich schreie, weil die ganze Idee lächerlich ist", sagte Harry und begleitete ihre Worte mit einer angewiderten Handbewegung zu ihrem Oberkörper. „Ich habe Terry zerquetscht."

Iakovos schaute zu einem der zwei schmächtigen, jungen Männer. Der mit den langen Haaren hielt eine Gitarre in der Hand, während das bleiche nervöse Mädchen neben ihm eine schmale Bodhran umklammerte. Der andere Mann lag auf dem Boden mit schmerzverzogenem Gesicht, als er seinen Lendenbereich rieb. „Absichtlich oder aus einer Laune heraus?"

„Ich habe daran gedacht, es aus einer Laune heraus zu tun, aber mich dann entschieden, dass das doch ein zu beliebiger Grund sei. Leute, dreht euch um", befahl sie den anderen dreien.

Sie blinzelten sie mit identischen Gesichtsausdrücken der Überraschung an. „Was?", fragte Terry.

Sie drehte einen Finger in der Luft. „Ihr habt mich gehört. Dreht euch um. Zählt bis sechzig. Wenn ihr damit fertig seid, könnte ihr euch wieder zurückdrehen."

Zu Iakovos' Überraschung und vollster Zustimmung warf sich Harry auf ihn und küsste ihn mit einer Leidenschaft, die ihm sofort eine Erektion bescherte.

„Ich habe dich vermisst", flüsterte sie in seinen Mund.

„Wir waren nur drei Stunden getrennt", sagte er und hatte beide Hände auf ihrem wunderbaren Hintern, während er ernsthaft darüber nachdachte, ob er sie in den nächsten leeren Raum tragen sollte und wieder in seinem Sturm versinken könnte.

„Ja, aber es waren lange, lange Stunden", sagte sie und seufzte traurig, bevor sie von ihm abließ in genau dem Moment, als die anderen drei sich umdrehten. Der, der auf den Namen Terry hörte, sah aus, als würde er einen unangebrachten Kommentar machen, bis Iakovos ihn mit einem Blick zur Ordnung rief, der ihm sagte, dass das ein Himmelfahrtskommando wäre. „Du glaubst nicht, was passiert ist. Ich weiß, dass du's nicht glauben wirst, weil ich es auch nicht glaube. Und bevor du wütend wirst deshalb, wir haben eine Lösung gefunden, es ist also alles in Ordnung, zumindest das meiste. Terry zu zerquetschen, ist allerdings keine Lösung."

Sein Zorn, immer schnell bei der Hand, erwachte, als sie ihm die Geschichte von dem dämlichen kleinen Trottel und ihrem letzten Drama erzählte.

„Das ist dumm gelaufen, aber nicht das Desaster, von dem du glaubst, dass es das ist", erklärte er ihr. „Sicherlich kann das andere Mädchen, Annie–"

„Amy", verbesserte Harry. „– sie kann den gesamten Gesang übernehmen?"

„Das ist nicht ihre Arbeitsweise. Normalerweise übernimmt Derek die Gitarre, Cyndi singt, Amy ist am Keyboard, und Terry spielt die Bodrhan, die Fiedel oder die zweite Gitarre, so wie es gebraucht wird. Wenn Amy singt, spielt Cyndi das Keyboard. Aber nun, da sie verschwunden ist, können sie entweder nur Amys Songs performen oder... Oder... Oh Gott, ich kann nicht glauben, dass ich dem zugestimmt habe."

„Harry wird Cyns Part übernehmen", sagte Derek mit einem breiten Grinsen.

„Bist du Sängerin?", fragte er sie.

„Nein. Überhaupt nicht. Nur ein kleines bisschen. Vor langer, langer Zeit, aber ich habe das Singen an den Nagel gehängt vor vielen, vielen Jahren."

„Dabei haben sie und Tim sich kennengelernt", informierte Derek ihn. „Sie waren zusammen in einer Band."

„Vor zwanzig Jahren, ja, aber seitdem habe ich nicht mehr vor Leuten gesungen. Aber es ist nicht so sehr das Singen, das mir Sorgen bereitet", sagte sie und ihre Schultern sackten herab.

Völlig überraschend wurde Iakovos von dem Bedürfnis überwältigt, sie zu beschützen vor dem Gewicht der Verantwortung, das so schwer auf ihr lastete. Er wollte, dass sie hanebüchene Dinge sagte, dass sie ihn ansah, als wäre er das wundervollste Wesen der Welt, und sie diesen absurden Fleck an seinem Nacken leckte, von dem sie sagte, dass er sie verrückt machte. Er wollte nicht, dass sie aussah, als würde sie gleich in Tränen ausbrechen.

„Das ist egal. Wir werden einfach den Vertrag auflösen."

Für einen Moment keimte Hoffnung in ihren Augen auf, bevor sie fragte: „ Würde es deine Schwester stören? Ich hatte den Eindruck, dass Illuminati ihre Lieblingsband ist und dass das der Grund ist, warum du sie hierhergebracht hast."

„Es würde sie nicht stören", log er und sah ihr geradeheraus in die Augen. Er hatte keine Ahnung, was er Elena sagen würde, aber ihm würde etwas einfallen, um die Situation zu retten. Es fiel ihm immer etwas ein.

Harry lächelte und ihr Herz schlug schneller, wie es das anscheinend immer tat, wenn sie ihn ansah. Er war so attraktiv, mit einer so unerwarteten Wärme und geistreich und absolut wunderbar und hier war er und log sie einfach an, um ihr ein paar Unannehmlichkeiten zu ersparen. Es war zu viel, einfach zu viel für sie. Sie war wie verrückt, komplett und Hals über Kopf in ihn verliebt. „Wenn ich dich fragen würde, ob du mich heiratest, was würdest du sagen?"

Sie überraschte ihn – seine Augenbrauen schossen nach oben, als sie ihm das sagte. „Ich würde sagen, dass es das Vorrecht des Mannes ist, diese Frage zu stellen."

„Oh." Gegen die Sonne kniff sie die Augen zusammen und erfreute sich an der Wärme in seinen Augen. „Nur aus Neugier, hast du vor, mir diese Frage zu stellen?"

„Ja."

„Jetzt?"

Seine Augenbrauen wurden zu einer geraden Linie. „Nein."

„Okay." Sie lächelte wieder. „Dann glaube ich, in dem Interesse, deine Schwester davon abzuhalten, mich auszuweiden, machen wir lieber mit der Probe weiter. Außerdem ist das Problem nicht wirklich der Gesang. Wir haben einige Änderungen vorgenommen in der Besetzung, also werde ich Zeug singen, das ich kenne.

Es ist das Tanzen, das wirklich das große Problem im Moment ist.“

„Wenn ich Nein gesagt hätte, würdest du dann immer noch für meine Schwester singen?“, fragte er und überraschte sie ausnahmsweise mal.

Sie wusste genau, wovon er sprach. „Natürlich würde ich das.“

Er schenkte ihr einen weiteren seiner rätselhaften Blicke und sagte dann: „Wenn du nicht tanzen möchtest, dann tu es einfach nicht.“

„Es ist nicht ganz so einfach. Schau, ihr großes Lied, dieser eine große Hit, der viral gegangen ist, und den sich deine Schwester ganz besonders gewünscht hat, hat diese eine Stelle, wo Cyndi zusammen mit Terry ein bisschen tanzt, eine Mischung zwischen Zigeuner- und Bauchtanz. Und am Ende dieser Sequenz hüpft sie in die Luft und Terry fängt sie auf und wirbelt sie herum. Es ist das Markenzeichen dieses Liedes und obwohl ich es liebend gern einfach weglassen würde, würde das alles entstellen.“

„Es ist nur ein Tanz“, sagte er und runzelte die Stirn bei ihrer offensichtlichen Besorgnis.

„Du und ich denken das vielleicht, aber jeder andere versicherte mir, dass es ein essenzieller Bestandteil des Liedes ist. Hier, ich kann es dir zeigen.“

Sie zückte ihr Handy und spielte ein Video des Liedes. „Offensichtlich hat Elena Tim gesagt, dass sie ganz besonders dieses Lied wollte, weil es ihr Lieblingslied ist und sie das Video ungefähr hundertmal gesehen hat und sich riesig darauf freut, es live zu sehen.“

„Kennst du die Tanzschritte nicht?“, fragte er sie.

„Nein, tue ich nicht. Aber ich könnte wahrscheinlich die meisten improvisieren. Es ist die Hebefigur, die das Problem ist. Ich bin gebaut wie ein Panzer und ich habe den armen Terry plattgemacht, als wir es vor einigen Minuten versucht haben."

Iakovos runzelte die Stirn und schaute von ihr zu Terry, der versuchte, gerade zu stehen. „Es ist einfach eine Frage der Balance. Du bist nicht so groß, dass er nicht fähig wäre, dich zu heben. Lasst es mich mal sehen."

„In Ordnung, aber nur, wenn wir zuerst eine Matratze holen. Ich will Terry nicht komplett zermalmen, weil er heute Abend spielen muss."

Iakovos rollte mit den Augen, aber er half den zwei Jungs tatsächlich, eine Matratze aus Harrys Zimmer zu holen. Sie erklärte, dass der Stand der Bühne beim abendlichen Konzert dafür sorgen würde, dass Terry sich auf dem Boden befand und sie von den Stufen springen würde, damit er sie nicht hochheben müsste.

„Zeigt es mir", befahl er und Harry kletterte auf eine Bank und warf sich dann auf Terry, der ein grimmiges Gesicht aufgesetzt hatte und sich vor der Matratze wappnete.

„Ich habe dir gesagt, dass die Matratze eine gute Idee ist", sagte Harry einen Moment später und nahm die Hand an, die Iakovos nach ihr ausgestreckt hatte, um sie auf die Füße zu ziehen. „Alles klar, Terry?"

„Ja, aber ich hab's mir überlegt. Lasst uns einfach heimfahren", sagte er und stöhnte, als er sich von der Matratze schälte.

„Du machst es nicht richtig. Versucht es noch mal", sagte Iakovos und kam selbst vor der Matratze zum

Stehen, seine Beine gespreizt. „Ich fang dich dieses Mal auf.“

„Ich werde dich auch zermalmen“, sagte Harry und fühlte sich wie ein Elefant.

„Mach dich nicht lächerlich. Mach's noch mal.“

Sie nahm den entschlossenen Gesichtsausdruck zur Kenntnis und erwog für einen Moment, mit ihm zu streiten, entschied sich dann aber, dass er einer von diesen Menschen sein musste, die wohl erst etwas am eigenen Leib spüren mussten, um einer Sache Glauben zu schenken. „Baum fällt!“, warnte sie ihn vor, als sie sich auf ihn warf.

Seine Hände waren warm und fest auf ihren Hüften, als er sie über seinen Kopf hielt. Sie ließ einen kleinen Triumphschrei verlauten und grinste auf ihn herab, als er sie langsam absenkte. Sie wickelte ihren Körper um seinen in einer schlangenartigen Bewegung, bis sie wieder festen Boden unter den Füßen hatte.

„Da, seht ihr? Es ist alles eine Frage der Physik. Du musst Harry im richtigen Moment auffangen“, erklärte er Terry. „Versuch's noch mal. Ich werde dich anweisen.“

Sie verbrachten eine Stunde damit zu üben und zu Harrys Überraschung und nicht geringer Erleichterung hatten sie es am Ende geschafft, dass Terry sie auffangen konnte. Er konnte sie nicht so über dem Kopf halten, wie Iakovos das tat, aber wenn sie mit der Abwärtsbewegung um seinen Körper herum in dem Moment begann, wo er sie auffing, funktionierte die Sache. Es war nicht anmutig und es war weit entfernt von Cyndis Version, aber im schlimmsten Fall würde es genügen.

„Danke für deine Hilfe. Du warst nicht zufällig in der Vergangenheit mal Balletttänzer?", fragte Harry Iakovos, als sie mit ihm zusammen zur Bühne spazierte, wo die Band einen Soundcheck mit dem griechischen Technikern machen würde, der früher am Morgen angekommen war.

„Kannst du dir wirklich vorstellen, dass ich Strumpfhosen tragen würde?", fragte er zurück.

Sie blieb stehen, um ihn einer gründlichen Visite zu unterziehen. Er war lässig gekleidet und trug ein paar verblichene Jeans und ein marineblaues gestreiftes Shirt, das sich gegen seine Haut wellte, da, wo es die Seebrise einfing. „Also, das konnte ich nicht, bis ich deinen Hintern befühlen durfte, aber danach? Ich kann mir dich in allem vorstellen."

„Ich habe ihn dich nicht befühlen lassen. Das hast du einfach gemacht", bemerkte er und das kleine Zucken seines Mundwinkels sagte ihr eine Menge.

„Ja, aber es hat dir gefallen."

Eine Augenbraue wanderte nach oben: „Und woher willst du das wissen?"

„Wenn nicht, dann hättest du mir einen dieser Blicke zugeworfen, die sagen: Ich bin der Herrscher aller Reusen und du bist nichts als ein Ärgernis – den gleichen, den du mir in Theos Zimmer zugeworfen hast. Wo wir gerade von dem Romeo des ägäischen Meeres sprechen, hast du mit ihm über letzte Nacht geredet?"

Seine Brauen zogen sich zusammen. „Das ist erledigt."

Sie legte eine Hand auf seinen Arm. „Ich weiß, es geht mich nichts an und ich will wirklich keine Probleme zwischen ihm und dir verursachen, aber ich glaube, er hat wirklich ein Alkoholproblem. Ehrlich, ich glaube nicht, dass er mich auch nur in Betracht gezogen hätte letzte Nacht, wenn er nicht ... na ja, betrunken gewesen wäre.“

„Es ist erledigt“, wiederholte Iakovos und sah sie nicht an, sein Kiefer angespannt, als er die Ingenieure und Tontechniker beobachtete, während sie das Equipment testeten.

„Ist er ein Alkoholiker? Oder geht mich das nichts an?“, fragte sie und wollte ihn in die Arme nehmen, fühlte sich aber plötzlich schüchtern. „Ich kenne jede Menge trockener Alkoholiker. Vielleicht könntest du ihn in eine entsprechende Behandlung –“

„Ich hatte genügend Zeit, meinen Vater dabei zu beobachten, wie er ein Dauergast in diesen Kliniken war, nachdem meine Stiefmutter gestorben war, und ich weiß, dass solche Behandlungen sinnlos sind, wenn die Person selbst nicht trocken werden will.“

„Ja, aber wenn du mit Theo sprichst und vielleicht herausfindest, warum er so viel trinkt, dann könntest du ihn vielleicht davon abbringen, diesen Weg einzuschlagen.“

Er drehte sich zu ihr um und seine dunklen Augen brannten vor Leidenschaft. „Du wirst mir das Leben zur Hölle machen, oder? Du wirst alles in Aufruhr versetzen, bis du alles durcheinandergebracht hast und alles außer Kontrolle ist. Stimmt das?“

„Das ist nicht meine Absicht, nein“, sagte sie, verletzt von der unerwarteten Anschuldigung.

Er musste die Betroffenheit in ihren Augen gesehen haben, denn obwohl sie in Sichtweite der anderen Gäste waren, die über den Rasen dorthin wanderten, wo die Bühne stand, nahm er sie in seine Arme und sein Atem war heiß auf ihrem Mund. „Manchmal, Liebling, ist ein Sturm genau das, was wir brauchen."

„Manchmal verstehe ich dich wirklich nicht", antwortete sie und ihr Körper war angespannt vor Vorfreude. „Aber wenn du mich nicht küsst, bis ich die Besinnung verliere, muss ich dich direkt hier vor aller Augen belästigen, und das würde sie alle schockieren, sodass sie dich warnen würden, besser nichts mit mir zu tun zu haben und dann würdest du mich nicht fragen, ob ich dich heiraten will und ich würde nach Hause fahren und einsam vor mich hin leben, bis ich eine sehr alte Frau wäre, die unschuldige Passanten attackieren würde, um ihnen mitzuteilen, dass ich einmal mit der Nummer sieben auf der Liste der begehrtesten Junggesellen der Welt geschlafen habe."

„Fünf. Ich bin Nummer fünf, nicht sieben."

Harry starrte ihn für einen Moment an, dann drehte sie sich auf dem Absatz herum und ging davon. Er fragte sich, ob sie missverstanden hatte, was er versucht hatte zu sagen über die Tatsache, dass er einen Sturm in seinem Leben brauchte, aber als er beobachtete, wie sie zur Bühne schritt, hob sie eine Hand und machte eine unanständige Geste.

Darüber lachte er laut, und sein Herz und seine Lenden erwärmten sich bei ihrem Anblick. Er hatte nicht genau gewusst, wie er mit ihrem Heiratsantrag umgehen sollte und hatte sich selbst überrascht, als er gesagt hatte, dass er vorhatte, sie zu heiraten, aber er hätte gelogen, wenn er vorgegeben hätte, dass er auch nur die geringste Absicht hatte, sie wieder aus seinem Leben zu lassen.

Sie war sein Sturm und das war alles, worauf es ankam.

Kapitel neun

Obwohl der Leadsänger fehlte, es die üblichen Probleme gab, wenn Fremde die Tonanlage aufstellten und obwohl Harry ein allgemeines Schwindelgefühl ergriff, wann auch immer sie nur an Iakovos dachte, sollte der Höhepunkt von Elenas Party ohne Zwischenfälle verlaufen – hoffte Harry zumindest inständig.

„Wir haben für Elena ein Galadinner organisiert, bevor das Konzert losgeht", hatte er ihr einige Stunden zuvor mitgeteilt. „Ich möchte, dass du dabei bist."

„Lieber Himmel, Essen? Vor einem Auftritt? Bist du verrückt?", hatte sie ihn gefragt und schreckte bei dem Gedanken an so etwas Widerwärtiges zurück.

Er unterzog sie einer stummen Begutachtung.

„Lampenfieber?"

„Groß genug, um eine Herde von Elefanten lahmzulegen." Sie legte eine Hand auf seine Brust, direkt über seinem Herzen. „Danke trotzdem, dass du mich gefragt hast. Ansonsten jederzeit gerne, aber nicht heute Abend. Nicht, wenn ich ... Oh, du lieber Himmel, ich habe dir nichts vom dem Outfit gesagt, dass dein Cousin für mich ausgewählt hat."

„Dmitri hat dir Kleider für mich besorgt?"

„Nein, nicht für dich, mich."

Er runzelte die Stirn. „Und ich dachte, er hätte gesagt... Ist auch egal."

„Ich sollte dich vorwarnen ... Oh Gott. Nein, das macht keinen Sinn." Sie schloss ihre Augen und erbebte. „Es gibt einfach keine Art, dich angemessen vorzubereiten auf ... Denk ... Denk einfach daran, dass das das Einzige war, was Dmitri finden konnte und er hat sein Bestes gegeben und es geht nur darum, dass deine Schwester das bekommt, was sie zum Geburtstag haben wollte."

Er sah verwirrt aus, aber sie brachte nicht den Mut auf, ihm von dem Outfit zu erzählen. „Versprich mir, dass du's mir nicht vorwerfen wirst."

„Ich verspreche es", sagte er sofort. Ihr Blick nahm seinen gefangen. „Du hast nicht die geringste Ahnung, wovon ich rede, oder?"

„Nicht im Mindesten, aber ich verspreche, dass ich nicht böse mit dir sein werde, wenn Elena mit deinem Auftritt nicht zufrieden ist."

„Oh Gott", sagte sie und wimmerte dabei fast, dann gab sie ihm einen schnellen Kuss, bevor sie in den Backstagebereich verschwand.

Zwei Stunden später stand sie vor dem Spiegel in Amys und Dereks Zimmer und fluchte. „Wenn hier irgendwas herausfällt –"

„Da wird nichts rausfallen", versicherte ihr Amy.

„Oder abfällt. Der Rock ist fast durchsichtig. Vielleicht sollte ich darunter besser Jeans tragen."

Amy kicherte. „Ich finde, es ist ein sehr hübsches Outfit, Harry. Du siehst großartig aus! Es ist sehr sexy. Ich wette, Mister Papaioannou wird es gefallen."

Harry starrte ihr Spiegelbild an. Sie war weder eine eingebildete Frau noch übermäßig bescheiden. Ihr Körper war so, wie er war. Sie hätte es nicht gestört, wenn sie kleiner und leichter gewesen wäre und Haare gehabt hätte, mit denen es nicht so unmöglich gewesen wäre, etwas Vernünftiges anzustellen, aber sie hatte schon vor langer Zeit gelernt, mit sich selbst zufrieden zu sein. Aber das ... Sie starrte auf ihre Brüste, die angehoben und fast zu Tode gepusht waren. Das Mieder bestand aus einem kobaltblauen BH, der Gott sei Dank ihre Brüste gut bedeckte. Das Stück Stoff war verziert mit verschlungenen Mustern, in die Silber- und Perlmuttstückchen eingenäht waren. Zwischen ihren Brüsten fiel eine kurze silberfarbene Franse ein paar Zentimeter herab und sorgte dafür, dass sie ein bisschen schauderte, als sie über ihre nackte Haut glitt. Der Gürtel des Rocks saß hoch auf ihren Hüften und lief in der Mitte in Form eines Vs aus. Er war auch mit Perlen verziert und von dort fielen längere silberfarbene Fransen über einen langen, sehr vollen Chiffonrock.

Es war atemberaubend teuer gewesen und ein wahres Kunstwerk und obwohl sie fast ohnmächtig geworden wäre, als Dmitri erzählt hatte, wie viel es gekostet hatte, das gute Stück einfliegen zu lassen, war es jeden Cent wert.

Das einzige Problem war Iakovos. Sie machte sich absolut keine Illusionen darüber, dass er, in der Abgeschiedenheit seines Schlafzimmers, davon begeistert wäre, denn dieses Outfit hob ihre Stärken hervor und versteckte ihre Schwächen, aber es erfüllte diese Aufgabe ein kleines bisschen zu gut. Sie wusste inzwischen genug über Iakovos, um sich darüber im Klaren zu sein, dass er mehr als nur etwas besitzergreifend war und sie hatte die starke Vorahnung, dass er es nicht mögen würde, wenn sie in solch einem Outfit die Bühne betreten würde.

„Er wird einen Anfall bekommen", sagte sie laut, als sie sich bückte, um sicherzustellen, dass ihre Brüste an Ort und Stelle blieben. Der Schneider hatte definitiv gewusst, was er tat – nichts fiel heraus.

„Glaubst du? Es ist nicht so freizügig, Harry."

Sie glättete mit ihren Händen den Chiffonstoff, der von ihren Hüften hing und drehte eine Pirouette. Das Material bauschte sich und präsentierte alles, von ihren Zehen bis zur Unterwäsche.

„Oh", sagte Amy und schlug eine Hand über ihren Mund. „Ich verstehe, was du meinst."

„Eben. Und jetzt nimm noch die Tatsache dazu, dass Iakovos sehr griechisch ist und ich glaube, du verstehst das Problem."

„Na ja … Du hast den Schal", sagte Amy und nahm den passenden kobaltblauen Schal in die Hand, der ebenfalls mit Perlmutt gesäumt war und so lang war wie sie.

„Lass uns einfach nur hoffen, das es nicht so schlimm wird, wie ich glaube", sagte Harry und wickelte den riesigen Schall mehrmals um ihren Oberkörper.

„Willst du ihn wirklich heiraten?" Harry seufzte ihr Spiegelbild an und drehte sich um. „Das ist zumindest mein Plan, aber offensichtlich habe ich irgendeine Etikette, die griechische Männer betrifft, gebrochen, indem ich ihn zuerst gefragt habe, also werden wir warten müssen, was er tut."

Amy kicherte. „Und was ist, wenn er dich nicht fragt?"

„Oh, ich bin sicher, mir wird etwas einfallen. Vielleicht lasse ich meinen Namen auf seinen Hintern tätowieren, während er schläft, ich kette mich mit Handschellen an ihn oder ich benutze Sekundenkleber, um mich an sein Bett zu kleben. Im Moment ist meine größte Sorge, diesen Abend zu überstehen, ohne Terry umzubringen oder mich zu blamieren. Meinst du, ich soll etwas davon benutzen?" Sie deutete auf Amys Bühnen-Make-up.

„Ich glaube zwar nicht, dass du etwas davon brauchst, aber bedien dich ruhig."

„Alles nur Show, meine Liebe." Sie nahm den Kajalstift und bemalte sich beide Augen, dann drehte sie ihren Kopf zur Seite.

„Was meinst du?" Amy ließ ein kleines zwitscherndes Lachen verlauten.

Harry seufzte. „Ich sehe aus wie ein Waschbär in einem Kleid, richtig?"

Amy zwitscherte wieder.

Sie langte nach einem Taschentuch und der Vaseline, um den Kajal loszuwerden.

„Na gut, diese schönen Menschen da draußen werden mich einfach so nehmen müssen, wie ich bin. Außerdem ist es besser, wenn Iakovos mich so sieht, wie ich bin, damit er direkt von Anfang an weiß, was er bekommt."

Wenn er sie denn bekommen würde, dachte Harry, als sie Amy zur Bühne folgte. Sie hatte verschiedene Arten ausprobiert, damit der Schall mehr ihrer nackten Haut bedeckte, aber er rutschte immer wieder von ihr herab, sodass sie ihn am Ende einfach nur über ihre Arme drapiert hatte wie eine Stola. Sie war sich ziemlich sicher, dass Iakovos sich genauso in sie verlieben würde, wie sie sich in ihn verliebt hatte. Sie war schließlich nicht dumm. Sie wusste, dass er sie körperlich begehrte, aber obwohl er nicht über seine Gefühle gesprochen hatte, war die Begeisterung in seinen Augen offensichtlich gewesen, wenn er sie ansah. Es bescherte ihr ein warmes und weiches Gefühl und sie hoffte einfach nur, dass er nicht der Typ von Mann war, der von seinen eigenen Gefühlen erschlagen werden musste, bevor er sie anerkannte.

Unter diesen Umständen wunderte sie sich wieder über seine Voraussage, dass sie ihm das Leben zur Hölle machen würde, aber sie entschied, dass das etwas war, was sie ihn später fragen musste, wenn der Abend vorbei war.

Als sie auf die Rückseite der Bühne ging, ihre Hände schwitzig vor Nervosität, war sie sich des Lachens und aufgeregten Geplappers auf der anderen Seite der hölzernen Konstruktion, die zeitweise für das Konzert errichtet worden war, sehr bewusst. Das Publikum war da und es war offensichtlich aufgeregt. Mehr als alles andere wollte sie – sie schaute auf und alle kohärenten Gedanken hörten auf. Um die Hinterseite der Bühne kamen zwei Männer auf sie zu, der eine von großer, beeindruckender Statur in einem unglaublich hübschen schwarzen Frack. An seiner Seite eilte ein kleinerer Mann neben ihm her, das Telefon in einer Hand und er nickte schnell, während Iakovos sprach.

Sie erstarrte wie ein Reh im Scheinwerferlicht, ihr Herz klopfte heftig, als Iakovos näher trat. Er war so attraktiv, so unglaublich gut aussehend, er raubte ihr sprichwörtlich den Atem. Aber da war etwas, mehr als nur die Schönheit seines Gesichts, und die warme, seidige Stärke seines Körpers, das ihr Herz erobert hatte. Es war Iakovos selbst, die merkwürdige Art, die er hatte, wenn er einen Mundwinkel verzog, wenn sie etwas Hanebüchenes sagte. Es war die Art, wie er von ihr als Sturm dachte, ein unwetterartiges Element, das er zähmen musste. Es war die Tatsache, dass er sexy und erfolgreich war und sehr begehrt und dass er sich trotzdem die Zeit nahm, sicherzustellen, dass alle glücklich waren.

In diesem Moment schaute er auf und sah sie, und dann blieb er ungefähr zwanzig Meter vor ihr stehen, wie vom Donner gerührt. Sie blinzelte ihn an. Er starrte sie zehn Sekunden an, dann drehte er den Kopf zu Dmitri, ohne sie aus den Augen zu lassen. „Du erhältst eine Gehaltserhöhung."

Dmitri zwinkerte ihr zu und grinste. Harry hatte keine Zeit, darauf zu reagieren. Sie war zu beschäftigt damit zu atmen. „Du siehst –" Sie musste schlucken. Sie hätte angefangen zu sabbern, wenn sie es nicht getan hätte.

„Du auch." Sein Blick füllte sich mit plötzlicher intensiver Hitze, als er über ihre Brust wanderte, dann hinab zu ihrem Bauch und endlich eine lange Zeit auf ihren Hüften verweilte, obwohl diese unter dem Chiffonrock versteckt waren.

„Obwohl ich es vermisse, diesen kleinen Fleck auf deinem Nacken zu sehen."

„Ich will dir dieses Kleid herunterreißen und dich jetzt sofort lieben", erklärte er.

Sie schaute flüchtig zu Dmitri.

Er sah in die Nacht hinaus und pfiff vor sich hin.

„Wenn du das tust, kann ich nicht auf die Bühne."

„Na und?", fragte er und bewegte sich wie ein Panther auf sie zu, der seine Beute verfolgte.

„Deine Schwester wäre enttäuscht."

„Welche Schwester?"

„Elena."

„Oh. Sie." Er blieb gerade außerhalb ihrer Reichweite stehen und zog eine Grimasse. „Ich glaube, du hast recht."

„Du bist nicht … Äh … Böse mit mir wegen des Outfits, oder? Dmitri hat Himmel und Hölle in Bewegung gesetzt, um etwas zu finden, das mir passen würde, und obwohl das hier viel mehr nackte Haut zeigt, als mir lieb ist, war es alles, was er besorgen konnte."

Sein Blick verbrannte ihre Haut. „Warum sollte ich böse sein? Es ist wunderschön. Du bist … Unbeschreiblich."

„Ich – ich weiß nicht, warum", sagte sie, erleichtert, dass es dann doch so einfach gewesen war. „Und danke. Es tut mir leid, dass ich dich falsch eingeschätzt habe."

„Inwiefern falsch eingeschätzt?", fragte er, aber Terry erschien hinter den Kisten, die normalerweise die Verstärker beherbergten und winkte sie nach vorne.

„Showtime, meine Schöne", sagte er mit einem unverschämten Grinsen.

„Oh Gott“, sagte sie und ihr Magen zog sich vor Entsetzen zusammen, ihre Augen riesig, als sie Iakovos stumm bat, sie daran zu hindern, auf die Bühne zu gehen. „Ich nehme nicht an, dass du jetzt gerne Segeln gehen würdest oder so etwas in der Art, Yacky?“

Dmitri schnaubte. „Hat sie dich gerade Yack–“

„Sprich es aus und du bist gefeuert“, knurrte Iakovos aus einem Mundwinkel.

„Du hast mir gerade eine Gehaltserhöhung gegeben!“

„Du wirst das schon machen, Eglantine“, erklärte Iakovos. „Hör auf, dir Sorgen zu machen.“ Sein Blick wanderte immer noch über ihren Körper und ließ sie sich fühlen, als wäre ihre Haut plötzlich zwei Nummern zu klein.

„Feine Art, deinen eigenen Cousin zu behandeln, und das nach all dem, was ich für dich heute getan habe“, sagte Dmitri mit einem weiteren Grinsen, aber auch er fügte hinzu: „Ich bin sicher, es wird ein voller Erfolg, Harry.“

„Ignoriere ihn. Er kommt aus dem schlechten Zweig der Familie“, sagte er und machte eine scheuchende Geste in Richtung Dmitri.

„Viel Glück. Ich gehe jetzt, ich gehe, Jake. Du kannst aufhören, so auszusehen, als würdest du mich ertränken wollen.“

Iakovos seufzte, als Dmitri davoneilte, um mit einem der engagierten Roadies zu sprechen.

„Warum Jake?“, fragte Harry in dem Versuch, sich selbst davon abzuhalten, sich auf ihn zu werfen.

„In England wurde ich Jacob gerufen. Theo hat es aufgenommen und es ist dann auf Dmitri übergegangen. Sie machen das einfach nur, um mich zu ärgern.“

„Oh." Sie musste sich bemühen, nicht zu grinsen.

Sein Blick wanderte sofort zu ihrem Mund und die Intensität sorgte dafür, dass der Schweiß in ihren Handflächen prickelte. „Hast du das geprobt, was du proben musstest?"

„Ich denke doch. Ich übernehme bloß das große Finale und zwei Balladen, um Amy eine kleine Atempause zu verschaffen."

„Ah. Gut."

Sie starrten einander an.

„Ich glaube, ich sollte gehen."

„ Ja", stimmte er zu.

„Ich will dich küssen."

„Ich will dich nackt ausziehen und mich in dir vergraben", erklärte er und sie glaubte ihm. Sie starrten einander an, dann, in unausgesprochener Übereinstimmung, drehten sie sich um und gingen in jeweils entgegengesetzte Richtungen davon.

Es brauchte fast übermenschliche Kraft, aber Iakovos schaffte es, die Frau zurückzulassen, deren schiere Präsenz sein Herz leichter machte und die dafür sorgte, dass er sich fühlte, als müsste er pfeifen. Nicht dass er gerade im Moment pfeifen wollte; ihm war heiß und er war hart und er wollte nichts lieber tun, als das, was er gerade gesagt hatte – sich in ihrer Hitze vergraben. Aber als er um die Vorderseite der Bühne herumkam und auf einer Seite stand, um Elena zu beobachten, wie sie glücklich mit ihren Freunden lachte und redete, die für das Konzert versammelt waren, wusste er in seinem Herzen, dass seine Zurückhaltung gut belohnt werden würde. Heute Abend würde er einen Sturm entfesseln und sich in jedem köstlichen Zentimeter von ihrer sonnen. Nur der Gedanke an sie in diesem skandalös sexy Bauchtänzer-Outfit sorgte dafür, dass sein Blutdruck in die Höhe schoss. Die Art, wie es die schwere Kurve ihrer Brüste liebkoste, ihre entblößte Taille, der Gürtel betonte die Kurve ihrer Hüften, diese köstlichen Hüften, die in einem klar durchschaubaren Versuch, ihn zu verlocken, hin und her wiegten – und das schlug niemals fehl – und diese langen, langen Beine, die er selbst jetzt um sich gewickelt fühlen konnte, während er wieder und wieder in sie hineinstieß ...

„Du brauchst entweder eine kalte Dusche oder eine Frau", murmelte Theo, als er an ihm vorbeiging, mit einer zierlichen blonden Frau, die an dem einen Arm hing, während er in der anderen Hand eine große Champagnerflöte hielt.

„Ich habe eine Frau", antwortete er und bewegte sich zur Seite, um hinter einem Stuhl zu stehen. Er zuckte zusammen, als seine Erektion nun schmerzhaft gegen seine inzwischen viel zu engen Hosen rieb. Er nickte Richtung Glas. „Wie viele von denen hattest du schon?"

Theo lächelte und ließ zu, dass die Blondine ihn in die Menge zog. „Nicht so viele, wie ich gerne hätte. Und du kannst aufhören, mich anzuschauen, als sei ich etwas, in das du gerade hineingetreten bist. Ich habe gesagt, dass ich mich bei Harry entschuldigen werde, und das werde ich auch tun."

„Morgen. Sie ist heute Abend beschäftigt."

„Das bezweifle ich nicht"

Iakovos runzelte die Stirn, als die Menge in Applaus ausbrach, als die Band die Bühne betrat. Er versuchte angestrengt, Harry nicht anzusehen, als sie ihren Platz einnahm, aber das war unmöglich und er wusste es. Er schaute sie an, wie sie eine Ballade sang und beobachtete später ihre anmutigen Arme, als sie hinter dem Keyboard stand und ihr Körper sich im Takt mit der Musik bewegte. Das andere Mädchen sang jetzt, aber er hatte nur Augen für Harry. Er fragte sich, ob sie dieses Outfit für ihn im Schlafzimmer tragen würde und beschloss, dass, wenn sie es täte, er es wahrscheinlich innerhalb von Sekunden von ihr gerissen hätte.

Die Art, wie es all diese köstlichen Kurven entblößte, ihre Brüste und Hüften betonte, die Art, wie ihr Bauch sich im Takt mit der Musik bewegte... Entblößte. Ihre Kurven waren entblößt. Er schaute sich um, und war sich plötzlich darüber im Klaren, was sie gemeint hatte, als sie fragte, ob er böse sei.

Süßer Jesus, sie war quasi nackt da oben auf der Bühne, wo jeder Mann, der über zwei Augen verfügte, sie anstarren konnte. Seinen Sturm!

Er fluchte, und versuchte abzuschätzen, ob die Band weiterspielen könnte, wenn er auf die Bühne rannte, um sie in die dickste Decke einzuwickeln, die er finden konnte und sie dann in sein Schlafzimmer zu tragen, damit er ihr endlose Vorhaltungen machen könnte.

„Sie sind nicht schlecht, oder?", fragte Dmitri gerade in dem Moment, als er beschlossen hatte, genau das umzusetzen.

„Sie sind erträglich", erklärte er zähneknirschend, während er abwechselnd Harry beobachtete und jeden Mann böse anstarrte, den er ausmachen konnte.

„Ah, es sieht so aus, als würde Harry wieder singen.“ Dmitri warf ihm einen lachenden Blick zu. „Es bringt dich um, oder nicht?“

„Ja.“ Seine Hände waren zu Fäusten geballt, als Harry die Mitte der Bühne einnahm und plötzlich sehr verletzlich aussah, als sie alleine da mit Derek dastand, der eine Violine in der Hand hielt.

„Ich habe mich gefragt, ob es dir auffallen würde. Wenn es dir damit besser geht, ich habe versucht, etwas zu finden, das dir kein Aneurysma bescheren würde. Das war so anständig, wie ich es nur finden konnte.“

„Ich werde dich später umbringen, nachdem ich sie umgebracht habe“, knurrte er.

Dmitri lachte. „Sieh es so: Das Konzert ist ein großer Erfolg und schau dir nur Elena an. Sie strahlt förmlich vor Glück.“

Iakovos warf einen Blick auf seine Schwester. Ihr Gesicht leuchtete, als sie mit ihren Freunden tanzte. Er wusste, dass er ein Auge auf Männer haben sollte, die ihr gegenüber zu aufdringlich werden würden, aber sein Blick wurde von der Bühne angezogen. Er vertraute seiner Schwester. Er vertraute keinem der Männer innerhalb Harrys Sichtweite.

„Harry ist auch ziemlich großartig“, sagte Dmitri lässig.

„Sie hat eine schöne Stimme, ja.“

„Das ist nicht genau das, was ich meinte, aber das langsame Lied, das sie gesungen hat, war großartig. Sie hat viel Talent.“

Iakovos’ Finger zuckten. „Dein Tod wird langsam und schmerzhaft sein.“

„Das bezweifle ich nicht", sagte Dmitri und lachte wieder. „Du bist ein verdammter Glückspilz, weißt du das? Du hast das gute Aussehen, das Gespür fürs Geschäft, und eine Frau, die du nicht verdienst. Willst du sie behalten?"

„Unter der Voraussetzung, dass ich den Abend überlebe, ja."

„Gut. Mir gefällt, was sie für dich getan hat."

Er runzelte die Stirn. „In welcher Hinsicht?"

„Sie hat dich glücklich gemacht. Du siehst aus, als würdest du jeden Moment lossingen. Das ist eine nette Abwechslung zu dem Mann, der durchs Leben gegangen ist, und sich von nichts beeindrucken lassen hat."

Iakovos wollte gerade zu einer Antwort ansetzen, aber in dem Moment erreichten die süßen Noten der Violine sein Ohr und wurden gefolgt von einer hohen klaren Stimme, die nach oben zu schweben schien zum leuchtenden Mond. Harrys Kopf war leicht zur Seite geneigt, ihr Blick ruhte auf ihm, während sie sang, die reinen, trällernden Noten riefen ein Echo tief in ihm hervor. Sie sang von dem Meer, von Liebenden, die getrennt wurden, von einem Sturm, der sie wieder zusammengebracht hatte. Sie sang für ihn alleine und er würde bis an sein Lebensende dankbar sein, dass sie sein Leben ausgewählt hatte, um es zu verwandeln.

Iakovos hatte niemals eine Vorliebe für Romantik gehabt. Er hatte symbolische, romantische Gesten vollführt für seine Geliebten, weil es erwartet wurde und generell sorgte er dafür, seine Frauen glücklich zu machen. Aber die Gesten, die er als romantisch eingeschätzt hatte – Abendessen bei Kerzenlicht, Schmuckgeschenke, Nachmittage im Bett –, verblassten im

Vergleich zu diesem exquisiten Moment, als er wusste, dass Harry nur für ihn sang. Sie hatte sich ihm selbst geschenkt und wieder einmal fühlte er sich vollkommen überwältigt von ihr.

Elena fing seinen Blick auf, als das Lied endete und die Menge applaudierte. Sie grinste ihn an und blies ihm einen Kuss zu, und er wusste, dass sie Harry genauso mochte wie jeder andere auch. Nicht dass er sich darüber Gedanken gemacht hätte, sagte er sich selbst, als er um ein Knäuel von tanzenden Leuten herumging, die zu einem schwungvollen Lied hüpften. Selbst wenn Elena eine herzliche Abneigung für Harry empfunden hätte, hätte das nicht die Tatsache geändert, dass sie zu ihm gehörte. Er machte sich nicht die Mühe, das Wie oder Warum zu analysieren – das schien keine Rolle zu spielen. Was eine Rolle spielte, war, den Rest dieses nicht enden wollenden Abends zu überleben, bis er Harry in sein Bett entführen konnte.

Er wusste, dass der letzte Song gekommen war, als Terry, mit grimmig verzogenen Lippen, von der Bühne sprang und eine Bodhran in seinen Händen hielt. Harry schaute den jungen Mann besorgt an, als die zwei übrig gebliebenen Musiker zu spielen begannen. Ihre Stimme war angestrengt, angenehm zwar, aber er wusste, dass sie nervös war. Er ging weiter am Rand der Menge entlang, als sie im Takt zu der Musik tanzten, und in die Hände klatschten. Harry hatte ein Tamburin in der Hand, während sie sang, aber er konnte die Anspannung in jeder Linie ihres Körpers erkennen.

Alberne Frau. Glaubte sie wirklich, er würde zulassen, dass ihr irgendetwas passierte? Als einer der Refrains endete, warf Harry das Tamburin in die Luft, während sie einen kleinen improvisierten Tanz hinlegte. Iakovos dankte Gott, dass er die Voraussicht gehabt hatte, den Auftritt filmen zu lassen und entschied da und dort, dass niemand als nur er das Video zu sehen bekommen würde. Die Art, wie sie sich bewegte in diesem verdammten Kostüm, sollte illegal sein.

Sie warf das Tamburin auf den Boden der Bühne und sammelte sich, um die Stufen hinabzuspringen. Er trat nach vorne. Terry warf ihm einen dankbaren Blick zu und trat zurück, als Iakovos sich selbst wappnete. Die Musik schwoll an und Harry sprang. Er fing sie an ihrer nackten Hüfte auf, hielt sie hoch über dem Kopf und drehte sie herum, sein Herz sang, als sie auf ihn herablachte und Überraschung in ihren Augen zu Freude wurde.

In einer erotischen Spirale schlängelte sie sich an seinem Körper herab, bis ihre Füße den Boden berührten. Seine Hände lagen noch auf ihren Hüften, als sie sich zurückbog und auf ihren Händen balancierte, bevor sie wieder auf den Füßen landete.

„Gut gefangen", sagte sie ihm über die jubelnde Menge, bevor sie zurück auf die Bühne rannte und nun mit viel mehr Energie das Lied zu Ende sang.

Er war in sie verliebt. Komplett, ganz und gar und unerbittlich in sie verliebt. Wie könnte er es nicht sein? Sie war alles, was eine Frau sein sollte – warm, klug, unerschütterlich und sehr, sehr biegsam. Er hatte Pläne, diese Biegsamkeit einem sinnvollen Zweck zuzuführen, aber zuerst musste er den Rest der Festivitäten überstehen.

Sobald sie vorbei wären ... Würde sie jedoch seine sein.

Kapitel zehn

Am nächsten Morgen weckte Lärm Harry auf. Er war in einen angenehmen Traum eingedrungen, in dem Iakovos, der nicht mehr als ein Lächeln trug, ihr beigebracht hatte, wie man Poker spielte. Sie hatte gerade einen großen Stapel Chips an ihn verloren und war dabei, den Pfand zu zahlen, indem sie ihn besinnungslos küsste, als der furchtbare Lärm eines armen Tieres mit großen Schmerzen sie unterbrach.

Sie wachte ganz auf, um zu realisieren, dass der Lärm Iakovos war, der in der Dusche sang. Sie setzte sich auf und schlang ihre Arme um ihre Knie, als sie ihm zuhörte und lächelnd die Melodie eines der Lieder erkannte, das Amy letzte Nacht gesungen hatte. Es hatte Elemente von der Musik des Nahen Ostens und einen Rhythmus, der es unmöglich machte, ihn zu hören und nicht tanzen zu wollen. Aber das war nicht, was sie auf ihre Füße brachte und zusammenzucken ließ, als er einen besonders hohen Ton traf, der ihrer Meinung nach niemals von Sterblichen hätte gehört werden sollen. Die Tatsache allerdings, dass er das ganze Lied komplett schief sang, wärmte ihr Herz.

„Ich habe mich gerade gefragt, ob die Leute, die diese Junggesellenliste zusammenstellen, von deinen Gesangskünsten wussten", sagte sie leise und konnte sich dann nicht zurückhalten, sondern zog das Bauchtanzoutfit an und lief ins Badezimmer.

Sie brachte sich außerhalb der großen schwarzen Marmordusche in Position und tanzte los, während Iakovos glücklich vor sich hin sang. Sie konnte sich nicht an viele Details aus dem Tanzunterricht erinnern, den sie vor all den Jahren gehabt hatte, aber sie glaubte nicht, dass Iakovos ein zu gestrenger Richter wäre.

Die Tür zur Dusche öffnete sich, als sie gerade eine Pirouette drehte, ihre Arme in der Luft und ihre Hüften tanzten zum Rhythmus, den sie im Kopf hatte. Er blieb wie angewurzelt in der Tür stehen, das Handtuch in einer Hand auf halbem Weg zu seinem Gesicht, das Wasser rann über seinen großartigen Körper und seine Augen waren riesig.

„Fertig mit Duschen?", fragte sie mit ein paar Hüftschwüngen. Er starrte auf ihre Hüften.

„Das ist schade, denn nach letzter Nacht rieche ich wie du und ich dachte, wir könnten vielleicht zusammen sauber werden." Für einen Moment dachte sie nach, dann versuchte sie, ihren Bauch kreisen zu lassen. Sein Blick wanderte zu ihrem Bauch. „Nicht dass du schlecht riechen würdest, oder so. Ich mag die Art, wie du riechst. Ich mag sie sogar sehr. Ich mag sie dann ganz besonders, wenn du nicht zu viel Rasierwasser benutzt."

Sie drehte eine weitere Pirouette und ihre Hände wanderten von ihren Hüften zu ihren Brüsten. Seine

Finger verkrampften sich um das Handtuch, als er ihre Brüste anstarrte.

„Also wenn ich sage, dass ich wie du rieche, dann meine ich einfach, dass ich so rieche, als ob ich die ganze Nacht mit einem sehr männlichen Mann verbracht hätte, der fast die Laken hätte verdampfen lassen, so heiß war er.“

„Eglantine“, brachte er schließlich hervor, seine Stimme heiser.

„Ja, mein anbetungswürdig nasser Yacky?“

„Zieh das Kostüm aus.“

„Dir gefällt es nicht?“ Sie hörte auf zu tanzen und sah an sich herab. „Letzte Nacht mochtest du es noch.“

„Zieh es aus“, wiederholte er. Das tat sie und ihre Blicke huschten zu seinem Gesicht, das hart und versteinert war, als er aus der Dusche trat. Hatte sie ihn beleidigt, als sie sagte, dass sie wie er roch? Das tat sie allerdings. Sie roch wie eine Frau, die von Kopf bis Fuß verwöhnt worden war. Sicherlich verstand er das? Vielleicht glaubte er, dass sie ihn verspottete, indem sie tanzte, während er in der Dusche sang. Vielleicht war er von der Tatsache, dass er absolut kein Gesangstalent hatte, in Verlegenheit gebracht.

Sie musste ihm einfach rückversichern, dass sie seinen Gesang charmant fand, was sie auch tat.

„Entschuldige, wenn ich deine Badezimmerzeit störe“, sagte sie und schälte sich aus dem BH, bevor sie den Gürtel aufmachte und den Rock fallen ließ. „Ich wollte dich sicherlich nicht aus der Dusche scheu- … Iakovos!“

Er warf das Handtuch zur Seite und fiel vor ihren Füßen auf die Knie, wickelte seine Hände um ihre

Hüften und vergrub sein Gesicht in ihrem Bauch. „Du riechst wie ich“, murmelte er und drängte ihre Beine auseinander. „Ich mag das.“

Sie sah auf seinen Kopf hinunter, sein Haar zurückgeglättet und Wasser rann über seinen Rücken, als er ihre Knie spreizte, sein Mund heiß auf ihr.

„Du wirst nicht – du glaubst nicht, dass du – Iakovos! Ich war noch nicht unter der Dusche! Ich bin ganz...“

„Heiß?“, fragte er und ließ einen Finger in sie gleiten.

Ihre Knie gaben nach. Er legte sie behutsam auf den Boden und sein Mund küsste einen heißen Pfad über ihren Bauch, bevor er sich wieder nach Süden bewegte.

„Nicht frühlingsfrisch“, sagte sie und versuchte verzweifelt, nach einem höflichen Euphemismus zu suchen und gab es schließlich auf, hauptsächlich, weil ihr Verstand gerade aufgehört hatte, eine Verbindung zu ihrem Mund herzustellen.

„Liebling, du wirst wesentlich weniger frisch sein, wenn ich mit dir fertig bin.“

„Ja, aber ich habe nicht geglaubt, dass Männer solche Dinge danach machen möchten. Und weil gerade vor ein paar Stunden...“

Seine Zunge wirbelte ein bisschen gegen sie, sodass sie nach dem Badvorleger greifen musste, der unter ihr lag.

„Du schmeckst nach Leidenschaft, nach einem wilden Sturm, der aus uns beiden besteht. Es setzt mich in Brand, bringt mich dazu, dass ich dich schon wieder will.“

„Oh, ja, bitte“, gurrte sie und ihr Körper wand sich gegen seinen, als er sich nach oben bewegte. Seine nasse Brust verursachte kleine matschige Geräusche auf ihrem Bauch, als er ihre Brüste küsste und sie mit brennenden Bewegungen seiner Zunge wusch.

„Wenn alles, was dich stört, dein fehlender Frühling ist, dann muss ich schauen, was ich tun kann, um dich glücklich zu machen."

Er musste sich in der Dusche rasiert haben, dachte sie, als er seine Wange an der Unterseite ihrer Brust rieb, während seine Finger immer noch ihren Zauber in ihren Tiefen vollführten. Obwohl sie ein paar kleine Spuren seines Bartwuchses aus der letzten Nacht trug, schien er jetzt stoppelfrei zu sein.

„Du machst mich immer glücklich", sagte sie und versuchte, ihn hochzuziehen, sodass sie ihn küssen und streicheln konnte und die wundervollen Muskeln seines Rückens fühlen konnte, die arbeiteten, als er in sie eindrang.

Er schaute zu ihr auf, seine Augen waren mit diesem verführerischen Glitzern gefüllt, das dazu führte, dass sie in einer Pfütze zerfloss.

„Lass uns sehen, ob ich den Einsatz etwas erhöhen kann, hm?"

„Wie denn erhöhen? Iakovos? Was machst du?"

Er ließ von ihr ab und kam auf die Füße, dann hielt er ihr eine seiner großen Hände hin. „Du hast deutlich gemacht, dass du keinen Sex haben möchtest, bis du nicht geduscht hast."

„Nein, da hast du mich falsch verstanden", sagte sie und ergriff seine Hand, sodass er sie auf die Füße ziehen konnte. „Ich habe nicht gemeint –" Sie hörte auf zu sprechen bei dem Anblick seines unanständigen Grinsens, eines, das dazu führte, dass ihr ganz heiß wurde. Sie schaute auf seinen Penis, der voller Enthusiasmus war, dann zur Dusche und unterzog sie einer Musterung, bevor sie seinen Blick erwiderte. „Das ist nicht dein Ernst, oder? Ich bin dafür viel zu groß. Ich werde dir den Rücken brechen.“

„Lass es uns probieren, ja?“ Er führte sie in die Dusche. Es war eine dieser Ausführungen, die mehrere Wasserstrahlen hatten, die aus allen Richtungen kamen und innerhalb kürzester Zeit war sie nass und eingeseift, als er sie mit kleinen schaumigen Berührungen neckte, die mehr dazu dienten, ihre Leidenschaft anzustacheln als alles andere.

„Ich bin zu groß“, stöhnte sie gegen seinen Nacken, als seine Finger sich um ihren Hintern schlossen und er sie näher an sich heranzog. Er war genauso seifig, sein Penis stieß gegen ihren Venushügel und machte sie verrückt vor Begehren. „Du kannst mich nicht so lange aufrecht halten.“

„Das könnte ich, aber wenn es dir Sorgen macht, dann lass es uns auf dem leichten Weg tun“, murmelte er und seine Finger wanderten hinab zu ihren intimen Stellen und sorgten dafür, dass sie wieder Sterne sah. „Leg ein Bein um meine Hüfte.“

Sie ließ ihr Bein in einer langen, sinnlichen Streicheleinheit über seines gleiten und winkelte es an seiner Hüfte an. Er drängte ihre Hüften nach vorne und sagte, während seine Hände ihrer glitschigen Brüste liebkosten: „Du musst mich führen, mein wilder Wassergeist.“

Er war heiß und so hart, dass sie sich fragte, ob es wehtat. Sie wusste, dass ihre inneren Muskeln zitterten in verzweifelter Erwartung des Gefühls von ihm.

Sie bewegte ihre Hand über ihn und erhielt ein Stöhnen der schieren Lust von ihm, bevor sie ihre Hüften etwas weiter nach vorne kippte und ihn so positionierte, dass sie wusste, dass er nach Hause finden würde.

Das seifige Wasser sorgte dafür, dass er trotz des ungewöhnlichen Winkels in sie hineinglitt und der Blick in seinen Augen verbrannte sie, als er an ihrer Unterlippe saugte und sagte: „Schnell und hart?“

„Gibt es etwas anderes?“, gab sie zur Antwort und ließ ihre Hand über seine Arme hinauf über seine Schultern bis zu seinem Hintern gleiten, wo sie die Finger in die festen Muskeln seines Pos grub, um ihn vorwärtszudrängen.

„Gibt es, aber das macht noch nicht mal halb so viel Spaß“, stimmte er zu und begann, daran zu arbeiten, sie wahnsinnig vor Lust zu machen. Er musste sie aus der Dusche tragen, weil sie keinen einzigen Knochen mehr zu haben schien, nachdem er mit ihr fertig war.

„Elena würde dich gerne kennenlernen.“ Iakovos tauchte im Türrahmen des Ankleidezimmers auf und zog einen schmalen schwarzen Gürtel fest. Kurz war sie bei seinem Anblick abgelenkt, aber dann versteinerte Harry, ihre Hand erstarrte mitten in der Bewegung, mit der sie ihre Haare in so etwas wie eine Frisur bürstete. Wie zum Teufel hatte sie es angestellt, die Aufmerksamkeit eines solch attraktiven Mannes zu gewinnen? „Ist das das Äquivalent von den Eltern vorgestellt werden?“

„Ich nehme an, das ist es.“ Er schenkte ihr ein kleines Lächeln. „Nervös?“

„Natürlich bin ich das. Das ist deine kleine Schwester, über die wir reden. Du betest sie an, oder etwa nicht?"

Er lachte kurz. „Wenn sie mich nicht gerade in den Wahnsinn treibt, dann ja. Es gibt keinen Grund, warum du dir Sorgen machen müsstest – du hast schon meinen Bruder und meinen Cousin kennengelernt. Elena wird dich lieben."

Das konnte gut sein, gab Harry zu. Andererseits mochte sie wiederum beleidigt sein von der Tatsache, dass es eine Frau gab, die ihren Bruder interessierte. Manche Mädchen waren so.

„Dmitri hat mir versichert, dass mein Geschäft den Bach runter geht, wenn ich heute nicht einige Videokonferenzen über mich ergehen lasse. Elena hat angeboten, deine Freunde zum Flughafen zu bringen, aber sie würde dich gerne in Agios Nikos herumführen, dem kleinen Städtchen. Würdest du es bevorzugen, dich auszuruhen oder Zeit mit ihr zu verbringen?"

„Habe ich eine Wahl?", fragte sie und gab die Sache mit ihren Haaren auf.

„Natürlich hast du die." Sie schaute ihn an, bis er lächelte. „Elena würde dich wirklich gerne kennenlernen."

„Und ich würde mich freuen, den Tag mit deiner Schwester zu verbringen", sagte sie und legte ihre Hände auf seine Brust, einfach weil sie sich nicht davon abhalten konnte.

Sofort bekamen seine Augen diesen Schlafzimmerblick. „Ich werde euch in der Stadt treffen. Die Taverne wird vom Bürgermeister geführt und hat ziemlich gutes Essen."

„Oh. Werde ich dann sehen, wie die typischen Griechen leben?“, fragte sie ihn, als er ihre Finger küsste.

„Ich bin ein typischer Grieche“, sagte er und biss auf einen Finger.

„Du, Mister Sexgott, magst zwar real sein, aber du bist alles andere als typisch. Bis heute Abend dann?“

Er gab ihre Finger frei, um sie dann in eine Umarmung zu ziehen, sein Mund plünderte ihren mit einer Intensität, die dafür sorgte, dass sie sich wieder knochenlos fühlte. „Bis heute Abend.“

Kapitel elf

Harry entschied sich, Elena zum Flughafen zu begleiten, um die Band zu verabschieden – nicht so sehr, weil sie den Eindruck hatte, dass sie allerletzte gute Wünsche für die Reise an ihre Schützlinge loswerden müsste, sondern weil sie die Chance haben wollte, Elenas Reaktion auf sie selbst auszutesten, wenn andere sicherheitshalber dabei wären.

„Du musst Harry sein", sagte Elena, als sie sich dem Landungssteg näherten, wo das Gepäck und die Instrumente der Band gerade auf eines der Boote verladen wurden, die dort vertäut lagen.

„Stimmt. Hallo, Elena. Alles Gute nachträglich zum Geburtstag."

„Danke."

Harry wurde sich bewusst, dass sie von einem Paar nachdenklicher brauner Augen unter die Lupe genommen wurde, ungewöhnlich kluge Augen, die ihr momentan Zweifel bescherten.

Das verging, als Elena plötzlich lächelte und sich vorbeugte, um Harry fest zu umarmen. „Ich bin so froh, dich endlich kennenzulernen. Iakovos hat mir erzählt, dass du gestern Abend nicht singen wolltest, es aber trotzdem getan hast, damit ich nicht enttäuscht wäre. Ich hätte keinen schöneren Geburtstag haben können."

„Es war mir ein Vergnügen", log Harry und war erleichtert, dass sie den Elena-Test bestanden hatte. „Ich bin einfach froh, dass ich einspringen konnte."

Terry, Amy und Derek brachen in Gelächter aus. Sie starrte sie böse an, bis sie aufhörten, aber sie musste die schlimmsten Verunglimpfungen ihres Charakters erdulden, während sie über das Wasser zum Festland zischten und dann zum nahe gelegenen Flughafen fuhren.

„Lügen, ich sag's dir, alles Lügen", sagte sie und zwickte Derek, nachdem er gerade detailliert beschrieben hatte, wie sie Terry plattgemacht hatte, bis er herausgefunden hatte, wie er sie auffangen musste.

„Sieh zu, ob ich jemals wieder einspringen werde als euer Ersatzmanager."

„Wir haben Tim schon erzählt, dass wir dich jederzeit wieder mit an Bord nehmen, wenn er eine weitere Blinddarmentzündung auskurieren will", sagte Derek mit einem Grinsen.

„Lieber Himmel, was ein furchtbarer Gedanke!"

Sie gab Amy einen Kuss und umarmte die Jungs und sagte ihnen allen, dass sie sich auf dem Weg nach Hause benehmen sollten.

„Ich sehe nicht ein, warum wir keinen Spaß haben sollen, wenn du doch ganz offensichtlich so viel hast", sagte Terry mit einem überzogenen Zwinkern, während die anderen schon zur Sicherheitskontrolle gingen.

„Du lädst uns wieder ein, wenn wir auf euer Hochzeit spielen, oder? Das würden wir gerne machen."

Bei seinen Neckereien machte sich Entsetzen in Harry breit. Sie stotterte irgendetwas und beobachtete mit nicht gerade geringer Erleichterung, als Terry, mit einem letzten Winken, sich endlich auch anstellte, um durch die Sicherheitskontrolle zu gehen.

Wie konnte er so etwas vor Elena sagen? Harry war sich sicher, dass Iakovos nichts über Heiratsabsichten gegenüber irgendwem hatte verlauten lassen, ganz besonders nicht gegenüber seiner jüngeren Schwester. Sie kannten sich schließlich erst ein paar Tage, und obwohl es für sie eine Sache war, sich mir nichts dir nichts wie verrückt zu verlieben – nicht dass ihr das jemals zuvor passiert war, aber Iakovos war das Mir-nichts-dir-nichts definitiv wert –, taten das Männer in seiner Position nicht. Man kam nicht auf die Liste der begehrtesten Junggesellen der Welt, wenn man dazu tendierte, Frauen zu heiraten, die man gerade erst getroffen hatte.

Elena würde denken, sie wäre die schlimmste Sorte von Goldgräber. Das musste sie; wenn Harry an ihrer Stelle gewesen wäre, würde sie das sicher tun. Sie holte tief Luft und drehte sich nach der jungen Frau um, aber da war nichts in Elenas Gesichtsausdruck, der ihr verraten hätte, dass sie die Bemerkung gehört hatte. Vielleicht hatte sie das nicht?

„Iakovos hat gesagt, dass du noch nie zuvor Delfine gesehen hast. Möchtest du welchen begegnen?"

„Delfinen? Meinst du, wie in einer Vorführung im Aquarium?"

Elena schüttelte den Kopf und setzte sich eine Sonnenbrille auf, als sie die Kühle des Flughafens verließen. Die Hitze des Morgens traf Harry mit der Wucht eines Vorschlaghammers. Sie fragte sich, ob sie sich jemals daran gewöhnen würde.

„Ein Freund von mir ist ein – wie nennt man das ... Meeresbiologe? Er hat ein Unternehmen, das Touristen zu den Walen und Delfinen bringt, weißt du. Um sie zu beobachten und neben ihnen herzusegeln. Es ist sehr schön. Er benutzt ein Unterwassermikrofon, um sie ausfindig zu machen und dann dürfen die Touristen ins Wasser. Wenn die Delfine die Menschen mögen, dann kommen sie und spielen, wenn nicht, dann sagt Vasilis ihnen, dass sie sich fernhalten sollen.“

„Das klingt großartig. Fährt er heute mit Touristen raus?“

„Nein, er macht es nur an einigen Tagen, denn er hat noch andere Arbeit, ernsthafte. Die Touristen sind nur dazu da, dafür zu bezahlen. Aber wenn du die Delfine und Pottwale gerne aus der Nähe sehen möchtest, dann werde ich ihn fragen, ob er uns auf seinem Boot mit rausnimmt.“ Elena setzte sich hinters Steuer eines sportlichen gelben Cabrios, von dem sie nebenbei erzählt hatte, dass es Iakovos’ Geschenk zu ihrem Studienabschluss gewesen war.

„Hast du deinen Badeanzug an?“

Harry schaute auf ihre grünes Sommerkleid. „Nein, habe ich nicht. Ich habe nicht daran gedacht, ihn unten drunter anzuziehen.“

„Du solltest immer deinen Badeanzug anhaben“, sagte Elena und ihre dunklen Augen funkelten. „Außer du bevorzugst es, ohne ihn zu schwimmen. Es ist sehr sinnlich, im Meer zu schwimmen ohne Badeanzug. Das Wasser berührt dich an deinen Beinen und deinem Hintern und deinen Brüsten. Es ist sehr unanständig, aber es macht so viel Spaß."

Harrys Unterkiefer gehorchte den Gesetzen der Schwerkraft bei dem Gedanken, im Wasser mit Iakovos herumzutoben, nicht mehr. „Ich wette, dass es so ist", sagte sie endlich und schob diese besondere Fantasie an den Anfang ihrer Liste „Dinge, die ich mit Iakovos anstellen will".

„Ich werde Vasilis anrufen und dann legen wir einen Halt in der Stadt ein, damit du einen Badeanzug kaufen kannst, und dann schauen wir uns die Delfine aus der Nähe an", sagte sie und zückte ihr Handy.

Gerade als Harry sich in dem Ledersitz entspannt hatte und die atemberaubenden Aussichten von der Straße entlang der Küste genoss, sagte Elena nebenher: „Iakovos hat nicht gesagt, dass du ihn heiraten wirst."

Harrys Blut gefror zu Eis, als sie zu Elena hinüberschaute und ihr ausdrucksloses Gesicht bemerkte. „Nein, ich glaube nicht, dass er das getan hat."

„Hat er dich gefragt?"

Harry seufzte und wünschte, sie könnte ein Stückchen Panzerband über Terrys Mund kleben. „In der Tat hat er das nicht. Ich habe ihn gefragt."

„Oh? Was hat er gesagt?"

Also wirklich, dachte Harry bei sich, das ist, was man als Retourkutsche bekommt, wenn man redet, ohne nachzudenken. „Er sagte, dass er mich fragen müsste." Sie wäre verdammt, wenn sie gegenüber diesem jungen Mädchen zugeben würde, dass sie ihn gedrängt hatte, um zu wissen, ob er sie denn fragen würde.

Elenas Gesichtsausdruck mochte unbeteiligt gewesen sein, aber es war wirkliches Entsetzen in ihrer Stimme, als sie sagte: „Du hast ihn gefragt. Ich glaube nicht – nein, ich bin sicher, dass noch nie jemand Iakovos gefragt hat, ob er sie heiraten würde."

Harry starrte auf die vorbeifliegende Landschaft, alles Vergnügen daran war nun vergangen. „Ja, also, das ist mein Ding, das Pferd von hinten aufzuzäumen."

„Ich glaube nicht, dass es das Pferd von hinten aufzuzäumen ist, ich glaube, das es … ungewöhnlich ist."

Harry schwieg und fühlte sich plötzlich wie ein Narr.

„Ich denke, er sollte dich heiraten", sagte Elena ungefähr zehn Minuten später.

Harry schaute sie überrascht an.

„Ja", sagte Elena mit einem Nicken, während ihre Aufmerksamkeit auf der Straße blieb. „Ich denke, das sollte er. Es wird Zeit, dass es jemanden in seinem Leben gibt. Ich will, dass er glücklich ist und Dmitri sagt, er mag dich wirklich gerne und du bringst ihn zum Lachen, also denke ich, dass du recht hattest, ihn zu fragen."

„Ich bin so froh, dass du einverstanden bist", sagte Harry und entspannte sich wieder. Vielleicht hatte Elena recht und Iakovos war nicht so angewidert von ihrem Antrag, dass er sich gar nicht mehr die Mühe machen würde, sie zu fragen. Vielleicht hatte es ihm gefallen.

Vielleicht sollte sie einfach aufhören, sich Sorgen zu machen und einfach das, was passieren sollte, auch passieren lassen.

Drei Stunden später hatte Harry all ihren Mut zusammengerafft und war vom Katamaran aus in das Wasser neben dem Boot gesprungen. Dieser gehörte Elenas Freund, einem angenehmen jungen Mann Anfang zwanzig, der sie gerne mit rausgenommen hatte, um ihnen die Meeresbewohner zu zeigen.

Vasilis und Elena waren schon im Wasser, während sein Kollege an Bord dem Hydrophon lauschte und Anweisungen rief. Zuerst hatte Harry gar nichts gesehen, aber plötzlich huschte ein dunkler Schatten unter ihr durch und sie steckte das Gesicht ins Wasser, um eine kleine Gruppe von Delfinen zu sehen, die sie umkreisten und offensichtlich neugierig waren, was das Boot und die Menschen betraf.

Harry war begeistert und obwohl die Delfine nicht nahe genug kamen, um sie zu berühren, genoss sie ihre spielerische Anmut, während sie rund um den Katamaran schwammen.

„Den Griechen sind Delfine heilig", erklärte Elena Harry eine Stunde später, als sie an Deck auf dem Boot saßen und sich sonnten, während sie zur Küste zurücksegelten. „Einen am Anfang einer Reise zu sehen, ist ein Zeichen für gutes Gelingen."

„Davon habe ich gehört", sagte Harry und erinnerte sich an ihren Ausflug nach Krokos zusammen mit Iakovos. Sie saß da und hatte das Kinn auf ihre Knie gestützt, die Arme um ihre Beine geschlungen, während die Schönheit von Wasser und Küste in ihre Seele hinabsanken. Sie hatte kein Problem damit, sich vorzustellen, hier für den Rest ihres Lebens zu bleiben ... Aber das war wirklich abhängig von einem dunkeläugigen Mann, über den sie plötzlich nachdachte. Hatte sie zu viele ihrer Gefühle auf ihn projiziert? War er einfach nur höflich gewesen, als er gesagt hatte, dass er sie um ihre Hand bitten würde? War er zufrieden mit der unglaublich wundervollen sexuellen Anziehung, die zwischen ihnen glühte, dachte aber nicht daran, sie in seinem Leben zu behalten?

War sie auf dem Weg zur größten Enttäuschung ihres Lebens?

„Hat es dir bei den Delfinen gefallen?", fragte Elena leise.

Harry schüttelte ihre dunklen Gedanken ab, sie grübelte, das war alles. „Ich hab es geliebt. Danke dir so sehr, dass du dieses besondere Erlebnis arrangiert hast."

„Es war mir ein Vergnügen", sagte Elena und schaute sie neugierig an. „Stimmt etwas nicht?"

„Nein", sagte Harry mit einem Seufzen. „Um ehrlich zu sein, ich habe diese schreckliche Vorstellungskraft. Manchmal läuft sie Amok mit mir. Normalerweise ist das ganz prima, wenn du ein Schriftsteller bist, denn du musst nur deine Muse von der Leine lassen und sie herumstromern lassen, wenn es darum geht, sich wirklich hinzusetzen und ein Buch zu schreiben, aber für den Rest der Zeit, wenn du nicht beim Schreiben bist, macht es das Leben zur Hölle."

„Und was läuft jetzt mit dir Amok?", fragte Elena und war offensichtlich ehrlich interessiert.

Harry zögerte und hatte nicht den Wunsch, ihr Herz oder ihre Gedanken jemandem, der so jung war, zu offenbaren.

„Iakovos?", fragte Elena und legte ihren Kopf schief, um Harry nachdenklich zu betrachten.

„Ich habe darüber nachgedacht", sagte Harry langsam, „ob er es wohl auch genossen hätte, die Delfine so zu sehen." Und obwohl sie die ganze Erfahrung unglaublich gefunden hatte, bedauerte ein Teil von ihr, dass er nicht da gewesen war, um ihre Freude zu teilen.

Es war wirklich zu viel, erklärte sie sich selbst, als Elena etwas Unverbindliches murmelte, zu glauben, dass sie eine erwachsene Frau war, die sich selbst mehr als nur genug war, es plötzlich nicht fertigbrachte, ein paar Stunden unterwegs zu sein, ohne diesen Mann zu vermissen.

Und wie sehr sie ihn vermisste. Sie wollte ihm ihre Gedanken mitteilen, die Freude teilen, die sie gehabt hatte, als sie die Delfine gesehen hatte, sie wollte ihm hundert Fragen über die Umgebung, die Schiffe, die Menschen stellen ... Alles. Sie wollte ihn einfach.

„Oh, nein", sagte Elena eine Stunde später, als sie in der Stadt Agios Nikos zurück waren. Harry war aus dem Auto gestiegen, während Elena einen Anruf entgegennahm, von dem sie sagte, dass er von ihrer besten Freundin wäre.

„Harry, das ist Christina. Du erinnerst dich, dass du sie letzte Nacht getroffen hast, oder?"

Harry konnte sich nicht erinnern, aber sie nickte.

„Sie hat sich von ihrem Freund getrennt und ist in Tränen aufgelöst. Ich habe Iakovos versprochen, dass ich dir die Stadt zeigen würde –"

„Mach dir um mich keine Gedanken", versicherte ihr Harry und schloss die Autotür. „Ich werde einfach ein bisschen alleine durch die Gegend schlendern. Du kümmerst dich um deine Freundin."

„Sie ist in Athen, ich kann sie also nicht besuchen, aber sie möchte reden", sagte Elena und verdeckte mit einer Hand das Mundstück. „Lass deine Sachen ruhig hier – ich nehme sie mit zurück zum Haus. Bist du sicher, dass es dir nichts ausmacht?"

Harry ließ die Tasche, die ihren frisch erstandenen und nun nassen Badeanzug enthielt, zurück ins Auto fallen und nahm etwas Geld aus ihrer Tasche, für den Fall, dass sie ein Souvenir erspähte, das sie erstehen wollte. „Es macht mir nicht im Geringsten etwas aus. Geh, und sei eine echte Freundin."

„Du bist so lieb. Danke!" Elena umarmte sie und deutete dann auf das südliche Ende der Stadt. „Die Taverne ist dort unten, direkt am Wasser. Iakovos hat gesagt, er würde sich mit uns um sechs Uhr treffen. Ich werde schnell nach Hause fahren, um mich umzuziehen, aber ich werde in ungefähr einer Stunde zurück sein. Du denkst daran, uns zum Abendessen zu treffen?"

Als ob sie das vergessen könnte. „Ich werde daran denken."

Elena umarmte sie wieder, sammelte ihre Sachen ein und war dann verschwunden, ließ ihr Auto im Parkhaus und rannte zum Hafen, ihr Telefon am Ohr.

Harry verschaffte sich von ihrer Position aus am Parkhaus einen Überblick über die Stadt, die hoch auf dem Hang lag. Wie viele griechische Städte in diesem Bereich der Küste thronte Agios Nikos auf einem Stück Land, das scharf zum Meer hinabfiel. Viel davon war als Terrasse angelegt, aber die Straßen waren immer noch sehr steil, obwohl die Gebäude am Hang mit offensichtlicher Leichtigkeit hingen. Es strengte die Unterschenkel an, die Straßen hinauf- und hinabzugehen, aber trotzdem genoss Harry die Atmosphäre einer mittelgroßen griechischen Stadt. Nach ein paar Stunden, in denen sie die Leute beobachtet und das besichtigt hatte, was sie ausfindig machen konnte, begann ihr die Hitze zuzusetzen und sie entschied sich, lieber nach unten zum Wasser zu gehen, wo es kühler sein musste.

Das ganze Herumgerenne in der glühenden Hitze des Nachmittages hatte sie wirklich zum Schwitzen gebracht und sie wusste, dass sie sich etwas zu trinken besorgen sollte oder ansonsten Dehydrierung riskieren würde. Stur, wie sie war, wollte sie auf Iakovos warten, bis sie etwas aß, aber nachdem sie herumgewandert war, um einen Platz im Schatten zu finden oder irgendwo eine Flasche Wasser zu kaufen, gab sie auf und machte sich auf den Weg den Hügel hinunter. Sie würde sich einfach etwas in der Taverne bestellen und dort auf Iakovos warten.

Kapitel zwölf

Sie wachte auf und fand sich in einem Kreis von Gesichtern, die auf sie hinabspähten. Sie fühlte sich benommen, ihr war übel und trotz der Hitze des Nachmittages fror sie merkwürdigerweise.

„Oh Gott", sagte sie und hievte sich in eine aufrechte Position. „Was ist passiert?"

Die Körper, die zu den Gesichtern gehörten, bewegten sich zurück, um ihr mehr Platz zu machen, was eine gute Sache war, wenn man bedachte, dass sie in einem Wirbel um sie herum flossen, der sie nah daran brachte, sich zu übergeben.

Sie biss die Zähne zusammen und verbiss sich den Drang, wobei sie die Augen zusammenkniff, bis das Gefühl vorüberging. Als sie ihre Augen wieder öffnete, hielt ihr eine freundliche alte Dame eine Flasche mit lauwarmem Wasser hin. Dankbar nahm sie die Gabe an und nippte davon, während sie sich umsah. Sie war auf dem Bürgersteig vor einem Geschäft, das Nähmaschinen im Angebot hatte.

Auf Griechisch dankte sie der Frau, es war eine der wenigen Sätze, für die sie Zeit gehabt hatte, sie zu lernen, und ließ zu, dass zwei Männer mittleren Alters ihr auf die Füße halfen. Die kleine alte Dame und eine jüngere Frau, die ein Kind auf ihrer Hüfte balancierte, halfen ihr, sich abzuklopfen.

„Es tut mir leid; das muss die Hitze sein. Vielen Dank – mir geht es gut. Darf ich Ihnen das Wasser bezahlen?"

Die kleine alte Dame wedelte ablehnend mit den Händen in die Richtung der paar Euros, die Harry aus ihrer Tasche gezogen hatte.

„Sind Sie Tourist?", sagte einer der Männer zu ihr. „Amerikanerin?"

„Ja, ich bin Amerikanerin, obwohl ich nicht wirklich Touristin bin. Also, ja, bin ich schon, aber nicht so richtig. Irgendwie in der Art. Mein ... Äh ... Freund lebt hier, auf der Insel da drüben."

Sie deutete übers Wasser. „In der Tat soll ich ihn treffen. Oh, lieber Himmel, ist es schon so spät? Ich sollte seit einer halben Stunde in der Taverne sein."

„Ihr Freund?" Der Mann hatte eine Brust breit wie ein Fass, etwas Weiß war in seinen dunklen Haaren und er besaß buschige schwarze Augenbrauen, mit denen er jetzt in ihre Richtung wackelte, während er sie von oben bis unten musterte. „Wer ist dieser Freund?"

„Sein Name ist Iakovos ..." Sie hielt inne, ihr Verstand war leer, als es um seinen Nachnamen ging. Verdammt seien er und seine Vokale. „Äh ... Iakovos Papa... Er besitzt diese Insel da drüben, die, auf der das große Haus steht."

„Du kennst seinen Namen nicht, den von diesem Freund?", fragte der Mann und besah sie nun mit Misstrauen.

„Also, ich habe ein Problem mit seinem Namen ..." Sie hielt wieder inne und wurde sich bewusst, dass sie gegenüber diesen Leuten nicht zugeben konnte, dass sie einen griechischen Namen nicht aussprechen konnte, ohne dass es als Beleidigung aufgefasst werden würde.

Die Dame mit dem Wasser zupfte an seinem Arm und fragte offensichtlich nach einer Übersetzung. Harry wollte einfach nur in einem dunklen kühlen Raum kollabieren, aber zu ihrem Unwillen wuchs der Kreis um sie herum um ein paar Passanten an, die einen Stopp einlegten, um zu sehen, was los war.

„Sehen Sie, ich denke, ich werde mich einfach wieder auf den Weg machen, um Iakovos zu finden. Vielen Dank noch mal für das Wasser und es tut mir leid, wenn ich Unannehmlichkeiten bereitet habe."

Der Mann ergriff ihren Arm, als sie an ihm vorbeigehen wollte. „Sie werden Kyrie Papaioannou nicht belästigen, Amerikanerin."

„Papaioannou", rief sie erleichtert aus. „So heißt er. Gut, dass Sie sich den Namen merken können."

Der Mann runzelte die Stirn und zog dabei seine buschigen schwarzen Augenbrauen zusammen. „Er ist ein guter Mensch; er tut viel für unsere Stadt. Sie werden ihn nicht belästigen."

„Nein, verstehen Sie, ich kenne ihn. Wir sind... In Ermangelung eines besseren Wortes, zusammen."

Seine Augen verengten sich noch mehr, als er etwas auf Griechisch herunterspulte. Die gesamte Menge von zehn Leuten betrachtete sie nun mit ausgesprochener Feindseligkeit und Misstrauen.

„Wirklich, das sind wir", sagte sie und entschied dann, dass es den Ärger nicht wert war. „Glauben Sie, was Sie wollen, aber ich muss jetzt wirklich zu der Taverne gehen, um ihn zu treffen. Ich bin schon spät dran."

„Rufen Sie ihn an", schlug der Mann vor. „Sie rufen ihn an und sagen ihm, dass Sie wegen der Hitze umgefallen sind und dann wird er kommen und Sie abholen."

„Eine hervorragende Idee", sagte Harry und holte ihr Handy aus der Rocktasche. Sie schaltete es an und bemerkte zu ihrem Entsetzen, dass sie seine Handynummer nicht hatte. „Ähm ... Ja. Warum gehe ich nicht einfach hinunter zur Taverne?"

„Sie kennen die Nummer von Kyrie Papaioannou nicht?", fragte der Mann und Triumph leuchtete in seinen Augen.

„Wir haben uns erst vor einigen Tagen kennengelernt und ich hatte noch keine Gelegenheit, ihn nach seiner Nummer zu fragen", protestierte sie.

„Sie haben sich gerade kennengelernt? Sie sagten, Sie wären mit ihm zusammen!"

Er übersetzte dies für die diejenigen, die kein Englisch sprachen. Harry fuhr sich mit der Hand durch die Haare, als einige spitze Bemerkungen fielen. Sie verstand die Wörter nicht, aber sie konnte an der Art, wie sie gesprochen wurden, spüren, dass die Leute sie als eine niedere Lebensform eines Groupies einstuften.

„Ich gehe zur Taverne", sagte sie und drückte sich an dem Mann vorbei. „Glauben Sie, was Sie wollen."

„Wir werden Sie begleiten", sagte er und sie wäre verdammt, wenn sie sich nicht alle hinter ihr einreihten, als sie den Hügel hinunter zum Wasser stolperte. Die Sonne funkelte auf den kleinen Wellen und vergoldete sie mit Orange- und Rottönen, aber Harry hatte keine Augen für die Schönheit der Umgebung.

Es war in diesem Moment, dass sie entdeckte, dass sich Agios Nikos nicht einer, nicht zwei, sondern gleich vier Tavernen am Ufer rühmte. Und Elena hatte sich nicht die Mühe gemacht zu erwähnen, welche davon Iakovos' Lieblingstaverne war.

„Hurensohn", murmelte sie, als sie zur ersten marschierte. Die Menge sog schockiert die Luft ein, als ihr selbsternannter Übersetzer ihren Fluch auf Griechisch wiederholte.

Iakovos war nicht in der ersten Taverne. Sie wusste, dass er nicht dort sein würde, denn es wäre schlicht zu einfach gewesen. Weder war er in der zweiten oder in der dritten, die über einen halben Kilometer am Ufer verteilt waren. Die vierte Taverne, das konnte sie sehen von dort, wo sie schwankend in der Hitze stand, lag sogar noch weiter entfernt an der gekrümmten Strecke der Promenade.

„Sie haben Ihren Freund noch nicht gefunden, oder, Kyria?", sagte der Sprecher ihrer Verfolger. Sie drehte sich um, um zu sagen, dass er sicherlich in der letzten Taverne wäre, aber die Worte erstarben auf ihren Lippen, als sie mindestens zwei Dutzend Gesichter sah, die sie böse anstarrten. Offensichtlich hatte sie einige Passanten in den anderen drei Tavernen eingesammelt.

„Ich werde ihn finden", erklärte sie der Menge und drehte sich stur auf dem Absatz um, um die gefühlten fünfhundert Kilometer bis zur nächsten Taverne zu laufen.

Einige Leute rannten ihr voraus, als sich ihre Prozession auf den Weg machte. Sie hatte keine Ahnung, ob sie vorausliefen, um Iakovos vor ihrer Ankunft zu warnen – sie hoffte wirklich, dass das so wäre, denn dann würde er herauskommen und sie mit kühlen Getränken und Mitleid für die Tatsache, dass sie in der Hitze ohnmächtig geworden war, begrüßen – aber wie es nun mal war, tat er das nicht.

Der Bastard war nicht in der Taverne.

Harry starrte mit vor Bestürzung offenem Mund auf die Taverne, die voller Leute war, die nicht der sexiest, begehrenswerteste Junggeselle der Welt waren und wollte heulen. „Er sollte hier sein", sagte sie und ihr Blick wanderte über die lange Reihe von anklagenden Gesichtern. Sie wurden nun von einigen Leuten dieser Taverne begleitet. Sie streckte ihr Handgelenk aus und tippte auf ihre Uhr. „Ich sollte ihn hier um sechs Uhr treffen. Nun ist es fast sieben."

Keiner sagte ein Wort, aber das mussten sie auch nicht – ihre Gesichtsausdrücke sagten alles.

„Also gut", sagte sie und schloss für einen Moment die Augen. Sie wollte sich einfach in einem Loch verkriechen. „Zur Hölle damit. Ich werde einfach ein Boot zurück zur Insel nehmen. „Entweder ist Iakovos dort oder irgendjemand wird seine Telefonnummer haben."

„Haben Sie ein Boot?", fragte ihre erste Eskorte.

„Nein, aber es gibt sicherlich eines von Iakovos ..."

Der Gesichtsausdruck des Mannes verfinsterte sich.

„Oder vielleicht werde ich einfach eines mieten, um dort hinauszukommen", verbesserte sie.

„Niemand wird Ihnen eines vermieten. Niemand geht auf Kyrie Papaioannous Insel ohne seine Erlaubnis."

Harry rieb sich die Stirn und fragte sich, was passieren würde, wenn sie einfach hier in der Mitte der Taverne zusammenbrach. Würde jemand Iakovos ausfindig machen? Oder würde sie als potenzieller Stalker an die Polizei übergeben werden?

„In Ordnung", sagte sie und traf eine Entscheidung. Sie wäre verdammt, wenn sie eine Menge von unglücklichen Umständen von dem Mann fernhalten würde, den sie liebte. Sie schaute über das Wasser, die dunkle Silhouette von Iakovos' Insel war in den letzten flammenden Strahlen der Sonne am Horizont zu sehen. „Es sind nur ein paar Kilometer. Ich schwimme. Die erste Person, die mich versucht abzuhalten, bekommt eine Maulschelle."

Sie eskortierten sie zur Polizeistation, zwei Männer hielten ihr ihre Arme fest, und die halbe verdammte Stadt fiel hinter ihr in Schritt, als ein Jeep mit quietschenden Bremsen einen halben Block entfernt zum Stehen kam.

„Harry!", brüllte eine Männerstimme in die Nacht und sie blieb stehen, mit einem wütenden Blick in den Augen, als Iakovos auf sie zuschritt, während er sein Handy zückte.

„Ich habe sie gefunden", schnappte er ins Telefon. „Sagt der Polizei, dass alles in Ordnung ist. Wo zur Hölle bist du gewesen?" Der letzte Satz war an sie adressiert, aber sogar als die Worte seinen Mund verließen, nahm er ihre Wärter unter die Lupe. „Und was ist hier los?“

„Ich werde ins Gefängnis gebracht“, sagte sie und wollte gleichzeitig vor Freude darüber, ihn zu sehen, in Tränen ausbrechen, und ihn vermöbeln dafür, dass er nicht dort gewesen war, wo er hätte sein sollen. „Offensichtlich wirst du hier in dieser Stadt wirklich, wirklich gemocht. Und sie haben mir nicht geglaubt, dass wir ... zusammen sind.“

Er sprach hastig in Griechisch, nahm ihren Arm in eine Hand, und mit dem anderen gestikulierte er, um ohne Zweifel zu erklären, welcher Art ihre Verbindung war.

Einer der Männer antwortete ihm. Harry wusste, was er gesagt hatte, nach dem langen Blick zu urteilen, den Iakovos ihr schenkte. „Du hast schon wieder jemandem die Nase gebrochen?“

Sie inspizierte für einige Sekunden ihre Fingernägel. „Ich habe ihm gesagt, dass wenn er mich davon abhalten würde, zu deiner Insel rauszuschwimmen, würde er eine Maulschelle bekommen. Er hat offensichtlich nicht geglaubt, dass ich das ernst meine. Jetzt weiß er es.“

Iakovos holte tief Luft und sprach noch einmal zu der Menge, die sich widerwillig zerstreute, bevor er sie in den Jeep bugsierte. „Liebling, das war der Bürgermeister.“

„Der Mann, dem die Taverne gehört, wo ich dich treffen sollte?“

Er nickte und legte den Gang ein, dann fuhr er die Straße hinab, die sie gerade heraufgekommen war.

„Wo wir gerade davon sprechen, wo warst du?"

„Ich habe mich verirrt, und bin ohnmächtig geworden." Sie erzählte ihm davon, wie sie auf dem Bürgersteig zu sich gekommen war.

Er warf ihr einen flüchtigen Blick zu und runzelte die Stirn. „Wo ist dein Sonnenhut?"

„Was für ein Sonnenhut?"

„Du bist ohne Sonnenhut rausgegangen? Das ist nicht sehr klug, Harry. Du bist an die Sonne hier noch nicht gewöhnt."

„Vielen Dank für den guten Ratschlag im Nachhinein", sagte sie erschöpft.

Er sagte nichts weiter und für ein paar Minuten machte sie sich Gedanken, dass sie ihn beleidigt hätte, aber wenn das so war, dann stand er über solchen Dingen. Er half ihr aus dem Jeep und begleitete sie zu einem Tisch, während er den Stuhl zurechtrückte, rief er nach Wasser.

Nachdem sie drei Gläser Wasser getrunken und etwas Weißbrot gegessen hatte, fühlte sie sich viel mehr wie ein Mensch.

Iakovos war losgezogen, um den Bürgermeister zu sehen, der sich schon früh in Würde in das Hinterzimmer zurückgezogen hatte. Die beiden Männer tauchten nun auf der Bildfläche auf, der Bürgermeister umkränzt von einem Lächeln, obwohl er eine geschwollene Nase und rötlich und purpurfarben angeschwollene Augen hatte.

Als Harry sich entschuldigte, sagte er: „Das geht schon in Ordnung. Meine Nase ist mehr als nur einmal gebrochen worden. Aber sie war noch nie so glücklich, von der Kyria gebrochen zu werden."

„Offensichtlich kannst du zaubern", sagte Harry einige Minuten später, nachdem der Bürgermeister zurück zu seinen Spießgesellen getrottet war.

Er schenkte ihr ein Grinsen, als einige Schüsseln mit verlockendem Essen serviert wurden. „Ich habe ihm einfach erzählt, dass du eine berühmte Autorin bist und eventuell Agios Nikos als das nächste Setting für dein Buch aussuchen wirst. Er will, dass du eine Figur entwirfst, die auf ihm basiert."

„Das hätte er gerne", sagte sie lächelnd, als er seinen Stuhl näher an ihren schob, sodass sein Bein sich in tröstender Festigkeit an ihres schmiegte. „Wo ist Elena? Ich dachte, sie würde mit uns zu Abend essen."

„Als du nicht hier warst, haben Dmitri, Elena und ich uns getrennt, um dich zu finden. Sie ist nun wahrscheinlich zu Hause oder hängt am Telefon mit einem ihrer nervigen Freunde. Dmitri hat gesagt, dass er eine Frau besuchen würde, die er ab und an trifft, wenn wir hier sind."

„Also sind wir ganz allein heute Abend?", fragte sie und zog eine Vene nach, die über eine seiner langen, empfindsamen Hände verlief.

„So ist es. Möchtest du nach Hause zurück, oder bist du dem hier gewachsen?", fragte er und nickte zu den Leuten hinüber, die sich versammelt hatten, als die dreiköpfige Band anfing, Musik zu machen. „Sie spielen jeden Montagabend. Ich dachte, dass du sie vielleicht gerne hören würdest, weil sie einige traditionelle Musik spielen."

„Klingt nach Spaß", sagte sie, obwohl sie gerne mit ihm allein gewesen wäre, aber sie war gleichzeitig trotzdem fasziniert, diese neue Facette an ihm zu sehen.

Der Abend war eine Offenbarung. Iakovos mochte nicht sonderlich musikalisch sein, aber offensichtlich genoss er trotzdem Musik, seine Füße wippten im Takt mit den schnellen Melodien, seine Finger waren auf ihrem Rücken und ihrem Nacken, während er entspannt dasaß und mit den Leuten aus der Stadt lachte und Witze machte und ihr ab und zu einen heißen Blick zuwarf, der viel für den späteren Abend versprach.

Sie kannte die Texte der Lieder nicht – die meisten waren ohnehin auf Griechisch –, aber sie summte mit, als die gesamte Taverne einige Lieder sang. Manche Leute tanzten sogar, aber Iakovos war offensichtlich zufrieden damit, einfach nur mit ihr hier zu sitzen.

Es wärmte ihr das Herz, zu wissen, dass dieser Mann, der teure Immobilien kaufte und verkaufte, ohne einen weiteren Gedanken daran zu verschwenden, so viel gemeinsam hatte mit den Leuten, die für ihr tägliches Brot arbeiteten. Sie verpasste das Zwischenspiel mit einigen älteren Frauen nicht, die ihn offensichtlich neckten und leicht in ihre Richtung nickten. Er lachte und antwortete ihnen, Amüsement in seinen Augen, als er sich wieder zu ihr umdrehte.

„Sag's mir nicht – die Damen der Stadt versuchen dich alle, mit ihren unverheirateten Töchtern zu verkuppeln?", fragte Harry und wollte ihn so gerne küssen, hatte aber nicht den Mut dazu, das vor den Augen aller zu tun.

„Nur eine von ihnen und sie versucht es seit zehn Jahren. Seraphina hat mir gesagt, dass die beste Methode, dich von einem Hitzschlag zu bewahren, wäre, sicherzustellen, dass du niemals mein Bett verlässt."

„Ich mag Seraphina wirklich", antwortete sie und beäugte die Menge. „Wer ist sie?"

„Die auf der linken Seite in dem gelben Blümchenkleid."

Harry winkte der alten Frau zu, die lächelte und zurücknickte.

„Also, was denkst du nun von dem typischen Griechen?", fragte Iakovos und sein Mund war dicht an ihrem Ohr, als die Band wieder begann.

Sie drehte ihren Kopf und ihr Mund streifte fast seinen. „Ich denke, dass sie alle ganz großartig sind. Aber nicht so großartig wie du."

„Harry", flüsterte er, seine Hand in ihren Haaren und beugte ihren Kopf zurück, damit er sie küssen konnte. Seine Lippen waren heiß auf ihren, seine Zunge sogar noch heißer, als sie zwischen ihre Lippen schlüpfte. Sie stöhnte, als sie sich um ihre Zunge wand und sein Geschmack sorgte dafür, dass ihr Körper sich viel zu heiß und eingeengt in ihren Kleidern fühlte.

Er küsste sie immer noch, als die Musik endete und in den Applaus mischte sich Gelächter, als man sie erspähte.

„Zeit, nach Hause zu gehen, bevor ich hier nach einem Zimmer frage", sagte Iakovos und zog sie auf die Füße. Er verbeugte sich, als ein Witzbold ihnen etwas zurief, von dem sie sicher war, dass es zweideutig war. Sie winkte ihnen allen zum Abschied und war ein bisschen überrascht, als viele aus der Menge mit nach draußen kamen, um sie zum Jeep zu begleiten. Sie schaute zurück, als er davonfuhr und winkte ihren neuen Freunden. Sie fragte sich, ob sie sie jemals wiedersehen würde.

Wenn es nach ihr ginge, dann würde sie das ganz sicher.

Kapitel dreizehn

„Yacky.“

„Eglantine.“

Harry schälte sich von seiner Brust und schaute auf ihn herab. „Wir müssen aufstehen.“

„Ich glaube nicht, dass wir das müssen, nein.“

„Müssen wir. Wir mutieren zu Faultieren. Seit drei Tagen haben wir nichts getan, als Sex zu haben, uns auf den Patio zu schleppen, um zu essen, kurze Pausen eingelegt, um zu schwimmen und dann waren wir wieder im Bett.“

Seine wunderschönen dunklen Augen glitzerten sie an mit einem Licht, das ihr immer einen Schauer der Begeisterung bescherte. „Du könntest recht haben. Wir können im Bett essen. Das würde uns diese ganze Zeit auf dem Patio ersparen.“

Sie lachte. Sie konnte nicht anders – er erfüllte sie mit so viel Freude, sie fühlte sich, als würde sie deswegen platzen. Sie wollte es so sehr sagen, es tat fast weh, das Wort nicht zu erwähnen, aber sie war sich nicht sicher, ob er schon bereit wäre, es zu hören. Er schien glücklich zu sein, ja. Er hatte sicherlich alles Menschenmögliche unternommen, damit die letzten paar Tage mit nichts als glücklichen Erinnerungen angefüllt wurden. Er hatte Dmitri gesagt, dass er wegen nichts außer einer ausgewachsenen Wirtschaftskrise gestört werden wollte, hatte Elena für ihre Reise zum Geburtstag in die Schweiz geschickt und seinen Terminkalender für ein paar Tage so umgestellt, dass sie zusammen sein konnten, alleine, nur sie beide und die ungefähr zwanzig Menschen, die er beschäftigte, um sich um sein Inselparadies zu kümmern.

Sie betrachtete sein Gesicht, sein schönes Gesicht mit der langen Nase, den geraden schwarzen Augenbrauen und dem definitiv starken Bartwuchs. Sie wusste, ohne nachsehen zu müssen, dass sie eine beachtliche Anzahl wunder Stellen zur Schau trug auf ihrem Nacken, ihren Brüsten, ihrem Bauch und, sie vermutete, zwischen ihren Beinen. Iakovos hatte angeboten, sich öfter zu rasieren, aber sie hatte ihm gesagt, dass es ihr wirklich nichts ausmachte. Aber es waren seine Augen, die sie in den Bann zogen, diese Augen, die mit so viel Wärme glühen konnten, dass es sie sprachlos machte.

„Ich liebe dich", sagte sie, weil sie die Worte nicht zurückhalten konnte. Er erstarrte unter ihr, seine Augen plötzlich wachsam.

„Ich meine es ernst. Ich liebe dich wirklich. Alles an dir, nicht nur deinen Körper, für den Fall, dass du dir darüber Gedanken gemacht hast, Platz fünf zu verlieren. Ich liebe deinen Verstand, ich liebe deinen Mund, deine Oberlippe, deine Unterlippe und alles andere an dir, sogar die Tatsache, dass du wirklich Minze-Zahnpasta magst, was, ehrlich gesagt, jenseits meines

Verständnisses ist, aber trotz dieses riesigen Charakterfehlers liebe ich dich mit jedem Atom meines Daseins.“

Er blinzelte sie an, dann lächelte er ein langsames – sehr langsames – Lächeln, eines, das mit viel männlicher Zufriedenheit angefüllt war.

„Jetzt“, sagte sie und tippte mit den Fingern auf seinen Brustknochen, „wäre die absolut richtige Zeit für dich, mir zu sagen, dass du mich ebenfalls liebst.“

„Wäre es das?“, fragte er und hob eine glänzende schwarze Augenbraue.

„Ja.“ Sie wartete.

Er summte leise vor sich hin und seine Hände malten faule Muster auf ihren nackten Rücken. „Yacky.“

„Eglantine?“

„Du wirst es nicht sagen, oder? Du wirst mich dazu bringen, dich anzubetteln, es zu sagen, einfach nur weil ich dich Yacky nenne und weil ich dein Leben zur Hölle mache und die Dinge auf den Kopf stelle, obwohl ich nicht ganz sicher bin, was ich auf den Kopf stelle, aber offensichtlich tue ich das und aus irgendeinem perversen Grund fühlst du den Drang, mich dafür zu bestrafen, indem du mir nicht sagst, dass du mich liebst, obwohl ich ganz sicher weiß, dass du das tust.“

„Wenn du weißt, dass ich es tue, dann muss ich es dir nicht mehr sagen, oder?“, fragte er mit unerträglicher Vernunft und verpasste ihrem Hintern einen Klaps, als er sie sanft von sich schob, um nackt ins Bad hinüberzutappen.

„Ich werde dich dafür bezahlen lassen – du bist dir dessen bewusst, oder?“, rief sie ihm nach und konnte sich nicht davon abhalten, seinen wirklich spektakulären Hintern zu bewundern, als er ins Bad schritt.

„Ich weiß, dass du es versuchen wirst. Kannst du deine Sachen packen und morgen abreisefertig sein?", fragte er und blieb in der Tür stehen.

Sie setzte sich auf und umklammerte sein Kissen, weil es nach ihm roch. „Ja. Will ich verreisen?"

„Athen, wenn du mich begleiten möchtest."

„Dein Büro?", fragte sie.

Er nickte. „Ich habe die Arbeit so lange hinausgeschoben, wie ich konnte, aber einige Verhandlungen kommen zum Abschluss und ich werde gebraucht."

„In Ordnung, aber irgendwann muss ich nach Hause fahren und mich um mein Apartment kümmern."

„In zwei Monaten muss ich nach New York – du kannst mich begleiten, wenn ich in die Staaten zurückkehre und dich um deine Sachen in Seattle kümmern und mich dann in New York treffen, wenn du möchtest."

„Liebst du mich?", fragte sie. Er grinste und ging ins Bad.

„Wann wirst du mich fragen, ob ich dich heiraten will, du nerviger Mann?", rief sie ihm nach.

Er begann zu singen. Auf Griechisch. Natürlich schief.

Sie wollte schreien. Ihm Dinge an den Kopf werfen. Und sie wollte den Rest ihres Lebens damit verbringen, ihn zu küssen.

Lieber Himmel, sie war bis über beide Ohren in ihn verliebt.

Es war eine Offenbarung für Iakovos, Harry das erste Mal in Athen zu erleben. Er wusste, dass sie sich darauf gefreut hatte, die Stadt zu sehen, weil sie niemals zuvor in Griechenland gewesen war, und er hatte das leichte Vergnügen vorausgeahnt, ihr diverse Sehenswürdigkeiten zu zeigen. Aber er hatte nicht erwartet, dass sie so enthusiastisch wäre oder sich so für alles Historische begeistern würde. Den Großteil seines Erwachsenenlebens hatte er mit Unterbrechungen in Athen verbracht, aber er hatte das Gefühl, als hätte er die Stadt niemals richtig gesehen, bis sie ihn zu jeder Sehenswürdigkeit, die sie ausfindig machen konnte, schleppte. Die Zeit zusammen, während der er sie in der Stadt herumführte, die er liebte, erfüllte ihn mit stiller Zufriedenheit.

„Du bist wirklich ein sehr glücklicher Mann, mit so etwas aufgewachsen zu sein", sagte sie eines Abends auf der Akropolis, als sie gegen ihn gelehnt dastand, seine Arme umschlossen sie und ihre Hände lagen über seinen. Vor ihnen lag das Parthenon auf der Hügelkuppe wie ein königliches Juwel, erleuchtet von sanften, bernsteinfarbigen Lichtern. Über ihren Köpfen war der Vollmond.

Er liebkoste ihren Nacken. „Ich bin sehr glücklich."

Sie drehte sich in seinen Armen herum und ignorierte die anderen Touristen, die sich mit ihnen versammelt hatten. „Ich schwöre, das ist die romantischste Nacht meines Lebens."

„Ist es das?" Er küsste ihre Schläfe und lächelte bei sich. „Ja. Schau den Vollmond an."

Gehorsam schaute er den Vollmond an. „Er ist sehr voll."

„Der Vollmond ist romantisch, Yacky“, erklärte sie ihm mit leicht geblähten Nasenflügeln.

„Das habe ich dich sagen gehört, Eglantine.“

„Das Parthenon, nachts erleuchtet, in Begleitung des Menschen, den du liebst, ist auch romantisch.“

„Ich habe Hunger!“, verkündete er ihr. „Sollen wir irgendwo ein Dessert essen?“

Für ein paar Sekunden knirschte sie mit den Zähnen. „Ich habe es mir überlegt. Ich will dich nicht heiraten. Ich könnte niemals einen Mann heiraten, der auch nicht nur das kleinste Fünkchen Romantik in seiner Seele hat.“ Sie schlüpfte aus seinen Armen und begann, über den felsigen Untergrund dahin zu marschieren, wo sein Auto wartete.

Er grinste ihren Hinterkopf an und nahm ihre Hand in seine, als er sagte: „Dann ist es sehr gut, dass ich niemals geschafft habe, dich zu fragen, ob du mich heiraten willst, oder nicht?“

Sie knurrte ihn an. Sie knurrte ihn tatsächlich an.

Er glaubte nicht, dass es irgendeine Möglichkeit gab, wie er sie mehr lieben konnte als in diesem Moment.

Unglücklicherweise trennte ihn Geschäftliches von ihr. Er machte sich Gedanken, dass sie auf sich alleine gestellt gelangweilt wäre, aber er hatte nicht mit ihrem Einfallsreichtum gerechnet.

„Ich muss sowieso dieses Buch fertig machen“, erklärte sie ihm eines Morgens etwa zwei Wochen, nachdem sie in Athen angekommen waren. „Ich hänge dem Plan schon hinterher und ich brauche etwas Ruhe, um zu schreiben, also hör auf, dir Gedanken zu machen.“

„Mikos wird dich überall hinfahren, wo du hin möchtest", sagte er und holte eine Karte hervor, auf die er eine Nummer kritzelte.

„Ich dachte, er wäre dein Fahrer."

„Ist er auch, aber ich habe so viel zu tun, dass ich so bald nirgendwo hingehen werde. Hast du ein schickes Kleid?"

„Wie das Bauchtanzoutfit?" Ihre Wangen erröteten, als sie sich daran erinnerte, dass er sie vor zwei Nächten davon überzeugt hatte, das Outfit zu tragen und für ihn zu tanzen. Er hatte recht behalten – er hatte das etwa zwei Sekunden ausgehalten, bevor er sie ausgezogen und sie die ganze Nacht geliebt hatte.

„Etwas Passendes, um es beim Empfang im archäologischen Museum zu tragen. Heute Abend findet das jährliche Spendenevent statt und ich sollte auftauchen."

„Oh. Ein gesellschaftlicher Anlass?" Sie runzelte die Stirn und tippte mit dem Stift gegen ihre Lippen, während sie nachdachte. Er fühlte, wie er hart wurde, obwohl er sich gerade erst vor ein paar Stunden in ihr verloren hatte. „Nicht wirklich. Ich habe nicht angenommen, dass ich in Griechenland bleiben würde und habe daher nichts Angemessenes dabei."

Er zog sein Portemonnaie hervor und warf ein paar Scheine auf den Schreibtisch. „Zieh los und kauf dir was Hübsches."

Sofort brach das Unwetter über ihn herein.

„Zieh du los und kauf dir was Hübsches", sagte sie und schob das Geld zurück zu ihm, ihre Augen leuchteten vor Zorn. „Ich brauche dein Geld nicht."

„Ich weiß, dass du's nicht brauchst, aber es gibt keinen Grund dafür, dass du dein eigenes Geld ausgibst, wenn du etwas auf meinen Wunsch hin tust." Er schob das Geld wieder zurück zu ihr.

Sie schnippte die Scheine in seine Richtung. „Das ist eine Sache meines Stolzes. Ich will dein Geld nicht. Ich habe mein eigenes. Ich kann mir mein eigenes Kleid kaufen."

„Harry", sagte er, streckte ihre Hand aus und klatschte ihr das Geld auf die Handfläche. „Nimm einfach das verdammte Geld und hör auf, unvernünftig zu sein."

Sie holte tief Luft, riss eine Schreibtischschublade auf und wühlte darin herum, bis sie ein Feuerzeug hervorholte. Sie hielt das Geld hoch und ihr verärgerter Blick traf mit seinem zusammen, als sie die Scheine in Brand steckte, wartete, bis sie zu zwei Dritteln verbrannt waren, und sie dann in den Abfalleimer aus Metall fallen ließ.

„Das war unangebracht", sagte er und war gleichzeitig verärgert und amüsiert. Nur sein Sturm konnte diesen Effekt auf ihn ausüben.

„Ich werde mir ein Kleid kaufen heute. Ich werde sogar zum Friseur gehen und sie dazu bringen, etwas aus meinem Haar zu machen. Aber ich werde kein Geld von dir nehmen. Es ist ja nicht so, als wärst du mein Verlobter." Sie hob ihr Kinn. „Außer, du willst mir jetzt einen Antrag machen?"

Er langte über den Schreibtisch, vergrub seine Hand in ihrem Haar und zog sie zu sich, um ihr einen Kuss zu geben, der ihr klarmachen sollte, dass er es nicht zulassen würde, dass sie über ihn verfügte. „Ich bevorzuge die Farbe Grün, Eglantine. Etwas Kurzes, das deine Beine zur Schau stellt."

„Träum weiter, Yacky!", brüllte sie ihm nach, als er bei sich lächelnd das Zimmer verließ.

„Bist du sicher, dass du das hier haben willst?"

Harry betrachtete sich im Spiegel und schenkte Elena ein kurzes Nicken. „Ich bin nicht total verrückt danach, aber es wird genügen. Es hat den Vorteil, dass es golden ist, nicht grün, wie seine königliche Hoheit Junggeselle Nummer fünf befohlen hat."

Elena kicherte und legte den Kopf zur Seite, während sie Harry beäugte. „Es ist sehr hübsch. Aber ich verstehe nicht, warum du ein Kleid kaufen würdest, dass Iakovos nicht gefallen wird."

Harry drehte sich um und sah über ihre Schulter auf den großen Rückenausschnitt des bodenlangen Kleids mit Schrägschritt, das mit Perlen besetzt war und über einen Halterneck verfügte. „Ich habe nicht gesagt, dass er es nicht mögen wird. Ich habe nur gesagt, dass er befohlen hat, mir etwas Grünes zu besorgen. Und auch wenn ich es hasse, das über deinen Bruder sagen zu müssen, Elena, aber im Gegensatz zu dem, was er dir gesagt haben mag, ist er nicht Gottes Geschenk an die Welt."

Elena lachte los. „Ich weiß, dass er das nicht ist, aber er ist trotzdem ein Schatz."

„Ja, das ist er. Ich nehme das hier", sagte sie zu der ungesund dünnen Verkäuferin, die im Hintergrund schwebte. „Haben Sie eine Tasche, die dazu passt?"

Die Verkäuferin hatte eine Tasche und nachdem Harry ein paar Minuten in schockierter Stille wegen des Preises des Kleides, der flachen Schuhe und der Tasche verbracht hatte, schaffte sie es, Elena aus dem Laden zu ziehen.

„Ich verstehe einfach nicht, wie man nicht gerne shoppen gehen kann", sagte die jüngere Frau und folgte Harry widerstrebend, als sie den Bürgersteig hinabspazierten, der von vielen teuren Geschäften gesäumt war. „Ich liebe es!"

Harry zuckte mit den Schultern. „Ich mochte es niemals, Klamotten einkaufen zu gehen. Bücher hingegen, ich kann Stunden in einem Buchladen verbringen. Aber Klamotten? Brrr. Du bist sicher, dass dieser Friseur einen Termin für mich hat?"

„Ich habe ihm gesagt, dass du die Freundin meines Bruders bist."

„Kennt er Iakovos?", fragte Harry überrascht.

„Kein bisschen."

„Wie konnte er dann einen Termin für mich frei haben?"

„Weil Iakovos Iakovos ist. Jeder in Athen weiß, wer er ist. Und wenn seine Freundin einen Termin haben möchte, dann werden die Leute ihr einen geben, auch wenn das bedeutet, dass sie ihren Plan umschmeißen müssen."

„Nummer fünf", murmelte Harry leise. „Großartig, jetzt werde ich wirklich schlechtes Karma anziehen, weil ich jemand anderem den Termin geklaut habe. Danke für deine Hilfe, Elena. Ich wusste, ich konnte darauf zählen, dass du mich in passende Geschäfte lotsen würdest."

„Es war mir ein Vergnügen.“ Sie zögerte einen Moment, dann legte sie Harry eine Hand auf den Arm. „Du wirst aber Iakovos heiraten, oder?“

„Ich hoffe doch. Ich bin verrückt nach ihm.“

„Ich weiß, dass du das bist. Und er nach dir. Ich freue mich so sehr für euch beide.“ Elena umarmte sie flüchtig und dann, mit einem Kichern und einem Winken, verschwand sie, um sich mit ein paar Freunden zu treffen.

„Ich war niemals so jung“, sagte sie zu dem Portier, der ihr die Tür zu dem schicken Salon öffnete, und sie wappnete sich für ein paar Stunden von Verschönerung. Sie hoffte einfach nur, dass es sich bezahlt machen würde.

Drei Stunden später stand sie vor dem Spiegel in Iakovos’ Badezimmer und betrachtete sich aus jedem möglichen Winkel und sie entschied, dass der Salonbesitzer einen doppelt so großen Batzen von Geld wert war, als den, den sie ohnehin schon für seine Dienste losgeworden war.

Wegen all der Zeit, die sie in der Sonne und im Pool verbracht hatte, hatte sich ihr langweiliges normales braunes Haar in Strähnen aufgehellt. Unter den Händen des talentierten Giorgio hatte es sich von ungebändigt und sonnengebleicht zu einer schimmernden glänzenden Mähne verwandelt, die rostbraun glänzte und ganz leichte bernsteinfarbene Highlights rund um ihr Gesicht hatte. Er hatte wenig mit der Länge gemacht, aber es durchgestuft, sodass sie jetzt einen eleganten zerzausten Look hatte, von dem sie wusste, dass es vielmehr ihr Stil war als irgendetwas zu Aufwändiges.

Obwohl sie normalerweise nicht viel Make-up trug, verteilte sie schwarze Mascara auf ihren Wimpern und nudefarbenen Lippenstift auf ihren Lippen.

„Besser geht's nicht", sagte sie und hörte Stimmen im Flur. Iakovos musste nach Hause gekommen sein. In einer Minute wäre er da, um unter die Dusche zu springen und sich zu rasieren, bevor er in seine Abendgarderobe schlüpfen würde. Sollte sie im Schlafzimmer warten für den Fall, dass er das Kleid nicht mochte?

„Ich habe ja so überhaupt keine Angst vor ihm", erklärte sie ihrem Spiegelbild, warf ihre rostbraunen Haare über die Schulter und stürmte aus dem Zimmer, um ihn ausfindig zu machen.

Er hatte ihr den Rücken zugekehrt und stand im Wohnzimmer, Dmitri vor ihm, der ihm irgendetwas hinhielt, damit er es unterschrieb. Sie hob den Kopf und verlangsamte ihren Schritt von aggressivem Marschieren zu einem entspannten Schlendern, ihre Augen auf seinem Hinterkopf.

Dmitri sah sie zuerst. Er war gerade dabei, etwas zu sagen und hielt mit großen Augen inne.

Iakovos fiel Dmitris Reaktion nicht sofort auf, aber als er sie bemerkte, schickte er einen flüchtigen Blick über seine Schulter.

Die Kehrtwende, die er machte, war eine Streicheleinheit für ihr Ego.

„Guten Abend, Dmitri. Wirst du uns zu diesem Museumsrummel begleiten?"

„Äh... Nein." Sein Blick huschte zu Iakovos, der Harry anstarrte, als hätte er sie nie zuvor gesehen. „Ich habe

nicht angenommen, dass es interessant werden würde. Ich muss feststellen, da lag ich daneben."

„Das ist schade. Gefällt dir mein Kleid, Iakovos?",
fragte sie ihn und warf ihm einen Blick zu, von dem
sie hoffte, dass er direkt in seine Hose ging.

Sein Adamsapfel hüpfte. Ohne ein Wort zu sagen,
drückte er die Papiere, die er in der Hand gehabt hatte,
Dmitri in die Hand, schritt zu ihr herüber und hob sie
in seine Arme.

„Oh, zerknitter mir das nicht", sagte sie und ihr wurde heiß nur von dem Ausdruck in seinen Augen. „Ich
habe keine Ahnung, wie ich ein Kleid bügeln soll, das
mit Perlen bedeckt ist."

Er schwieg, als er die Schlafzimmertür mit dem Fuß
schloss und sie neben dem Bett wieder auf ihre Füße
stellte.

„Dreh dich um", sagte er endlich.

„Willst du den Rücken sehen? Es ist recht tief ausge-
schnitten, aber mit meinen langen Haaren hatte ich
nicht den Eindruck, dass ich zu nackt wäre", sagte sie
und drehte sich so, dass er den Rückenausschnitt sehen konnte.

Zu ihrer Überraschung machte er das Kleid auf und
zog sie aus, um es dann sorgfältig über einen Stuhl zu
drapieren, bevor er sich wieder ihr zuwandte.

„Gefällt es dir nicht?", fragte sie, plötzlich besorgt. Sie
hatte gedacht, dass er ihr vergeben würde, sich nicht
seinen Wünschen zu beugen, weil das Kleid schließlich trotzdem ziemlich hübsch war, obwohl sie ansonsten nicht die Gold- und Perlenfrau war.

Er ließ seine Hände unter die Seiten ihre Unterwäsche wandern und schälte sie ihr vom Körper, bevor er sie aufs Bett schubste.

„Iakovos!", sagte sie und ihre Augen wurden groß, als sie realisierte, was er tat. Er entledigte sich seines Jacketts, öffnete seine Hosen und befreite sich aus seiner Unterwäsche, bevor er ihre Beine spreizte. „Du bist noch angezogen! Und ich habe meine Schuhe an! Mein Gott, ja!"

Er stieß in sie hinein, und erstickte ihr Stöhnen mit seinem Mund, seine Finger bohrten sich in ihre Hüften, als er sie anhob, damit sie seinen Stößen begegnen konnte. Sie wickelte ihre Beine um ihn, immer noch in seinen Hosen, und gab sich dem Vergnügen hin, das nur er ihr bereiten konnte.

Keiner von ihnen hielt es lange aus, bei ihr lag es daran, dass sie heimlich schockiert war, dass er sie nehmen würde, während sie beide noch teilweise angezogen waren, und außerdem war sie geschmeichelt, dass ihr Anblick in diesem Kleid seine Lust so angestachelt hatte. Und angestachelt war er – sein Mund brannte auf ihrem, während er sie besinnungslos küsste, seine Hüften klatschten gegen ihre, die langen herrlichen Muskeln seines Rückens und Hinterns bewegten sich mit solcher Anmut, dass sie einfach nur schreien wollte wegen dieser ganzen Schönheit.

Als er schwer auf ihr lag und sein Atem heiß auf ihren Nacken traf, da flüsterte sie in sein Ohr: „Wir werden uns verspäten."

„Zur Hölle mit den Spenden", sagte er und stöhnte, als er sich von ihr herunterrollt. „Wir bleiben zu Hause."

„Nachdem ich diesen Albtraum von Shopping ertragen habe? Das denke ich aber nicht." Sie schlüpfte vom Bett, zog ihm die Schuhe und Socken aus, bevor sie ihm die Hose ganz auszog. „Komm schon, mein maskulines, griechisches Sahneschnittchen. Geh unter die Dusche, damit ich dich den ganzen Damen von Athen vorführen kann, die nach dem sexiest Junggesellen der Welt hungern."

Er warf ihr einen Blick zu, kam aber auf die Füße und kniff sie in den Hintern, als er an ihr vorbeiging. „Das Kleid ist nicht grün, Eglantine", sagte er, bevor er ins Badezimmer ging.

„Ich bin so froh, dass du nicht farbenblind bist, Yacky", rief sie ihm nach und wartete, bis er das Wasser andrehte, um auf dem Bett zusammenzubrechen und ein paar Momente damit zu verbringen, die letzten zehn Minuten vor ihrem inneren Auge ablaufen zu lassen.

Nachdem sie sich schnell im zweiten Badezimmer frisch gemacht hatte, ging sie ins Wohnzimmer, um zu warten. Sie mochte das Zimmer nicht, sie mochte nicht viel an diesem Apartment außer dem Ausblick. Weil es ein Penthouse war, hatten der Patio und der Dachgarten eine herrliche Aussicht auf Athen, besonders bei Nacht. Sie liebte die Stadt bei Nacht und stand da und starrte in die samtige Schwärze, und fragte sich, wie sie das Thema Apartment mit Iakovos besprechen sollte.

„Sieht sie nicht großartig aus."

Sie drehte sich langsam um, um festzustellen, dass Theo neben einer Chaiselongue stand, sein Haar gekämmt, sein Gesicht rasiert und er hatte einen Frack an. Dabei runzelte sie die Stirn. „Guten Abend, Theo. Ich wusste nicht, dass du zurück in der Stadt bist."

„Ich bin früher am Abend zurückgekommen. Hast du etwas mit deinen Haaren gemacht? Mir gefällt es."

„Danke." Sie beobachtete ihn misstrauisch, etwas, das ihm offensichtlich auffiel, weil er ihr ein schiefes Lächeln schenkte und zu ihr trat. Sie zog sich nicht zurück, aber sie wappnete sich für den Fall, dass sie wieder austeilen müsste.

„Du musst nicht so wütend aussehen – ich habe heute nicht getrunken."

„Gut zu wissen." Sie hasste es, ihm gegenüber so gezwungen zu sein, aber seit der Nacht, in der sie seine Nase gebrochen hatte, hatte sie sich nicht wohlgefühlt, wenn sie mit ihm alleine gewesen war.

Als hätte er ihre Gedanken gelesen, berührte er seine Nase. „Ich hab mich niemals bei dir dafür entschuldigt, oder? Jake hat mich nach Brasilien geschickt, direkt nachdem Elenas Party vorüber war, und ich hatte keine Chance, dir zu sagen, wie sehr ich bedauere, was in dieser Nacht passiert ist."

„Schwamm drüber", sagte sie höflich, obwohl sie absolut nicht vorhatte, sich in seiner Gegenwart auf dem falschen Fuß erwischen zu lassen. „Ich weiß das zu schätzen. Wie wär's mit einem Kuss, um zu zeigen, dass du mir nicht mehr böse bist?"

Ihr Mund stand offen bei so viel Frechheit und sie war gerade dabei, ihm zu sagen, wohin er sich diesen Vorschlag stecken könnte, als Iakovos zu ihnen kam.

„Ich mache nur Witze, Harry." Theo lachte und schenkte ihr ein charmantes Lächeln. Er schaute zu seinem Bruder hinüber. „Ich glaube, ich habe Harry Angst gemacht, Jake.“

„Das wage ich zu bezweifeln“, antwortete Iakovos und sein Gesichtsausdruck brachte sie dazu, dass sie sich auf ihn stürzen und jeden Zentimeter von ihm lecken wollte. „Man macht ihr nicht leicht Angst. Es ist wahrscheinlicher, dass du dich zum Deppen gemacht hast. Bist du fertig, Liebling?“

„Das kommt darauf an. Hast du Schlabberlätze griffbereit? Ich werde mindestens ein halbes Dutzend brauchen, wenn nicht für mich, dann für die ganzen anderen Frauen, die dich sehen.“

Er rollte mit den Augen und streckte die Hand nach ihr aus. „Theo begleitet uns. Seine Mutter hat diese Charity sehr unterstützt und er führt das in ihrem Namen weiter.“

Sie warf Theo einen Blick zu, aber er schien wirklich nüchtern zu sein heute Abend. Sie nahm an, dass es Unwahrscheinlicheres gab, als dass er seine Dummheiten einsehen würde, also schenkte sie ihm ein Lächeln und erinnerte sich daran, dass jeder eine zweite Chance verdiente.

Außerdem hatte sie wichtigere Dinge zu tun, zum Beispiel, Iakovos mit offenem Mund anzustarren. Beim dritten Mal, als er sie dabei erwischte, während sie zum Saal des Hotels fuhren, wo das Spendenevent stattfand, lehnte er sich zu ihr hinüber und flüsterte: „Das bin nur ich, Eglantine. Der gleiche Mann, der vor einer halben Stunde bis zum Anschlag in dir vergaben war.“

„Du siehst anders aus, wenn du so zurecht gemacht bist. Du sieht wirklich aus wie Nummer fünf.“

„Nummer fünf?", fragte Theo mit einem verwunderten Stirnrunzeln.

Iakovos zog eine Grimasse. „Diese Liste aus dem Magazin."

„Eine Liste? Oh, die Junggesellenliste?" Theo grinste. „Du bist immer noch verärgert, dass du zwei Plätze nach unten gerutscht bist?"

„Du warst Nummer drei?", fragte Harry und schaute die Liebe ihres Lebens mit Entsetzen an.

„Das war letztes Jahr", erklärte ihr Theo und lachte über ihren Gesichtsausdruck. „Ich sage ihm, er soll für den Spitzenplatz am Ball bleiben, aber es sieht so aus, als wäre das vergebliche Liebesmüh."

„Drei", knurrte sie bei sich und vergrub ihre Fingernägel in Iakovos' Oberschenkel.

Er verflocht seine Finger mit ihren und schenkte seinem Bruder ein verärgertes Stirnrunzeln. „Das musstest du einfach erwähnen, oder?"

„Entschuldige, ich wusste nicht, dass das ein wunder Punkt ist." Er legte den Kopf zur Seite und schaute sie beide an. „Also, wann werdet ihr zwei heiraten?"

Harry hörte auf, Iakovos böse anzustarren und lächelte stattdessen Theo an. „Was für eine hervorragende Frage, eine, von der ich sicher bin, dass Yacky sie unbedingt beantworten will. Oder nicht?"

Iakovos wandte sich mit einem Lächeln an sie, das ihr Inneres zum Schmelzen brachte. „Natürlich, Liebling."

„Also?"

Er antwortete ihr auf Griechisch und küsste ihre Fingerspitzen. Sie schaute von einem zum anderen Mann, als Theo offensichtlich etwas fragte. Iakovos gab Antwort, schenkte ihr ein weiteres engelhaftes Lächeln und tätschelte ihre Wange, dann lehnte er sich in den Sitz der Limousine zurück und schloss seine Augen, während sein Daumen kleine Kreise auf ihrem Handrücken malte.

„Aha", sagte Theo und schenkte ihr ein halbes Grinsen. „Das wird bestimmt gut."

„Ich rede mit keinem von euch beiden", sagte sie und schaute aus dem Fenster, bis sie im Hotel angekommen waren und ignorierte sowohl Theos Lachen als auch das Feuer, das Iakovos nur mit dem Streicheln seines Daumens entfachen konnte.

Kapitel vierzehn

Die herrliche Routine ihres gemeinsamen Lebens hielt noch einige weitere Wochen an bis zu dem Tag, an dem Iakovos aufwachte, um festzustellen, dass sein Körper von einem schrecklichen Virus gequält wurde, der in seinem Büro kursierte.

„Das ist die Belohnung dafür, dass du die letzten beiden Tage arbeiten gegangen bist. Ich habe dir gesagt, dass du etwas ausbrütest", sagte Harry zu ihm, als er sich bemühte, aus dem Bett zu kommen. „Ehrlich, Männer! Bleib hier und ich rufe den Arzt."

„Ich brauche keinen Arzt", sagte er verdrießlich, denn er war wegen ihrer selbstherrlichen Art, mit der sie ihn behandelte, verärgert. Verdammt noch mal, er war ein Mann. Er hatte wichtige geschäftliche Verpflichtungen. Man kam nicht bis zur Chefetage, wenn man jedes Mal krank wurde, sobald irgendein heimtückischer Virus den Körper lahmlegte.

Er brauchte fünf Minuten, um sich aus den Decken zu befreien und aufzustehen und in dem Moment, als er das fertiggebracht hatte, fühlte er sich hundertmal schlimmer.

„Der Doktor ist auf dem Weg und Mrs. Avrabos hat dir – was machst du außerhalb des Bettes?", schimpfte Harry und stellte die Tasse mit irgendeiner dampfenden Flüssigkeit ab und versuchte, ihn wieder ins Bett zu bugsieren.

„Ich muss zur Toilette", sagte er würdevoll, obwohl er das nicht musste. Er wollte schnell duschen und dann in sein Büro verschwinden, bevor sie überhaupt realisierte, dass er weg wäre, aber als er es endlich geschafft hatte, seine Zähne zu putzen, war er so erschöpft und fühlte sich so miserabel, dass er zurück ins Schlafzimmer schwankte.

„Setz dich hin und trink die Medizin gegen die Grippe", sagte Harry, als sie das Bett abzog. „Du musst Fieber haben, weil die Laken ganz durchgeschwitzt sind."

Er stöhnte, lehnte sich in den Stuhl zurück und wünschte, er könnte einfach in irgendeiner dunklen Ecke sterben.

„Mein armer Schatz." Harrys kühle Hände waren da, um ihm zurück ins Bett zu helfen, ihn zuzudecken und ihm eine widerliche, heiße Flüssigkeit die Kehle hinabzuschütten. Er öffnete die Augen, um sie wutentbrannt anzustarren. Sie strich ihm das Haar aus der Stirn. „Du bist nicht oft krank, oder?"

„Nein. Dafür habe ich keine Zeit. Ich habe jetzt dafür keine Zeit. Wir arbeiten an einer Übernahme. Ich werde ins Büro gehen." Er schloss die Augen und hoffte, dass der Tod gnädig wäre. „Das mache ich gleich."

„Ja, das wirst du machen", sagte sie tröstend.

Er wachte eine Stunde später auf, genau so lange, damit sein Leibarzt ihn untersuchen und mit ernster Stimme erklären konnte, dass er den gleichen Virus wie jeder andere auch hätte. Er murmelte einen Haufen unhöfliche Dinge darüber und schlief dann sofort wieder ein.

Als er ein paar Stunden später aufwachte, saß Harry auf der Bettkante und telefonierte mit Dmitri.

„Nein, das kann er nicht, Dmitri. Er hat Fieber und wird krank und kränker und letzte Nacht musste ich ihn praktisch ins Bett verfrachten. Der Arzt sagt, dass er Ruhe braucht. Sag einfach diesem Investorengremium oder wer auch immer dir auf die Nerven fällt, dass du ihn heute ins Büro bringen sollst, dass er krank ist und dass er kommt, wenn er wieder auf den Beinen ist.“

„Eglantine, ich verbiete dir, mit Dmitri zu sprechen, als sei ich gar nicht hier“, sagte er eingeschnappt und fühlte sich, als wäre er von einem Zweieinhalbtonner überfahren worden, aber er war trotzdem zornig, dass sie versuchte, die Kontrolle über sein Leben zu erlangen. „Wenn ich sage, dass ich zu arbeiten habe, dann werde ich auch ins Büro gehen. Beweg dich, damit ich auch aufstehen und duschen kann.“

Sie schürzte die Lippen und legte eine Hand auf seine Brust, während sie das Telefon über seinen Kopf hielt. „Ich sag dir was – wenn du das Telefon kriegst, dann kannst du auch heute arbeiten.“

Er warf ihr seinen besten verächtlichen Blick zu und setzte sich auf, um ihr das Telefon abzunehmen. Er versuchte es eher. Über Nacht musste sie übermenschliche Kräfte entwickelt haben, genug, um ihn auf dem Bett festzuhalten.

„Lass mich los“, verlangte er und starrte böse auf die Hand auf seiner Brust.

„Wenn du, mit all den Muskeln und diesem ganzen Körpergewicht, meine Hand noch nicht einmal von deiner Brust nehmen kannst, dann bist du zu krank, um das Bett zu verlassen“, sagte sie ihm auf unerträgliche Art, die sie an sich hatte.

Sein böser Blick wanderte von ihrer Hand zu ihrem Gesicht. Sie küsste seine Nasenspitze. „Du gehst zu weit, Frau.“

„Ich weiß. Das ist mein fataler Fehler. Liebst du mich trotzdem?“ Er öffnete den Mund, um ihr zu sagen, dass er das tat, aber er ließ seine Zähne aufeinander schnappen und lächelte sie stattdessen an. Das war eine sichere Methode, sie zu verärgern.

„Argh!“, sagte sie und gab ihm das Telefon, um dann im Badezimmer zu verschwinden.

„Wie fühlst du dich?“, fragte Dmitri, als sie gegangen war.

„Schrecklich. Schrecklicher als schrecklich. Kannst du das Meeting um einen oder zwei Tage verschieben?“

„Das wird nicht leicht, aber ich denke, das bringe ich fertig. Wäre besser für mich – ich will mir nicht vorstellen, was Harry mit mir anstellen würde, wenn sie herausfinden würde, dass ich dich dazu gebracht habe, ins Büro zu kommen, wenn du so krank bist.“

Iakovos grunzte etwas und legte auf. Er fragte sich, was er unternehmen müsste, um Harrys Laune zu verbessern, und wie er das anstellen sollte, wenn er einfach nur von seinem Leid erlöst werden wollte.

Etwas später wachte er auf, weil ein herrlich kühler Lappen auf seinem Gesicht war.

„Komm schon, Junggeselle Nummer fünf, es ist Zeit für deine Medizin." Harry wand einen Arm um ihn, als er versuchte, sich aufzusetzen und hielt ihm ein Glas an die Lippen.

„Was ist das?", fragte er und runzelte die Stirn, als er die blubbernde Flüssigkeit sah.

„Medikamente gegen die Grippe. Dein Arzt hat es geschickt. Trink aus. Es ist gegen das Fieber."

Er trank und ließ sich dann wieder in die Kissen fallen, jeder Knochen seines Körpers tat weh. „Du musst das nicht tun", sagte er, als sie sein Gesicht und seinen Nacken mit dem kalten Tuch abwischte.

Sie hielt inne und hatte einen besorgten Blick in den Augen. „Fühlt sich das nicht gut an?"

„Doch."

„Mach dir darum keine Gedanken. Ruh dich einfach aus."

Er öffnete den Mund, um ihr zu erklären, dass sie sich nicht um ihn kümmern musste, dass die paar Male in der Vergangenheit, als er krank gewesen war, er es bevorzugt hatte, wenn man ihn einfach in Ruhe ließ, anstatt einen Aufstand zu machen, aber irgendwie war das hier anders. Er döste und wachte ab und zu auf, um festzustellen, dass sie versuchte, seinen Körper herunterzukühlen oder ihn dazu zu verführen versuchte, ein paar Tassen Suppe oder Tee zu sich zu nehmen und langsam kam er zu dem Gefühl, seinem traurigen Leben ein Ende setzen zu wollen, auch das Gefühl von Umsorgtsein dazu. Wenn er schon leben und diese schreckliche Krankheit durchstehen musste, die ihm so gnadenlos zusetzte, dann war wenigstens Harry da, die sich um ihn kümmerte.

Drei Tage später kam er aus der Dusche und fühlte sich ein wenig schwach, aber ansonsten verdammt gut. Als er sich anzog, dachte er mit Dankbarkeit an die Frau, die ihn nicht eine Minute alleine gelassen hatte.

„Solltest du jemals nicht mehr schreiben wollen, dann könntest du Krankenschwester werden", sagte er ihr, als er das Schlafzimmer betrat und seine Krawatte umband.

Sie hob den Kopf vom Bett und warf ihm einen vernichtenden Blick zu, der plötzlich einfror, als ihre Augen größer wurden. Er konnte gerade noch aus dem Weg gehen, als sie zum Badezimmer hetzte und das Geräusch, wie sie sich heftig übergab, brachte ziemlich frische und schmerzhafte Erinnerungen zurück.

„Ich habe dich darauf hingewiesen, dass, wenn du darauf bestehst, mich in Pflege zu nehmen, die Wahrscheinlichkeit groß ist, dass du dir auch etwas einfängst", erinnerte er sie, als er das Badezimmer betrat. Sie lag auf dem Boden, ihre wunderbaren langen Beine auf jeweils einer Seite der Toilette und ihr Körper hing über der Schüssel. Sie schob die Masse ihres verworrenen Haares aus dem Weg und wischte sich den Mund ab und er wusste, dass, wenn sie in dem Moment die Möglichkeit gehabt hätte, dann hätte sie ihn wahrscheinlich umgebracht.

Er liebte sie so sehr, dass es sein Herz zum Singen brachte. „Eglantine."

„Yacky", sagte sie müde und ihre Wange ruhte auf dem Sitz der Toilette, während ihr Gesichtsausdruck komplettes Elend ausdrückte.

„Heiratest du mich?"

Langsam hob sich ihr Kopf und ihre Augen waren dunkel vor Wut. „Was hast du gesagt?"

„Ich habe dich gefragt, ob du mich heiraten willst."

Ihr Kiefer malmte für einige Sekunden. „Das fragst du mich jetzt?"

„Ja."

„Gerade jetzt? Du siehst schon, dass ich eine Toilettenschüssel umarme, oder? Und du weißt, dass ich die letzten drei Stunden gekotzt habe, oder?"

„Das sehe ich sehr wohl. Willst du mich heiraten?"

Ihr Kiefer malmte wieder. „Ich hasse dich."

„Ich nehme das als ein Ja, soll ich?", sagte er und wollte singen und tanzen und wenn möglich auch ein paar Salto rückwärts einlegen.

Sie legte ihre Wange wieder auf den Toilettensitz und ihre Augen schlossen sich. „Geh weg. Ich will dich niemals wieder sehen. Du bist ein böser, böser Mann."

„Aber du heiratest mich."

„Selbst dann nicht, wenn du der letzte begehrteste Junggeselle der Welt wärst", sagte sie mit einem leisen Stöhnen der Abscheu.

„Dann werde ich Dmitri darauf ansetzen, dass er sich um die Hochzeit kümmert. Übrigens ist die Krankenschwester hier. Es tut mir leid, dass ich mich nicht um dich kümmern kann, wie du das bei mir gemacht hast, aber man hat mir gesagt, sie sei sehr kompetent."

Harry erklärte ihm mit fantasievollen Details, was er mit sich anstellen könnte. Er verließ das Apartment und pfiff dabei fröhlich vor sich hin.

Sechs Wochen, nachdem Iakovos es endlich geschafft hatte, sie zu fragen, ob sie ihn heiraten wolle, saß Harry in einer Sprechstunde bei ihrem Arzt in Seattle und war völlig sprachlos.

„Sie sind sich sicher?", brachte sie endlich heraus und ihr ganzer Körper war in Schockstarre, als sie nach einer Antwort in dem Gesicht der Frau suchte, die vor ihr stand.

„Ziemlich sicher. Ich nehme also an, dass Sie das nicht erwartet haben?"

Sie sah von der Frau zu dem Computerbildschirm, der die Testergebnisse zeigte. Eine Welle purer Emotion schoss durch sie hindurch. „Sie sind sich wirklich, wirklich sicher? Da gab's keine Verwechslung bei den Tests?"

„Nein, keine Verwechslung." Ihre Ärztin klopfte ihr leicht auf die Schulter. „Harry, ich kenne Sie jetzt seit fünfzehn Jahren ungefähr? Ich weiß, dass Sie gesagt haben, dass Sie heiraten wollen, aber gibt es irgendeinen Grund, warum Sie gerade jetzt nicht schwanger sein wollen?"

„Nein. Außer ... Also ... Ich habe einfach noch nicht daran gedacht. Iakovos und ich haben noch nicht über Kinder gesprochen. Und, um ehrlich zu sein, ich bin fast vierunddreißig, Bess. Das ist doch etwa die Obergrenze für Babys, oder etwa nicht?"

„Papperlapp. Sie sind gesund, den Babys geht es gut und es gibt keinen Grund, warum Sie Ihrem hübschen

Griechen nicht zwei wundervolle Kinder schenken können."

Zwillinge. Sie würde Zwillinge haben. Sie schaute wieder auf den Monitor, auf die Ergebnisse des Bluttests und der Scans, die durchgeführt worden waren, als sie zu Bess gekommen war und sich über Erschöpfung beschwert hatte. Sie verließ die Praxis und schwebte einen guten halben Meter über dem Boden. Sie schaffte es kaum zurück bis zu ihrer Wohnung, bevor sie sich auf einen der Umzugskartons setzte, in der ihre Besitztümer waren, und seine Nummer wählte.

Seine Stimme war angespannt, als er seinen Namen nannte.

„Hi. Stör ich?"

„Wir gehen gerade in ein Meeting. Kann ich dich später zurückrufen?"

„Natürlich. Es ist nur ... Iakovos ... Da gibt es etwas ... Wichtiges, das ich dir sagen muss."

„Kommst du früher nach New York, als du gedacht hast?", fragte er, seine Stimme sandte kleine warme Schauer über ihren Rücken. Seit zehn Tagen waren sie getrennt, während sie ihr Leben in Seattle in Kartons packte und er arbeitete an dringenden Geschäften in seinem Büro in New York. „Nein. Ja. Oh, ich habe keine Ahnung. Hör zu, meld dich, so schnell du kannst. Aber, Iakovos?"

„Ja?"

„Stell sicher, dass du alleine bist, wenn du mich anrufst."

„Telefonsex ist kein Ersatz für die eigentliche Sache", erklärte er streng, bevor er auflegte.

Es kam ihr vor wie eine Ewigkeit, bevor er an diesem Abend anrief und sie hatte Probleme damit, wirklich etwas erledigt zu bekommen. Stattdessen wanderte sie durch ihre halb leere Wohnung, nahm ein paar Anrufe von Freunden entgegen, die wussten, dass sie nach Griechenland umzog; einen von ihrem Verleger, der anrief, um ihr wegen der anstehenden Hochzeit zu gratulieren; und Tim kam vorbei, der eine Einladung überbrachte zum Abendessen, um den Nachwuchs zu begutachten.

Während all dem lächelte sie und schwatzte, während sie sich heimlich selbst umarmte wegen ihrer großen Neuigkeiten, und sie konnte kaum an sich halten, bis sie endlich ihre Aufregung mit dem Mann teilen könnte, mit dessen Leben ihres nun unwiderruflich verbunden war.

„Also, meine wilde Seenymphe, ich bin zurück im Hotel und alleine, wie du gesagt hast", sagte er ein paar Stunden später und seine Stimme war warm und beruhigend an ihrem Ohr. „Du darfst nun damit anfangen, mich mit erotischen Fantasien zu foltern, aber sei gewarnt, dass ich meine Rache haben werde, wenn du nach New York kommst. Ich habe vor, meine ganze Frustration an deinem wunderbaren Körper auszulassen."

„Das darfst du sehr gerne tun. Aber bevor wir zum Dirty Talk kommen, muss ich dir etwas sagen."

„Aha?" Er klang höflich interessiert.

Sie lächelte über nichts Bestimmtes und wusste, dass es ihn aus den Schuhen hauen würde. „Ich wünschte wirklich, ich könnte dir das persönlich sagen, aber weil ich die nächsten zehn Tage nicht in New York sein werde, muss ich es auf diese Art und Weise machen. Ich bin schwanger."

Stille traf ihre Ohren. Eine erschrockene, überwältigte Stille. Eine Stille, von der sie plötzlich den Eindruck hatte, dass sie viel zu lange andauerte.

„Iakovos? Hast du mich gehört?"

Er schwieg noch ein paar Sekunden mehr und als er sprach, war seine Stimme heiser, als wäre es die Stimme eines Fremden. „Ich habe es gehört."

Ihr Herz sank ihr bis in die Füße. „Freust du dich nicht? Ich weiß, wir haben nicht über Kinder gesprochen, aber ... Also irgendwie ist es passiert. Es muss dann gewesen sein, als mir die Pille ausgegangen ist, bevor wir nach Athen gefahren sind. Es tut mir leid, dass ich dich auf die Neuigkeiten nicht besser vorbereiten konnte, aber –"

„Du kannst nur eines sagen", unterbrach er sie mit kalter Berechnung. „Du kannst mir sagen, wer der Vater ist."

Ungläubig starrte Harry auf den Fußboden. „Das hast du gerade nicht gesagt. Nein, das kannst du einfach nicht gesagt haben. In tausend Jahren kannst du nicht so etwas Krasses gesagt haben wie das."

„Es mag krass sein, aber ich will es wissen, Harry. Wer ist der Vater?"

Sie holte tief Luft. Hatte sie Halluzinationen? War das ein Albtraum? Das konnte nicht wirklich passieren, oder? „Du bist der Vater, du unsensibler Esel. Wie kannst du es wagen zu glauben, dass ich dich betrügen würde? Und noch wichtiger, warum solltest du das denken? Warum solltest du glauben, dass die Babys nicht von dir sind?"

„Babys?"

„Zwillinge, um genau zu sein. Beantworte meine Frage bitte."

Er schwieg für fast zehn Sekunden und Harry fragte sich schon, ob die Handyverbindung zusammengebrochen war. „Ich weiß das, weil ich keine Kinder bekommen kann. Ich bin unfruchtbar, Harry."

„Ich weiß nicht, wer dir das gesagt hat", sagte sie und wollte nichts lieber, als sich zusammenrollen und weinen. „Aber sie lagen falsch und ich habe die Scans, um das zu beweisen."

Iakovos sagte nichts, aber sie konnte seine Wut spüren. „Wir sprechen morgen darüber. Es ist spät. Ich bin müde."

Ohne ein weiteres Wort zu sagen, legte sie auf und starrte das Telefon für einen Moment an, dann die Wohnung. Das war die Wirklichkeit. Es war kein Albtraum. Er hatte sie tatsächlich gefragt, wer der Vater war. Er war nicht glücklich.

Unfruchtbar?

Sie schüttelte ihren Kopf und wollte weinen. Alles war bis jetzt großartig gewesen. Sie liebte ihn, er liebte sie, sie liebten einander ... Ab wann war das alles plötzlich schiefgegangen?

Für zwei Stunden saß sie in ihrem stillen, dunklen Apartment und ihre Gedanken kreisten. Wie konnte er so etwas zu ihr sagen?

Ihre Bücher, ihr wertvollster Besitz, waren komplett verpackt und bereit, von der Umzugsfirma verladen und nach Griechenland geschickt zu werden. Ihre Möbel waren markiert, damit sie an Freunde oder örtliche Wohltätigkeitsgeschäfte gingen. Krimskrams und die Dinge des täglichen Gebrauchs waren größtenteils in Kartons verpackt, einige wurden eingelagert, die Dinge, an denen sie hing, sollten auch nach Griechenland gehen.

„Ich werde Zwillinge haben", erklärte sie den Kartons. „Und Iakovos glaubt nicht, dass er der Vater ist. Er kann unglaublich blöd sein manchmal."

Ihre Stimme hallte in dem Zimmer. Für einen Moment schloss sie die Augen und wurde geflutet von dem Schmerz seiner Anschuldigung, dann sprang sie auf die Füße und holte ihren Laptop aus seiner Hülle aus dem Koffer, den sie langsam gefüllt hatte für ihre Reise nach New York. Wenn sie so verletzt war, obwohl sie die Wahrheit kannte, wie viel schlimmer musste er sich dann fühlen?

Am nächsten Tag rief sie ihn wieder an. Seine Stimme war abrupt, als er Hallo sagte.

„Hast du einen Stift? Gut. Schreib das auf." Sie diktierte ihm eine Adresse. „Sie erwarten dich irgendwann heute. Bitte sei vor neun Uhr heute Abend da."

„Wo?", fragte er und die Kälte tropft aus seiner Stimme, durch das Telefon und direkt in ihr Herz. „Das Büro deines Anwaltes?"

„Nein, eine Arztpraxis. Sie brauchen dein Blut für einen Vaterschaftstest."

„Harry – "

„Vor neun Uhr."

Sie legte auf und wandte sich mit einem grimmigen Gesichtsausdruck der Technikerin in medizinischer Kluft zu, die ihr ein kleines Lächeln schenkte.

„Bereit?", fragte die medizinisch-technische Assistentin.

„Nicht wirklich. Es wird wehtun, oder nicht?"

„Man hat mir gesagt, es ist ... Unangenehm", gab die Frau zu und begleitete Harry in ein Zimmer in der Praxis, die sich einen Kilometer von Iakovos' Büro in New York weg befand.

„Es wird also wehtun", sagte Harry und dachte an ihn. Sie hoffte einfach nur, dass er anerkennen würde, was sie für ihn tun würde.

Sein Leben war wirklich zur Hölle geworden, ein Albtraum, aus dem er nicht zu entkommen schien. Der Moment, in dem Harry ihre Schwangerschaft verkündet hatte, fühlte sich an, als hätte ihm jemand in den Bauch getreten. Sie konnte nicht schwanger sein, zumindest nicht von ihm. Aber das würde bedeuten, dass sie mit jemand anderem geschlafen hatte und er konnte das auch nicht glauben. Oh, da waren die hässlichen fünf Minuten gewesen, in denen er genau das geglaubt hatte, und er hatte sie mit jedem Schimpfwort belegt, das ihm eingefallen war, während er sich vorgestellt hatte, wie sie hinter seinem Rücken darüber lachte, dass er ihr auf den Leim gegangen war. Aber in dem Moment hatte er sich daran erinnert, wie ihre Augen leuchteten, wenn sie ihn ansah, und er wusste, dass das nicht wahr war. Sie liebte ihn und wenn Harry liebte, dann liebte sie mit ihrem ganzen Herzen.

Er wollte ihr das sagen, als sie ihn anrief, ihre Stimme so dünn und unglücklich und ihn höflich gebeten hatte, einen Bluttest zu machen. Er wollte ihr das sagen, dass er falschgelegen hatte, dass er nicht im Recht gewesen war, an ihr zu zweifeln, die Situation erklären, aber sie hatte aufgelegt und er verbrachte eine schreckliche halbe Stunde damit, zu entscheiden, ob er das tun sollte, was sie wollte, oder ob er einfach nach Seattle fliegen und ihr persönlich sagen sollte, dass er unrecht hatte.

Schließlich hatten die geschäftlichen Belange die Entscheidung für ihn getroffen. Er wollte sich Zeit für die Flitterwochen nehmen mit Harry und das bedeutete, dass er zuvor so viel erledigen musste, wie er nur konnte. Er machte den Vaterschaftstest, um sie zufriedenzustellen, obwohl er wusste, dass er nicht wirklich gebraucht wurde.

Sie war an diesem Abend nicht ans Telefon gegangen und auch nicht am folgenden Morgen. Er versuchte, die dringendsten Sachen zu erledigen, sodass er nach Seattle fliegen und sie sehen konnte, als der Sturm in seinem Büro losbrach. Er war gerade im Sitzungszimmer und hatte ein Meeting mit einem rivalisierenden Entwickler von der Westküste, dessen Geschäft am Scheitern war und dessen Konzerne Iakovos versuchte aufzukaufen, als ein Aufruhr außerhalb des Zimmers sich ankündigte.

Er gestikulierte zu Dmitri hinüber, damit dieser nachsah, was das Problem war, aber bevor sein Cousin auf die Füße kommen konnte, wurde die Tür zum Sitzungszimmer aufgerissen und sein eigener persönlicher Sturm stand in ihrer großartigen Wut da, ihre Haare wild und ungezähmt so wie ihre Persönlichkeit.

„Hallo", sagte sie und löst ihren Blick von seinem, um die vier anderen Männer im Zimmer anzulächeln. „Es tut mir sehr leid, dass ich Sie unterbrechen muss, aber ich muss wirklich fünf Minuten mit Iakovos sprechen. Wer braucht eine Toilettenpause?"

Iakovos stand auf, als sie zu ihm hinübermarschierte und ihn beim Arm nahm, während sie immer noch sprach und ihn zur Tür drängte. „Sie haben ihn wieder, bevor Sie feststellen können, dass er fehlt. Und, hi, Dmitri. Lange nicht gesehen“

Die Tür schloss sich hinter ihnen. Er sah auf sie herab und seine Verärgerung über die Unterbrechung verwandelte sich in Besorgnis, als er die purpurfarbenen Schatten unter ihren Augen sah, aber insgesamt war es Freude, die ihn erfüllte, als er ihre Wut sah.

„Hier“, sagte sie und drückte ihm ein Stück Papier in die Hand. „Lies den unteren Teil. Die wichtigen Dinge habe ich unterstrichen.“

Er schaute flüchtig auf den Betreff. „Ich muss die Ergebnisse des Tests nicht sehen“, erklärte er.

„Doch, das musst du!“ Sie schaute ihn an, als würde sie explodieren und ihre Augen blitzten vor selbstgerechter Empörung, ihr Haar stand wild vom Kopf ab und ihre Körpersprache war aggressiv. Warum war sie nicht in seinen Armen und küsste ihn? Warum murmelte sie ihm nicht Worte der Liebe zu, Worte des Glücks, ihn zu sehen? Fühlte sie nicht die gleiche Seligkeit, die er fühlte, wenn sie da war?

Ein schrecklicher Gedanke kam ihm. Was, wenn er ihre Liebe zu ihm vernichtet hatte? Was, wenn seine temporäre Unzurechnungsfähigkeit alles ruiniert hatte? Wie würde er ohne seine wunderschöne wilde Göttin leben?

Er nahm sie beim Arm und drängte sie den Flur hinab zu seinem Büro.

„Iakovos, bitte, lies es. Ich weiß, dass du das Schlimmste von mir denkst –“, begann sie zu sagen, sobald er die Tür geschlossen hatte.

„Ich muss das nicht lesen. Ich weiß, dass du die Wahrheit sagst. Ich weiß, dass ich der Vater bin. Ich weiß nicht, wie das möglich ist, aber ich akzeptiere das, wenn du schwanger bist, bin ich der Vater.“

Überraschung stand deutlich in ihrem Gesicht, als sie ihn anstarrte und ihre Schultern sackten herab, als sie die Tasche auf seinen Schreibtisch warf. Er schritt zum Fenster hinüber, dann plötzlich erschöpft, setzte er sich in seinen Stuhl. Er würde das erklären müssen. Er wollte es nicht, aber nachdem er sie verletzt hatte, würde er das tun müssen. Er würde es nur schnell tun müssen. Er öffnete den Mund, aber was daraus hervorkam, war nicht das, was er erwartet hat. „Liebst du mich immer noch?“

„Ob ich dich immer noch... Das meinst du ernst, oder?“

Er nickte, unwillig, etwas zu sagen. Er musste wissen, dass er nicht alles ruiniert hatte. Er brauchte sie.

Sie sah aus, als ob sie etwas sehr Verletzendes sagen wollte, aber dann kam sie langsam zu ihm hinüber und legte ihre Hände auf seine Schultern, als sie sich auf seinen Schoß setzte, ihn ansah und ihre Füße neben seinen Beinen baumelten. „Liebe funktioniert so nicht, Yacky. Ich kann meine Liebe für dich nicht ein- und ausschalten, wie’s mir passt. Also, ja, ich liebe dich immer noch. Du machst mich manchmal wahnsinnig, aber ich liebe dich trotzdem.“

Er entspannte sich in seinem Stuhl, seine Hände wanderten von ihren Hüften über ihre Taille und höher, zu ihren Brüsten, die von einem seegrünen Mohairpulli verdeckt waren. Die Farbe des Meeres für seinen Sturm.

„Du machst mich auch wahnsinnig, Liebling."

„Ja, aber das ist es, was du an mir liebst." Sie küsste ihn, es war ein süßer langsamer Kuss, von dem sie nicht wollte, dass er jemals endete, aber es gab Leute, die auf ihn warteten. „Warum glaubst du, dass du unfruchtbar bist?"

Einen Moment lang verschloss sich sein Gesicht, aber sie würde nicht nachgeben. Das war wichtig. „Als ich siebzehn war, war ich in einen Autounfall verwickelt. Ich habe ... Ein Stück Metall hat meine Lenden durchbohrt und einen Hoden zerstört. Man konnte ihn nicht wieder reparieren. Der Arzt hat meinem Vater gesagt, dass, obwohl ich Kinder über künstliche Befruchtung haben könnte, es sehr unwahrscheinlich wäre, dass ich eine Frau auf natürlichem Wege schwängern könnte."

„Der Arzt hatte unrecht", erklärte sie ihm und nahm sein Gesicht in ihre Hände und küsste ihn wieder. „Du hast vielleicht nur einen Hoden, aber der erledigt seinen Job gut. Nur ..." Sie runzelte die Stirn, konzentrierte sich.

„Du hast zwei Hoden, Iakovos. Ich weiß das, ich habe sie gesehen. Sie sind genau da, wo sie hingehören."

„Einer ist eine Prothese."

„Wirklich? Es gibt Prothesen für so etwas? Wer hätte das gedacht?" Von dieser Tatsache war sie erstaunt und konnte sich nicht davon abhalten, in seinen Schoß zu linsen. „Ähm ... Welcher ist der Fake?"

„Der rechte", sagte er und verzog die Mundwinkel. Sie küsste sie.

„Also ... Wenn du geglaubt hast, dass du keine Kinder bekommen kannst, warum hast du mich dann gefragt, ob ich die Pille nehme? Ich meine, das erklärt, warum du nicht übermäßig in Panik verfallen bist, als ich keine mehr hatte, aber früher, als wir das erste Mal miteinander ins Bett gegangen sind, hast du gefragt."

„Ich habe gefragt, weil ich immer frage. Das erste Mal, als ich nach dem Unfall mit einer Frau geschlafen habe, habe ich nicht gefragt und ihr kam das merkwürdig vor. Seitdem achte ich darauf, dass ich mich erkundige."

Sie streichelte mit einer Hand über seine Wangen. „Das hättest du mir sagen können, weißt du."

„Das wollte ich auch, sobald wir wieder zu Hause wären." Er zuckte kurz mit den Schultern. „Du hast niemals Kinder erwähnt, also habe ich gedacht, dass sie auf deiner Prioritätenliste im Moment nicht ganz oben stünden."

„Standen sie auch nicht, aber du tust das." Sie lächelte ihn an und wünschte, dass er wüsste, wie sehr sie ihn liebte.

„Harry ..." Er zögerte und sah unglaublich nervös aus.

„Oh, nein, du wirst mich nicht dazu bringen, mich schuldig zu fühlen und dich vom Haken zu lassen. Du musst dich entschuldigen. Du hast mir zwei schreckliche Tage beschert, weißt du."

Er holte tief Luft und seine breite Brust hob sich, was fast genug war, um sie abzulenken. „Es tut mir leid. Ich wusste, sobald ich aufgelegt hatte, dass du mich niemals betrügen würdest. Ich weiß, dass du mich liebst, und ja, um deine Frage zu beantworten, ich freue mich sehr über die Neuigkeiten, obwohl ich kein bisschen überrascht bin, dass es Zwillinge sind. Ich hatte nicht erwartet, dass du in dieser Sache den Konventionen folgen würdest."

„Zwillinge sind ziemlich normal", protestierte sie und ließ zu, dass er sie küsste, bis ihr der Atem wegblieb. Ab dem Moment, ab dem er Geräusche machte und anregte, sie auf der Couch zu lieben, wusste sie, dass alles wieder in Ordnung war.

„Zieh los und mach das große Geld", sagte sie und scheuchte ihn vom Schreibtisch. Sie lächelte, als sie das Bild darauf sah, das er von ihr und Elena am Tag nach der Geburtstagsparty gemacht hatte. „Du musst nun zwei Kinder versorgen."

Er grinste und war auf dem Weg zur Tür, legte einen Stopp ein, als sie seinen Namen rief. Eine schöne petrolfarbene Glastasse stand auf seinem Schreibtisch, leer bis auf einen letzten Schluck Kaffee. Müßig ließ sie ihre Finger über ihren Rand wandern. „Du könntest etwas für mich tun."

„Ich habe vor, sehr viele Dinge für dich zu tun, die meisten davon setzen voraus, dass du nackt bist." Er dachte einen Moment nach. „Nein, das ist gelogen – alle davon setzen voraus, dass du nackt bist."

„Jetzt wäre der absolut perfekte Zeitpunkt, mir zu sagen, dass du mich liebst."

„Ja, das wäre es, oder nicht?", sagte er mit einem Grinsen und verließ das Zimmer.

Das Geräusch von Glas, das an der Wand zerschellte, war laut, aber nicht so laut, um sein Pfeifen zu übertönen, als er zum Sitzungszimmer zurückging.

Vier Tage später, er war gerade in seinem Büro in New York, als seine Sekretärin, eine Frau mittleren Alters namens Nanna, sein Büro betrat und einen Stapel Post trug, das meiste davon gab sie Dmitri. Sie schürzte die Lippen, als sie Iakovos einen großen quadratischen Umschlag gab. „Ich nehme an, dass das an Sie ist."

Er schaute den Umschlag an. Er war adressiert an Yack-ynos Papamaumau. „Ja", sagte er ohne auch nur den Ansatz eines Lächelns. „Der ist von meiner Verlobten."

„Ah ja." Nanna schnaubte ihre Meinung heraus über Frauen, die das Erbe eines Mannes nicht ernst nahmen und verließ das Büro, gefolgt von Dmitri. Iakovos öffnete den Umschlag, um eine handgemachte Karte darin zu finden.

Auf der Vorderseite hatte jemand ein Strichmännchen eines Mannes mit einem traurigen Gesicht gezeichnet, der vor einer Plakette stand, mit einer durchgestrichenen Nummer drei, worunter die Nummer fünf geschrieben war. Darüber stand: „Es tut mir leid zu hören, dass du nur einen Hoden hast." Er öffnete die Karte und sah darin eine weitere Strichmännchenfigur, dieses Mal eine Frau mit einem riesigen Bauch. Darunter hatte Harry geschrieben: „Andererseits, wenn du zwei hättest, hätte ich wahrscheinlich Vierlinge."

Kapitel fünfzehn

Natürlich musste sie nach Seattle zurückkehren. Sie wollte New York nicht verlassen und in der Tat hatte Iakovos ihr angeboten, jemanden damit zu beauftragen, den Rest ihrer Habseligkeiten zusammenzupacken, sodass sie dort bei ihm bleiben konnte, aber sie hatte sich selbst gesagt, dass sie nicht ein solcher Klammeraffe wäre, dass sie es nicht aushalten würde, hin und wieder für ein paar Tage von ihm getrennt zu sein.

„Wie geht es dir?", fragte er, nachdem sie seit zwei Tagen wieder in Seattle war.

„Schrecklich. Ich blase Trübsal. Ich kotze den ganzen Tag und stelle mir vor, dass ich rund wie eine Kuh werde und du im Frack auf Cocktailpartys rumstehst, wo es jede Menge dürrer, schöner Frauen gibt, die um dich herumschleichen. Ich hasse sie alle. Ich kenne sie noch nicht einmal und ich hasse sie. Wie geht es dir? Machst du irgendetwas Spannendes?"

„Mir geht's gut und in der Tat werde ich mich gleich mit einer Frau treffen."

„Ich wette, sie ist anmutig und schön und begehrt deinen perfekten Nummer-fünf-Körper." Ehrlich, konnte sie sich noch bedauernswerter fühlen? Nur der Gedanke daran, dass er sich mit Frauen traf, machte sie wütend. Oh, sie vertraute Iakovos, aber wenn sie nicht da war, um ihn zu beschützen, würden allerhand Frauen ihn mit ihrer ungewollten Aufmerksamkeit ärgern.

„Ja, sie ist schön. Sie ist aber nicht besonders anmutig."

Das war zumindest etwas. „Geht es um ein Meeting?", fragte sie ihn und bemühte sich sehr, keine Schnute zu ziehen, während sie sich wünschte, dass ein Dschinn sie einfach hochheben und in New York City wieder absetzen würde.

„Zum Mittagessen", antwortete er.

Sie schaute auf, als jemand bei ihr an der Tür klingelte. Es war sicherlich Tim, der kam, um sie einzuladen, sich noch mehr Babyfotos anzusehen. Sie wollte nicht noch mehr Babyfotos sehen, so süß sie auch waren. Sie wollte Iakovos. „Jemand ist bei mir an der Tür. Ein schönes Mittagessen. Ich liebe dich. Das wäre ein guter Zeitpunkt, mir auch zu sagen, wie sehr du mich liebst, nicht dass ich es erwarte, denn das würde meinen Tag viel zu sehr aufheitern und offensichtlich darf ich nicht mehr glücklich sein."

„Ich muss los, Liebling. Genieß dein Trübsal-Blasen."

Sie fluchte, als er auflegte und stampfte hinüber zur Wohnungstür und nahm sich vor, ihre schlechte Laune an wem auch immer auszulassen, der die Frechheit besaß, ihr Elend zu unterbrechen.

Iakovos lehnte im Türrahmen mit einem Lächeln auf seinem Gesicht. „Hallo, Eglantine. Möchtest du zu Mittag essen?"

Sie kreischte auf und warf sich auf ihn, um jeden Teil seines Gesichtes, den sie erreichen konnte, zu küssen. „Warum hast du mir nicht gesagt, dass du herkommen würdest?", fragte sie einige Zeit später, als sie auf seinem Schoß saß und sich nicht davon abhalten konnte, ihn zu berühren.

„Ich wusste bis zum letzten Moment nicht, ob ich es schaffen würde. Und dann habe ich mir überlegt, dass ich es dir einfach sage, wenn ich dich sehe. Ich habe dich vermisst, mein kleiner runder Sturm."

„Ich bin nicht rund!", protestierte sie und legt ihre Hände auf seine, die auf ihrem Bauch ruhten.

Seine Augenbrauen wanderten in die Höhe.

„Okay, vielleicht ein bisschen rund, aber Bess sagt, das sei an diesem Punkt normal, wenn man Zwillinge bekommt. Hast du die Bilder des Scans gesehen, die ich dir geschickt habe?"

„Ja. Sie sehen nicht aus wie Babys. Bist du dir sicher, dass es nicht Meerkatzen oder Frösche werden?"

Sie richtete sich auf und warf ihm einen strafenden Blick zu. „Ich wäre dir dankbar, wenn du über unsere Nachkommen nicht auf diese Art sprechen würdest. Sie werden später richtige Babys sein. Wie lange kannst du bleiben?"

„Wenn wir Glück haben, zwei Tage. Schaffst du es, bis dahin fertig zu sein?"

Sie dachte an all die Dinge, die noch zu erledigen waren, all das Verpacken, Organisieren von Geschäftlichem, all die Verabschiedungen von Freunden und leckte seine Oberlippe. „Kinderspiel.“

Am nächsten Tag kam Harry zu einem traurigen Entschluss. „Du passt nicht in mein Leben, Yacky. Es tut mir leid, aber das ist die Wahrheit.“

Iakovos schaute von dort auf, wo er nackt ausgebreitet auf ihrem Bett saß, den Laptop auf seinen bloßen Oberschenkeln, als er eifrig auf die Tasten einhämmerte. „Geht es um die Sache letzte Nacht, Eglantine? Ich habe mich entschuldigt, wenn du dich erinnerst, und ich werde es nochmals tun, wenn du dich dann besser fühlst.“

„Ich habe dir die Tatsache verziehen, dass du mich letzte Nacht aus meinem eigenen Bett geschubst hast“, sagte sie und gab es auf, ihre gesamte Garderobe ordentlich einzupacken. Sie hatte längst den Punkt hinter sich gebracht, an dem es sie noch gestört hätte, ob all ihre Klamotten aus den Umzugskartons zerknittert und ineinander verschlungen wieder auftauchten. Ohne große Umstände ließ sie einen Arm voll Kleider in eine der Boxen fallen und drehte sich um, um ihn anzusehen. „Ich bin bereit, zuzugeben, dass mein Bett, obwohl es absolut angemessen für eine normale Person ist, nicht geeignet ist für eine normale Person, die mit dem ehemals Nummer drei der begehrtesten Männer der Welt zusammen ist, wenn diese ehemals Nummer drei auch noch über zwei Meter groß ist. Ich weiß auch, dass du tief und fest geschlafen hast und dir nicht bewusst bist, dass, wenn du schläfst, du dich ausbreitest.“

„Ich bin mir dessen bewusst“, sagte er und seine Augen waren wieder auf dem Bildschirm. „Das ist der

Grund, warum ich große Betten habe. Und ich habe dich nicht hinausgeschubst. Du bist rausgefallen."

„Ich bin gefallen, weil ich, als fürsorgliche Frau, den oben erwähnten über zwei Meter ehemals Nummer drei meist angesabbertsten Mann der Welt nachts aufnehme."

Sein Grinsen wärmte sie. „Das tust du ganz sicher."

„Das ist nicht, was ich meinte, das weißt du auch. Ich versuche dich einfach von jeglicher Schuld daran freizusprechen, dass du die gesamte Oberfläche meines Bettes einnimmst, sodass ich am Ende von der Kante falle. Nein, mein Liebling Nummer fünf, was ich meine mit, dass du nicht in mein Leben passt, hat nichts mit meinem Bett zu tun. Ich meine, dass du nicht hier reinpasst. In mein Leben hier."

Er schaute wieder auf und ihr Herz zog sich zusammen, als Unsicherheit in seinen schönen dunklen Augen aufflackerte. „Was versuchst du zu sagen, Harry? Willst du nicht mit mir nach Hause kommen?"

Sie kickte einen Karton zur Seite, nahm seinen Laptop und platzierte ihn auf dem Nachttisch, dann schwang sie ein Bein über seines und saß auf seinen Oberschenkeln und sah ihn an. Sie nahm sein Gesicht zwischen ihre Hände. „Der Tag wird niemals anbrechen, an dem ich nicht jeden einzelnen Moment mit dir verbringen will."

Er sackte gegen die Kissen und seine Hände wanderten unter den dünnen Rock, der einer der wenigen Dinge war, die ihr immer noch passten. „Auf welche Art passe ich dann nicht in dein Leben?"

„Du siehst zu gut aus. Nein, schau mich nicht so an; ich weiß, dass das nicht deine Schuld ist, ich weiß, dass du nichts an deinem Äußeren ändern kannst, genauso wenig wie ich, aber, Iakovos, es gibt einen großen Unterschied zwischen dir, der du aussiehst wie ein Model, wenn du auf eine Abendveranstaltung in Athen gehst mit Botschaftern und Fernsehstars und Ölmilliardären, die sogar noch reicher sind als du, und zwischen dir, wenn du die Gänge im örtlichen Supermarkt hinabwanderst, um Toilettenpapier zu kaufen. Ich kann mir nicht in hundert Jahren vorstellen, wie du gerade schnell zum Laden gehst, um Toilettenpapier zu holen, mein Schatz. Das kann ich einfach nicht."

„Brauchen wir Toilettenpapier?", fragte er und schaute verwundert aus.

Sie küsste die Einbuchtung seiner Oberlippe. „Nein."

„Warum machst du dir dann darüber Gedanken?"

Für einen Moment schwieg sie und versuchte herauszufinden, wie sie ihre verworrenen Gefühle erklären könnte, ohne ihn zu verletzen. „Ich liebe dich, Iakovos. Ich werde dich heiraten. Ich will mit dir Kinder haben und jeden Tag meines restlichen Lebens mit dir verbringen. Aber dein Leben ist nicht mein Leben, und obwohl ich glücklich damit bin, deines zu leben, ist es ein ziemlicher Schock, zu sehen, wie unterschiedlich unsere Leben wirklich sind."

„Ist es wegen meines Geldes?", fragte er nach ein paar Sekunden.

„Nein. Ja. Nicht so richtig. Es ist mehr so eine Sache des Lebensstils. Du besitzt eine eigene verflixte Insel, um Himmels willen."

„Du magst meine Insel", bemerkte er.

„Ich liebe deine Insel. Ich liebe dich! Es ist einfach nur… Ach, vergiss es. Es ist wirklich nicht wichtig, weil ich mit dir leben werde."

Er sah nachdenklich aus. „Willst du sagen, dass du möchtest, dass ich hier mit dir lebe, in deiner Wohnung? Und all die Dinge tue, die du tust, wie zum Beispiel Toilettenpapier kaufen?"

Sie strich ihm eine Haarsträhne aus der Stirn. „Würdest du mit mir hier leben, wenn ich Ja sagen würde?"

Er schaute sich in ihrem Schlafzimmer um, das im Moment eher einem Kriegsgebiet ähnelte. „Würdest du mich ein größeres Bett kaufen lassen?"

„Ja", sagte sie ernst. „Du könntest ein größeres Bett besorgen."

„Dann würde ich mit dir hier leben."

Sie lehnte sich zu ihm hinab, um ihn zu küssen. „Du bist so süß, wenn du glaubst, dass du mich zum Narren halten kannst. Nein, sag mir nicht, dass du es so gemeint hast. Ich weiß, wenn ich plötzlich bekloppt werden und verlangen würde, dass wir nicht in deinem großartigen Haus und dem schönen, wenn auch etwas sterilen, Penthouse-Apartment leben würden, dass du dem zustimmen würdest, weil unter all dem guten Aussehen, das Frauen dazu bringt, sich ihre Unterwäsche vom Leib reißen und sich auf dich stürzen zu wollen, gibt es einen wirklich wundervollen Menschen, aber du musst dir keine Sorgen machen; ich werde nichts dergleichen tun."

„Du hast die Villa auf den Bahamas vergessen", sagte er und seine Hände wanderten hinauf, um ihre Brüste zu umfassen.

„Ich weiß nicht, warum ich es überhaupt erwähnt habe. Es ist einfach, glaube ich, weil ich betonen möchte, dass ich nicht wie du daran gewöhnt bin, ein Leben voll von Glamour zu leben und ... Du hast eine Villa auf den Bahamas?“

Seine Zähne blitzten weiß auf gegen seine wunderbare olivbraune Haut. „Genau genommen zwei, obwohl ich darüber nachdenke, eine zu verkaufen.“

Für eine Sekunde starrte sie ihn an, dann kletterte sie langsam von ihm herunter und stellte den Laptop zurück auf seinen Schoß. „Mach deine Arbeit“, sagte sie mit einer Stimme, die selbst in ihren eigenen Ohren erstickt klang. „Ich muss der Morgengruppe auf Wiedersehen sagen.“

„Morgengruppe?“, fragte er, während er seine Aufmerksamkeit wieder dem Laptop widmete.

„Es ist eine Gruppe von Damen, mit der ich dreimal in der Woche Sport mache.“ Sie schaute auf die Uhr, die wacklig auf einem Stapel von Büchern stand, die noch nicht eingepackt waren. „Ich muss mich in der Tat sputen, wenn ich da hinwill.“

Iakovos machte den Laptop aus, stand auf und streckte sich. Harry hielt inne beim Umziehen und schaffte es nicht, die Augen abzuwenden. Wirklich, man würde glauben, nachdem sie jetzt mehr als drei Monate mit ihm zusammen lebte, dass sie sich daran gewöhnt hätte, ihn nackt zu sehen, aber da war sie nun, stand da und ihr Gehirn sprang wie ein aufgedrehtes Eichhörnchen umher, und alles, was sie denken konnte, war, ihn anzuspringen.

„Ich werde dich begleiten“, sagte er und ging in ihr kleines Badezimmer.

„Wirklich?"

„Ja. Du hast absolut recht, dass ich mir nicht viel Mühe damit gegeben habe, in dein Leben hineinzupassen, während du alles gegeben hast, um in meines zu passen. Ich würde mich geehrt fühlen, deine Freunde treffen zu können."

Sie schaute ins Nichts und versuchte, sich vorzustellen, welche Wirkung er in dem Frauen-Fitnessstudio erzielen würde, wo sich die Gruppe traf.

Er streckte seinen Kopf um die Tür. „Außer, du willst nicht, dass ich dich begleite."

Sie besah sich sein attraktives Gesicht. Er hätte die gleiche Wirkung, als würde jemand in ihrer Mitte eine Atombombe zünden. Die Hölle würde losbrechen.

Auf Gottes schöner Erde gab es nichts, was sie davon abhalten würde, das mitzuerleben.

„Es würde mich freuen, wenn du mich begleiten würdest. Ich glaube, die Damen würden ... Es genießen ... dich zu treffen." Ehrlich, sie verdiente einen Oscar dafür, dass sie den letzten Satz hatte herausbringen können, ohne in hysterisches Gelächter auszubrechen.

„Gut", sagte er mit einem Nicken. „Ich dusche nur noch kurz. Ich würde dich ja einladen, mit mir zu kommen, aber dein Bett ist nicht das Einzige, was nicht groß genug für uns beide ist."

Ihre Lippen zitterten, als er zum Badezimmer zurückkehrte, seine Stimme laut, als er zu dem rauschenden Wasser sang.

Oh, das versprach, der unterhaltsamste Morgen ihres ganzen Lebens zu werden.

In dem Fitnessstudio der Frauen herrschte eine halbe Stunde später absolutes Chaos. Männern war es nicht untersagt, die heiligen Hallen des Fitnessstudios zu betreten, aber Harry wusste, dass in dem Gedächtnis der Damen, die diese Einrichtung benutzten, niemals ein Mann empfangen worden war, der nicht von der zustellenden Profession gewesen war.

Als Iakovos neben ihr herschritt, setzte sie einen Gesichtsausdruck leichter Überraschung auf, als all die Frauen erstarrten wie Rehe, die in sehr hellem Scheinwerferlicht standen.

Die Frau neben ihr, eine üppige Brünette, fiel buchstäblich vom Crosstrainer, als sie ihn dastehen sah, eine Hand auf Harrys Rücken, als er sich interessiert umsah. Er trug eine schwarze Jeans und ein weißes Hemd, bei dem Harry sichergestellt hatte, dass es offen war, um ein bisschen mehr seiner männlichen Brust als normal zu zeigen.

„Harry!", sagte die Frau und rieb sich ihr Schienbein, das sie sich gestoßen hatte, als sie von dem Gerät gefallen war, aber ihre Augen verließen niemals Iakovos, als sie sprach. „Schön, dich wieder zu sehen. Wir haben dich vermisst. Du siehst großartig aus. Wer ist dein ... äh ... Freund?"

„Harry!" Eine Frau tauchte aus dem Badezimmer auf und hatte eine Flasche Wasser in der Hand, ein Handtuch um ihre Schultern. „Bist du gekommen, um dich von uns allen zu verabschieden hier ... Jesus Maria Josef!"

„Hallo, meine Damen", sagte Harry und hatte einen riesigen Spaß, als acht Frauen über sie herfielen.

„Wie geht es euch allen?"

„Prima, einfach prima. Wer ... Äh ..." Die Frau mit dem angestoßenen Schienbein schenkte Iakovos ein haifischartiges Lächeln. „Willst du uns nicht bekannt machen?"

„Euch bekannt machen?" Harry sah verwirrt aus. „Mit wem? Oh, diesem Mann?" Sie deutete auf Iakovos. „Ich habe keine Ahnung, wer er ist. Wir sind zufällig zur selben Zeit hereingekommen."

Die Flasche Wasser, die Carrie hielt, eine von Harrys ältesten Freundinnen, fiel auf den Boden.

Iakovos schaute Harry kurz an, bevor er sich der Damengruppe zuwandte, die sie umringte. Er schenkte ihnen allen ein Lächeln, von dem Harry wusste, dass es Herzrasen verursachen konnte und sie war keineswegs enttäuscht, dass alle als Reaktion darauf japsten.

„Ich freue mich, Sie alle zu treffen", sagte er zu ihnen. „Ich bin Iakovos Papaioannou. Harrys Verlobter."

„Verlobter!" Eine der Damen japste wieder. „Gütiger Gott, wird er dich heiraten, Harry?"

„Ich musste sie anbetteln, mir ihr Ja-Wort zu geben", erklärte er den Damen und sie glaubte wirklich zu erkennen, wie Sue Ann, eine Großmutter in den Sechzigern, auf der Stelle in Ohnmacht fallen wollte.

Es dauerte nur zwei Minuten, bis Harry sich an den Rand der Menge gedrückt vorfand, als die Damen sich um Iakovos drängelten und ihm hundertundeine Frage stellten über Griechenland, seine Arbeit, seine persönlichen Vorlieben und Abneigungen, Ex-Freundinnen und so ziemlich alles, was ihnen in den Kopf kam, um ihn am Reden zu halten.

Harry war damit zufrieden, sich gegen die Tür zu lehnen und zuzuschauen, wie die Liebe ihres Lebens mit links mit acht Frauen, die ihn anstarrten, fertig wurde. Die meisten Männer wären sicherlich schreiend aus dem Raum gerannt, aber nicht ihr Iakovos. Er war die personifizierte Sinnlichkeit und sie konnte sehen, warum Theo ihr einmal gesagt hatte, dass Iakovos noch nicht die Frau getroffen hatte, die er nicht um den Finger wickeln konnte.

„Na, wenn das nicht Harry ist", kam eine kühle Stimme von hinter ihr. „Wir haben dich seit Wochen nicht gesehen."

Harry drehte sich um und ihr Lächeln wurde größer, als sie bemerkte, dass dieser Tag wirklich der beste ihres Lebens werden würde. „Hallo, Tess."

Tess Hayerson, wurde im Fitnessstudio gemunkelt, war eine Frau, die männermordend unterwegs war, normalerweise, nachdem sie sie geheiratet hatte. Die Gerüchteküche besagte, dass ihr dritter Ex-Mann zugestimmt hatte, ihr eine Brustvergrößerung zu zahlen, anstatt ihr Geld zu geben. Sie war Anfang dreißig, mit langem kastanienbraunem Haar, und einem Blick für die Männlichen der menschlichen Spezies, und sie war die Sexbombe ihrer kleinen Gruppe.

„Hast du ein bisschen an Gewicht zugelegt, Süße?", fragte Tess und schaute sie verächtlich von Kopf bis Fuß an. „Ich glaube, etwas mehr Zeit im Fitnessstudio und etwas weniger rumsitzen und Bonbons lutschen wäre nicht schlecht, meinst du nicht auch?"

„Ich kann ehrlich von mir sagen, dass ich noch nie im Leben einen Bonbon gegessen habe", sagte Harry. „Ich freue mich auch, dich zu sehen."

Tess öffnete den Mund, um ihr zu antworten, aber in dem Moment erblickte sie Iakovos und seinen

Schwarm von Damen. „Wen haben wir denn hier?“, fragte Tess mit einem Schnurren in der Stimme. „Mein Gott, er ist umwerfend. Schau nur diese Beine an! Und diese Brust.“

„Er ist schon was, nicht wahr?“, fragte Harry und bemühte sich, dass ihre Lippen sie nicht verrieten. Sie beugte sich näher und sagte leise: „Die Gerüchteküche sagt, dass er auch ansonsten gut ausgestattet ist.“

„Ein Mann, der so groß ist? Das würde ich nicht im Geringsten bezweifeln. Ich wette, er ist eine Handvoll im Bett. Oder ich sollte sagen, zwei Handvoll.“

„Definitiv zwei“, sagte Harry und gab vor, dass sie etwas in der Nase kitzelte, sodass sie ihren Mund bedecken konnte.

„Er sieht irgendwie vertraut aus. Was macht er hier?“, fragte Tess und es fehlte nicht viel, dann hätte ihr Blick Iakovos ausgezogen.

„Ist er ein Lieferant, oder so? Egal, es kümmert mich nicht, selbst wenn er hier ist, um die Toiletten zu reparieren, jetzt geht es offensichtlich darum, die Mädchen von den Frauen zu trennen!“

Sie legte einen Catwalk hin, ganz geschmeidige Hüften und herausgestreckte Brüste. Iakovos hatte offensichtlich den Sättigungsgrad an weiblicher Bewunderung erreicht, denn er schaffte es, sich loszureißen von dem Knäuel der Damen und kam direkt auf Harry zu. Tess legte direkt vor ihm einen Stopp ein und gurrte: „Hallo du.“

„Hallo“, sagte er höflich und hielt nicht inne, bis er Harry erreicht hatte.

„Ich liebe dich“, sagte sie ihm, bevor sie ihn ansprang und ihre Beine um seine Hüften wickelte. Er gluckste,

als er sie höher hob und sie mit der Leidenschaft küsste, die immer zwischen ihnen entstand.

Sie hörte weiteres Japsen hinter sich, das gefolgt
wurde von einer Runde begeistertem Applaus.

„Bereit zu gehen?", fragte er, als sie wieder auf die
Füße kam.

„Nur noch eine Sekunde." Sie drehte sich zu den
Damen um, ihre Hand auf seinem Arm. „Tess, ich
glaube nicht, dass du schon eine Gelegenheit hattest,
meinen Verlobten Iakovos zu treffen. Wenn er bekannt aussieht, dann wahrscheinlich, weil du ihn in
einer Zeitschrift gesehen hast. Ich werde euch alle
vermissen, aber ihr seid jederzeit willkommen, wenn
ihr uns besuchen wollt, wenn ihr in Griechenland
seid." Sie umarmte jede ihrer Freundinnen, inklusive
Tess, und nahm ihre Glückwünsche und Versprechen,
zu schreiben, entgegen.

Als sie das Gebäude verließen und zu Harrys Auto
gingen, warf Iakovos ihr einen schnellen Blick zu und
fragte in einem trügerisch sanften Ton: „War es so,
wie du es dir erhofft hattest?"

„Oh, das und so viel mehr. Besonders gefallen hat
mir, wie Ruthie sich hinsetzen musste mit ihrem Kopf
zwischen ihren Knien, weil du ihre Hand geküsst
hast."

Er hielt sie auf, als sie sich ins Auto setzen wollte.
„Bist du dir sicher, dass du das hier nicht vermissen
wirst?", fragte er und nickte hinüber zum Fitnessstudio. Harry konnte nicht anders, als festzustellen, dass
der Eingang dicht gepackt war mit Frauen, die ihre
Nasen am Glas plattdrückten, um sie zu beobachten.

„Ich werde es vermissen, aber es ist kein wichtiger Teil meines Lebens. Das bist du.“

„Liebling, das gilt auch für dich.“

„Weißt du“, sagte sie zu ihm, als er sich hinters Steuer setzte, „das ist genau der Moment, in dem ein Mann der Frau eine Liebeserklärung macht, die ihr gesamtes Leben aufgibt, nur damit sie bei ihm sein kann. Meinst du nicht auch, dass das dieser Art von Moment ist?“

„Das meine ich auch“, stimmte er zu und parkte aus. „Das nächste Mal, wenn solch ein Moment kommt, dann verlasse ich mich darauf, dass du mich daran erinnern wirst.“

Kapitel sechzehn

Iakovos hatte es eilig, nach New York zurückzukehren, damit er seine dringenden Geschäfte zu Ende bringen konnte. Er wollte mit Harry zurück nach Griechenland – nein, nicht wollte, sondern er musste sie nach Hause bringen, damit er sich endlich entspannen konnte.

Er verstand nicht, warum er so ein ungutes Gefühl hatte, wenn sie in den Staaten war; er wusste nur, dass er sie dort haben wollte, wo sie hingehörte. Er wäre nicht glücklich, bis er sie zu Hause hatte.

Es gab eine letzte Aufgabe, die sie erfüllen musste, bevor sie abreisen konnte und er zügelte seine Ungeduld, entschlossen, ihr die Zeit zu lassen, die sie brauchte, um ihre Geschäfte und ihr soziales Leben zum Abschluss zu bringen.

„Bist du dir sicher?"

Iakovos' Blick blieb an dem Mann hängen, der sich leise mit Harry im Flur unterhielt. Obwohl er in dem winzigen Wohnzimmer des Apartments neben dem von Harry saß, konnte er jedes Wort hören, das ihr

Nachbar zu ihr sagte. „Griechenland ist schrecklich weit weg."

„Es ist weit weg, aber ich bin mehr als nur sicher, dass ich das Richtige tue, Tim. Iakovos macht mich unglaublich glücklich, glücklicher als irgendein Mensch das Recht dazu hätte. Außerdem kannst du uns besuchen und ich bin sicher, dass wir häufig in die USA zurückkehren werden. Iakovos hat Geschäftsinteressen überall und er sagt, dass er ein paarmal im Jahr nach New York fliegt."

„Es ist immer noch schrecklich weit weg", protestierte der Mann. Iakovos wollte ihn am Kragen packen und ihn schütteln.

„Dann wirst du wohl die Europatournee für die Kids zusammenstellen müssen, von der du immer redest." Harry betrat das Zimmer und setzte sich neben ihn, ihre Hand wanderte zu seinem Bein. Er mochte ihre kleinen Zeichen von Besitzanspruch. Normalerweise ärgerten ihn solche Dinge bei seinen Liebhaberinnen, aber Harry schien immer alle seine Gefühle auf den Kopf zu stellen.

Tim rollte mit den Augen, als eine Frau das Zimmer betrat.

„Endlich schläft das Baby", sagte sie und schenkte ihm ein Lächeln. Iakovos mochte Jill, obwohl er dachte, dass ihr Mann den Bogen damit über stark überspannte, Harry zu überzeugen, in Seattle zu bleiben. „Worüber redet ihr?"

„Eine Europatournee für die Kids", sagte Harry und ihre Hand streichelte seinen Oberschenkel. Er wusste, dass sie das tat, ohne sich darüber im Klaren zu sein, welchen Effekt sie auf ihn hatte. Trotz ihrer Tendenz, sich in der Öffentlichkeit auf ihn zu werfen, war sie nicht die Art von Frau, die ihn körperlich necken würde, wenn andere zugegen waren. Das änderte nichts an der Tatsache, dass, wenn sie sein Bein fünf Zentimeter weiter links streicheln würde, sie auf seine wachsende Erregung stoßen würde und dann müsste er sie hochheben, sie beide entschuldigen und sie in ihr fast leeres Apartment tragen, um ihr zu zeigen, dass es Grenzen gab bei dem, was er ertragen konnte.

Jill schnaubte. „Mit der kleinen Primadonna Cynthia? Ich nehme an, dass Tim es bevorzugen würde, sie in einem Land zu behalten, wo sie nicht zu viel Ärger machen kann.“

„Cynthia? Was ist mit Cyndi passiert?“, fragte Harry.

„Oh, sie hat beschlossen, sich neu zu erfinden. Sie ist jetzt Cynthia… Und sie hat versucht, den Vertrag zu brechen und sich einen größeren Anteil zu sichern“, antwortete Jill.

Das überraschte Iakovos nicht im Geringsten. Sie war ihm als jemand vorgekommen, der sich nur um sein eigenes Wohl kümmerte, egal, wem man damit Unannehmlichkeiten bereitete.

„Bäh. Also, Leute, ihr wisst, dass ihr bei uns willkommen seid, mit oder ohne sie.“

Harrys Augen huschten zu ihm. „Sicher“, stimmte er zu und vergrub seine Finger in ihrem Haar. „Wir würden uns freuen, euch als unsere Gäste begrüßen zu dürfen.“

„Vielleicht, wenn John ein bisschen älter ist“, sagte Jill und zu seiner Erleichterung ließ Harry durchblicken, dass es Zeit war zu gehen.

Er beobachtete sie, als sie Tim die Hand schüttelte und er ihr sagte, sie solle glücklich sein. Ihr Blick traf für einen Moment seinen und er war beruhigt, die Liebe in ihm zu sehen.

„Das werde ich. Das bin ich“, erklärte sie Tim. „Haltet uns auf dem Laufenden wegen der Hochzeit“, sagte Jill, die hinter ihrem Mann stand. „Werden wir, aber das kann noch ein bisschen dauern.“

„Obwohl sie mich gefragt hat, ob ich sie heirate, scheint Harry tatsächlich ein Problem damit zu haben, einen Termin dafür zu benennen“, erklärte er ihnen und hatte einen Arm um sie gelegt.

„Das wird ja immer besser! Du hast mich gefragt, nachdem ich dich gefragt habe, also ist das das Fragen, das zählt.“ Sie schaute ihn böse an, bis er sich gezwungen sah, sie zu küssen. „Und ich kann nichts dafür, wenn ich nicht die Frau bin, die eine riesige Hochzeit haben will. Außerdem haben wir jede Menge Zeit.“

Er hätte es vorgezogen, lieber bald verheiratet zu sein, aber er war entschlossen, sie nicht auf einen Termin festzunageln. Er wusste, wie empfindlich sie sein konnte, wenn es darum ging, dass sie als jemand wahrgenommen wurde, der nur an seinem Reichtum interessiert war und statt sich darüber zu streiten, überließ er ihr die Festlegung eines Termins. Er hoffte nur, dass sie ihren Widerwillen bald überwinden würde.

Geschäftliches brachte ihn zurück nach New York, dieses Mal mit Harry an seiner Seite. Sie führten ein recht ruhiges Leben, während er sich um einige schwierige Dinge kümmerte, die einen Disput über Grundbesitz in Neuseeland betrafen, aber das Leben, stellte er eines Abends fest, als er dalag und eine leicht schnarchende Harry im Arm hielt, war seltsam frei von Stürmen. Er streichelte mit seinen Händen über die kleine Ausbuchtung, die ihr Bauch war und ein primitiver Drang in ihm, der sich mit Reproduktion beschäftigte, war sehr erfreut über die Tatsache, dass es seine Kinder waren, die dort wuchsen. Er hatte sich längst damit abgefunden, dass er niemals Kinder haben würde. Ein Mann, hatte er einmal gedacht, brauchte keine Kinder. Er war völlig glücklich gewesen ohne diese Möglichkeit oder das hatte er sich zumindest jahrelang weisgemacht.

Aber jetzt... Er strich sanft über ihren Bauch und stellte sich das Leben vor, von dem er nicht gedacht hätte, dass es möglich wäre. Man konnte auf sein wildes Kind der See vertrauen, wenn es darum ging, sein gesamtes Leben auf den Kopf zu stellen. Er schlief ein und hielt sie eng im Arm, glücklicher, als er sich jemals erinnern konnte.

Harry war ernsthaft unglücklich. Sie schaute böse auf die Nachricht auf ihrem Handy. *Verspätung in Ottawa. Theo kommt früher. Wenn nicht rechtzeitig zurück, dann geh zum Abendessen mit ihm.*

Kann es nicht glauben, dass du mir sagst, ich soll mit einem anderen Mann zum Abendessen gehen, schrieb sie zurück. *Was kommt als Nächstes? Frühstück mit einem Chippendale Tänzer? Mittagessen mit einem Männermodel?*

Besserwisser, war seine Antwort, aber die nachfolgende Nachricht brachte sie zum Lächeln. Ich vermisse dich. Sie stieg in das Auto, das auf sie wartete. „Nach Hause, Mikos."

„Stimmt etwas nicht, Harry?"

„Ja. Dein Chef macht mich verrückt."

„Also nichts Unnormales dann?" Mikos lächelte sie an. Sie mochte ihn – er hatte die leichtlebige Lebensart und einen fiesen Sinn für Humor, der sie ansprach. Er war auch ein Womanizer, aber sie tat so, als würde sie nichts davon bemerken, dass er immer mindestens drei verschiedene Frauen auf einmal an der Angel hatte. Er schien diesen griechischen Charme zu besitzen, nach dem so viele Frauen verrückt waren.

Auch sie selbst, dachte sie und strich über ihren wachsenden Bauch bei dem Gedanken, dass sie Iakovos nach fünf Tagen wiedersehen würde. Sie ging die vielen und verschiedenen Dinge durch, die sie geplant hatte, mit ihm anzustellen, wenn sie ihn alleine erwischte. Ursprünglich wollte sie ihn am Flughafen treffen, aber der Plan war nun, dass sie auf ihn warten würde, wenn sie von dem Abendessen der Verlage zurück war, bei dem sie eingeladen war, eine Rede zu halten.

Und Iakovos war nicht dabei, um mit ihm anzugeben, verdammt. Sie überlegte, ob sie eine Entschuldigung fabrizieren und einfach zu Hause bleiben sollte, aber das wäre nicht fair gegenüber den Leuten, die sie eingeladen hatten, teilzunehmen. „Die armen Leute, sie müssen den Abend eben ohne einen hübschen Griechen überleben, der auf keiner Bestsellerliste zu finden ist."

„Redest du von mir, Harry? Denn wenn du es tust, dann muss ich jetzt leider dein Herz brechen. Nein, nein, bitte mich nicht darum, dich heute Abend auf deine Party zu begleiten – es würde nichts nützen.

Mister Papaioannou ist ein viel zu guter Arbeitgeber und so gerne ich auch tun würde, worum du mich bittest, könnte ich sein Vertrauen nicht missbrauchen.“

„Verflixt“, sagte sie und schnitt ihm eine Grimasse, als er sie im Rückspiegel anlachte. „Obwohl ich doch bereit war, Iakovos zu verlassen, nur damit ich neben dir sitzen kann, wenn du ihn herumkutschierst.“

„Das Leben ist hart, aber wir machen das Beste daraus“, sagt er mit einem Grinsen.

„Oh ja.“

„Begleitet Theo dich heute Abend?“

„Sieht danach aus.“ Harry grübelte trotzig darauf herum, und sagte sich, dass sie aufhören sollte, sich so unreif zu benehmen und stattdessen lieber Pläne machen sollte für den Zeitpunkt, wenn Iakovos endlich nach Hause kommen würde.

Iakovos besaß kein Apartment in New York, denn normalerweise war er nicht so lange in den Staaten, dass sich eines rechnen würde, hatte er ihr erklärt, als er ihr die Hotelsuite zeigte, wo er in der Stadt übernachtete. Die Tatsache, dass diese Suite mindestens fünfmal größer war als das Apartment, das sie gerade verlassen hatte, war unerheblich, vermutete sie. Zumindest für einen Mann wie Iakovos, der Raum brauchte, um sich auszubreiten.

Sie begrüßte den Concierge, Marcel, der sich um die reichen Leute in den Suiten kümmerte und wechselte mit ihm kurz ein paar Nettigkeiten, bevor sie in die Suite mit den vier Schlafzimmern ging.

„Oh, da bist du. Hallo, Theo“, sagte sie, als sie ihre Tasche und den Laptop auf die Couch im Wohnzimmer fallen ließ. „Ich nehme an, Iakovos hat dich angerufen, um dir zu sagen, dass du für ihn heute Abend den Notstoppen spielen sollst – oh, zur Hölle, Theo!“

Sie hatte gedacht, dass er Fernsehen schauen würde, denn ein großer Flachbildfernseher plärrte im Hintergrund, aber als er ihr langsam den Kopf zuwandte, um sie anzusehen, erkannte sie den vertrauten Gesichtsausdruck von Unverständnis. „Hi, Harry“, sagte er und kämpfte sich auf die Füße. „Jake ist nicht hier.“

„Ich weiß. Aber er ist auf dem Weg nach Hause.“ Sie schaute den jungen Mann an, der bald ihr Schwager sein würde. Er versuchte, sich zusammenzureißen und wischte sich die schulterlangen schwarzen Haare aus dem Gesicht, rieb sich über das stoppelige Kinn und schenkte ihr ein Lächeln, von dem sie wusste, dass es wahrscheinlich sogar die Unterwäsche einer Nonne zum Schmelzen bringen würde.

„Ich bin so kurz davor, dich so zurückzulassen, damit dein Bruder selbst sehen kann, dass du ein ernsthaftes Problem hast, aber ich nehme an, dass es nichts bringen würde, außer, ihn wütend zu machen.“ Sie nahm seinen Arm und brachte ihn in die kleine Küche der Suite. „Komm schon, lass dir eine Tasse Kaffee eintrichtern. Iakovos wird wirklich verärgert sein, wenn du mich heute Abend nicht zum Dinner begleitest.“

„Du bist doch nicht so schlecht“, erklärte ihr Theo, als er neben ihr herstolperte und seinen Kopf ziemlich fertig schüttelte, als er fast über ein Sofa gefallen wäre. „Nicht die Goldgräberhexe wie Patricia sagt. Das werde ich ihr auch sagen, wenn ich sie das nächste Mal sehe.“

Harry blinzelte ihn überrascht an, fasste ihn fest an, als er vom Kurs abkam und fast über einen Barhocker gefallen wäre. „Hinsetzen", befahl sie und drückte ihn auf den hochlehnigen Stuhl, bevor sie einige Tüten mit versiegelten Bohnen und eine Kaffeemühle hervorzog.

Stumm beobachtete Theo, wie sie die Kaffeemühle aufstellte und Bohnen hineinschüttete. „Du kannst aufhören, mich so anzusehen", erklärte sie ihm. „Ich bin aus Seattle. Wir nehmen unseren Kaffee sehr ernst. Eine Box mit Kaffee wird direkt zu Iakovos ehemaligem Sündenpfuhl verschifft."

„Wir sind Griechen", erklärte er mit einem weiteren schiefen Lächeln. „Wir wissen, wie man starken Kaffee macht."

„Oh, ja, stark genug, um den Anstrich von der Wand zu kriegen, aber vielen Dank, ich bevorzuge es, meinen Magen in einem Stück zu behalten. Also gut, du hast deine Bombe platzen lassen. Wer ist Patricia, warum hast du sie mir gegenüber erwähnt und warum kümmert es mich, wenn sie denkt, dass ich eine Goldgräberhexe bin? Nein, warte –" Harry hielt ihre Hand hoch. „Ich werde versuchen, zu raten. Sie ist eine von Iakovos' Ex-Freundinnen, jemanden, dem er immer wieder begegnet und von dem du erwartest, dass ich ziemlich eifersüchtig werde."

„Es ist, als wärst du eine Hellseherin", sagte er und lachte, als sie ihm die ersten paar Zentimeter des Kaffees einschüttete, ohne darauf zu warten, dass der Rest des Wassers durch die Kaffeemaschine gelaufen wäre. Sie wusste, dass er unglaublich stark wäre. Er trank ihn und schnalzte mit den Lippen. „So, wie meine Mutter ihn immer gemacht hat.“

„Du bist unmöglich“, sagte Harry zu ihm mit einem Kopfschütteln.

„Stimmt, aber du liebst meinen großen Bruder, also musst du mich ertragen. Außerdem bin ich ein Papaioannou. Frauen können uns nicht widerstehen.“

„Oh ja.“ Sie kletterte neben ihm auf einen Barstuhl. „Also los, erzähl mir das Schlimmste. Ist dieses Patricia-Monster jemand, mit dem Iakovos noch zusammenarbeitet?“

„Sie kümmert sich um die Innenausstattung, also ist die Antwort Ja.“

„Das habe ich mir gedacht“, sagte Harry und seufzte dramatisch. „Es muss wenigstens eine eifersüchtige Ex-Freundin am Tatort geben, die mein Leben zur Hölle machen will. Du wirst nicht Nummer fünf ohne das. Ist sie hübsch?“

„Umwerfend“, sagte er und versuchte zu zwinkern, scheiterte aber. Sie schob die Kaffeetasse näher zu ihm. „Beine bis zu ihren Achselhöhlen. Titten, die dir das Wasser im Mund zusammenlaufen lassen. Süßer kleiner Hintern. Großartig im Bett.“

„Du hast mit ihr geschlafen?“ Sie konnte nicht anders, als zu fragen.

„Zuerst. Dann hat sie Iakovos erspäht und hatte nur noch Augen für ihn. Ich war passé, bis sie sich getrennt haben.“

Ich werde nicht fragen, ich werde nicht fragen, sagte Harry zu sich selbst. Es ist egal. Ich weiß, dass er mich liebt. Ich lese es in seinen Augen. Ich sehe es seinem Gesicht. Ich fühle es, wenn er mich berührt. Seine

Vergangenheit mit dieser Frau hat rein gar nichts mit mir zu tun. Und wahrscheinlich haben sie sich schon vor vielen Jahren getrennt.

„Wann haben sie sich getrennt?"

„Ich meine, diese wirklich schönen Titten ... Hä?" Er schwankte in seinem Sitz, als er nachdachte. „Das muss wohl vier ... nein, fünf ..."

Vier oder fünf Jahre. Das war nicht so schlimm, dachte Harry, und entspannte sich auf dem Barhocker.

„Nein, es waren vier Monate. Direkt vor Elenas Party. Ich erinnere mich, dass ich dachte, dass es komisch war, dass Iakovos mit dir anbandelt, so schnell nach Patricia. Normalerweise lässt er sich ein paar Monate Zeit zwischen den Frauen."

„Es gibt Zeiten", erklärte Harry mit großer Würde, als sie von Barhocker kletterte, „da bin ich überzeugt, dass das Leben beschlossen hat, dass es für mich wie eine Seifenoper wäre. Das werde ich nicht zulassen, hörst du das? Ich werde nicht eifersüchtig sein! Ich werde nicht auf diese Ex-Freundin eifersüchtig sein!"

„Das ist gut, denn du wirst sie wahrscheinlich bald sehen. Sie war außer Landes, um an dieser Hotelrenovierung in Buenos Aires zu arbeiten, aber jetzt ist sie zurück in der Stadt. Ich habe sie heute getroffen."

Harry holte einen tiefen beruhigenden Luftzug, sagte aber nichts.

„Willst du ein Bild von ihr sehen?", fragte Theo und holte sein Handy aus der Tasche. Er brauchte ein paar Minuten, in denen er hin und her wischte, aber schließlich lächelte er und hielt ihr das Handy hin, damit sie sie sehen konnte.

Sie schaute sich eine blonde Frau an, klein, dünn, die ein fließendes Abendkleid trug, das um sie herumzufließen schien und ihre elfenhafte Erscheinung unterstrich. Aber es war der Mann neben ihr, der ihre Aufmerksamkeit gefangen nahm, der große, breitschultrige Mann, dessen Kopf zu der Blondine hin geneigt war, ein Lächeln auf seinen herrlichen Lippen.

„Nicht ... Eifersüchtig ...", quetschte sie zwischen ihren zusammengepressten Zähnen hervor und marschierte ins Schlafzimmer, wo sie großes Vergnügen daran fand, das Kissen zu zerstören, an dem Iakovos' Geruch hing.

Theo brachte es fertig, sich selbst auszunüchtern, als sie bereit war, loszuziehen. Sie trug ein schwarzes, knielanges Cocktailkleid mit einem scharlachroten Satinsasch, der unter ihren Brüsten geknotet war, ein Kleid, in das sie kaum hineinpasste. Das war eine weitere Sache, die sie verärgerte – sie müsste irgendwann einkaufen gehen, um Umstandsmode zu besorgen.

„Du hast eine Feder in deinen Haaren", sagte Theo, als sie sich im Wohnzimmer trafen.

„Willst du daraus ein Drama machen?", fauchte sie und weigerte sich, zur Kenntnis zu nehmen, dass er selbst sehr schick aussah in seinem Frack. Verdammt seien die Papaioannou-Gene.

„Bist du auf Krawall gebürstet, Harry?", fragte er und hielt ihr die Tür auf.

„Nein. Ja. Ich wünschte wirklich, du würdest nicht trinken, wenn du uns irgendwohin begleitest."

„Der Kaffee, den du mir eingeflößt hast, hat mich sofort nüchtern gemacht“, sagte er und fasste sie am Ellbogen.

Sie beobachtete ihn aus dem Augenwinkel, als Marcel den Aufzug für sie rief. Sie musste zugeben, dass eine Dusche und eine große Menge Kaffee Wunder für Theo wirkten. Sein Gesicht war nicht mehr so lasch und seine Augen nicht mehr glasig, wenn auch etwas blutunterlaufen.

„Warum trinkst du so viel?“, fragte sie ihn, als sie im Auto saßen und auf dem Weg quer durch die Stadt zum Bankett waren.

„Warum liebst du Iakovos?“, schoss er zurück.

Sie war ein bisschen überrascht. „Ich liebe ihn, weil er … Also … Ich tue es einfach.“

„Genau. Ich trinke, weil ich es tue.“

„Ja, aber –“

„Harry.“ Er drückte leicht ihr Knie und zog dann sofort seine Hand zurück.

„Ich habe jetzt noch nicht einmal einen kleinen Schwips, in Ordnung? Also hör auf zu nerven und erzähl mir etwas über dieses Abendessen, das wir besuchen. Alles, was Jake gesagt hat, war, dass es wichtig für dich ist, und dass er nicht wollte, dass du alleine gehst.“

„Es ist nur ein Verlagsabendessen, aber es wird als Teil einer großen Konferenz veranstaltet, die genreübergreifend ist, und es werden viele Frauen da sein, also erwarte ich von dir dein bestes Benehmen. Obwohl ich wirklich glaube, dass das Abendessen, zu dem wir gehen, für dich ziemlich langweilig wird. Ich werde eine kleine Rede halten, dann wird mein Verleger eine kleine Rede halten, und so weiter. Ich will nur, dass du mir versprichst, dass du nicht die Bar unsicher machst, oder in den großen Ballsaal gehst."

„Komm schon, Harry. Ich weiß, dass es etwas böses Blut zwischen uns gegeben hat, aber ich bin jetzt für dich da und ich werde dich nicht enttäuschen. Was ist in diesem Ballsaal, von dem du nicht willst, dass ich es sehe?"

Sie seufzte und ihre Schultern sackten nach unten. Warum, oh, warum konnte Iakovos nicht hier sein?

„Dort hat die Leserschaft der Erotica ihr ... Abendessen."

„Und?"

„Ich will einfach nicht, das du dorthin gehst, in Ordnung? Wir sind in einem behelfsmäßigen Sitzungssaal, also mach dich nicht selbstständig."

„Wie du möchtest", sagte er und schenkte ihr ein weiteres Lächeln, das es ihr schwer machte, es nicht zu erwidern. „Ich werde noch nicht einmal eine andere Frau ansehen."

Es war nicht sein Verhalten gegenüber Frauen, das ihr Sorgen machte. Es war vielmehr die Tatsache, was die Damen in diesem Ballsaal denken würden, wenn sie ihn sehen würden.

„Solange du keinen Unsinn anstellst, wird uns niemand bemerken", sagte sie und hoffte, dass das wahr war.

Das passierte natürlich nicht. Der Moment, in dem sie den Raum betrat, der für das Abendessen ihres Verlegers reserviert war, wandte sich jede Frau Theo zu. Inzwischen war sie an das, was sie innerlich den Papaioannou-Effekt genannt hatte, gewöhnt, aber es ärgerte sie trotzdem, ihren eigenen Verleger zu Theo hinübereilen zu sehen und zu beobachten, wie sie anfing, schamlos zu gurren und zu flirten.

„Ist er nicht umwerfend!", sagte Carmen eine Stunde später, als sie es endlich geschafft hatte, sich von Theo loszureißen, aber nur, nachdem Harry sie daran erinnert hatte, dass sie verheiratet war und Enkelkinder hatte. „Und du heiratest seinen Bruder?"

„Einen Bruder, der sogar noch besser aussieht", sagte sie nickend.

Carmen schaute sie ehrfürchtig an. „Ich kann noch nicht einmal damit anfangen, mir das vorzustellen. Wie kannst du die Finger von ihm lassen?"

„Das kann ich auch nicht", sagte sie und tätschelte ihren Bauch. „Glücklicherweise scheint ihm das nichts auszumachen."

„Also, lieber du als ich. Ich weiß nicht, ob ich das aushalten würde, mit einem Mann zusammen zu sein, hinter dem jede Frau her ist. Oh, lieber Himmel, schau dir diese Praktikantinnen an! Sie schieben praktisch Theos Hände unter ihre Kleider! Ich glaube, ich werde dazwischenfunken, bevor sie anfangen, ihn zu belästigen."

Es wurde etwas ruhiger, als die jüngeren weiblichen Mitglieder der Verlagsbelegschaft sich davon hatten überzeugen lassen, nicht über Theo herzufallen und Harry war es möglich, ihre Rede mit einem Mindestmaß an Ruhe zu halten. Aber es war eine kurzlebige Ruhe, die sofort völlig dahin war, als sie in den Raum zurückkehrte, nachdem sie zur Toilette gegangen war.

Nicht viele Gäste waren geblieben, nachdem das Abendessen vorbei war, nur einige der älteren Angestellten des Verlags standen noch in Gruppen zusammen und unterhielten sich. Keiner der jüngeren Frauen war jedoch geblieben. Auch Theo war nicht in Sicht.

Harry fragte einige Leute, die noch im Raum waren, aber sie hatten nicht gesehen, dass Theo gegangen war. Sie ging zuerst zur Bar des Hotels, aber dort war er nicht. Ihr kam erst dann ein wirklich schrecklicher Gedanke, als sie am Ballsaal vorbeiging und von dort Schreie und freudiger Ausrufe hörte.

Kapitel siebzehn

Iakovos seufzte vor Erleichterung, als er Taschen, Handtücher und verschiedene Kleidungsstücke erspähte, die im Wohnzimmer seiner Suite verstreut lagen. Er selbst war auch kein sonderlich ordentlicher Mensch, aber er war trotzdem amüsiert, dass Harry keine fünf Minuten in einem Zimmer verbringen konnte, ohne dafür zu sorgen, dass es aussah, als hätte ein Wirbelwind gewütet.

Ein schneller Blick auf die Uhr sagte ihm, dass sie wahrscheinlich schon unterwegs war zum Abendessen zusammen mit Theo, aber sie würde bald zurück sein und dann könnte er sich dem Vergnügen hingeben, das er darin fand, sich wieder mit seiner köstlichen herrlichen, wunderbar wilden Göttin vertraut zu machen.

Er zückte sein Telefon und wählte ihre Nummer, während er sich aus Anzugjacke und Krawatte schälte und zur Dusche ging. „Hallo, Liebling. Genießt du das Abendessen?", fragte er, als sie abhob.

„Das habe ich, bis ich Theo verloren habe."

„Du hast ihn verloren? Wie hast du ihn verloren?"

„Das weiß ich nicht. Er war einfach verschwunden und nein, er ist nicht an der Bar. Das habe ich überprüft. Ich wollte gerade nachsehen, ob er nach draußen gegangen ist, um frische Luft zu schnappen.“

„Hast ihn angerufen?“

„Ja. Er geht nicht ans Telefon.“

„Also wahrscheinlich ist er –“ Iakovos trat in das Zimmer, das er als Schlafzimmer benutzte und blieb stehen, konnte nicht ganz glauben, was er sah. „Es gibt einen Ort, wo er sein könnte, aber ich bete, dass er dort nicht ist, denn wenn er es ist … Lieber Himmel. Er ist nicht draußen. Nun muss ich doch im Ballsaal nachsehen.“

„Eglantine“, sagte er und schnaufte stark durch die Nase.

„Nicht jetzt, Yacky, ich muss anfangen zu beten, dass Theo nicht dort ist, wo ich denke, dass er ist.“

„Warum“, sagte er und sprach jedes Wort sehr deutlich aus, „ist unser Schlafzimmer mit Federn übersät?“

Er traf auf Schweigen.

„Oh, ich weiß nicht“, sagte sie in einem gefährlichen Tonfall. „Warum hast du mir nicht gesagt, dass du dich von deiner letzten Freundin erst Tage zuvor getrennt hast, bevor wir uns trafen?“

Für einige Sekunden konnte er nicht verstehen, was das eine mit dem anderen zu tun hatte. Dann wurde ihm klar, dass sie eifersüchtig war. Er hätte bei dem Gedanken fast laut losgelacht. „Ich weiß nicht. Es schien mir nicht wichtig.“

„Also, das ist es.“

„Ist es das?“

„Ja. Sehr.“

„Warum?"

Für einige Sekunden suchte sie nach Worten. „Ich weiß nicht, warum! Es ist es einfach wichtig!", brüllte sie in sein Ohr.

Bei sich gluckste er. Konnte diese Frau wirklich noch wundervoller sein? „Eglantine, habe ich erwähnt, dass meine Ex-Freundin und ich uns eine Woche, bevor du auf meiner Insel angekommen bist, getrennt haben?"

„Nein, Yacky, das hast du nicht. Habe ich erwähnt, dass ich dieses Telefonat beenden und den ersten Mann, den ich sehe, küssen werde? In der Tat sehe ich gerade jetzt einen, ein großartiges Exemplar, mit blonden Locken und unglaublich blauen Augen und sobald ich damit fertig bin, dir die Meinung zu geigen, werde ich direkt zu ihm hingehen und ihm einen Kuss auf die Lippen geben. Was hältst du davon, Mister Ich-habe-nicht-geglaubt-dass-es-wichtig-ist?"

„Kann es sein, dass der Mann, den du da gerade anschaust, unter fünf Jahre ist?", fragte er, zog sich die Hose aus und ignorierte dabei die Federn, als er ins Badezimmer ging.

„Verdammt seist du!", fauchte sie und legte auf.

Er brauchte nicht lange, um sich – in Theos federfreiem Zimmer – anzuziehen und ein Taxi zum Hotel zu nehmen, um Harry zu finden. Ihm gefiel der Gedanke nicht, dass Theo ihr Kummer bereitete, nicht, wenn sie seit dieser Nacht in seinem Haus so wachsam ihm gegenüber war.

Er fand den Speisesaal, wo ihr Abendessen veranstaltet worden war, aber er war leer und es gab keinen Hinweis darauf, wohin sie gegangen sein könnte.

Er wollte ihr gerade eine Nachricht schreiben, als eine Gruppe von drei Frauen aus einem Aufzug auftauchte. Sie schrien auf und eilten zu ihm hinüber. „Da ist noch einer! Oh mein Gott, du siehst sogar noch besser aus als das andere Model!"

„Wie bitte?", fragte er mit seiner strengsten Stimme und entledigte sich der Hand, die eine der Frauen auf seinen Arm gelegt hatte.

„Du bist doch hier für den Model-Wettbewerb, oder nicht? Oh mein Gott, meine Stimme hast du auf jeden Fall", sagte die gierige Frau und sank fast ohnmächtig zu seinen Füßen.

„Ich bin nicht hier für irgendeinen Wettbewerb. Ich bin hier, um – noch einer?" Ein hässlicher Verdacht wuchs in ihm heran. „Gibt es einen Mann auf diesem Wettbewerb, der mir ähnlich sieht?"

„Oh, da gibt es einen. Und er hat gute Chancen zu gewinnen", sagte eine zweite Frau und blinzelte ihm zu. „Oder zumindest hatte er die, bis seine Frau reinkam und ihn dazu gebracht hat, aufzuhören zu tanzen. Aber, verdammt noch mal, du kannst jederzeit für mich tanzen."

Iakovos fluchte halblaut und schwor Theo Vergeltung, die den Himmel erbeben lassen würde, als er verlangte, dass sie ihm zeigten, wo der Wettbewerb abgehalten wurde.

Der Ballsaal beherbergte Frauen in verschiedenen Stadien des Betrunkenseins, die jubelten und schrien, als ein Mann im Stringtanga einen provisorischen Laufsteg hinabstolzierte, während laute pulsierende Musik aus den Boxen dröhnte.

Blitzlichter leuchteten auf und blendeten ihn, als ein Fotograf, der im Hintergrund stand, ihn bemerkte. Er fluchte wieder und machte sich von der schwärmenden Frau an seinem Arm los, um in den Saal zu marschieren und nach Harry und Theo zu suchen.

„Das ist Wettbewerber Nummer zwölf, meine Damen", sagte eine Frau auf einem Podium, als die Musik zu Ende war und der männliche Tänzer von der Bühne schlenderte. „Und jetzt habe ich gute Neuigkeiten – Wettbewerber Nummer 22 hat großzügigerweise zugestimmt, eine Zugabe zu geben!"

Die Stimme einer Frau brüllte: „Nur über meine Leiche!"

Iakovos hob den Kopf. Er kannte dieses Poltern. Die Vorhänge zu einem improvisierten Backstagebereich flatterten und Theo kam hervor, dankenswerterweise trug er seine Hosen, aber seine Krawatte hing ihm lose um den Hals, sein Hemd war bis zur Hüfte offen und er posierte, als die Musik zu spielen begann. Wie schreckliche Pockennarben waren Lippenstiftspuren über seine Brust, seinen Nacken und sein Gesicht verteilt. Gerade als Iakovos die Bühne erreichte, brach eine Furie von dahinter hervor, die die Form von Harry hatte, die sich vor Theo warf, ihre Arme weit ausgebreitet, als wollte sie ihn beschützen. Zwei Fotografen im hinteren Teil des Raumes begannen, Bilder zu machen.

„Zurück mit Ihnen, meine Damen!", schrie Harry. „Theo, bei aller Liebe, komm von der Bühne runter!"

„Ja, Theo, komm von der Bühne runter", rief er über den Rhythmus der Musik.

Harrys Kopf flog herum, ihr Mund vor Überraschung für ein paar Momente offen, bevor sie zu ihm hinübereilte und Erleichterung sich auf ihrem Gesicht breitmachte. Er hob sie von der Bühne herunter und hielt einen Arm um sie gelegt, als die Frauen die Bühne eroberten, immer noch jubelnd und johlend.

Theos Gesicht war unter dem Lippenstift rot angelaufen, aber er war zu beschäftigt damit, sich einen Weg über den Laufsteg zu suchen, um die große männliche Hand zu bemerken, die hinauflangte, Halt im Rücken seines Hemdes fand, und ihn herunterzog.

„Hi, Jake“, sagte Theo und seine Augen waren viel zu leuchtend und seine Sprache noch nicht schleppend, aber für Iakovos' Geschmack viel zu flüssig. „Willst du auch mal? Die Damen haben eine Art Wettbewerb und der Gewinner darf auf das Cover eines Buches.“

„Wir fahren nach Hause“, sagte Iakovos und dachte an die Fotografen, die versuchten, zu ihnen durchzudringen. „Jetzt!“

„Guter Gott, du bist eine echte Spaßbremse, jetzt, wo du eine Frau hast“, murmelte Theo, aber er gab dem Griff, den Iakovos in seinem Hemd hatte, nach und ließ zu, aus dem Raum gezogen zu werden. Harry hielt Theos Jackett umklammert, das sie ihnen stumm reichte, sobald sie den Spießrutenlauf von Frauen hinter sich gebracht hatten, von denen die meisten jetzt buhten.

„Iakovos –“, begann sie zu sagen.

„Nicht hier.“ Er deutete mit dem Kopf zu den Fotografen. „Später.“

Ein kluges Mädchen, sein Sturm. Sie schenkte ihm einen besorgten Blick, dann pflasterte sie ein Lächeln auf ihr Gesicht und hielt an, als die Fotografen nach ihr riefen. „Lassen Sie uns ein paar Schnappschüsse von den Papaioannoubrüdern machen!"

„Zieh das Jackett an und wisch dein verdammtes Gesicht ab", knurrte Iakovos auf griechisch Theo an. Harry, die offensichtlich versuchte, für sie etwas Zeit zu schinden, damit Theo sich richten konnte, trat vor sie hin und fragte die Fotografen, ob ihnen der Wettbewerb gefiele.

„Teile davon, ja", sagte der männliche Fotograf und zwinkerte ihr zu. „Wie ist dein Name, Schätzchen? Und zu welchem der beiden Brüder gehörst du?"

„Also, ich bin zum Teufel ganz bestimmt nicht mit Theo hier", sagte Harry empört und nahm Iakovos' Arm. Als sie sich herumdrehte, bemerkten die Fotografen ihr Profil und ihre Augen weiteten sich und sie machten noch ein paar mehr Aufnahmen. „Werden Sie Vater, Iakovos?"

„Wann wird es so weit sein?"

„Wer ist die Dame?"

„Wird Theo als Model arbeiten?"

Die Fragen kamen mit der Wucht einer Kanonenkugel. Er war jedoch längst vertraut mit der Presse, also posierte er einfach mit einer schmallippigen Harry und sagte: „Die Dame ist meine Verlobte und ja, sie ist schwanger. Sie ist auch sehr erschöpft und ich würde sie gerne nach Hause bringen, also wenn Sie keine weiteren Fragen mehr haben, machen wir uns auf den Weg."

Sie hatten natürlich noch weitere Fragen; diese Art hatte immer noch Fragen. Er ignorierte sie jedoch und rief schnell Mikos an, um ihn in Alarmbereitschaft zu versetzen, damit er für sie bereit wäre, nachdem er Theo aus der Tür bugsiert und seinen Arm fest um Harry gelegt hatte in dem Versuch, sie zu beschützen.

Harry war sowohl beschämt als auch wütend zur gleichen Zeit. Sie wartete, bis sie sicher im Auto waren, bevor sie sich gegen Iakovos' Brust fallen ließ und mit den Tränen der Schande kämpfte. „Es tut mir so leid", sagte sie ihm und atmete seinen wundervollen Duft ein. „Es tut mir so unendlich leid."

„Was tut dir leid?", fragte er und seine Hand streichelte über ihren Rücken. „Wenn du nicht gerade Alkohol in Theo hineingeschüttet und ihn auf diese Bühne gezerrt hast, dann gibt es nichts, wofür du dich entschuldigen müsstest."

„Nein, natürlich habe ich weder das eine noch das andere getan, aber er war meinetwegen hier und ich fühle mich furchtbar verantwortlich." Sie setzte sich plötzlich gerade auf und Empörung machte sich bemerkbar, als sie die Trennscheibe böse anschaute. Iakovos hatte Mikos veranlasst, Theo auf den Beifahrersitz zu verfrachten, anstatt dass er hinten bei ihnen saß. „Obwohl, lieber Himmel, wie hat er es fertiggebracht, in der Zeit so betrunken zu werden, in der ich nur auf dem Klo war?"

„Was ist genau passiert?", fragte Iakovos und seine Stimme war ruhig, aber dieser Muskel in seinem Kiefer, der normalerweise zuckte, wenn er seinen Ärger unter Kontrolle hielt, hüpfte, als wäre er auf einem Trampolin.

Sie gab ihm eine kurze Zusammenfassung des Abends. „Ich schwöre, ich weiß nicht, wie er es geschafft hat, so schnell aus dem Raum zu verschwinden, in dem wir waren, und in den Ballsaal zu gehen, aber wenn ich danach gehe, wie einige der Damen angeheizt waren, dann habe ich den Verdacht, dass, sobald sie sein Gesicht gesehen haben, sie ihn einfach mitgenommen haben.“

„Und auf dem Weg haben sie ihm ein paar Drinks eingeflößt.“ Der Muskel zuckte noch einmal, als Iakovos aus der Windschutzscheibe sah.

„Er ist ein Alkoholiker, Iakovos. Er braucht Hilfe“, sagte sie und nahm seine Hand und rieb seine Fingerknöchel über ihre Wange.

„Er ist außer Kontrolle. Er muss aufhören, Mist zu bauen und das Leben ernst nehmen.“

Sie öffnete den Mund, um weiterzustreiten, aber sein Kiefermuskel machte Überstunden, also entspannte sie sich stattdessen und streichelte sanft seinen Oberschenkel. „Ich bin froh, dass du zurück bist. Ich habe dich vermisst.“

„Das hast du dieses Mal getan, aber wenn du deine Finger zwei Zentimeter weiter bewegst, dann wirst du mich kein bisschen vermissen.“

Von was, um Himmels willen, redete er? Sie schaut auf seinen Oberschenkel, den sie abwechselnd drückte und streichelte. Er war offensichtlich erregt. Sie schürzte die Lippen, als sie zuerst aus dem Fenster sah und dann wieder die Trennscheibe begutachtete, die den Font des Wagens vom Bereich des Fahrers abtrennte.

Sie schaute wieder Iakovos an, der sie mit einem Lächeln beobachtete, das seine Lippen umspielte.

„Also?“, sagte er und überließ ihr offensichtlich die Entscheidung.

„Du hast keine Ahnung, wie gerne ich der Versuchung nachgeben würde, aber Theo könnte jeden Moment aufwachen und entscheiden, dass er lieber bei uns hinten sitzen würde. Außerdem habe ich eine ganze Liste von Dingen, die ich mit dir anstellen möchte, und es wäre unmöglich für mich, sie alle zu erledigen, bevor wir zurück beim Hotel sind."

„Das ist schade", sagte er und seine Finger streichelten in einer so erotischen Berührung über ihren Arm, dass ein kleiner elektrischer Blitz direkt zwischen ihre Beine fuhr. „Ich wollte es schon immer mal im Auto treiben."

„Du hattest noch niemals Sex im Auto?" Sie konnte es nicht glauben.

Er schüttelte den Kopf und seine Augen glühten.

„Ich auch nicht, aber das ist definitiv an der Spitze meiner Liste von Fantasien", sagte sie ihm mit einem Kuss und bewegte ihre Hand diese zwei Zentimeter.

Er bewegte sich im Sitz, um ihr besseren Zugang zu verschaffen und seine Hand streichelte nun ihren Rücken.

„Jackett", sagte sie ihm und machte ihm etwas Platz.

Ohne ein Wort schälte er sich aus seinem Frackjackett. Sie warf es auf den anderen Sitz, dann kniete sie sich auf den Boden vor Iakovos. Sie spreizte seine Knie und langte nach seinem Gürtel, hielt aber inne, um zu fragen: „Du bist dir sicher, dass Mikos uns nicht sehen kann?"

„Ich bin sicher."

„Und die Leute draußen?"

„Sie auch nicht."

Sie schaute flüchtig über ihre Schulter, aber die schwarze Trennscheibe schien genau das zu tun, was der Name implizierte.

Er beobachtete sie mit einem halben Lächeln auf den Lippen, sein Blick brannte auf ihr, seine Hände lagen offen und entspannt auf dem Sitz.

„Also, dann, glaube ich, dass ich dich gebührend zu Hause begrüßen muss."

„Das musst du nicht", sagte er.

„Ich will es aber." Sie öffnete seine Gürtelschnalle und fühlte sich sehr verdorben, sehr weltlich. Er war hart und wurde mit jedem Streicheln ihrer Hand gegen seinen Hosenschlitz härter. Sie zog den Reißverschluss herunter, genoss die Hitze seiner Erektion hinter der Seide seiner Unterwäsche. Sie zog sie herunter, um besseren Zugang zu haben und bewunderte die reine männliche Länge von ihm und beugte sich hinab, um kleine Küsse auf seine Hoden zu verteilen. Sie stellte immer sicher, dass sie auch der Prothese die gleiche Aufmerksamkeit zukommen ließ, denn sie wollte nicht, dass Iakovos glaubte, dass sie irgendetwas an ihm abstoßend fand und, um ehrlich zu sein, sie hätte gar nicht gewusst, dass sie nicht echt gewesen wäre, wenn er ihr nicht die kleinen Narben auf der Unterseite gezeigt hätte.

„Mal sehen ... Ich glaube nicht, dass ich jemals konstruktives Feedback bekommen habe, nach dem ich in Griechenland gefragt habe", sagte sie und schenkte seiner Spitze einen kleinen Wirbel ihrer Zunge.

Er stöhnte und seine Augenlider sanken herab. „Es gab kein konstruktives Feedback. Deine Technik ist brillant."

„Da bin ich nicht sicher, wenn du noch reden kannst, dann muss irgendetwas fehlen." Sie beugte ihren Kopf zu ihrer Aufgabe hinab und bald fluchte er leise vor sich hin, seine Hände zu Fäusten geballt auf seinen Beinen, als er seine Hüften hob, um ihr entgegenzukommen.

„Liebling, ich kann nicht ... Oh Gott, das wird eng." Er griff sie unter den Achselhöhlen und zog sie über ihn, seine Finger bewegten sich unter ihrem Kleid, um ihre Unterwäsche zu finden. Mit einem kleinen Grunzen riss er die Satinbänder durch und zog ihr die Unterwäsche aus.

„Theo!", wisperte sie und schaute über die Schulter.

„Schläft. Jetzt, Liebling, jetzt."

Er stieß nach vorne, um auf sie zu treffen, als sie sich auf ihn herabsenkte, sein Penis war hart beim Eindringen auf ihrer empfindlichen Haut.

„Sag mir, dass du bereit bist", murmelte er in ihren Mund, seine Finger streichelten ihr Inneres.

„Wenn es um dich geht, bin ich immer bereit", japste sie und ihr Körper spannte sich an, als seine Berührungen sie über die Klippe brachten. Sie fing sein Stöhnen mit ihrem Mund auf, seine Finger verengten sich um ihre Hüften, als er sich in ihr bewegte, das plötzliche Abbremsen des Autos, als Mikos auf die Bremse trat, brachte ihn noch tiefer in sie. Sie schaute aus dem Fenster, um durch das abgedunkelte Glas Hinweise zu erhaschen, wo sie waren, aber Iakovos murmelte: „Es ist alles in Ordnung – wir sind noch nicht zu Hause. Habe ich dir wehgetan?"

„Nein." Sie biss auf seine Unterlippe, ihr Körper zitterte durch kleine Nachbeben der Lust. „Aber wir können so nicht bleiben. Dornröschen könnte aufwachen und sich zu uns gesellen wollen."

„Das ist schade. Ich wollte Mikos gerade sagen, dass er uns durch den Park fahren soll. Langsam", sagte er und lächelte, als sie sich von ihm erhob, und die Überreste ihrer Unterwäsche benutzte, um sie zu säubern.

Sobald sie beide wieder anständig aussahen, kuschelte sie sich an ihn. „Daraus ergibt sich allerdings eine Frage, Yacky."

„Was für eine Frage ist das, Eglantine?"

Sein Mund war warm auf ihrem Nacken, seine Finger streichelten sanft eine Brust.

Sie wandte den Kopf, um einen kleinen Kuss auf die Stelle über seiner Oberlippe zu pressen. „Diese Fantasie ist nun erfüllt. Was als Nächstes? Wir haben es auf deinem Boot getrieben, sind schon Mitglieder im Mile High Club deines Jets ... Hmmm, ich frage mich ... Besitzt du Pferde? Ich habe gehört, dass, wenn man einen wirklich guten Gleichgewichtssinn hat –"

Kapitel achtzehn

Iakovos hatte einen schweren Tag und es sah nicht danach aus, als würde er so schnell besser werden.

„Was zur Hölle hast du dir gedacht?", brüllte er seinen Bruder an, der auf der Couch in seinem Büro lümmelte. Weil er wusste, wie sehr es Harry verärgerte, wenn Theo trank, hatte er sich zurückgehalten und machte Theo erst zur Schnecke, als sie im Büro waren, aber nun würde er alles loswerden, was sich in ihm angestaut hatte. „Ich habe dich um einen einfachen Gefallen gebeten, einen verdammten einfachen Gefallen, Harry zu begleiten und du warst am Ende halb nackt und sturzbetrunken. Du hast sie beschämt, ihren Namen in die Schlagzeilen gebracht und dafür gesorgt, dass Papaioannou International aussieht wie Narren."

„Himmel, Jake, ich weiß nicht, was über mich gekommen ist", sagte Theo, den Kopf in seinen Händen, als er sich vornüberbeugte. „Alles war gut, bis diese Frauen mir Drinks offeriert haben und versucht haben, mich auszuziehen."

„Du hättest einfach weggehen können. Du hättest Nein sagen können."

Iakovos war so wütend, dass er auf und ab marschierte und weiß Gott, er marschierte niemals auf und ab. „Das ist nicht so schwer, Theo. Mach einfach deinen verdammten Mund auf und sag Nein."

„Als ob du jemals zu einer Frau Nein gesagt hättest." Theo stöhnte und legte sich wieder auf die Couch, eine Hand auf der Stirn.

„Ich habe viele Male Nein gesagt, aber wir reden hier nicht über mich. Hör mir gut zu, Theo. Harry glaubt, dass du in eine Klinik gehörst, um trocken zu werden und langsam glaube ich, dass sie recht hat."

„Harry glaubt dies, Harry glaubt jenes", äffte Theo ihn nach, seine Augen waren so blutunterlaufen, dass er aussah wie ein Dämon. „Um Himmels willen, Jake, du bist noch nicht einmal verheiratet und stehst jetzt schon unter dem Pantoffel dieser Hexe."

Niemals hatte Iakovos seinen Bruder geschlagen, weil er wütend war, aber er war bereit, die Vorsicht in den Wind zu schlagen. Er schnappte sich Theo beim Kragen und riss ihn auf die Füße, dann fauchte er ihn an: „Wenn du jemals wieder von ihr auf diese Weise sprichst, dann mach ich dich fertig."

„Du bist nicht mein Eigentümer", fauchte Theo zurück und schubste Iakovos weg. „Ich arbeite für dich, weil ich das will, nicht, weil ich muss. Und ich bin verdammt gut in dem, was ich tue; das nächste Mal, wenn du also auf dein hohes Ross kletterst, dann überleg dir, wer das ganze Geld reinbringt."

„Raus", sagte Iakovos, der so wütend war, dass er kaum sprechen konnte. „Sieh zu, dass du hier rauskommst. Geh nach Brasilien. Geh nach Australien. Ich will dein Gesicht nicht wiedersehen, bis du bereit bist, dich bei Harry für das zu entschuldigen, was du angerichtet hast."

Theo stolzierte mit verletztem Stolz aus dem Büro. Iakovos ließ sich auf seinen Stuhl fallen, die Augen auf dem Foto von Harry und Elena, das er nicht wahrnahm, als er sich an die Wutanfälle seines betrunkenen Vaters erinnerte, die irgendwann zu Depressionen und seinem Suizid geführt hatten.

Verdammt, er wollte nicht, dass Theo den gleichen Weg einschlug.

Die Gegensprechanlage summte. In seinem Kopf begann es zu hämmern, aber er hielt sein Temperament im Zaum, als er sagte: „Was gibt es, Nanna?"

„Die Sicherheitsleute aus der Lobby haben angerufen, um mir zu sagen, dass dort eine Person ist, die Krawall macht. Offensichtlich will sie Sie sehen, aber sie hat keinen Termin."

Vermutlich war es noch ein verdammter Journalist. Sie hatten ihm heute früh aufgelauert, sowohl als er das Hotel verließ, als auch als er sein eigenes Gebäude betrat. „Sagen Sie ihnen, sie sollen sie nach draußen begleiten und wenn sie nicht verschwindet, die Polizei rufen. Und besorgen Sie mir ein Schmerzmittel. Viel davon."

Für eine Minute rieb er sich die Schläfen. Dann zog er seinen Laptop heran, entschlossen, seine Arbeit zu erledigen.

Das Handy in seiner Tasche summte. Er zog es hervor und hatte vor, es auszustellen, aber dann bemerkte er den Namen des Anrufers.

„Was ist los, Liebling?“

„Was ist los? Was ist los? Ich werde dir sagen, was los ist, Yacky! Du hast mich aus deinem Gebäude geworfen, das ist, was los ist!“

„Ich weiß – oh, verdammt.“

„Verdammt, in der Tat!“

Er rieb sich die Stirn. „Ich dachte, du wärst ein Reporter. Warum hast du Nanna nicht gesagt, wer du bist?“

„Habe ich ja. Ich habe ihr gesagt, dass ich deine Freundin bin und dass ich dich sehen will. Sie sagte jede Menge unhöfliche Dinge über Frauen, die das jeden Tag behaupten würden und hat mir dann gesagt, dass, wenn ich noch nicht einmal deinen Namen richtig aussprechen könnte, ich dich nicht kennen dürfte und das Nächste, was geschah, war, dass zwei riesige Ochsen in Menschengestalt mich vor die Tür setzten und sagten, dass Mister Papanono gesagt hätte, er würde die Bullen rufen, wenn ich versuchen würde, zurückzukommen.“ Sie holte tief Luft. „Ich finde das nicht lustig, Iakovos.“

„Ich auch nicht. Gib mir eine Minute.“ Er drückte einen Knopf auf der Gegensprechanlage. „Nanna, bitte gehen Sie nach unten und entschuldigen Sie sich bei meiner Verlobten dafür, dass Sie ihr verweigert haben, mich zu sehen und dann begleiten Sie sie hier herauf.“

„Ich weiß nicht, wovon Sie sprechen –“

„Machen Sie es“, sagte er und bemühte sich, die Contenance zu bewahren. „Harry, eine der Sekretärinnen wird gleich bei dir sein.“

„Danke. Du wirst nicht glauben, was ich dir zeigen muss."

Oh, er hatte eine ziemlich klare Vorstellung davon, was das war. Er beendete den Anruf und schaute auf, als Dmitri eintrat. „Ich bin die Reporter losgeworden, indem ich ihnen ein Interview mit dir und Harry versprochen habe."

Iakovos zog eine Grimasse.

„Ich weiß, aber das ist das Beste, was ich erreichen konnte. Ich habe darauf hingewiesen, dass, wenn sie Jagd auf Harry machen würden, wir ihnen wegen ihrer Schwangerschaft eine einstweilige Verfügung ans Bein binden würden. Dann habe ich ihnen das Interview angeboten. Das schien gewirkt zu haben. Du siehst schrecklich aus."

„Ich fühle mich schrecklich", sagte Iakovos und fuhr sich durch die Haare.

„Theo?"

„Ich habe ihm gesagt, er solle mir aus den Augen gehen."

„Ist wahrscheinlich das Beste für eine Weile. Harry will ihm auch an den Kragen. Was willst du, dass ich wegen Meriton unternehme?"

Sie sprachen kurz über Geschäftliches, bevor Dmitri in sein eigenes Büro verschwand. Ein paar Minuten später betrat Harry Iakovos' Büro und brachte ihren Sturm mit.

„Hier ist die Person, nach der Sie gefragt haben", sagte Nanna und gestikulierte scharf Richtung Harry. „Ich habe mich bei ihr entschuldigt. Ich habe sie in dieser ... Aufmachung nicht erkannt. Hier sind Ihre Aspirin."

Er musste zugeben, Harry war fast unerkennbar in ihrem bizarren Outfit, das aus einer gehäkelten Kappe bestand, die sie über ihre Haare gezogen hatte, einer Sonnenbrille, einem verblichenen pinken T-Shirt, das erklärte, dass sie stolze Leserin von Büchern auf dem Index war, das aber nicht ganz über ihren wachsenden Bauch passte, einem dunkelblauen Überzieher, einem langen, lilafarbenen, gehäkelten Schal und, wie es schien, einem Paar seiner Trainingshosen, deren Hosenbeine umgekrempelt waren, um auf ihre kleinere Figur zu passen. Ein fünf Zentimeter breiter Streifen ihres Bauches schaute zwischen Bund und T-Shirt hervor.

Sie zupfte an dem T-Shirt und schaute Nanna böse an, bevor sie die Zeitung vor ihm auf den Schreibtisch knallte. Er zuckte unter dem Geräusch zusammen. „Schau dir das an! Schau dir das nur an!"

Er schaute. Es war genauso schlimm, wie er erwartet hatte. „Ja?"

„Das ist alles, was du dazu zu sagen hast – ja?" Sie begann, auf der gleichen Route auf und ab zu marschieren, wo er vor Kurzem unterwegs gewesen war.

Nanna, mit durchgedrücktem Kreuz und selbstgerechter Haltung, verließ das Zimmer.

„Es ist nicht so schlimm, wie es dir vorkommt, Harry. Ich gebe zu, es ist nicht vergnüglich, aber es ist kein wirklicher Schaden angerichtet."

Sie war außer sich vor Wut – das konnte er sehen. Sie stapfte auf und ab und er glaubte wirklich, dass sie ein Aneurysma bekommen würde, wenn sie die Schlagzeilen sehen würde.

„Zwei griechische Playboys auf einmal und die Frau, die sich zwischen sie stellte! Mein Gott, diese Bastarde haben Nerven! Und das hier! Bekannte Autorin und ihr flotter Dreier! Baby an Bord … Aber wessen ist es? Das reicht! Das reicht einfach, Iakovos!"

„Tut es?"

„Ja, tut es. Ich verlange, dass du etwas unternimmst. Verklag sie und bring sie dazu, das alles zurückzunehmen."

„Warum sollte ich das tun?"

„Weil sie Lügen über uns verbreiten! Über dich und Theo und mich!"

„Wenn ich jede Zeitung verklagt hätte, die eine Unwahrheit über mich gedruckt hat, dann wäre ich ein Milliardär", erklärte er ihr müde.

„Ja, aber –" Sie hielt plötzlich inne und betrachtete stirnrunzelnd die Aspirin. „Geht es dir nicht gut?"

„Nur Kopfschmerzen."

Sie kniff die Augen zusammen. „Theo?"

„Das war ein Teil davon, ja", sagte er und nahm ein paar Aspirin mit einem Schluck kalten Kaffee.

„Und ich bin hier und brülle und schnauze dich an. Steh auf."

Er betrachtete stirnrunzelnd die befehlende Hand, mit der sie zu ihm hin gestikulierte. „Ich habe keine Zeit dafür, es mit dir zu treiben, Harry."

„Als ob ich dich in deinem Büro verführen würde." Sie machte bei dem Gedanken eine Pause. „Also, okay, das würde ich, aber nicht gerade jetzt. Komm schon, ich werde dafür sorgen, dass es dir besser geht."

„Es sind nur Kopfschmerzen", protestierte er, aber er tat, was sie befahl und war bald sein Hemd los, lag auf dem Bauch auf der Couch und sie saß auf seinem Hintern. Er stöhnte sowohl als aus Vergnügen als auch aus Schmerz, als sie Handcreme in seine Schultern rieb. Ihre Finger gruben sich tief in Muskeln, von denen er nicht wusste, dass sie so angespannt und fest gewesen waren.

„Wird diese Zeitungssache deinem Geschäft Schaden zufügen?", fragte sie und rutschte auf seinem Rücken höher, sodass sie seinen Nacken massieren konnte.

„Nein. Was wird es mit deinen Büchern anstellen?"

„Oh, wahrscheinlich werden sie sich verkaufen wie warme Semmeln. Wer will nicht ein Buch lesen von einer Frau, die einen flotten Dreier mit zwei unglaublich heißen griechischen Playboys hat?"

„Du bist trotzdem wütend – genau da." Er stöhnte, als sie eine besonders schmerzhafte Sehne auf der Seite seines Nackens erwischte. „Also, natürlich bin ich wütend, aber wenn du sagst, dass es kein großes Drama ist, dann werde ich mir darum keine Gedanken machen."

„Mmh." Die Anspannung und der Schmerz schienen aus seinem Körper zu sickern bei jeder Berührung ihrer Finger.

„Besser?", fragte sie nach ein paar Minuten.

„Wesentlich."

„Kopfschmerzen weg?"

„Ja."

Sie lehnte sich nach vorne und küsste sein Ohr. „Bist du erregt?"

„Ja, verdammt."

Sie lachte und kletterte von ihm herunter, reichte ihm sein Hemd und seine Krawatte, als er sich auf der

Couch aufsetzte. „Es klingt, als hättest du einen schrecklichen Tag gehabt.“

„Er hatte seine Herausforderungen.“ Er band sich die Krawatte um den Hals und zog sie in seine Arme, atmete diesen wundervollen Duft nach sonnengewärmter Frau ein und seine Lippen liebkosten ihre Schläfe.

„Aber du hast das alles erträglich gemacht.“

„Das ist wahrscheinlich das Liebste, was du je zu mir gesagt hast“, sagte sie und bot ihm ihre Lippen dar. Er zögerte nicht und nahm ihre ganze Süße und Wärme in sich auf. „Es ist fast so schön, wie zu sagen, oh, ich weiß nicht, dass du mich liebst vielleicht.“

Er lächelte auf sie herab und fragte sich, wie er jemals so viel Glück haben konnte, dass diese besondere Frau in sein Leben gestürmt kam. „Du wirst einkaufen gehen müssen, Eglantine.“

Sie verzog das Gesicht. „Sagt wer, Yacky?“

Er rieb einen Finger über die bloße Stelle an ihrem Bauch. „Wenn du in deine eigenen Klamotten nicht hineinpasst und anfängst, dir meine unter den Nagel zu reißen, dann ist es Zeit, einkaufen zu gehen.“

„Ich hasse es, wenn du so logisch denkst“, sagte sie und zog mit einem Schniefen das T-Shirt herunter. „Aber wo du gerade dabei bist, ich wollte dich fragen, ob ich mir heute Mikos ausleihen kann, damit ich ein paar Dinge besorgen kann.“

„Meinen Segen hast du. Ich werde den ganzen Tag hier festsitzen.“ Er schaute auf die Uhr. „Genau genommen habe ich eine Videokonferenz, die bald losgeht. Kauf etwas für eine Cocktailparty, Harry. Etwas Grünes. Ich mag Grün.“

Sie sah überrascht aus. „Aus einer Laune heraus, oder gehen wir zu einer?"

„Wir gehen zu einer, wenn du mich begleiten willst. Heute Abend. Ich habe die drei vorigen Einladungen der Frau des Unternehmers abgelehnt und noch eine Ablehnung würde als Beleidigung aufgefasst werden."

„Also, wenn du nichts dagegen hast, dass Leute uns ansehen und sich fragen, ob du oder Theo der Vater der Zwillinge ist, dann würde ich dich gerne begleiten."

„Es ist mir ziemlich egal, was außer dir überhaupt jemand denkt, Liebling."

Sie stand an der Tür und schaute ihn mit so viel Liebe in ihrem schönen Gesicht an, dass er sich gesegnet fühlte. „Mensch, sie hatten so unrecht, dich von drei auf fünf runterzustufen."

Sie war verschwunden, bevor er antworten konnte.

Neun Stunden später kam er zu Hause an, erschöpft und wollte nichts mehr, als dass Harry ihn trösten würde. Sein Herzschlag setzte aus, als er ins Schlafzimmer trat. Eine Frau stand dort, eine Frau mit glänzenden kastanienbraunen Haaren, die sich wie Strähnen von Seide über ihren Rücken ergossen, die kleinen bernsteinfarbenen Highlights fingen das Licht der Deckenbeleuchtung ein, die gedimmt war. Sie drehte sich herum, um ihn anzusehen und ihm stockte der Atem. Sie war so schön, er konnte gerade so an sich halten, sie nicht aufs Bett zu tragen und sich bis zum Anschlag in ihrem warmen, ihn willkommen heißenden Körper zu vergraben.

Sie erstarrte, so elegant wie eine Gazelle, ihre Augen aufmerksam, als er sie betrachtete vom Scheitel ihrer glänzenden Haare über das Gesicht, das er so gut kannte wie sein eigenes bis zu ihren Brüsten, die dafür sorgten, dass sich seine Hoden zusammenzogen, wenn er nur an sie dachte. Sie trug ein scharlachfarbenes Kleid, das gerafft und über ihren Brüsten drapiert war, das sich in einen Rock ergoss, der leicht flatterte, als sie sich bewegte. Sie wurde nun runder, eine Tatsache, die ihn mit tiefer Befriedigung erfüllte. Das Kleid reichte bis ein paar Zentimeter über ihre Knie; diese langen eleganten Beine, die sie besaß, waren schamlos nackt, ohne Strümpfe, und endeten in kleinen rosenfarbenen Zehennägeln, die aus ihren Sandalen hervorguckten. Sie war eine Göttin auf der Erde und er wäre verdammt, wenn er einen einzigen Moment seiner Zeit mit ihr verschwendete.

„Zum Teufel mit der Party", sagte er und griff nach seiner Krawatte.

Sie lachte, dieses volle kehlige Lachen, das in ihm zu vibrieren schien. „Nachdem ich durch die Hölle gegangen bin für dieses Kleid, in dem ich nicht aussehe, als sei ich im achten Monat statt im vierten? Nein, mein Herr. Ich habe ein neues Kleid, das ich ausführen will. Dir gefällt es, oder nicht? Ich denke, dass es meinen Bauch ganz gut versteckt."

„Warum würdest du ihn verstecken wollen?", fragte er und schüttelte den Kopf. Er nahm ihre Hände in seine und trat einen Schritt zurück, den Kopf zur Seite gelegt, als er sie noch einmal von oben bis unten betrachtete, einfach weil er Freude daran hatte, sie anzusehen. „Du bist schwanger mit meinen Zwillingen. Da gibt es nichts, wofür man sich schämen müsste."

Sie schenkte ihm einen merkwürdigen Blick. „Ich will es verstecken, weil jeder andere auf dieser Party dünn und schön sein wird."

„Wer sagt das?"

„Dmitri."

Er runzelte die Stirn, bis sie es erklärte. „Er hat gesagt, dass deine Ex da sein wird. Also, mit anderen Worten, zwischen all den kleinen, zerbrechlichen, elfenhaften Feen-Kreaturen, die zu flüchtig sind für diese Welt, werde ich durch die Gegend stolpern wie ein riesiger Ochse."

Es amüsierte ihn, wenn sie nichts dagegen tun konnte, dass sie eifersüchtig war. „Ich hätte nie gedacht, dass du nach einem Kompliment lechzen würdest, Liebling, aber wenn du eines willst, dann versichere ich dir gerne, dass du absolut hinreißend bist, obwohl dieses Kleid nicht grün ist."

„Du musst das sagen", sagte sie und ihre Nasenflügel weiteten sich. „Es steht in unserem Vertrag. Du bist gesetzlich dazu verpflichtet, mir nette Dinge zu sagen, wenn ich so fett bin wie ein Haus und ich darf niemandem im Kreißsaal sagen, dass deine Eltern nicht verheiratet waren oder dass du eine unnatürliche Leidenschaft für Schafe hast."

Er hatte den Eindruck, dass er ihre Gefühle verletzen würde, wenn er lachen würde. Er setzte ein neutrales Gesicht auf, als er die Finger der einen und dann der anderen Hand küsste und niemals den Blickkontakt unterbrach.

„Natürlich waren meine Eltern verheiratet. Und wie hast du das mit den Schafen herausgefunden?"

Ihre Augen weiteten sich und er konnte sich nicht länger beherrschen. Er konnte sein neutrales Gesicht nicht aufrechterhalten. Er lachte und küsste sie mit der Leidenschaft, die sich den ganzen Tag angesammelt hatte und einige Minuten später, als er seine Zunge wieder aus ihrem Mund hervorholte, nahm er ihre Hand und legte sie auf seine Lenden. „Sag mir, dass ich nicht glaube, dass du die schönste Göttin bist, die jemals auf dieser Erde unterwegs war."

Sie streichelte seine harte Länge, bis er stöhnte und ihre Hand abfing. „Ich habe nicht nach einem Kompliment gelechzt, weißt du. Ich fühle mich einfach… Oh, zur Hölle, ich glaube, ich habe doch nach einem Kompliment gelechzt. Es sind meine Brüste."

Harry richtete das chiffonähnliche Material, das über ihren Brüsten zusammengefasst und kunstvoll drapiert war und dabei etwas Dekolleté zeigte, aber nicht so viel, dass jeder denken würde, sie wäre eine große fette Milchkuh.

„Ich liebe deine Brüste", sagte Iakovos und neigte den Kopf, um Küsse auf ihre nackte Haut zu drücken.

„Also, das ist gut, denn sie wachsen."

Er rieb sich die Hände und das verdorbene Lächeln passte zu den glänzenden Augen. „Es läuft also alles nach meinem Plan. Komm mit, mein wunderschöner Sturm. Weil du für deine Schönheit gelitten hast, kann ich wenigstens dafür sorgen, dass du sie zur Schau stellen kannst gegenüber dem sehr langweiligen und kein bisschen elfenhaften Tobias Johnson und seiner stämmigen Frau."

Harry summte vor sich hin, als er schnell unter die Dusche sprang und sich rasierte und lächelte heimlich bei den Blicken, die er ihr zuwarf, als er einen sehr schönen blauen Anzug anzog. Es war jede schreckliche Stunde wert gewesen, die sie damit verbracht hatte, ein Cocktailkleid für Schwangere zu finden, das nicht dafür sorgte, dass sie aussah wie eine Prostituierte oder wie ein Mauerblümchen. Und Iakovos schien sich wirklich über die Schwangerschaft zu freuen und bestand darauf, ihren Bauch zu befühlen, während sie quer durch die Stadt zu einer sehr schicken Gegend fuhren.

„Du musst mir sagen, wenn ich etwas an der üblichen Vorgehensweise ändern muss“, murmelte er ihr ins Ohr, als er ihren Nacken küsste.

„Welche übliche Vorgehensweise ändern?“

Ein Mundwinkel wanderte nach oben. „Meine Vorliebe, die Oberhand zu behalten.“

„Oh.“ Sie schaute flüchtig zu Mikos. Die Trennscheibe zwischen dem Font und dem Fahrerbereich war heruntergelassen, sodass sie sich damit zufriedengeben musste, in leiser Stimme zu sagen: „Meine Freundin Bess ist Ärztin. Sie hat gesagt, solange es für mich angenehm ist, haben wir kein Problem, aber wenn es unangenehm wird, dann müssen wir aufhören. Aber bis dato kann ich nur daran denken, mich dir an den Hals zu werfen, also nehme ich an, dass aufhören für eine Weile noch keine Option ist.“

„Ich riskiere jetzt, zu klingen wie ein rüpelhafter Lüstling, aber ich bin froh, das zu hören.“ Sein Atem war heiß in ihrem Ohr, als er sprach. Sie erbebte bei dem Versprechen in seiner Stimme und hielt das warme Gefühl von Vergnügen fest, als sie das Apartment des reichen Unternehmers betrat. Auf den ersten

Blick sah die Versammlung aus wie eine typische Party, mit einem Haufen von Leuten, die hin und her wanderten, sich unterhielten und lachten. Cocktails und kleine Tabletts, auf denen teure Snacks vorgezeigt wurden, wurden herumgereicht, aber als Iakovos Harry dem Gastgeber und der Gastgeberin vorstellte, wurde ihr bewusst, dass es einen großen Unterschied zwischen dieser und jeder anderen Cocktailparty gab: Jede Frau hier wandte sich um, um Iakovos anzusehen, wenn er den Raum betrat.

Sie dachte zuerst, dass sie sich das einbildete, aber als sie den Mann im mittleren Alter mit der Halbglatze anlächelte, von dem Iakovos gesagt hatte, dass er versuchte, ihn weichzuklopfen, wanderten ihre Augen durch das Zimmer und sie wäre verdammt, wenn nicht jede einzelne Frau dort – alt, jung und alle dazwischen – sich nach dem umwerfend attraktiven Mann an ihrer Seite umgedreht hatte.

Und er war umwerfend. In dem perfekt geschnittenen Anzug sah Iakovos mit jedem Zentimeter aus wie der fünftbegehrteste Junggeselle der Welt. Verdammt, er sah aus wie der am meisten begehrteste Junggeselle der Welt für sie und die Frauen im Zimmer stimmten dieser Einschätzung offensichtlich zu.

„Nur damit du es weißt", flüsterte sie ihm zu, als er sie durch das Zimmer begleitete, damit sie einen derjenigen treffen konnte, der für ihn arbeitete, „wenn du plötzlich Lepra bekommen würdest und deine Nase, ein Ohr und die meisten deiner Finger verlieren würdest, dann würde ich dich immer noch lieben."

„Du hast ja keine Ahnung, wie erleichtert ich bin, das zu hören", sagte er und verzog einen Mundwinkel.

„Ich habe die letzten paar Nächte schlaflos verbracht, weil ich mir genau darüber Gedanken gemacht habe."

„Außerdem bin ich überhaupt gar nicht eifersüchtig auf die Tatsache, dass jede einzelne Frau dich hier begehrt. Und ja, ich meine das im biblischen Sinne." Sie lächelte strahlend, als ein Mann herantrat, um Iakovos zu begrüßen.

Und sie hielt ihr Versprechen, zumindest bis ein kleiner Aufruhr an der Tür entstand und die Leute, die sie getroffen hatte, aber deren Namen in ihrem Gedächtnis schon wieder verschwammen, sich nach ihr umdrehten, um sie mit dem wissenden Lächeln zu bedenken, bei dem sich ihr die Nackenhaare sträubten.

Langsam drehte sie sich herum, um eine elfenhafte Blondine zu sehen, die die Gastgeberin gerade begrüßte, den Raum mit ihren smaragdgrünen Augen absuchte und dann an Iakovos hängen blieb, wo er in eine Unterhaltung vertieft mit dem Unternehmer stand. Dann flatterte sie zu ihnen herüber und legte eine besitzergreifende Hand auf Iakovos' Arm.

„Sie ist sehr hübsch", hörte Harry eine leise Stimme an ihrer Schulter.

Sie drehte sich um, um den Mann anzulächeln, der dort stand. „Guten Abend, Dmitri. Ich wusste nicht, dass du in New York bist. Ich dachte, Iakovos hätte gesagt, du würdest dich um einige Geschäfte in Griechenland kümmern."

„Das habe ich. Ich bin heute Morgen eingetroffen, gerade pünktlich, um es zur Party zu schaffen. Iakovos hat gesagt, er würde vielleicht fehlen, wenn du ihn bräuchtest, also bin ich gekommen, weil es wichtig ist, dass jemand von der Firma hier ist."

Harry war gerührt bei dem Gedanken, dass Iakovos seinen Cousin über den halben Globus beordert hatte, nur für sie. „Es tut mir leid, dass du den ganzen Weg gekommen bist für nichts."

„Es war nicht für nichts. Ich wäre sowieso gekommen. Jake hat mir übrigens die frohe Botschaft verkündet. Ich hoffe, dir macht es nichts aus, aber ich will dir sagen, wie sehr ich mich für euch beide freue."

„Danke", sagte sie und wärmte sich an dem ehrlichen Gefühl, das in seinem Lächeln lag. „Zwar war es nicht ganz das, was wir geplant hatten, aber ich denke, dass es trotzdem großartig ist."

Er neigte den Kopf in die Richtung, wo Iakovos stand, um etwas zu hören, was die überirdische Patricia sagte. „Du lässt nicht zu, dass dich das ärgert, hoffe ich?"

„Ärgern? Nein, außer sie tritt über die rote Linie. Dann werde ich es zu meiner Angelegenheit machen, ihr ein paar Dinge zu erklären."

Er grinste und legte eine Hand auf ihren Rücken und drückte sie kurz an sich. „Weißt du, ich wünschte fast, dass sie das täte, nur damit ich es sehen könnte, aber ich nehme an, dass es besser fürs Geschäft ist, wenn es nicht passiert. Hast du alle getroffen? Brauchst du etwas zu trinken?"

Sie hielt ihr Glas mit Tonic Water hoch. „Mir geht's gut, danke, und ich habe alle getroffen. Meinst du, es würde sehr nach Eifersucht aussehen, wenn ich dort hinübergehe und ganz aus Versehen mein Getränk über das Kleid schütte, das sie fast anhat?"

Sein Lachen war laut genug, dass es die Aufmerksamkeit einiger Leute auf sich zog, darunter war auch Iakovos, der sich umdrehte, um sie anzulächeln. Das Lächeln verschwand von seinem Gesicht, als er bemerkte, dass Dmitri immer noch den Arm um sie gelegt hatte.

Harry beobachtete mit hingerissenem Erstaunen, als Iakovos' Gesichtsausdruck sich verdunkelte. Er schüttelte die kleine Patricia ab, die sich an seinen Arm gehängt hatte, und schnappe etwas in ihre Richtung, als er zu ihnen herüberschritt.

„Sag mir nicht, dass du das mit Absicht gemacht hast", sagte Harry aus dem Mundwinkel.

„Natürlich habe ich das. Wenn er mir ein blaues Auge verpasst, dann erwarte ich, dass du mir das Eis besorgst", antwortete Dmitri und wandte sich um, um Iakovos' Zorn zu begegnen.

Harry wusste nicht, was Iakovos sagte, denn es war auf Griechisch, aber der Blick auf seinem Gesicht brachte sie dazu, sich zwei innerliche Versprechen abzunehmen – das erste war, dass sie so schnell wie möglich Griechisch lernen würde und das zweite, dass sie ihn irgendwie überzeugen würde, seinem Cousin eine Gehaltserhöhung zu geben.

„Was zur Hölle glaubst du, was du tust?", fauchte Iakovos sie in einem Unterton an, als Dmitri, mit einer kleinen Verbeugung und einem Zwinkern in ihre Richtung, verschwunden war.

„Ich stehe hier und unterhalte mich mit deinem Cousin. Hattest du ein nettes Gespräch mit Patricia?"

„Nicht besonders. Ich will, dass sie die Inneneinrichtung eines Hotels übernimmt, das wir auf den Azoren kaufen wollen. Sie macht deshalb Schwierigkeiten.“

„Welche Schwierigkeiten?“

Er hatte keine Chance, Antwort zu geben, denn die Frau, von der sie sprachen, wand sich ihren Weg zu ihnen hinüber. Ehrlich, dachte Harry bei sich, mit diesem Kleid und der aufreizenden Art, wie sie sich direkt auf Iakovos zubewegte, hätte sie sich genauso gut nackt ausziehen und ein Schild mit der Aufschrift „Geöffnet“ auf die Brüste kleben können.

„Iakovos, Schätzchen, ist das deine kleine zukünftige Ehefrau?“ Die winzig kleine Blondine unterzog Harry einer detaillierten Überprüfung und gab ihr das Gefühl, unförmig zu sein. Die blauen Augen wanderten verdächtig zu ihrem Bauch, bevor sie ihr ein komplett schales Lächeln schenkte. „Oder sollte ich daraus zukünftige Mutter machen?“

„Sie ist beides. Harry, das ist Patricia. Sie hat für mich für einige Jahre gearbeitet, an den Inneneinrichtungen meiner Renovierungen.“

„Oh, ich habe sicherlich mehr getan, als nur die Inneneinrichtung deiner Renovierungen“, gurrte Patricia mit einer so offensichtlichen Bedeutung, dass man schon hätte ein Marsmensch sein müssen, um sie zu verpassen. Sie warf ihm eine kurze Kusshand zu, strich mit dem Daumen neben seinen Lippen und murmelte: „Du hast da ein bisschen von meinem Lippenstift, Schätzchen.“

Harry musste sich das Lachen verbeißen, aber sie tat es, denn sie wusste, dass, wenn sie das sagen wollte, was ihr durch den Kopf ging, dann würde das die Sache mit Patricia nur schlimmer machen.

Iakovos' dunkle Augen trafen auf ihre, eine Frage in ihnen. Sie versuchte, ihre Lippen gerade zu halten, aber sie wusste, dass er das Lächeln in ihren Augen sah, als er sich entspannte und zuließ, dass Patricia ihn zurück in eine Unterhaltung mit ihrem Gastgeber zog.

„Ich habe die strikte Anweisung, dich nicht zu berühren, außer du bist in Gefahr, dich zu verletzen oder die Wehen gehen los“, sagte Dmitri und kehrte an ihrer Seite zurück. „Aber er hat nicht gesagt, dass ich mich nicht mit dir unterhalten könnte. Ich nehme an, du hast den Fluch der Papaioannou-Brüder getroffen? Was denkst du?“

„Ich denke –“ Ihre Augen wurden groß vor Unglauben, als sie beobachtete, wie Patricia ihre Arme um Iakovos wand und seinen Kopf zu einem Kuss hinabzog. „Oh, das reicht jetzt!“

„Ja, das kann ich sehen“, sagte er, als sie davonschritt.

„Hi“, sagte Harry, als Iakovos mit Nachdruck Patricia von seiner Person entfernte. Sie lächelte zuerst ihn an und dann die kleinere Frau, die sie beim Arm nahm und mit einem noch strahlenden Lächeln an die Versammelten sagte sie durch die Zähne: „Wir müssen uns ein bisschen unterhalten, du und ich.“

„Sehr erfreut“, sagte Patricia mit einem Blick von giftigem Vergnügen in ihren Augen, als sie ihren Arm aus Harrys Griff befreite. Sie gingen zu einer leeren Ecke im Zimmer, wo Patricia herumwirbelte, ihre Arme verschränkt, und Harry ein ekelerregend süßliches Lächeln schenkte. „Machen dich die Hormone eifersüchtig?"

„Nein, meine Hormone bringen mich dazu, bis Mittag zu kotzen. Meine Eifersucht ist reserviert für Leute, die sie verdienen. Du bist keine davon."

„Autsch", sagte Patricia und ihr Gesicht füllte sich mit Verachtung. „Du weißt, dass er nicht bei dir bleiben wird."

„Wie bitte?" Das konnte sie nicht ernst meinen, oder? War Patricia wirklich so dumm zu glauben, dass Harry so eifersüchtig wäre, dass sie jeglichen Verstand verloren hätte? „Iakovos. Er ist nicht der häusliche Typ, Schätzchen. Das ist er einfach nicht. Ich weiß nicht, warum er plötzlich vorgibt, das zu sein, aber ich kenne ihn seit vielen Jahren und ich kann dir versichern, dass ich Frauen kommen und gehen gesehen habe. Die längsten haben es ein Jahr ausgehalten ... Bis er mich getroffen hat." Sie grinste. „Du bist offensichtlich nicht darüber informiert, dass wir für zwei Jahre zusammen waren."

„Wow", sagte Harry und schaute die kleinere Frau mit Bewunderung in ihren Augen an. „Zwei Jahre?"

Patricias Grinsen verlor etwas von seiner Strahlkraft. „Ja."

„Also hast du es wirklich versaut, oder?" Harry neigte den Kopf zur Seite, als sie die Frau betrachtete.

„Ich – was?" Patricia richtete sich auf und Empörung brachte sie dazu, rot anzulaufen. „Also, du musst es irgendwie versaut haben", machte Harry deutlich. „Weißt du, was es zwischen euch ruiniert hat? Oder hast du einfach angefangen, ihn zu langweilen?"

„Ich habe ihn nicht gelangweilt und ich habe es sicherlich nicht versaut! Wir haben einfach einvernehmlich entschieden, und ich will, dass du das weißt,
eine kleine Auszeit von unserer Beziehung zu nehmen
und andere Leute kennenzulernen."

Harry dachte darüber für einige Sekunden nach,
dann schüttelte sie den Kopf. „Nein, entschuldige, das
klingt einfach nicht nach Iakovos."

„Was weißt du schon? Dich gibt es erst seit ein paar
Monaten", fauchte Patricia und ihr Gesichtsausdruck
wurde säuerlich.

„Ja, aber als ich entschieden habe, dass ich mein Leben mit einem begehrtesten Junggesellen der Welt
verbringen würde, habe ich ein paar Feststellungen
gemacht. Eine davon war, dass er in der Vergangenheit ziemlich häufig im Fokus der Öffentlichkeit
stand, aber das das für uns egal ist. Ich habe mir auch
die Frauen angesehen, mit denen er in Verbindung
gebracht wurde, und weißt du, was mir aufgefallen
ist? Sie waren alle von der Stange."

„Von der Stange!", stotterte Patricia.

„Jep. Jede einzelne von ihnen war klein, blond und
war entweder Model gewesen, war immer noch Model, oder hätte leicht Model sein können." Harry hielt
für einen Moment inne. „Ich glaube, du hast selbst
auch gemodelt, oder?"

„Ja, aber das hat nichts zu bedeuten –"

„Noch wichtiger aber, ich habe mir Iakovos genau
angesehen und weißt du, was ich festgestellt habe?"

„Ich weiß, dass du es mir sagen wirst, ob ich es hören
will oder nicht", sagte Patricia und warf den Kopf
zurück.

„Ich habe herausgefunden, dass er ein Mann ist, der den Anschein eines Playboys erweckt, der nichts mehr will, als nur Spaß haben mit so vielen kleinen Blondinen, die er nur menschenmöglich ins Bett kriegen kann, aber in Wirklichkeit ist er ein Mann, der seine Familie hoch einschätzt. Er übernimmt Verantwortung, ob er will oder nicht. Er kümmert sich um andere Menschen. Er hat einen Sinn für Humor, den er vor den meisten Menschen versteckt, aber das ist das Unwiderstehlichste von all seinen charmanten Seiten." Harry fühlte einen leichten Luftzug an ihrem Rücken. „Er hat ganz sicher seine Fehler. Er mag Zahnpasta mit Minze, zum einen, und zum anderen singt er schrecklich schief ABBA-Melodien in der Dusche und er schummelt bei Mario Kart."

„Ich habe niemals bei Mario Kart geschummelt", sagte Iakovos hinter ihr, als er einen Arm um ihre Hüfte legte. „Du hast einfach nur keine Kontrolle über dein Auto und deshalb rauschst du jedes Mal in die Kühe hinein."

Sie drehte sich um, um ihn anzulächeln.

„Genießt du die Zeit, Liebling?", fragte er sie.

„Ich lerne nur gerade Patricia kennen. Aber ich denke, wir sind fertig, oder nicht?", fragte Harry die andere Frau.

Sie schäumte und brachte es fertig zu keifen: „Das sind wir ganz sicher."

„Prima", sagte Iakovos und manövrierte sie zur Tür. „Es ist Zeit, dass ich dich ins Bett bringe."

„Das hast du gerade nicht wirklich gesagt", lachte Harry, als er sie zur Tür geleitete. „Ich weiß nicht, wovon du redest", sagte Iakovos und verabschiedete sich von seiner Gastgeberin, bevor er Harry zum Aufzug begleitete.

„Oh, du hast keine Ahnung. Habe ich dir heute schon gesagt, wie sehr ich dich liebe, Yackados Papandromeda?“

„In der Tat hast du das nicht, Eglantine Amaranthe Knight.“

Harry knuffte ihn in den Arm, als sich die Aufzugtüren öffneten. „Schlag unter die Gürtellinie, Yacky. Ziemlicher Schlag unter die Gürtellinie.“

Kapitel neunzehn

Es dauerte länger, als Iakovos gehofft hatte, um nach Griechenland zurückzukehren. Die ursprüngliche Schätzung von zwei Wochen in New York erstreckte sich zu vier Wochen, dann zu sechs und als zwei Monate vergangen waren und der Winter langsam Einzug hielt, wollte er Harry unbedingt zurück in die Wärme Athens bringen.

Er schaffte eines, während er in New York war. Zwei Tage bevor sie aufbrechen sollten, stellte er Harry in dem Zimmer ihrer Hotelsuite, das sie als Büro benutzte.

„Eglantine", sagte er, während er den Raum betrat und Entschlossenheit und Zweck waren sein neues Motto.

„Nicht jetzt, Yacky", sagte sie, während ihre Finger über die Tastatur ihres Laptops flogen. „Ich schreibe."

„Seit Neuestem schreibst du immer", sagte er und schaute missbilligend auf sie herab, seine Augen hielten ihr Festmahl an ihrem schönen Gesicht, ihrer Haarmähne, die sie in einem Pferdeschwanz zurückgebunden hatte, wenn sie schrieb, ihren Brüsten, die schöne runde Kissen über ihrem anschwellenden Bauch waren. Er konnte nicht anders, als ein wenig stolz zu sein auf diesen Bauch. Er liebte ihn. Er liebte die Tatsache, dass sich darin seine Zwillinge eingenistet hatten, seine Kinder, die Kinder, die das Beste von ihnen beiden wären. Er liebte die Art, wie sie sich bewegte, nun, da sie so an Umfang zugelegt hatte, als ob sie sich der wertvollen Last, die sie trug, bewusst war, ihre Wildheit genau so lange gezähmt, wie es brauchte, um diese in seine Arme zu übergeben. Er liebte die Tatsache, dass er fähig gewesen war, ihr etwas zu geben, von dem er gedacht hatte, dass es unmöglich wäre außer im Labor. Aber hauptsächlich liebte er sie einfach.

„Das liegt daran, dass ich eine Deadline habe und wie immer hinke ich hinterher." Sie schaute flüchtig auf und schenkte ihm einen schmallippigen Blick. „Hauptsächlich, weil du mich ständig ablenkst mit deinem Körper eines dünnen Mannes."

Er schaute an sich herab. „Ich bin wohl kaum dünn, Liebling. Genau genommen habe ich darüber nachgedacht, dass ich bald ins Fitnessstudio gehen muss."

„Oh bitte. Du hast den gleichen Waschbrettbauch wie immer", sagte sie mit angewidert verzogenen Lippen.

„Waschbrettbauch..." Er runzelte die Stirn.

„Das bedeutet muskulös. Fit. In solch fantastischer Form, dass ich aufhören will, dieses Buch zu schreiben, das in drei Wochen fertig sein muss und jeden Quadratzentimeter von dir ablecken will. Außerdem, warum würdest du ins Fitnessstudio gehen wollen?

Das hast du auch nicht gemacht, als wir in Athen waren.“

„Das liegt daran, dass ich jeden Tag geschwommen bin“, sagte er und fühlte sich merkwürdig vergnügt bei ihren Kommentaren. „Ich bin ein großer Mann, Harry. Wenn ich nicht jeden Tag ein paar Kilometer schwimme, dann werde ich fett.“

„Nein“, sagte sie, stand vom Schreibtisch auf und umrundete ihn mit einem Blick in ihren Augen, der verkündete, dass sie Streit suchte. Sie gestikulierte zu ihrem Bauch. „Das nennt sich fett. Was du bist, ist bereit für das Cover vom Playgirl. Nicht dass ich zulassen würde, dass du das tust, aber du bist sicherlich erste Wahl. Und wenn du auch nur etwas Anstand hättest, dann würdest du so fett werden, dass ich mich nicht so unförmig im Vergleich zu deiner Fitness fühlen würde.“

„Wenn ich das tun würde, dann wäre ich nicht in der Lage, mit deinen sexuellen Wünschen mitzuhalten“, sagte er und zog sie in seine Arme, ihr harter Bauch presste sich gegen ihn. „Und das wäre eine Schande. Wann wirst du mich heiraten?“

„Bevor die Babys geboren sind“, sagte sie und ließ zu, dass er sie aus ihrer unleidlichen Laune heraus küsste. „Aber nachdem das Buch fertig geworden ist.“

„Dann haben wir zwei Monate. Bist du sicher, dass du ein so enges Zeitfenster willst?“

„Hast wohl Angst, dass wir außereheliche Kinder haben?“, fragte sie und schaute ihn merkwürdig an.

Er zögerte, wollte sie nicht dazu zwingen, etwas zu tun, mit dem sie sich nicht wohlfühlte, aber zugleich musste er an die Zukunft denken. „Solche Dinge passieren auch in Griechenland, aber sie sind dort nicht so häufig wie hier. Ich möchte nicht, dass unsere Kinder mit Verachtung behandelt werden, weil wir uns mit der Hochzeit Zeit gelassen haben."

Sie stahl sich einen Blick auf ihn, lächelte und biss ihn auf die Unterlippe. „In Ordnung. Sobald wir wieder in Athen sind, okay? Aber ich will keine Hochzeit. Nur auf dem Standesamt mit deinen engsten Verwandten."

„Du bist die Braut", sagte er und war erleichtert, dass sie so leicht zugestimmt hatte.

„Du bist dir sicher, dass du keine große Hochzeit willst?", fragte sie.

„Ich würde mit Freuden eine organisieren, wenn du eine wolltest, aber ich bin sehr zufrieden nur mit dem Standesamt."

„Gut." Sie wand sich aus seinen Armen und kehrte zu ihrem Stuhl und Laptop zurück.

„Da gibt es noch etwas", sagte er und drehte sie so, dass sie ihn ansah. „Der Ring."

Sie verzog das Gesicht. „Ich habe dir gesagt, dass ich normalerweise keinen Schmuck trage und ich brauche keinen Verlobungsring."

„Ich weiß, was du gesagt hast, aber wenn du dich erinnerst, habe ich darauf hingewiesen, dass es mein Vorrecht ist, dir einen zu schenken, wenn es mir Freude macht, und das tut es."

„Ich mag keine Diamanten", sagte sie und wedelte ablehnend mit der Hand.

Sie war solch eine Freude. Er hatte niemals zuvor eine Frau kennengelernt, die so stur entschlossen war, keine Schmuckgeschenke anzunehmen. Er musste sie praktisch bitten, eine Halskette aus Jade anzunehmen, die ihn an das Meer erinnerte, wenn es auf die Felsen an der Nordseite seiner Insel traf. „Und ich habe versprochen, dir keinen Diamanten zu schenken. Wie wäre es mit einem Smaragden?"

Sie verzog das Gesicht.

„Saphir?"

„Bäh."

Er setzte einen neutralen Gesichtsausdruck auf, als er das kleine Kästchen aus seiner Hosentasche zog. „Wie wäre es damit?"

Sie betrachtete den Ring, der in dem Kästchen lag und ihre Augen zeigten Interesse. „Das ist hübsch. Ist es ein Rubin?"

„Ja. Er gehörte meiner Mutter." Er nahm den Ring aus dem Kästchen und hielt ihn in seiner Hand. Sie legte ihre Hand in seine und lächelte, als er den Ring auf ihren Finger schob. „Er ist ein bisschen altmodisch und nicht annähernd so groß, wie es mir lieb wäre, aber ich dachte, dass du diesen gegenüber allen anderen bevorzugen würdest."

„Oh, Iakovos. Das ist schön", sagte sie und ihre Augen leuchteten durch unvergossene Tränen. „Das bedeutet so viel mehr als etwas, das du in einem Geschäft gefunden hättest. Danke."

Ihre Küsse waren süß, aber noch süßer war das Wissen, dass sie bald zu Hause wären und er sich entspannen könnte.

Am ersten Tag, als sie zurück in Athen waren, stellte Harry fest, dass es zwei Probleme gab. Das erste war die Tatsache, dass sie wirklich das Penthouse-Apartment, das Iakovos' Zuhause war, wenn er in

Athen war, nicht mochte und dort verbrachte er nun mal die meiste Zeit des Jahres.

„Ich mag die Stadt an sich", erklärte sie Elena am folgenden Tag, als sie auf dem sonnendurchfluteten Patio saßen, Tee tranken und über die Stadt schauten. „Ich mag den Lärm, ich mag die Geschäftigkeit, ich liebe die Aussicht... Nein, Athen ist nicht das Problem."

„Wenn du das Apartment nicht magst, dann sag es Iakovos einfach. Ich bin mir sicher, er wird nichts dagegen haben, wenn du es anders einrichtest", sagte die jüngere Frau mit einem Schulterzucken.

„Es geht nicht darum, ein paar Veränderungen vorzunehmen", sagte Harry langsam und stellte fest, dass es schwierig war, zu erklären, was sie gegen das Apartment hatte. „Es ist einfach so ... Kühl. Unpersönlich. Alles ist aus Chrom und Glas und mit kühlem Licht und nichts verkündet Zuhause. Du musst es doch auch bemerkt haben? Du hast hier die meiste Zeit deines Lebens verbracht, oder?"

„Ab und zu, ja. Als ich klein war, hat meine Mutter es vorgezogen, in einem Haus in Korinth zu leben, aber nachdem sie gestorben war, wollte Papa dort nicht mehr wohnen, also haben wir die meiste Zeit hier gelebt oder später auf Iakovos' Insel. Ich glaube, du betreibst Nestbau", sagte Elena mit einem klugen Nicken. „Ich habe gehört, dass schwangere Frauen das so machen."

„Wahrscheinlich." Harry tätschelte ihren großen Bauch. „Oder es könnte sein, dass ich einfach nur albern bin. Sag nichts zu Iakovos, ja? Ich will nicht, dass er denkt, dass ich sein Zuhause nicht mag."

Elena murmelte ihre Zustimmung und Harry verschob das Problem des unpersönlichen Gefühls der Wohnung auf später, damit sie sich nun um etwas viel Wichtigeres kümmern konnte.

Iakovos hatte ein kleines Büro in der Wohnung, das er benutzte, wenn er mit Arbeit überlastet war und aus seinem Büro im Stadtzentrum entkommen wollte. Er hatte eines der größeren Zimmer Harry überlassen und gesagt, da es ihr hauptsächliche Arbeitsbereich war, sollte sie mehr Platz haben.

Ein paar Tage nach der Unterhaltung mit Elena saß sie hinter ihrem Schreibtisch und starrte auf das Papier, das Dmitri gerade darauf hatte fallen lassen.

„Was ist das?", fragte sie. Er räusperte sich und schaute über die Schulter. „Ich glaube, es ist ein Ehevertrag."

Sie holte tief Luft. „Wenn er glaubt, dass er mir das antun kann, dann ist er verrückt."

Dmitri sah unbehaglich aus. „Das geht mich wirklich nichts an, Harry."

„Doch, tut es", sagte sie, ergriff den Vertrag und drückte ihn an seine Brust. „Du bist sein Assistent. Du kannst ihm das direkt wieder hinbringen und ihm sagen, dass ich das nicht unterschreibe."

„Harry –"

„Ich. Unterschreibe. Das. Nicht", wiederholte sie und ihr Blick war so scharf, dass er Glas hätte zerschneiden können.

Dmitri seufzte und verließ ihr Büro.

Sie starrte für eine Weile auf den Monitor und machte sich eine Notiz, dass sie einen Charakter mit Namen Jakob hinzufügen würde, den die Heldin des

Buchs aus Versehen mit einem Gabelstapler überfahren würde.

Innerhalb weniger Minuten kam Dmitri zurück. „Es tut mir leid. Er sagt, du musst das unterschreiben."

„Nein."

„Harry, bitte, unterschreib es einfach", bat er. „Er ärgert sich ohnehin schon über die ganze Sache. Mach es nicht noch schlimmer."

„Du kannst Mister groß und mächtig Nummer fünf der verflixten fantastischen Junggesellen im ganzen verflixten Universum sagen, dass ich diese Monstrosität nicht unterschreiben werde. Er muss es ändern."

„Was ändern?", fragte Dmitri und wirkte resigniert. „Zeig mir, was du geändert haben willst."

Sie deutete auf eine Zeile. „Das."

„Den Betrag, den du bekommen würdest, solltest du dich dazu entschließen, dich zu trennen oder die Scheidung einzureichen?"

„Ja. Das ... Das ... Argh! Sag ihm, er soll es ändern oder "
…

Dmitri seufzte noch einmal und verließ das Zimmer. Er kam fast sofort wieder zurück. Die Zahl, die zuvor dort gestanden hatte, war durchgestrichen und eine neue an ihrer Stelle gekritzelt worden, mit Initialen von Iakovos versehen.

„Dieser Bastard!", brüllte sie und machte sich noch nicht einmal die Mühe, die Zeile zu lesen, bevor sie den Vertrag an sich riss und durch den Flur zu seinem Büro marschierte.

„Yacky!", fauchte sie, als sie die Tür aufriss.

„Eglantine, was für eine unerwartete Freude", sagte er verbindlich, lehnte sich in seinem Stuhl zurück und hatte die Fingerspitzen zusammengelegt. „Was bringt diesen freudigen Anblick in meine bescheidene Hütte?“

„Du riesige Ratte! Wie kannst du es wagen, mir das anzutun!“ Sie knallte den Vertrag auf den Schreibtisch und starrte ihn an.

„Was ist das?“, sagte er, als ob er es nicht wüsste, verdammt sei sein anbetungswürdiger Balg. „Es sieht aus wie ein Ehevertrag.“

„Es ist eine Travestie!“

„Ein großzügiger Ehevertrag!“

„Es ist barbarisch! Das werde ich nicht zulassen!“

„Wirklich?“ Er legte die Füße auf den Schreibtisch und betrachtete sie über die gesamte Länge seines Körpers. „Ich glaube, ich habe vorgeschlagen, den Ehevertrag insgesamt sein zu lassen. Möchtest du darüber wieder reden?“

„Nein, das will ich nicht! Verdammt, du wirst geschützt sein, ob du es willst oder nicht.“

„Eigentlich ...“, fing er an, nahm seine Füße vom Schreibtisch und stand auf, sodass er über ihr aufragen konnte. Sie hasste es, wenn er seine Größe zu seinem Vorteil benutzte. „Mir gefällt es nicht. Mir gefiel es nicht, als du zuerst darauf bestanden hast, einen Ehevertrag zu schließen und mir gefällt es jetzt immer noch nicht. Ich habe dir einmal misstraut, Harry, für fünf ganze Minuten, und ich werde diese Hölle nicht noch einmal durchleben. Ich weiß, dass du nicht hinter meinem Geld her bist. Ich weiß, dass du mich nicht wegen meines Reichtums heiratest. Ich vertraue dir mit allem, was ich besitze. Ich will und brauche keinen Ehevertrag.“

„Ich werde dich nicht ohne einen heiraten!“

„Und ich habe dir einen zukommen lassen“, sagte er und schob den Vertrag wieder zu ihr her.

„Ja, du gibst mir die Hälfte von allem, was du besitzt!“

„Ich denke, du wirst feststellen, dass es siebzig Prozent sind“, sagte er lächelnd.

Sie schaute wieder auf den Vertrag und ihre Wut meldete sich bei dem Anblick der hingekritzelten Zahl. „Du Hurensohn! Das werde ich nicht unterschreiben! Du gibst mir ein Prozent oder gar nichts, hast du mich verstanden?“

„Vierzig“, sagte er und verengte die Augen.

„Zwei Prozent!“

„Fünfundvierzig. Das, meine kleine Gewitterwolke, ist mein letztes Angebot.“

„Also, das ist nicht meines“, spuckte sie, schnappte sich den Vertrag und spazierte davon.

„Wohin gehst du?“

„Ich ziehe los, um einen Anwalt zu finden, der einen richtigen Vertrag ausarbeitet! Einen, der mir gar keinen Anteil gibt, so, wie es sein sollte!“ Sie warf die Tür zu und murmelte unhöfliche Dinge bei sich, als sein Lachen aus dem Zimmer drang.

„Yacky“, sagte sie in dieser Nacht, als er aus dem Badezimmer kam.

„Eglantine“, sagte er und versuchte hastig, etwas unter dem Kopfkissen zu verstecken.

Harry lächelte bei sich, amüsiert über die Tatsache, dass Iakovos nicht wollte, dass sie wusste, dass er ihre Bücher las. Mehr als einmal hatte sie ihn mit der aktuellen Neuerscheinung erwischt, aber aus irgendeinem Grund, den sie nicht erfassen konnte, gab er lieber vor, dass er kein Interesse daran hatte. Sie fragte sich, ob es eine Sache männlichen Stolzes war, denn in ihren Büchern gab es einiges an Romantik, das mit Spannung vermischt war. „Mein Anwalt sagt, dein Anwalt soll aufhören, gemein zu mir zu sein."

„Auf welche Weise ist er gemein?"

„Er sagt, er persönlich wird dich anrufen, um mich aus seinem Büro zu begleiten, wenn ich dorthin gehe, um ihn wieder anzuschreien. Mein Anwalt sagt, das ist Belästigung, oder irgendwas." Sie holte tief Luft. „Es könnte auch Bedrückung sein. Ich bin nicht ganz sicher, denn Panoush hat einen sehr starken Akzent."

„Ich wäre froh, meinem Anwalt zu sagen, dass er dich in Ruhe lassen soll, aber du gehst an die ganze Sache unvernünftig heran."

Sie watschelte um das Bett herum, das genauso groß war wie das in seinem Palast auf dem Meer.

„Ich will nur, dass du geschützt bist."

„Ich weiß das, Liebling. Ich will das Gleiche für dich."

„Dann wirst du mich ein Prozent haben lassen?"

„Nein." Er zog sie enger an sich. „Ich habe es mir anders überlegt. Ich werde überhaupt keinen Ehevertrag haben wollen."

„Aber –"

„Nein. Es macht keinen Unterschied, denn wir werden uns niemals scheiden lassen. Wir werden zusammen alt werden und du wirst mich verrückt machen und ich werde mein Bestes tun, um mit dir Schritt zu halten. Das ist alles."

„Aber –"

„Nein!"

Da war etwas in seinen Augen, das sie davor warnte, dass er am Ende seiner Geduld bei diesem Thema angekommen war.

„Was ist, wenn ich plötzlich entscheide, dass ich eine Geschlechtsumwandlung haben will und ein Mann werde? Du würdest festsitzen, verheiratet mit einem Mann und die Leute würden denken, du seist schwul."

„Dann würden sie eben denken, ich sei schwul. Wir würden uns immer noch nicht scheiden lassen und ich bin fertig damit, das Thema weiter zu diskutieren."

„Dann ist es in Ordnung." Sie kletterte ins Bett. „Wenn du darauf bestehst, komplett unvernünftig zu sein –"

„Ich bestehe darauf."

„ – dann will ich jetzt über die Hochzeit reden."

„Was ist damit? Ich dachte, du wolltest nur zum Standesamt."

„Das wollte ich auch. Das will ich immer noch. Aber irgendwie, hat es sich von du, ich und Elena zu jeder in der östlichen Hemisphäre fragt sich, wo die Einladung bleibt, entwickelt."

„Erklär ihnen, dass die Hochzeit privat ist."

„Das habe ich gemacht, aber es gibt immer ein paar Leute, von denen ich denke, dass sie beleidigt wären, wenn sie nicht dabei wären."

„Liebling, du bist die Braut. Die einzige Person, von der ich will, dass sie dabei ist. Alle anderen sind optional."

„Also", sagte sie und schüttelte die Kissen hinter ihr auf. „Elena und Dmitri müssen dabei sein. Sie wären sehr beleidigt, wenn wir sie nicht einladen würden.

Und dann gibt es da deinen Freund Peter und seine
Frau. Ich mag die beiden."

„Gut. Sie mögen dich auch."

„Es klingt, als wäre er beleidigt, wenn sie nicht
kommen dürften. Du bist mit ihm zur Schule gegangen, nicht wahr?"

„Ja."

„Also ist er dein ältester Freund außerhalb der Familie. Und dann gibt es noch Theo."

Sie schaute ihn aus den Augenwinkeln an.

„Theo kann kommen, wenn er will", sagte er ausdruckslos.

„Ist der überhaupt in Griechenland?"

„Nein."

„Ich finde, wir sollten ihm den Termin mitteilen,
meinst du nicht? Für den Fall, dass er dafür kommen
will?"

„Ich werde ihm den Termin mitteilen."

Etwas stimmte nicht. Da war etwas in seiner Stimme, das gar nicht nach Iakovos klang, aber sie wusste,
er würde es nicht eher sagen, bis er bereit war. Wenigstens hatte sie ihn dazu gebracht, ihr zu versprechen, Theo den Termin mitzuteilen. „Hast du jemals
darüber nachgedacht, ihm etwas…" Sie zögerte und
war nicht sicher, wie sie ihre Besorgnis am besten
verpacken sollte. „Etwas zum Arbeiten zu geben, dass
weniger stressig ist?"

„Stressig?"

„Also…" Sie machte eine vage Geste. „Delikat ist vielleicht das bessere Wort."

„Was versuchst du zu sagen, Harry? Meinst du, mein
Bruder sollte nicht für mich arbeiten?"

„Nein, ich –“

„Du warst diejenige, die mir gesagt hat, dass ich lernen müsse, mehr zu delegieren und ich habe zugestimmt. Ich habe Theo die Verantwortung für das brasilianische Projekt übertragen, weil es genau die Sache ist, die er perfekt kann – dem brasilianischen Konsortium um den Bart gehen, die Ehefrauen bezaubern und der perfekte Gastgeber sein.“

„Ja, aber –“

„Ich sage dir nicht, wie du deine Bücher schreiben sollst“, sagte er mit eiserner Endgültigkeit. „Ich würde mir wünschen, dass du mir die gleiche Anerkennung zuteil werden ließest. Also, willst du, dass ich dir den Rücken massiere?“

Sie betrachtete seinen verschlossenen Gesichtsausdruck und wusste, dass die Diskussion vorbei war, zumindest für den Moment. Nachdem sie seit sieben Monaten mit Iakovos zusammenlebte, hatte sie gelernt, dass es Themen gab, bei denen er nichts dagegen hatte, dass sie sich einmischte, und bei anderen gab es nichts zu diskutieren. Dass Theo trank und die möglicherweise vernichtenden Folgen davon, die das auf sein Leben haben konnte, war eines dieser Themen.

Harry rutschte auf ihre Seite und die allnächtliche Balgerei folgte, als Iakovos wollte, dass sie ihr Nachthemd auszog, und sie sich mit der Begründung weigerte, dass sie so groß war wie ein Tanker. Bis er das Nachthemd ausgezogen hatte und begonnen hatte, ihren unteren Rücken zu massieren, hatte sie entschieden, dass sie das Thema Theo einfach auf einem anderen Weg angehen müsse.

„Jetzt wäre der perfekte Moment für dich, mir zu sagen, wie sehr du mich liebst", gurrte sie, als er den ganzen Schmerz in ihrem unteren Rücken wegstreichelte, seine großen Hände machten lange streichende Bewegungen, die Wunder wirkten auf die Anspannung, die sie verkrampfen ließ, nachdem sie zu lange auf den Beinen gewesen war.

Er liebkoste ihren Nacken und sein Brusthaar kitzelte ihren Rücken, als seine Hände zu wandern begannen. Eine Hand legte sich auf ihren Hintern und schlüpfte zwischen ihre Beine, während die andere eine Brust fand. Sanft, denn er wusste, wie sensibel sie war, liebkoste er sie und sandte Wellen von trägem Vergnügen durch Harrys Körper.

„Fühlst du dich heute Nacht in der Lage?", murmelte er und küsste ihr Ohr, ihren Nacken, ihre Schultern und seine zauberhaften Finger schlüpften zwischen ihre Oberschenkel, um ihre sensiblen Punkte zu finden.

„Oh, ja, bitte", sagte sie mit einem Seufzen und wand sich, als seine Finger in ihrer Wärme tanzten. Er rollte sie auf den Rücken und sein Haar streifte ihr Kinn, als er sich einen Weg über ihr Schlüsselbein küsste und tiefer wanderte, sodass er eine Brustwarze in seinen Mund nehmen konnte und sanft, so sanft, seine Zunge über ihre Spitze streichen ließ.

Sie stöhnte bei dem Gefühl seines Mundes und ihre Hände spielten über die Muskeln in seinen Armen und Schultern, als er sich bewegte, um auch ihrer anderen Brust seine Aufwartung zu machen. Für einen Moment fühlte sie Skrupel, als er sich tiefer be-

wegt, sich seinen Weg über ihren großen Bauch küsste.

„Ich bin so groß wie ein Haus", sagte sie und bewegte
sich ruhelos, als er seine Wange gegen die Seite ihres
Bauches rieb.

„Ja, das bist du."

Sie stützte sich auf ihre Ellbogen, um ihn anzustarren. Er krabbelte an ihrem Körper hinauf, mit diesem
verdorbenen Blick in den Augen, als er neben ihr lag,
einen Arm über ihrem Bauch. „Hast du irgendeine
Ahnung, wie erotisch es für mich ist, zu sehen, wie du
hier liegst, meine Kinder in dir? Weißt du, was das mit
mir macht, hier?" Er nahm ihre Hand und legte sie auf
seine Brust, dort, wo sein Herz stark und verlässlich
schlug. „Ich weiß, dass du dich unansehnlich und
unbeholfen fühlst, aber für mich bist du eine Göttin,
ein Anblick von Schönheit, der mir etwas gibt, das ich
niemals erwartet habe und der einzige Gedanke, der
mich beherrscht, ist es, Teil dieses Wunders zu sein
auf die einzige Art, die ich kenne."

„Oh Gott, sie müssen dich wirklich auf die Nummer
eins setzen, denn es gibt keine Frau auf der Welt, die
nicht ihre Seele verkaufen würde, um dich bei sich zu
haben", sagte Harry ihm, als er sie wieder auf die Seite
legte und ihr Bein etwas zurückzog, bis es über seinem
lag.

„Habe ich dir das nicht gesagt?", flüsterte er ihr ins
Ohr, als er langsam, oh, ganz langsam in ihren Körper
schlüpfte. „Ich habe den Platz auf der Liste zurückge-
geben. Ich habe ihnen gesagt, meine Frau würde nicht
zulassen, dass ich noch länger darauf zu finden sei."

Ihr Körper spannte sich um ihn herum an, als seine Finger sie sanft streichelten. Er war so zärtlich mit ihr, so sanft, dass ihr Tränen in die Augen traten. Ungefähr letzten Monat, als sie begonnen hatte, sich so schwerfällig zu fühlen, hatte sie ihm angeboten, ihm Vergnügen mit ihrem Mund und ihren Händen zu bereiten, aber er hatte ihr Angebot ernst abgelehnt und gesagt, dass er es vorziehen würde zu warten, bis sie bereit wäre, seine Aufmerksamkeit wieder zu empfangen, egal, wie lange es dauern würde.

Sie stöhnte bei ihrem Höhepunkt, als er sich gegen sie bewegte und das Gefühl seiner Wärme hinter ihr brachte sie zum Urgrund des absoluten Vergnügens, der perfekt wurde, als seine Stimme heiser wurde wegen seines eigenen Höhepunktes.

Kapitel zwanzig

Harry begegnete Patricia am nächsten Tag bei einem Nachmittagstee, der von einer der führenden Klubs in Athen organisiert wurde, um Spenden für eine Kindercharity zu sammeln. Harry hatte sich von Elena überreden lassen, teilzunehmen; diese hatte gesagt, dass es eine Sache war, die Iakovos seit Langem unterstützte.

„Na, wenn das nicht die glückliche Nestbauerin ist", sagte Patricia, als sie Harry erblickte, die etwas unsicher am Rand einer Gruppe von schwatzenden Frauen stand. Patricia hielt inne, ihr Gesicht war das Bild des Entsetzens, als sie Harrys Bauch betrachtete. „Guter Gott, gibt das einen ganzen Wurf?"

Harry fühlte sich viel zu unwohl, um sich irgendetwas von der winzig kleinen Frau gefallen zu lassen. „Das sagt die Frau, die selbst kein Kind hat", fauchte sie.

Patricias Gesicht versteinerte. „Du unmenschliche Hexe", knurrte sie, bevor sie sich an Harry vorbeidrückte und den Tee schnell verließ.

Harry hatte das schreckliche Gefühl, dass sie etwas Falsches gesagt hatte, aber sie hatte keine Ahnung, was. Als sie kurz danach nach Hause zurückkehrte, weil sie als Entschuldigung vorgebracht hatte, einen sehr realen Kopfschmerz zu haben, ging sie Elena an, die sich draußen neben dem Pool sonnte.

„Wie war der Tee?", fragte sie und schaute von dem Stapel von Modemagazinen auf.

„In Ordnung. Was weißt du über Patricia?", fragte Harry und kam damit gleich zum Punkt.

„Patricia? Meinst du Iakovos' Patricia?"

Harry zog eine Grimasse. „Iakovos' ehemalige Freundin, ja. Weißt du, ob sie Kinder hat?"

Elena runzelte die Stirn und schüttelte langsam den Kopf. „Ich glaube nicht, nein. Sie hat niemals ein Kind erwähnt, aber ich sehe sie nicht so oft. Sie und Iakovos waren nur kurz zusammen, weißt du."

„Zwei Jahre", sagte Harry grimmig.

„Also... Ja, aber das ist nicht wirklich lang."

„Wenn sie selbst keine Kinder hat, warum hat sie sich so... Oh Gott." Sie musste unfruchtbar sein.

Vielleicht hatte sie versucht, schwanger zu werden und konnte nicht und dann war die sehr schwangere Harry auf sie zugewatschelt und hatte sie angefaucht. „Gut gemacht, Harry."

„Redest du mit dir selbst?", fragte Elena und setzte sich auf.

„Nein. Ja. Oh, zur Hölle." Sie ging zurück in die Kühle der Wohnung und fühlte sich schrecklich.

„Verdammt, ich muss mich entschuldigen."

Sie rief Dmitri an, denn sie schämte sich ihres schlechten Verhaltens zu sehr, um es vor Iakovos zuzugeben.

„Dmitri, ich werde dich um etwas bitten – stell keine Fragen dazu, aber erwähne es auch nicht gegenüber Iakovos."

„Ist das etwas Illegales?", fragte er mit dem Hauch eines Lächelns in der Stimme.

„Nein."

„Dann mache ich es. Was brauchst du?"

„Ich brauche Patricias Telefonnummer und das Hotel, in dem sie übernachtet hier in Athen."

„Tatsächlich hat sie hier eine Wohnung, ich nehme mal an, du sprichst über die Patricia, die die Inneneinrichtung für Iakovos macht."

„Genau die."

„In Ordnung. Hier ist die Adresse." Harry schrieb die Informationen auf und dankte ihm dafür, dass er Iakovos nichts sagen würde. „Normalerweise mag ich es nicht, Geheimnisse vor ihm zu haben, aber solange du die Verantwortung dafür übernimmst, werde ich nichts sagen."

„Ich werde nichts tun, um ihr zu schaden", versicherte Harry ihm. „Ganz im Gegenteil, tatsächlich ganz im Gegenteil. Ich werde mich nicht nur entschuldigen, ich werde ihr auch einen Auftrag geben."

Sie hätte schwören können, Dmitri würgte bei diesen Neuigkeiten, aber da er nichts weiter sagte, legte sie auf, sammelte ihre Handtasche und ihre Digitalkamera zusammen und rief ein Taxi.

Vierzig Minuten später drückte sie die Klingel von Patricias Tür und umklammerte eine Flasche lokalem Wein.

Patricias Gesichtsausdruck, als sie sie sah, als sie die Tür öffnete, war nicht erfreut, aber Harry hatte sich nie um eine Pflicht herumgedrückt, wenn es nötig war.

„Was tust du hier?", fragte Patricia.

„Ich bin hier, um mich zu entschuldigen."

„Du kannst nicht reinkommen", sagte Patricia stur.

Harry hob die Flasche hoch. „Ich habe Alkohol mitgebracht."

„In Ordnung, du kannst reinkommen, aber du kannst nicht lange bleiben." Patricia schnappte sich die Flasche und drehte sich auf dem Absatz um. Harry folgte ihr in die Wohnung. „Ich nehme an, du wirst nichts von diesem Wein trinken."

„Das siehst du richtig."

Patricias Mund zuckte, als sie die geöffnete Flasche und ein Glas in das sonnige Wohnzimmer mitbrachte. Harry sah sich um und musste zugeben, dass sie recht hatte mit dem, was sie jetzt tun würde. „Du hast eine hübsche Wohnung. Hast du sie selbst eingerichtet?"

Patricia warf ihr einen Blick zu, bei dem Harry zumindest hätte versteinern sollen. „Natürlich habe ich das. Schau, ich weiß nicht, was du von mir willst, aber ich bin wirklich nicht in der Stimmung, nett zu sein, also warum spuckst du nicht aus, warum du gekommen bist und wir machen weiter."

„Ich bin gekommen, um mich für das zu entschuldigen, was ich bei dem Tee gesagt habe. Ich weiß nicht, warum es dich so sehr aus der Fassung gebracht hat, aber das tat es und es tut mir leid und ich fühle mich deswegen schlecht. Also: Ich entschuldige mich."

Patricia setzte sich und nahm einen großen Schluck vom Wein, während Harry linkisch herumstand, unsicher, ob sie sich setzen oder einfach gehen sollte.

„Also sagst du, dass es dir leidtut und dann soll alles wieder in Ordnung sein?"

„Ich weiß nicht, was ich sonst tun kann", sagte Harry und fühlte sich hilflos. „Offensichtlich habe ich einen wunden Punkt getroffen."

Für einen Moment schloss Patricia ihre Augen und goss sich dann das nächste Glas Wein ein und deutete zur Tür. „In Ordnung, du hast dich entschuldigt. Nun sieh zu, dass du herauskommst."

Harry schwieg einen Moment, dann nickte sie und machte sich auf den Weg zur Tür.

„Nein, warte eine Sekunde. Oh, Himmel, das ist lächerlich. Ich will nicht mit dir reden. Ich will dich nicht in meinem Haus haben. Ich will dich nicht in diesem dämlichen Kleid sehen, mit dem du dastehst und mich bemitleidest."

Harry drehte sich langsam um. Sie kannte den Klang von Leid, wenn sie ihn hörte, und obwohl sie diese Frau wirklich nicht mochte, würde sie sich niemals selbst verzeihen, wenn sie einfach davonging und eine andere Frau in dem Schmerz zurückließ, der seinen Ursprung in ihren Handlungen hatte.

„Mein Kleid", sagte sie und strich mit einer Hand über ihren riesigen Bauch, „ist sehr süß. Ich habe es online bestellt. Es ist aus New York." Das Kleid war wirklich süß – der obere Teil im Empirestil war marineblau und weiß gestreift, während der ausgestellte

Rock in passendem Marineblau gehalten war. Es sah sehr seemannsmäßig aus und Harry hatte sich sofort darin verliebt, als sie es online gesehen hatte. „Zum Thema bemitleiden: Nein, das tue ich nicht, aber hauptsächlich deshalb, weil ich keine Ahnung habe, was dich so aus der Fassung gebracht hat bei dem, was ich gesagt habe – außer wenn du unfruchtbar bist und dann war meine Bemerkung unangebracht gemein."

Patricia fluchte, stand auf und hatte das Weinglas immer noch in ihren Händen. „Ich habe Iakovos geliebt, weißt du."

Harry stand ganz still. „Dann habe ich Mitleid mit dir. Ich kann mir nichts Schlimmeres vorstellen, als ihn zu lieben, aber nicht zurückgeliebt zu werden."

Patricias Gesicht verzog sich zu einer grausamen Maske. „Du denkst, dass so ein großer Unterschied zwischen mir und dir besteht, oder nicht? Du denkst, dass er deiner nicht auch überdrüssig werden würde am Ende? Oh ja, du hattest recht, verdammt seist du. Er wurde meiner überdrüssig; wir hatten einander nicht mehr länger etwas zu geben. Gott verdammt, ich war dabei, ihn abzuschießen und er hat mich zuerst abgeschossen." Sie setzte sich wieder hin, schenkte sich mehr Wein ein und trank ihn aus.

„Wenn du ihn geliebt hast, warum wolltest du ihn dann verlassen?", fragte Harry langsam.

„Weil ich ihn nicht geliebt habe." Sie fuhr sich mit einer Hand durch ihr perfektes, blondes Haar. „Oh Gott, halt einfach die Klappe und setz dich hin. Ich kann es nicht ertragen, dich anzusehen."

Harry setzte sich auf einen Stuhl mit gerader Rückenlehne, während Patricia wieder in die Küche stampfte. Nach einer Minute kam sie mit einem großen Glas Orangensaft zurück, das sie Harry in die Hand drückte. Sie mochte Orangensaft nicht wahnsinnig gerne, aber sie nippte daran, um höflich zu sein, während Patricia sich noch ein Glas Wein einschüttete.

„Nur damit wir uns verstehen", sagte Harry nach einer Minute Schweigen, „du wirst mich nicht eifersüchtig machen wegen deiner vorigen Beziehung mit Iakovos."

„Weil du so perfekt bist für ihn?", höhnte Patricia. „Weil du denkst, er wird deiner nicht überdrüssig werden wie bei mir?"

„Ja", sagte Harry. „Weil er mich liebt und weil ich glaube, dass Liebe nicht einfach nur Verliebtheit ist."

„Vielleicht bist du perfekt", sagte Patricia und ihr Gesicht verzog sich wieder. „Vielleicht ist er es. Ich hoffe, er ist es."

„Du hoffst, dass er glücklich ist mit mir?"

„Ja. Denn wenn ich ihn dir wegnehme, dann wird es umso befriedigender sein."

Ihr Lächeln glitzerte, so grausam, wie die Sonne hell war. „Du glaubst nicht, dass ich das kann, oder nicht? Ich kann. Ich weiß, was er mag. Ich weiß, was ihn verrückt macht. Ich weiß, was er von einer Frau will und ich kann ihm das geben. Ich habe es ihm gegeben. Ich habe ihn für zwei Jahre an meiner Seite gehabt, länger als jede andere Frau, länger als du. Wenn ich ihn wieder will, dann kann ich ihn dir wegnehmen. Und weißt du was? Ich habe gerade entschieden, dass ich ihn wieder will."

Harry stand langsam auf, schaute auf die schöne bittere blonde Frau herab. „Ich spiele keine Spiele, wenn es um Iakovos geht“, sagte sie endlich bedrückt. „Also werde ich dir nicht sagen, loszulegen und es zu versuchen. Ich liebe ihn. Ich weiß, dass er mich liebt. Wir werden in drei Tagen heiraten und in weniger als zwei Monaten Zwillinge bekommen. Wenn du deine Zeit und deine Energie damit verschwenden willst, das zu zerstören, dann ist es das, was du tust. Aber du musst dich selbst fragen, ob du meine Beziehung mit ihm oder deine eigene Seele zerstörst.“

Patricia fluchte und Harry ging wieder zur Tür, dabei nahm sie sich vor, dass sie mit dieser Frau fertig war. Als sie die Tür erreichte, kam von Patricia ein schreckliches Stöhnen und ein japsender Laut. „Ich bin nicht unfruchtbar. Ich hatte eine Tochter. Sie ist gestorben.“

Gänsehaut krabbelte über Harrys Rücken, als sie sich umdrehte. Patricias Gesicht war eine Maske der Gleichgültigkeit, aber ihre Finger um den Stiel des Weinglas herum waren weiß.

„Das tut mir leid.“

Patricia gestikulierte mit dem Glas, dann schüttete sie mehr Wein hinein, wobei ihre Hand zitterte. „Das war vor sechs Jahren. Sie wäre dieses Jahr zehn geworden.“

Harry kehrte zu ihrem Stuhl zurück, wollte nicht fragen, was passiert war, war aber trotzdem neugierig.

Patricia holte lang und zitternd Atem. „Mein Mann hat einen Sorgerechtsstreit angezettelt, als wir uns scheiden ließen. Er hat dem Richter gesagt, dass ein Workaholic keine gute Mutter für Penny wäre. Als der

Richter nicht zugestimmt hat und mir das Sorgerecht erteilt hat, hat mein Ehemann…"

Harry hatte eine schreckliche Vorahnung von dem, was kommen würde. Sie wollte Patricia trösten, aber da war ein Gefühl von angespannter Zerbrechlichkeit um sie.

„Er hat sie gegriffen und ist losgelaufen. Direkt in einen Pendlerzug. Der Bastard."

Das letzte Wort hatte sie ausgespuckt und Patricias Gesicht fiel in sich zusammen.

Harry bewegte sich unsicher zur Couch und legte die Arme um die nun schluchzende Patricia, ihre eigenen Augen strömten vor Mitleid über.

„Es tut mir leid. Es tut mir so leid", wiederholte sie und wünschte, es gäbe irgendetwas, was sie tun könnte.

Mit der Zeit machte Patricia sich los und wischte sich ihr Gesicht mit einigen Taschentüchern.

„Glaub ja nicht, dass das irgendetwas ändert", sagte sie mit tiefer, hässlicher Stimme. „Ich mag dich nicht. Ich habe vor, dir Iakovos wegzunehmen."

„Nein, das wirst du nicht", sagte Harry und rutschte auf der Couch nach vorne, sodass sie sich in die Höhe hieven konnte.

„Das zeigt, wie wenig Ahnung du hast", sagte Patricia, die sich mit noch mehr Taschentüchern die Nase putzte.

„Das wirst du nicht, weil du weißt, wie wertvoll das Leben ist und du würdest niemals meinen Babys den Vater nehmen."

Patricias Kiefer arbeitete, aber sie sagte nichts, sah nur weg. „Lass mich allein. Nimm deinen fetten Körper und lass mich allein."

Zum dritten Mal ging Harry zur Tür, sah zurück und sagte langsam: „Ich will dich anstellen. Ich will, dass du unsere Wohnung einrichtest, bevor meine Babys geboren werden. Ich weiß, dass du teuer bist und viel beschäftigt, aber ich will, dass du das tust. Ich glaube, dass du talentiert bist und ich weiß, dass du mir helfen wirst, unsere Wohnung in ein Zuhause zu verwandeln."

„Du hörst auf gar nichts, was ich sage, oder?", sagte Patricia mit rotem Gesicht.

„Ich höre das sehr wohl", sagte Harry und schenkt ihr einen langen Blick. „Ich höre aber auch, was du nicht sagst. Du kannst morgen zum Mittagessen kommen, ich zeige dir die Wohnung und wir können über die Inneneinrichtung reden."

„Ich bin mit der Wohnung sehr vertraut." Patricia warf ihren Kopf zurück, als sie die Tür öffnete und hindurchging. „Und zur Hölle, ich werde nichts anderes tun, als dir den Mann abzunehmen, den ich einst geliebt habe."

Harry legte einen Stopp in Iakovos' Büro ein, als sie auf dem Weg nach Hause war. Er stand im Flur vor seinem Büro und unterhielt sich mit Dmitri. Sie ging auf ihn zu und legte ihre Arme um ihn, vergrub ihr Gesicht in seinem Nacken, um seinen Geruch einzuatmen.

„Halt mich", sagte sie. Das tat er.

Dmitri entschuldigte sich und ging. Harry stand da und hielt sich an Iakovos fest, ließ zu, dass seine Liebe all den Schmerz wegwusch, der sie mit Leid zu bedecken schien. Nach ein paar Minuten sah sie zu ihm auf. „Ich habe Patricia gebeten, unsere Wohnung neu einzurichten."

Seine Augenbrauen wanderten in die Höhe.

„Sie sagte, sie will dich mir wegnehmen. Ich habe ihr gesagt, dass ich dir vertraue. Hintergeh mich nicht."

Er sagte nichts, als sie ging.

Am nächsten Tag, pünktlich um zwölf, klingelte der Concierge, um zu sagen, dass Patricia unten wartete.

„In Ordnung, lass es uns so schnell wie möglich hinter uns bringen", sagte Patricia ein paar Minuten später, als Harry die Tür für sie aufhielt.

„Mrs. Avrabos, das Mittagessen auf dem Patio bitte in zehn Minuten", sagte Harry der Haushälterin.

„Ja, Kyria", sagte die Frau und ihre Augen huschten zwischen Harry und Patricia hin und her.

„Das ist das Wohnzimmer, wie du dich wahrscheinlich erinnerst", sagte Harry und gestikulierte zu dem entsprechenden Raum. Patricia zückte sowohl eine Digitalkamera als auch ein Notizheft. Sie machte ein paar Bilder und dann einige schnelle Notizen.

„Zu den Schlafzimmern geht es hier entlang. Um Elenas wirst du dich nicht kümmern müssen – sie ist mit ihm zufrieden. Theos sollten wir wahrscheinlich auch so lassen. Das ist unser Zimmer."

„Schätzchen, daran erinnere ich mich", sagte Patricia und warf den Kopf in den Nacken, als sie eintrat. „Hm. Ich sehe, dass sich nicht viel geändert hat. Iakovos schläft immer noch auf der rechten Seite des Bettes."

Harry war entschlossen, nicht die Geduld zu verlieren. „Du wirst um das Bett herum arbeiten müssen. Es ist maßgefertigt nach Iakovos' Angaben. Aber ansonsten bin ich bereit für Veränderung. Das Ankleidezimmer könnte auch etwas frischen Wind gebrauchen. Das Badezimmer gefällt mir überhaupt nicht – es ist zu grimmig modern, also, wenn du das etwas wärmer gestalten könntest, wäre ich dankbar."

Patricia schnaubte.

„Das Zimmer neben unserem wird das Kinderzimmer sein. Ich habe noch nichts darin, also wird es das erste Zimmer sein, an dem du arbeitest."

„Du hast dein Kinderzimmer noch nicht eingerichtet?" Patricia sah aus, als könnte sie ihren Augen nicht trauen. „Es ist nicht so, dass ich das nicht will, ich hasse es einfach, einzukaufen. Ich wollte alles online bestellen, aber es ist ziemlich schwierig, sich durch die griechischen Onlineshops zu schlängeln. Und außerdem muss ich ein Buch fertigstellen und ... Also, es ist einfach aufgeschoben."

Patricia machte ein angewidertes Geräusch.

„Die Büros sind den Flur hinunter", sagte Harry und ging zurück ins Wohnzimmer und auf die andere Seite der Wohnung. „Mein Büro muss überarbeitet werden. Es ist zu dunkel. Das ist Iakovos' Büro, aber er sagt, dass er nichts verändert haben will. Das daneben ist Dmitris. Er möchte, dass du Veränderungen vornimmst, solange du ihn zuerst den Schreibtisch sehen lässt. Er scheint ziemlich wählerisch zu sein, wenn es um Schreibtische geht. Oh, und er sagte, kein Blumendesign. Drüben ist das Heimkino. Die Elektronik ist in Ordnung, aber wenn du bequemere Sitzmöglichkeiten finden würdest, wäre ich dankbar. Die zwei

Gästezimmer müssen komplett überarbeitet werden. Hier liegt die Küche."

Patricia machte weiter Bilder und Notizen. Bis sie mit der Küche, dem Esszimmer und den Räumlichkeiten der Haushälterin fertig waren, brauchte Harry dringend eine Pause.

„Ich sehe, dass Mrs. Avrabos das Mittagessen fertig hat. Sollen wir?"

„Aber natürlich, gute Fee."

Harry biss sich auf die Zunge und schwor sich, das durchzuziehen, auch wenn es sie umbrachte. Als sie jedoch ihren Platz einnahm, konnte sie nicht anders, als zu bemerken, dass die Haushälterin Patricia böse anstarrte.

„Alte Schachtel", murmelte Patricia, als die Haushälterin das Mittagessen aufgetischt und wieder verschwunden war.

„Ich nehme an, du magst sie nicht?", fragte Harry, als sie sich Salat und Moussaka nahm, und konnte nicht anders, als hinzuzufügen: „Sie scheint auch nicht sehr glücklich zu sein, dass du hier bist."

„Nein, ich bin sicher, dass sie das nicht ist." Patricia lächelte und Harry wusste, dass ein großer Querschläger im Anflug war. „Nicht, seit sie Iakovos und mich beim Sex in der Küche erwischt hat."

Harry schaute sie an. „Das kriegt ein Votum von 6,5. Nicht genug, um mich wirklich zu verärgern, aber ausreichend, damit ich das nächste Mal daran denke, wenn ich in der Küche bin."

Zu ihrer Überraschung brach Patricia in bellendes Gelächter aus. „In Ordnung, wenn du so entschlossen bist, das durchzuziehen, dann lass uns Designer und

Kunde spielen. Was willst du, was ich aus dieser Wohnung mache?"

„Ich will, dass es ein Zuhause ist."

Patricia warf ihr einen hitzigen Blick zu.

„Hast du Iakovos' Haus gesehen? Oh, ich bin sicher, du hast es gesehen."

„Ja, das habe ich", erwiderte Patricia mit einem gepressten Lächeln.

„Also, das ist, was ich mit einem Zuhause meine. Das Haus ist wunderschön eingerichtet. Es fühlt sich warm und real an, als ob Leute da wohnen würden, nicht Automaten."

„Ich bin froh, dass du so darüber denkst. Ich habe mir sehr viel Mühe gegeben mit diesem Haus."

Harry hielt einen Ausruf zurück. „Du hast es eingerichtet? Das Haus auf der Insel?"

„Ja. So haben Iakovos und ich uns kennengelernt."

Sie verdaute diese Information. „Also, das hast du wunderbar gemacht... äh... Du hast nicht auch diese Wohnung eingerichtet, oder?"

„Nein." Patricias Lippen verzogen sich. „Für das hier kannst du mir keine Schuld geben."

„Also, dann musst du wissen, was ich haben will. Du kennst die Farben, die Iakovos mag – die sind für mich in Ordnung. Und du kennst den Stil, den ich haben will."

„Ja, ich glaube, ich weiß, was du willst. Du willst ein Nest bauen für dich und deine Kinder, damit du hier glücklich sein kannst mit dem Mann, den ich liebe."

Harry wollte einfach nur den Krug mit Limonade nach ihr werfen. „Oh, um Himmels willen, Patricia!

Können wir nicht wie vernünftige Leute miteinander umgehen?"

„Auf alle Fälle, lass uns vernünftig sein", fauchte Patricia. „Wir sind zwei Frauen, die beide den gleichen Mann haben wollen, aber das bedeutet ja nicht, dass wir nicht Freundinnen sein können."

Harry hatte genug; endlich hatte sie genug. „Hör auf, Patricia, hör einfach auf!" Sie haute das Glas mit Limonade auf den Tisch. „Du willst Iakovos nicht!"

„Wer sagt das?"

„Ich sage das. Weißt du, was ich tun würde, wenn Iakovos mir sagen würde, dass unsere Beziehung uns beiden nichts mehr zu geben hätte? Ich würde kämpfen, Patricia. Ich würde wie ein Berserker kämpfen, um sicherzustellen, dass sich das ändern würde. Ich würde weiter für seine Liebe kämpfen, und ich würde kämpfen und kämpfen und weiterkämpfen, bis ich seine Liebe wiederhätte. Und ich würde ganz sicher nicht einfach aufgeben. Das tust du nicht mit jemandem, den du liebst."

Patricia saß da, steif wie ein Brett, ihr Gesicht rot und ihr Blick in der Ferne.

„Also, lass uns diese kleine Übereinkunft haben, du und ich", sprach Harry weiter. „Du kannst vorgeben, was auch immer du willst. Du kannst mir von jedem einzelnen eurer intimen Momente erzählen. Du kannst mir drohen und du kannst dein Äußerstes tun, um mich zu verärgern, aber wenn du das tust, dann nur, damit du dich selbst besser fühlst. Es wird keine Auswirkungen auf mich haben."

Patricia stand auf und ging ohne ein weiteres Wort.

Harry stand langsam auf und fing den Blick von
Mrs. Avrabos auf, die im Wohnzimmer stand und auf
den Patio hinaussah.

„Oh, das ist gut gelaufen, denken Sie nicht auch?",
sagte sie und wollte weinen.

Mrs. Avrabos nickte. „Ja, Kyria, das ist gut gelaufen.
Es ist sehr gut gelaufen."

Kapitel einundzwanzig

Sein Hochzeitstag begann stürmisch, düster und mit der Drohung, die ganze Sache ins Wasser fallen zu lassen. Er hätte wissen sollen, dass solch ein wichtiges Ereignis niemals glatt gehen würde, wenn es um seine turbulente Seegöttin ging.

„Liebling, du musst aufstehen oder du schaffst es nicht bis zur Hochzeit", erklärte er Harry zwei Stunden, nachdem er aufgestanden war, um zu sehen, welchen Schaden der Wind an seinem Haus angerichtet hatte. Die Wellen brandeten mit Wildheit gegen seine kleine Insel und Gischt flog von den Felsen und trommelte gegen die Fenster.

Harry rollte sich von den Kissen, auf denen sie es sich endlich gemütlich gemacht hatte. „Oh, vergiss die Hochzeit."

„Ist es zu viel für dich?", fragte er und überlegte, ob er sie zu etwas zwang, für das sie noch nicht bereit war.

„Was ist zu viel für mich? Hilf mir hoch." Er legte einen Arm um sie und half ihr auf die Füße. Sie trug das verdammte Nachthemd wieder, das, das er hasste, aber in den letzten paar Wochen war sie überwältigt gewesen von einer Schüchternheit, wenn es um ihn ging, und hatte darauf bestanden, es im Bett zu tragen.

„Die Hochzeit?"

Auf dem Weg ins Badezimmer hielt sie inne und warf ihm über die Schulter ein Lächeln zu. „Nein, ich bin einfach nur unleidlich. Obwohl, gütiger Gott, schau dir diese Gewitterwolken an. Ich hoffe nur, dass das Boot von der Stadt aus es herüberschafft oder wir müssen auf Elena und den Bürgermeister verzichten."

„Sie werden hier sein."

Eine Stunde später schaffte es das Boot herüber, aber er hatte die Wolken beobachtet und sich darüber Sorgen gemacht, dass das Meer ihre Hochzeit vielleicht etwas zu enthusiastisch feierte. Er ging hinab, um die Barkasse in Empfang zu nehmen und erwartete Dmitri, Elena und den Bürgermeister zu sehen – der die Zeremonie durchführen würde –, aber zwei weitere Leute, die zusammengedrängt in der Kabine waren, ließen ihn einen Moment innehalten.

„Theo", sagte er, als die anderen drei zum Haus hinüberrannten.

Für einen Moment stand sein Bruder vor ihm, bevor er sich umwandte und seine Hand ausstreckte.

„Du hast nicht wirklich geglaubt, dass ich deine Hochzeit verpassen würde, oder, Schätzchen?"

Er fluchte leise, als Patricia aus der Kajüte auftauchte und ihm ein gerissenes Lächeln schenkte. „Hat Harry dich eingeladen?"

„Sie ist als mein Gast hier", sagte Theo mit herausforderndem Blick.

Genau das, was er brauchte – etwas, das seine Braut beunruhigen würde genau an dem Tag, der einer ihrer schönsten sein sollte.

„Dann seid ihr beide natürlich willkommen", sagte er durch die Zähne und schaute überrascht in den Himmel, als ein Blitz durch die Wolken leuchtete und gefolgt wurde vom Rollen des Donners.

„Es sieht danach aus, als hättet ihr alle möglichen schlechten Omen. Bedeutet nicht ein Sturm bei der Hochzeit, dass die Ehe dem Untergang geweiht ist?", fragte Patricia, während sie zum Haus hinübereilten.

„Vielleicht für alle anderen, aber nicht für uns", sagte Iakovos und freute sich wenigstens darüber. Er wusste, dass Harry Stürme fast genauso sehr liebte wie er selbst. „Die Zeremonie wird in einer halben Stunde im Musikzimmer stattfinden."

„Soll ich der Braut meine Hilfe anbieten?", fragte Patricia mit einem dünnen Lächeln.

Er wusste, was zwischen Harry und ihr vorging und er hatte genug Verstand, um sich aus ihrer Auseinandersetzung herauszuhalten, die darum ging, eine vernünftige Beziehung zueinander zu finden. Wenn Patricia ihm keinen Grund gab, dann würde er sich nicht einmischen. „Wenn du denkst, dass du eine Hilfe sein kannst, dann auf jeden Fall. Sie ist in unserem Schlafzimmer."

Er zog los, um den Bürgermeister richtig zu begrüßen, bevor er sich um seine anderen Pflichten kümmerte. Nachdem er sich den Bericht über einige zerbrochene Fenster in den Bungalows angehört hatte, mit Spyros das Haus überprüft und sich Rosalias Beschwerden über Patricias Anwesenheit angehört hatte, verbrachte er einige Minuten alleine mit einer aufgeregten Elena, die gerade von Harry zurückgekehrt war.

„Ich bin so glücklich", rief Elena und umarmte ihn zum dritten Mal. „Und ich weiß einfach, dass du es auch sein wirst."

„Das werde ich –" Sie schauten beide auf, als etwas mit dem Haus kollidierte.

Iakovos ging mit Spyros hinaus, um den Schaden abzuschätzen und kehrte klatschnass ins Haus zurück. Drei Stufen auf einmal nehmend, rannte er in sein Ankleidezimmer, weil Harry ihr Schlafzimmer für diesen Tag für sich beansprucht hatte. Er schlüpfte in seine Kleider für die Hochzeit, dann hielt er an der Tür inne und lauschte auf Stimmen. Es gab keine. Er steckte den Kopf hinein, um sicherzustellen, dass alles in Ordnung war.

„Weißt du, du sollst die Braut nicht vor der Hochzeit sehen", sagte Harry und betrachtete ihr Spiegelbild, als sie vor dem Spiegel auf dem Schreibtisch stand. „Das bedeutet Unglück. Nicht, dass ich daran glauben würde, denn ehrlich, was soll daran so schlimm sein? Du hast mich vor Kurzem gesehen und du bist nicht schreiend aus dem Zimmer gerannt und hast erklärt, dass du es dir anders überlegt hast und dass du lieber Nummer fünf bleiben würdest und nicht von der Liste gestrichen werden wolltest. Also wirklich, wenn du da nicht weggerannt bist, wie kann es dann sein, dass es schlecht wäre, wenn du mich jetzt siehst?" Sie drehte sich um, um ihn anzuschauen, während sie die letzten Worte sprach und ihre Augen wurden größer, als sie sein Aussehen bemerkte.

Er wäre über ihre Reaktion erfreut gewesen, denn er hatte den Frack von seinem Lieblingsschneider speziell für die Hochzeit bestellt, aber er war zu beschäftigt damit, sie anzustarren, um klar denken zu können.

Das Kleid, das sie trug, war bodenlang, ein marmoriertes Grün, das in einem blassen Jadeton bei ihren Schultern begann und dann elegant gerafft über ihre Brüste floss, sich über ihren Bauch bauschte und in sanfte Falten fiel. Die Farbe des Stoffs änderte sich von Jade zu einem dunklen Tannengrün bei ihren Füßen. Ihre Haare waren von ihrem Gesicht zurückgesteckt, aber fielen in einer rebellischen Masse, die er gerne berührt hätte, über ihren Rücken.

Aber es waren ihre Augen, die ihm das Gefühl bescherten, als hätte ihn jemand gerade in die Brust geboxt. In ihnen leuchtete so viel Liebe, dass er auf die Knie gehen und Gott für sie danken wollte.

„Ich nehme an, dass es von einer Braut in meinen Umständen erwartet wird, dass sie etwas darüber sagt, dass sie wünscht, sie wäre dünner und in der Lage, an ihrem Hochzeitstag Weiß zu tragen, aber irgendwie ist mir das nicht wichtig“, erklärte sie ihm.

„Du bist so schön, dass du mir den Atem raubst“, sagte er.

Sie wurde tatsächlich rot, was ihn unglaublich freute. „Du raubst mir auch den Atem, weißt du. Der Frack ist umwerfend. Mir gefällt die weiße Krawatte. Mir gefällt die Art, wie die Hosen an deinen Oberschenkeln haften. Ich mag die Tatsache, dass du darunter nackt bist.“

Er zog eine lange schmale Schachtel aus der Innentasche. „Ich weiß, dass du das nicht annehmen willst und ich weiß, dass du mir dafür eine Gardinenpredigt hältst, aber das muss ich tun, Eglantine. Ich muss dir das hier geben."

„Was ist das, Yacky?" Sie sah misstrauisch aus, als er die Schachtel öffnete. Sie schüttelte leicht den Kopf, als sie die Hand ausstreckte, um es zu berühren. „Es ist wunderschön."

„Noch nicht einmal annähernd so schön wie du. Wirst du's tragen?"

Ihre Finger wanderten über eine wellenförmige, goldene Kette, die sich über und hinter große Smaragde schlängelte. Er hatte den Designer nach etwas gefragt, dass die Wellen ihres Haares imitieren würde, wenn es ausgebreitet auf seinem Bett lag und er war mit dem Ergebnis zufrieden. „Ja, ich werde es tragen. Danke, Iakovos."

Er trat hinter sie, um ihr die Kette anzulegen. In ihrem Haar waren goldene Blätter eingeflochten. Er wischte ihre schwere Haarmähne beiseite und drückte einen Kuss auf ihren Nacken. Sie erschauderte ein bisschen und schaute ihn über ihre Schulter an, einer ihrer Finger berührte die Smaragde ehrfürchtig.

„Woher wusstest du, dass ich ein grünes Kleid auswählen würde?", fragte sie. Er lächelte und trat von ihr zurück, bevor er alles bis auf das Bedürfnis, sie zu besitzen, verdammen würde. „Ich weiß, wie du denkst, Liebling. Du hast nicht das getan, worum ich dich bei den letzten paar Kleidern gebeten habe, also wusste ich, dass dieses hier grün wäre."

Sie seufzte traurig. „Also, nun ist jeder Zauber dahin und du wirst meiner überdrüssig werden und dann wird Patricia recht haben und ich werde zu Kreuze kriechen müssen."

„Ich werde von dir gehen", sagte er und tat genau das. „Aber nur, weil, wenn ich hier bei dir bleibe, dann wird es damit enden, dass ich dieses sehr hübsche Kleid von deinem großartigen Körper ziehen und den Rest des Tages damit verbringen werde, dich zu lieben."

„Ich liebe dich auch", rief sie ihm nach, was ihn zum Lächeln brachte.

Die Hochzeitszeremonie war kurz, liebevoll und genau so, wie sie es gewollt hatte. Die Hochzeitsnacht, dachte sie einige Stunden später, als sie zusammengekauert unter einer Decke in einem kleinen Wohnzimmer saß, hätte besser sein können.

„Wenn ich gewusst hätte, dass ich hier als Gefangene enden würde, dann hätte ich mir wenigstens etwas zum Lesen mitgebracht", beschwerte sich Patricia, als sie an Harry vorbeimarschierte.

Elena schaute von ihren Zeitschriften auf. „Du kannst etwas von mir haben."

Eine Windböe traf auf die Seite des Hauses und brachte die Fenster zum Erzittern. Alle drei Frauen starrten schweigend für ein paar Sekunden auf die Fenster, bevor sie sich wieder ihren Tätigkeiten zuwandten.

„Wir haben Bücher", sagte Harry langsam.

„Ich will keines deiner Bücher. Wo ist Theo? Das Geringste, was er tun könnte, wäre, mich mit Sex abzulenken, damit ich hier nicht sitzen und dir dabei zusehen muss, wie du deine Kinder austrägst."

„Also, wenn es dir dann besser geht", sagte Harry und fühlte sich plötzlich zu müde, um sich wirklich darum zu kümmern, „ich will auch nicht unbedingt mit dir den Abend verbringen."

Für einen Moment schaut Patricia sie böse an, dann stampfte sie aus dem Zimmer, nur um kurze Zeit später wieder zurückzukehren mit einem Stapel von Katalogen und Stoffmustern.

„Schau dir die an und sag mir, was dir gefällt", sagte sie und warf sie auf die Couch neben Harry.

„Stoffmuster?", fragte Harry, als sie sie berührte. „Du hast Stoffmuster zu meiner Hochzeit mitgebracht?"

„Gibt es irgendeinen anderen Grund, warum ich hier wäre?", fauchte Patricia. „Du willst, dass ich euch neu einrichte, also richte ich euch neu ein. Also, welchen von den Blautönen willst du für das Kinderzimmer? Und willst du ein Wandbild oder ein Wandtattoo?"

Eine überraschend schöne halbe Stunde wurde damit verbracht, die verschiedenen Farbbeispiele, Teppichmuster und kleinen Zipfel von Stoff zu betrachten sowie durch die verschiedenen Einrichtungskataloge zu blättern. Elena ließ ihre Modemagazine sein, um Harry über die Schulter zu spähen und Ratschläge zu geben und dann zu verkünden, dass sie ihr Zimmer im Stil eines Harems eingerichtet haben wollte.

„Ich habe den Verdacht, dass dein Bruder etwas dazu zu sagen haben wird", sagte Harry und reichte Patricia die letzten Muster zurück. „Und ich kann mir nicht vorstellen, dass das etwas Positives ist. Danke übrigens."

Patricia schaute sie ernst an. „Dafür, dass ich meinen Job mache?"

„Dafür, dass du menschlich bist." Sie kämpfte sich auf die Füße. „Ich nehme an, dass es heute für dich nicht einfach war. Ich muss pinkeln oder platzen."

Sie kümmerte sich um ihre Blase und wappnete sich für die Reise die Stufen hinauf, um ihren Hochzeitsschmuck abzunehmen, berührte noch einmal die wunderschönen Steine um ihren Nacken. Sie wusste, dass es Iakovos frustrierte, dass sie nicht viel für Glitzer übrighatte, aber sie wäre keine Frau, wenn sie die Kette nicht zu schätzen gewusst hätte, die er für sie ausgesucht hatte. Es war genau die Art, bei der sie sich vorstellen konnte, dass sie sie bei den Gelegenheiten tragen würde, bei denen sie sich herausputzen musste.

Ehrlich, konnte es einen besseren Mann geben? Das konnte nicht sein. Er war alles, was sie sich jemals bei einem Mann vorgestellt hatte.

Sie täschelte sein Kissen zärtlich und machte sich auf den Weg nach unten. Als sie sich der Treppe näherte, hörte sie Schritte von unten. Sie warf einen Blick über das Geländer, um Iakovos zu sehen, der Patricia bei sich hatte. Er hatte die Jacke des Fracks und die Krawatte ausgezogen und trug nur noch das Hemd, halb offen, der weiße Stoff in starkem Kontrast zu seiner dunkleren Haut, als es sich an die starken Muskeln seiner Brust schmiegte und vom Regen und dem Gischt durchtränkt war.

„Weiß sie es?", fragte Patricia und warf Iakovos einen undefinierbaren Blick zu.

„Nein", antwortete er und mit einem Nicken ging er zum Fuß der Treppe.

„Ich hoffe, du sagst es ihr bald", rief Patricia ihm nach.

„Ja."

Hastig trat Harry den Rückzug an und wirbelte herum, um irgendwohin zu flüchten. Das Geräusch seiner Schritte auf den Stufen brachte sie dazu, schnell in Elenas Zimmer zu watscheln, wo sie die Tür schloss und sich dagegen lehnte, ihr Herz klopfte wie wild.

Keinen besseren Mann, du lieber Himmel! Der Bastard fuhr mit ihr zweigleisig!

In der Sekunde, in der der Gedanke auftauchte, bemerkte sie, wie albern er war. Der Gesichtsausdruck war nicht einmal annähernd der eines Liebhabers; er hatte in der Tat mehr müde als alles andere ausgesehen. Und hier war sie, versteckte sich vor ihm, dem Mann, den sie aus ganzem Herzen liebte und er war müde und konnte wahrscheinlich etwas Trost brauchen an einem Tag, an dem er sein Äußerstes getan hatte, um ihn für sie besonders zu machen.

Sie riss die Tür auf und marschierte in ihr Schlafzimmer, aber es war bis auf ein feuchtes Hemd, das auf dem Boden lag, leer.

„Das werde ich nicht tun!", erklärte sie und trat nach dem Hemd, weil sie sich nicht bücken, es aufheben und strangulieren konnte, wie sie das gerne getan hätte. „Dieses Spiel werde ich nicht spielen!"

Sie marschierte zurück nach unten, durchsuchte die Zimmer, bis sie Patricia in der Nähe der Küche fand, wo sie telefonierte.

„Ich weiß, dass zwischen dir und Iakovos etwas läuft", verkündete sie und tippte ihr auf die Schulter.

Sie zog große Befriedigung aus der Tatsache, dass Patricia für einen Moment erschrocken aussah. Gut. Wenn das kleine blonde Elfchen dachte, sie könnte einen Keil zwischen sie und Iakovos treiben, dann sollte sie sich das besser noch einmal überlegen.

„Ich rufe später zurück, Leo. Einer meiner Kunden hat gerade einen Wutanfall. Natürlich läuft etwas zwischen Iakovos und mir, Schätzchen. Ich glaube, ich habe dich deshalb gewarnt", sagte Patricia mit einem Lächeln, das Harrys Finger zum Jucken brachte.

„Mir ist es egal, ob da zwischen euch etwas läuft. Es ist mir absolut egal. Ich will noch nicht einmal wissen, was es ist, denn ich vertraue ihm."

„Das macht alles so viel einfacher", sagte Patricia mit einem Grinsen. Das Grinsen war zu viel. Es brachte das Fass zum Überlaufen.

„Du willst, dass ich mich wie die eifersüchtige Ehefrau aufführe?" Harry zuckte mit den Schultern. „Klar, das kann ich machen." Sie holte aus und verpasste dem selbstgefälligen Gesicht eine Ohrfeige.

Innerhalb von drei Sekunden klappte Patricias Kinnlade herunter. „Du hast mich geohrfeigt?"

„Ja", sagte Harry und fühlte sich ein ganzes Stück besser.

Patricia stotterte etwas Unhöfliches und nach einem Moment Stille ohrfeigte sie Harry auf die linke Wange.

„Ich bin schwanger", brüllte Harry und ohrfeigte den kleinen Fatzke wieder. „Man schlägt keine schwangeren Frauen!"

„Ich bin halb so groß wie du", fauchte Patricia und ohrfeigte sie ein zweites Mal. „Du bist mindestens fünfzig Kilo schwerer als ich! Das ist genauso schlimm, wie wenn man eine Schwangere schlägt!"

„Oh!", sagte Harry aufgebracht und ihre Wange schmerzte.

„Harry, ich – äh ..." Elena tauchte aus der Küche auf und beäugte die beiden Frauen. „Ist etwas nicht in Ordnung?"

„Ich hatte zuvor schon gesagt, dass du mich nicht eifersüchtig machst", sagte Harry und ignorierte Elena.

„Und das ist der Grund, warum du ausgeholt und mir eine verpasst hast, ja?", stichelte Patricia.

„Äh ..." Elena schaute von Harry zu Patricia und zurück.

„Wenn ich dir eine verpasst hätte, dann wärst du jetzt ausgeknockt, du langweiliger, kleiner Zwerg!"

„Ich bin kein Zwerg!", sagte Patricia voller Empörung. „Und es ist absolut politisch inkorrekt! Es gibt kleine Menschen, nicht Zwerge! Nicht dass ich dazugehören würde!"

„Ich werde nicht mit meinem Mann darüber sprechen, was ihr zwei ausheckt." Harry sammelte ihre Würde. „Denn es ist mir egal. Aber ich werde ihn dazu veranlassen, dass er deinen kleinen Körper von dieser Insel entfernt."

„Harry, ich glaube nicht –", begann Elena zu sagen.

„Du, halt die Klappe", fauchte Patricia Elena an und brachte ihr Gesicht näher an Harrys. „Leg los und mach, was du willst. Ruinier das, was du hast. Sieh zu, ob es mich interessiert. Ich habe gerade so die Nase voll von dir, es könnte mich nicht weniger kümmern, was du tust."

Harry öffnete den Mund, um ihr ganz genau zu sagen, was sie dachte, aber ein plötzlicher Schmerz biss sie stark in den Bauch. Sie japste und beugte sich nach vorne, hielt ihren Bauch mit beiden Händen und Tränen traten ihr in die Augen.

„Oh mein Gott!", sagte Elena und starrte sie entsetzt an.

„Was ist es? Schmerzen?", fragte Patricia.

Harry nickte und war nicht in der Lage, Atem zu holen, der Schmerz war so stark. Für einen Moment dachte sie, sie würde zusammenbrechen.

„Hol Iakovos", befahl Patricia Elena und nahm Harrys Arme, um sie zu einer Bank zu führen, die an der Wand stand. „Atmen, Harry. Ist der Schmerz vorne oder hinten?"

„Vorne", sagte Harry und japste nach Luft.

„Könnte eine unnütze Wehe sein. Ich habe sie oft am Ende meiner Schwangerschaft gehabt. Es sollte bald nachlassen. Ich weiß, das klingt lächerlich, aber wenn du dich entspannen kannst, dann wird es besser."

Das wurde es, genau dann, als Iakovos in den Flur platzte, rutschend vor ihr zum Halten kam, sich hinkniete, als sie vor und zurück wippte vor Anstrengung, ihre Muskeln zu entspannen.

„Hast du Wehen?", fragte er, seine Hände auf ihren Beinen.

„Nein, ich glaube nicht."

„Ich rufe den Arzt", sagte er und erhob sich. Dann stellte er offensichtlich fest, dass der Sturm noch immer wütete und dass niemand zur Insel kommen oder sie verlassen würde, bis er sich ausgetobt hätte. Er fluchte.

„Es ist wahrscheinlich eine unnütze Wehe", erklärte ihm Patricia. „Sie muss sich aber entspannen. Warum bringst du sie nicht nach oben und wir stecken sie in ein Bad. Das hat mir immer geholfen.“

Iakovos schien die Ironie nicht zu bemerken, die darin lag, den Anweisungen seiner Ex-Freundin zu folgen, aber Harry nahm sie zur Kenntnis, fast genauso sehr wie die Tatsache, dass er sie vorsichtig hochhob und sie die lange Treppenflucht hinauftrug.

„Okay, das ist mehr als nur merkwürdig“, sagte sie, als sowohl Iakovos als Patricia sie auszogen und Patricia ihr ein warmes, aber nicht zu heißes Bad in der großen Marmorbadewanne einließ. „Ich fühle mich, als wären wir dabei, irgendeinen bizarren Schwangerschaftsfetisch als Dreier auszuleben.“

„Mein Gott, du bist riesig“, war Patricias einzige Bemerkung, als sie Harrys nackten Bauch betrachtete.

„Iakovos!“ Harry schaute ihn an, um ihn wissen zu lassen, dass sie ihre Grenze erreicht hatte.

„Raus“, sagte er zu Patricia.

„In Ordnung. Ich wollte sowieso nicht Teil eures Schwangerschaftsfetischs als Dreier sein“, schnaubte Patricia, als sie mit hocherhobenem Kopf zur Tür stolzierte.

Harry nahm ein langes Band und war erleichtert, dass sie keine weiteren schmerzhaften Kontraktionen hatte. Es war allerdings schwieriger, Iakovos davon zu überzeugen, dass es ihr gut ging und dass sie nicht in das nächste Krankenhaus per Hubschrauber gebracht werden musste.

Eine Stunde später machte sie sich auf den Weg nach unten. „Danke für deine Hilfe“, sagte sie zu Patricia, als sie sie und Elena im Wohnzimmer gefunden hatte. „Ich hatte diese kleinen Kontraktionen schon vorher, aber niemals auf diese Weise."

„Manchmal, wenn du dich falsch bewegst, erwischen sie dich", war alles, was Patricia sagte, die offensichtlich gelangweilt war von ihrer Anwesenheit.

Für ein paar Minuten wuselte Harry durchs Zimmer, bevor sie endlich sagte: „Oh, das ist lächerlich. Ich werde Iakovos ausfindig machen."

„Ich komme mit dir", sagte Elena schnell und legte ihre Zeitschrift zur Seite.

„Und ich bin verdammt, wenn ich hier ganz alleine bleibe!", fügte Patricia hinzu und eilte ihnen nach.

Harry fand die Männer, die dabei waren, Bretter über die Westseite des langen Wohnzimmers zu nageln, von dem man spektakuläre Sonnenuntergänge beobachten konnte. Heute war die Sonne nicht zu sehen, nur zerbrochenes Glas, Wasser und ein paar Äste, die der Sturm abgerissen und gegen die französischen Fenster geschmettert hatte.

„Hast du noch Schmerzen?"

„Kein bisschen", versicherte sie Iakovos, als er zu ihr hinübereilte, um ihre Hände zu ergreifen. Sie betrachtete sein Gesicht. Er sah immer noch müde aus, aber insgesamt, bemerkte sie mit Erleichterung, nicht übermäßig besorgt. „Sind wir in Schwierigkeiten?"

„Durch den Sturm? Nein. Dieses Haus ist dafür gebaut, so etwas standzuhalten und ich denke, dass er sich ohnehin bald ausgetobt hat. Es tut mir leid, dass er deinen Hochzeitstag ruiniert hat."

„Nichts könnte den Tag ruinieren, an dem ich dich endlich von dieser verdammten Liste ein für alle Mal heruntergekickt habe", sagte sie und leckte seine Unterlippe. „Wie fühlt es sich, der ehemals sexiest Junggeselle der Welt zu sein?

„Als ob ich davon errettet worden wäre, jedes Mal die Frage beantworten zu müssen, wonach ich in einer Frau suche", antwortete er und Schalk leuchtete in seinen Augen.

„Ich liebe dich, Mister Papamoussaka", murmelte sie gegen seinen Mund.

„Und ich –"

Glas explodierte auf der anderen Seite des Zimmers und Harry zuckte zusammen. Iakovos rannte hinüber, um zu helfen, als Theo, Dmitri und der Bürgermeister einen kleinen Zitronenbaum zur Seite zogen, der umgeweht worden war, Topf und alles, und eines der großen Fenster zerbrochen hatte.

„Das zählt nicht, Yacky! Du musst es immer noch sagen!", rief Harry ihm nach und schaute böse auf den stürmischen Nachthimmel. „Mann, man kann mich einfach nicht in Ruhe lassen!"

Iakovos behielt recht. Der Sturm, offensichtlich zufrieden damit, dass er Stärke demonstriert hatte, verblaste zu einigen Böen, nachdem das letzte Glas aufgekehrt war. Ein paar Stunden später kehrten der Bürgermeister und Patricia zum Festland zurück.

„Es ist ja nicht so, als hätte ich nicht eine absolut großartige Zeit gehabt, Schätzchen", schnaubte sie und warf Harry einen hinterhältigen Blick zu. „Aber bei mir ist eine Grenze überschritten, wenn ich Trauzeuge und Hebamme an einem Tag sein muss."

Harry beobachtete, wie das Boot über das kabbelige Wasser verschwand Richtung Stadt, bevor sie sich zu

Iakovos umwandte. „Wie, um Himmels willen, hast du es geschafft, zwei Jahre mit ihr zusammen zu sein?"

„Es war nicht leicht", sagte er mit einer kleinen Grimasse und wieder wurde Harry von Liebe erfüllt.

„Ich glaube, mein attraktiver Grieche, du verdienst eine Hochzeitsnacht." Sie liebkoste mit ihrem Gesicht seinen Nacken, ihr Bauch hielt sie aber davon ab, sich so an ihn zu drücken, wie sie es gerne gehabt hätte.

„Ich kann mir nichts Besseres vorstellen", antwortete er und hob sie in seine Arme, um sie zum Haus hinaufzutragen. „Aber das muss ausfallen."

„Ausfallen?"

„Ja", sagte er fest und kam zu einer schnellen Entscheidung. „Der Geburtstermin ist zu nah und mit der Kontraktion, die du hattest, könnte es gefährlich sein."

Sie wischte das Haar von einem seiner Ohren. „Oh, also bist du jetzt ein Schwangerschaftsexperte?"

„Das ist genau das, was ich bin." Einer von beiden musste an die Folgen denken, obwohl er verdammt wäre, wenn er überhaupt denken könnte mit ihrem warmen und weichen Körper in seinen Armen, ihrem Duft, der ihn umwehte.

Sie brachte ihren Mund nah an sein Ohr und flüsterte: „Es gibt so viele Dinge, die ich heute Nacht mit dir anstellen will. Und die du mit mir anstellen sollst."

Er stöhnte und dachte an die Dinge, die er selbst gerne genießen würde. „Hör auf damit, zu versuchen, mich zu verführen, Eglantine. Ich habe gesagt, ich mag keine aggressiven Frauen."

„Und ich habe dir gesagt, dass ich Männer nicht mag, die ohne meine Erlaubnis ihre Zunge in meinen

Hals stecken", sagte sie und ließ eine Hand in sein Hemd wandern, um seine Brustwarze zu streicheln.

Sofort machte sich das Blut auf den Weg zwischen seine Beine und er war sich wieder einmal dieses primitiven Dranges bewusst, sie zu haben, sie zu besitzen, den Sturm zu zähmen, der in ihr lebte.

„Ich habe meine Zunge nicht deinen Hals hinuntergeschoben", sagte er und seine Stimme war voll von Begehren und Verlangen. Er betrat ihr Schlafzimmer und stellte sie auf die Füße.

„Noch nicht, aber du wirst es bald tun", sagte sie und schmiegte sich an ihn, ihre Hände in seinem Haar, als sie seinen Kopf zu sich herabzog.

Sie hatte recht. Er konnte sie nicht küssen, ohne sie zu kosten und in der Süße ihres Mundes zu schwelgen.

„Lieb mich", schnurrte sie und er konnte ihr nicht widerstehen. „Ich will dir nicht wehtun."

„Das wirst du nicht." Ihre Hände streichelten ihn durch den Stoff seiner Hose, ihr Mund war warm auf seinem, als sie ihn für ihre Hände befreite. „Ich will dich aber beobachten. Ich will, dass du oben bist."

Er schaute auf ihren großen Bauch, als er ihr das weiche Kleid auszog, das sie nach dem Bad angelegt hatte. Er schaute auf das Bett und maß es schnell mit seinen Augen, dann betrachtete er den Raum, bevor er hinter ihr nach einigen Kissen langte und das Bauchkissen, das sie benutzte, wenn sie ihn nicht hatte, um ihren Bauch darauf abzustützen und arrangierte alles auf dem Schreibtisch, der in der Ecke stand. „Du wirst mir sagen, wenn etwas wehtut. Du wirst es mir auch

sagen, wenn etwas auch nur annähernd unangenehm
ist.“

„Oh“, sagte sie und schaute interessiert zu, als er eine
Decke hinüberzog und sie auf das Nest von Kissen
legte. „Unanständig! Ich mag, wie du denkst.“

„Kaum unanständig, aber wenn du willst, dass ich
oben bin, dann ist es das Beste, was ich anbieten
kann.“ Er zog den Rest seiner Kleidung aus und half
ihr auf den Schreibtisch. „Hast du es bequem? Tut der
Rücken weh? Ist der Tisch zu nah an der Wand?“

„Yacky“, sagte sie und hielt ihn an den Hüften fest,
um ihn zu sich hin zu ziehen. „Zu viel Gerede, nicht
genug davon, deine Frau verrückt vor Vergnügen zu
machen.“

Er war heiß und hart und wollte sich einfach nur in
ihrer Hitze verlieren, aber dafür war jetzt nicht die
richtige Zeit. Er ließ seine Hände über ihre Oberschenkel wandern, bis sie sich für ihn öffnete, sein
Penis rieb gegen ihren Bauch, als er die Hände rechts
und links von ihr aufstützte und sich über sie beugte,
um seine Zunge über eine Brustwarze wirbeln zu lassen.

„Oh Gott“, stöhnte sie und entspannte sich gegen den
Keil von Kissen, den er für sie aufgetürmt hatte. Ihre
Beine wanderten über seine, als sie ihre Finger in die
Muskeln seiner Schulter vergrub, ihre Berührung
sandte kleine Bäche von Feuer direkt in seine Lenden.
Er wollte, dass sie für ihn bereit war, also machte er
sich daran, sie verrückt zu machen, benutzte seine
Hände und seinen Mund, um ihre Leidenschaft anzu-
regen, bis ihr Körper sich auf den Kissen wand und sie

verlangte, dass er sich um sie kümmerte, bevor sie vor Frustration starb.

Er hielt die Streiche flach, das Gefühl ihres vollen Bauches brachte ihn fast dazu zu kommen, als er sich langsam bewegte und beobachtete, wie ihre Augen feucht und sanft wurden, als sie ihn für einen Kuss hinabzog, als sich ihre Muskeln um ihn verengten und einen Schauer von exquisitem Vergnügen durch ihn sandten.

„Also das", erklärte sie ihm später, als sie sich ins Bett geschmiegt und sich neben und auf ihn gelegt hatte, „war eine ganz großartige Hochzeitsnacht, und es war wert, darauf zu warten."

Er lag bis spät in die Nacht wach und hörte auf ihren Atem, streichelte ihre warme Haut, die er so gut kannte wie seine eigene.

Kapitel zweiundzwanzig

Das Theo-Problem nagte an Harry und sie war niemand, der solches Nagen lange ertragen würde.

Irgendetwas lief zwischen ihm und Iakovos. Offensichtlich hatte Theos Rückkehr für ihre Hochzeit eine Art von Umbruch in der Beziehung der Brüder zueinander signalisiert. Theo schien sein leichtlebiges, halb flirtendes Selbst gegen eine düstere, ernstere Version getauscht zu haben und er verbrachte seine Zeit damit, sowohl ihr als auch Iakovos säuerliche Blicke zuzuwerfen.

„Ich bin froh, dass du zu Hause bist", hatte Harry zu ihm gesagt zwei Tage, nachdem sie und Iakovos nach Athen zurückgekehrt waren nach den Flitterwochen, die sie in seliger Glückseligkeit auf der Insel verbracht hatten. „Hattest du eine gute Zeit in Brasilien?"

„Willst du fragen, ob ich wieder trinke?", fragte er mit einem wütenden Blick.

„Das wollte ich ganz und gar nicht fragen. Ich habe mich nur erkundigt, ob du eine gute Zeit hattest während du in Sao Paulo Geschäfte gemacht hast. Theo ..." Sie hasste es, der Grund für Streit zwischen ihm und

Iakovos zu sein. „Ich mache mir Sorgen um dich. Ich weiß, dass du glaubst, dass du alles unter Kontrolle hast, aber manchmal brauchen Leute ein bisschen Hilfe bei ... Sachen."

„Das würde dir gefallen, oder? Mich weggesperrt in irgendeiner Klinik zu sehen?"

Er wandte sich von ihr ab, hielt aber inne, als sie ihre Hand auf seinen Arm legte.

„Nein, natürlich will ich das nicht. Ich will nicht, dass du unglücklich bist, weißt du."

Er wirbelte herum und seine Augen sprühten vor Zorn und sie kannte wirkliche Angst in der Sekunde, als er sie gegen die Wand drückte, seine Finger gruben sich in ihre Schultern, als er seinen Mund gegen ihren presste.

Sie versuchte, sich zu bewegen, damit sie ihr Knie hoch bekommen würde, aber ihr Körper war langsam und unsicher in diesen Tagen. Alles, was sie fertigbrachte, war, einen Arm freizubekommen, um sein Haar zu fassen zu bekommen und zu versuchen, seinen schrecklichen Mund von ihrem wegzureißen.

Plötzlich war er verschwunden und sie rang nach Luft, wischte sich den Mund mit ihren Ärmeln und zitterte vor Entsetzen, als Dmitri mit dem Rücken zu ihr stand und sie vor Theo beschützte.

Theos Lippe war offen, Blut tropfte auf die Vorderseite seines Hemds.

„Ich habe kein Problem mit dir, Dmitri", fauchte er. „Steck deine Nase nicht in meine Angelegenheiten."

„Ich habe aber, verdammt noch mal, eines mit dir", antwortete Dmitri und versetzte Theo einen rechten Haken.

Für eine halbe Sekunde sah Theo überrascht aus, bevor er zusammenbrach.

„Mann, ich wünschte, das hätte ich besorgen können", sagte Harry, die sich mehr als nur ein bisschen wacklig fühlte. Sie rieb ihre Arme, als Dmitri sich umdrehte, sein Gesicht dunkel vor Wut.

„Hat er dir wehgetan?"

„Nein. Er hat mich nur zu Tode erschreckt. Er hat wieder getrunken, Dmitri. Ich konnte es ... schmecken."

Sie erschauderte bei der Erinnerung an seinen harten Mund auf ihrem. „Oh Gott, Iakovos wird ihn umbringen."

Dmitri sah grimmig aus, als er sich bückte und sich seinen Cousin über die Schulter legte. „Das geschieht ihm recht, nachdem er dir nachgestellt hat."

„Er versucht nicht, mir wehzutun." Harry versuchte, die Fassung wiederzuerlangen. „Er benutzt mich nur, um Iakovos wehzutun."

„So kann das nicht weitergehen", sagte Dmitri und deutete auf den gestürzten Theo. „Ich werde mit Iakovos sprechen."

„Nein." Sie kam zu einer Entscheidung. „Das werde ich tun. Bring du ihn aus der Schusslinie. Hoffentlich hat er genug Verstand, um in Deckung zu bleiben."

„Man kann ihm nicht vertrauen, Harry."

„Ich weiß. Aber er braucht Hilfe, Dmitri, nicht Verbannung oder Schlimmeres. Ich werde mit Iakovos sprechen. Ich werde ihn dazu bringen, Einsicht zu zeigen."

Sie verbrachte den Rest des Tages online, erledigte einige Einkäufe für die Babymöbel, die sie so dringend brauchten und die Ausstattung, aber sie verbrachte die meiste Zeit damit, eine Übersetzungsmaschine zu benutzen, um sich in diverse Suchtkliniken in Griechenland einzulesen. Bis sie ins Bett krabbelte, war sie zu einer Entscheidung gelangt. Iakovos hielt ein Buch auf seinem Schoß, offensichtlich hatte er eines von ihren gerade unter das Kissen gestopft.

„Gefällt es dir?", fragte sie und nickte zu dem Buch hin.

„Es ist großartig", sagte er und schaute flüchtig auf das Buch, warf ihr dann einen Blick aus den Augenwinkeln zu und drehte es richtig herum.

„Das freut mich. Es ist auch einer meiner Lieblingsautoren. Hast du jemals von etwas gelesen, das sich Neo Center nennt?"

Er begann zu antworten, hielt aber inne, als sein Blick auf ihre Schultern fiel. „Hast du dir wehgetan?", fragte er und nickte in diese Richtung.

Sie schaute nach unten und bemerkte, dass Theos Griff ihr kleine Blutergüsse auf jedem Arm beschert hatte.

„Äh ... Ja."

„Was hast du angestellt?"

„... Ich erinnere mich nicht wirklich", sagte sie elend. Sie hasste es zu lügen und besonders hasste sie es, Iakovos anzulügen.

„Eglantine", sagte er und ließ das Buch sinken, um sie anzusehen. „Hör auf, mich anzulügen. Was ist mit deinen Armen passiert?"

„Yacky –", fing sie an und versuchte, sich etwas auszudenken, was sie getan haben könnte.

„Nein, Harry", sagte er und hob ihr Kinn, damit er ihr in die Augen starren konnte. „Die Wahrheit."

Sie holte einen tiefen leidgetränkten Atemzug. „Theo –"

Das war alles, was sie hervorbrachte. Er fauchte etwas auf Griechisch, von dem sie wusste, dass es ein wirklich hässliches Wort war, dann schnappte er sich einen seidenen Bademantel und ging direkt zu Theos Schlafzimmer.

„Warte!", rief Harry und kämpfte darum, aus dem Bett zu kommen. „Ich brauche länger, um hoch zu kommen, verdammt! Iakovos! Unternimm nichts, bis ich nicht da bin!"

Sie kämpfte sich in ihren eigenen Bademantel, als sie ihm folgte und ihm barfuß hinterherrannte. Theo war nicht in seinem Zimmer und für einen Moment dachte sie, dass er vielleicht verschwunden wäre, aber ein wuterfülltes Röhren aus dem Wohnzimmer sagte ihr, dass Iakovos seinen Bruder gefunden hatte.

Sie kam gerade bei ihnen an, als Iakovos eine Flasche Wodka aus Theos Hand riss und sie an die gegenüberliegende Wand warf. Harry schaute schockiert zu; sie hatte Iakovos niemals zuvor so wütend gesehen. Er fauchte Theo auf Griechisch an, der in gleicher Art antwortete und seinen Bruder aus dem Weg schob, um zur Bar hinüberzustolzieren.

Iakovos brüllte wieder und die zwei begannen, mit Zähnen und Klauen aufeinander loszugehen. Harry stand im Flur, eine Hand vergraben im Kragen ihres Bademantels, als die zwei Brüder sich anschrien. Sie musste die Sprache nicht verstehen, um zu wissen, dass Iakovos wütend war und Theo erklärte, dass seine Tage als Alkoholiker vorbei wären.

Theo machte den Fehler, etwas zu brüllen, während er gleichzeitig hinüberlangte nach der Bar, um eine Flasche in die Hände zu bekommen. Iakovos brüllte wütend auf, schob ihn zur Seite und griff sich die Flaschen, die ordentlich aufgereiht waren, warf seinem Bruder Anschuldigungen an den Kopf, während er jede einzelne Flasche an der Steinwand zertrümmerte.

Mrs. Avrabos tauchte in der Tür auf, die zur Küche und ihren eigenen Räumlichkeiten führte. Ihre Augen waren riesig, als sie beobachtete, wie Iakovos jede einzelne Flasche Alkohol im Haus zerstörte. Ihr Blick wanderte zu Harry, die leise sagte: „Es tut mir leid, dass Sie das mit ansehen müssen."

„Es war an der Zeit", sagte die ältere Frau mit einem Nicken Richtung Iakovos, bevor sie still wieder in die Küche verschwand.

Theo stolperte von Iakovos weg, als die letzte Flasche an der Wand zerbrach. Die braunen und weißen Steine waren in allen möglichen Farben gefleckt, Grün- und Rottöne von Schnaps mischten sich grell mit Wein, Rum und sogar Bier, das Ganze tropfte in eine große schlammige Pfütze auf den Boden. Glassplitter lagen überall, eine hässliche, krasse Erinnerung an Iakovos' Wut inmitten eines ansonsten tadellosen Zimmers.

Iakovos drehte sich zu ihr rum, sein Gesicht hart, seine Augen glitzerten, als ob sie tief von innen erleuchtet wären. Er erblickte sie und rief zu Theo: „Wenn du meiner Frau auch nur ein Haar krümmst, werde ich dich persönlich umbringen!"

Sie sagte kein Wort, als er seine Hand auf ihren Rücken legte und sie sanft Richtung ihres Zimmers schob. Sie schaute zurück auf Theo, der in der Mitte des Zimmers stand, seine Hosen bekleckert mit Alkohol, sein Kopf gesenkt.

Sie wollte mit Iakovos reden, ihm versichern, dass es ihr gut ging, dass Theo geholfen werden könnte, aber ein Blick auf seine aufeinandergepressten Kiefer sagte ihr, dass eine Unterhaltung nicht auf dem Programm stand. Sie ließ zu, dass er ihr aufs Bett half, dann lag sie da, während er sich hinter ihr zusammenrollte, seine Hand schützend über ihrem Bauch.

Sie würde bis zum Morgen warten und dann würde sie versuchen, beiden Männern Vernunft einzutrichtern.

„Also, das ist eine Überraschung", sagte sie acht Stunden später, als sie in die Küche stolperte auf der Suche nach einer Tasse heißem Tee.

Iakovos stand an der Theke, eine Tasse in der Hand, ein Frühstücksbrötchen in der anderen, während er die Finanzseiten einer Zeitung beäugte, die vor ihm ausgebreitet lag. Mrs. Avrabos flitzte umher und sah glücklich aus, der Geruch von Zimt und Orange erfüllte die Küche. Neben Iakovos stand Dmitri, der seinen Laptop auf einem Stapel von Zeitungen aufgestellt hatte, eine Zimtschnecke hing ihm aus dem Mund, während er eifrig vor sich hin tippte.

„Was ist eine Überraschung?", fragte Iakovos, schaute auf und zuckte kurz mit den Augenbrauen.

Sie versuchte, nicht zu grinsen. Sie war früh aufgewacht in einer seltsamen Laune, halb erregt, aber sie fühlte sich zu schwer und unsicher, um von irgendwelchen Aufmerksamkeiten, die Iakovos ihr zuteil werden lassen würde, zu profitieren. Stattdessen hatte sie zugesehen, dass er seinen Morgen auf eine Art beginnen würde, die garantieren würde, dass er gute Laune hätte.

„Also, zum einen trägst du einen Anzug und ich dachte, du würdest mich heute beim Einkaufen begleiten, weil du insgeheim Angst hast, dass unsere Babys in Schubladen schlafen müssen, weil wir keine Möbel für sie haben – nicht, möchte ich bemerken, dass das ganz meine Schuld wäre, denn Patricia lässt sich Zeit mit ihrem Einrichtungszeug, aber trotzdem, du trägst einen Anzug, sodass du aussiehst, als sollte dein Name Adonis Adonisopolis sein und du solltest zurück auf diese Junggesellenliste. Das bedeutet, dass du heute Meetings auf deiner Agenda hast und keinen Einkauf für die Babys. Und zum zweiten, da ist er." Sie nickte dorthin, wo Theo an einem kleinen Küchentisch saß und Kaffee trank.

„Was ist mit ihm?", fragte Iakovos.

„Nach dem Streit letzte Nacht habe ich angenommen, dass ihr nicht miteinander sprecht."

Alle drei Männer sahen überrascht aus. Mrs. Avrabos schüttelte den Kopf und offerierte ihr ein frisch gebackenes Orangenteilchen von einem Teller, auf dem sie sich stapelten. Harry, die das Gefühl hatte, es wäre eine Sünde, etwas frisch Gebackenes abzulehnen, nahm den ganzen Teller und setzte sich damit hin.

„Natürlich reden wir miteinander", sagte Iakovos und warf ihr einen merkwürdigen Blick zu.

„Ja, aber ihr habt euch angeschrien. Du hast den ganzen Alkohol im Haus zertrümmert."

„Wir sind Griechen, Liebling. Wir schreien, wenn wir wütend werden", sagte Iakovos und wandte seine Aufmerksamkeit wieder der Zeitung zu.

„Weißt du, wenn ich etwas so Stereotypisches gesagt hätte, dann würdest du gar nicht aufhören, darüber zu reden", sagte sie und schaute zu Theo.

Er warf ihr einen langen Blick zu, stellte dann seine Tasse ab und ging auf die Knie und nahm ihre Hand in seine. „Es tut mir sehr leid wegen gestern, Harry. Jake hat recht – ich habe die Kontrolle verloren und ich fühle mich schrecklich, dass du das abbekommen hast. Ich schwöre dir, es wird nicht wieder passieren. Vergibst du mir?"

Er lächelte sie an mit dem alten Theo-Charme und obwohl sie nicht anders konnte, als zu denken, dass Alkoholiker nicht so schnell kuriert würden, war sie erleichtert zu sehen, dass sein normales Selbst zurück war, und deshalb ließ sie sich nicht lange bitten. „Natürlich würde ich dir verzeihen, obwohl du dafür nicht auf die Knie gehen musst. Du siehst aus, als würdest du mir einen Antrag machen wollen."

Er lachte und küsste ihren Handrücken, seine Augen funkelten, als er sagte: „Vielleicht sollte ich das. Wirst du diesen alten Mann für mich verlassen, hm?"

„Nicht in tausend Jahren. Ich bin nämlich in der Tat verliebt in diesen alten Mann."

Iakovos warf ihr einen empörten Blick zu.

„Ich wollte sagen: in diesen unglaublich sexy, wahnsinnig attraktiven, ehemals Nummer fünf meistbesabberten Mann des Jahres."

Iakovos nickte und stellte seine Kaffeetasse ab und bevor Harry noch etwas sagen konnte, hatte er sich auf sie gestürzt und brachte sie zum Kichern, als er ihren Nacken küsste.

„Ich habe heute Meetings, meine stürmische Schönheit, aber ich habe deinen Arzttermin heute Nachmittag nicht vergessen. Außerdem werde ich dir gerne Mikos leihen, damit er dich zu den Geschäften bringen kann, damit meine armen Kinder nicht in Pappkartons schlafen müssen.“

„Was du tun könntest, ist, Patricia einen Schubs versetzen. Ich habe ihr drei Sprachnachrichten in den letzten paar Tagen hinterlassen, und sie hat keine einzige davon beantwortet. Ich glaube, sie bestraft uns absichtlich.“

„Ich bin mir sicher, dass sie es bewältigen wird“, war alles, was er sagte, bevor er ins Wohnzimmer ging. „Ich werde Mikos sagen, dass er wieder hierher zurückkommen soll, nachdem er uns abgesetzt hat.“

„Das brauchst du nicht“, antwortete sie und fühlte sich aus irgendeinem Grund rastlos.

„Das muss ich nicht, aber das werde ich.“

Harry beobachtete, wie er seinen Laptop in die Tasche stopfte, durch ein paar Papiere blätterte und sie dann in seine Brieftasche warf. Er sah mit jedem Zentimeter aus wie ein Geschäftsmann mit Billionen, bereit, Geschäfte abzuschließen, die Normalsterblichen das Hirn verdrehten. Mit wem könnte er sich heute treffen? Einem gleichermaßen reichen Araber, der nach einer neuen Investition in Immobilien suchte? Einem asiatischen Konglomerat, dass ein neues Resort wollte? Oder vielleicht mit einer superdünnen, nicht schwangeren blonden Erbin, die ihn in einer Zeitschrift gesehen hatte und sofort seinen männlichen Körper begehrte? „Ich wette einfach, dass sie das tut", murmelte sie.

Er warf ihr einen wissenden Blick zu. „Schreibst du mal wieder in deinem Kopf einen Dialog?"

„Ja."

„Ich mochte es lieber, wenn dein Mund mir sagte, was du denkst", brummelte er.

„Oh, vertraue mir, mein Liebster", sagte sie und legte ihre Arme um ihn. „In diesem Fall willst du das wirklich nicht. Würde es irgendetwas nutzen, wenn ich dich darauf hinweise, dass ich absolut in der Lage bin, selbst zu fahren, jetzt, wo ich einen Führerschein hier habe?"

„Wäre das der gleiche Führerschein, den du nicht bekommen konntest, bis du mich angerufen hast, um zu fragen, wie man deinen Nachnamen buchstabiert?"

Sie blähte ihre Nasenflügel in seine Richtung. „Dieser Beamte hat sich eben dumm angestellt. Und außerdem weiß ich gar nicht, warum ich alles buchstabieren muss! Ich bin Schriftstellerin! Autokorrektur ist mein bester Freund!"

„Die Antwort ist Nein, Harry", sagte er mit einem deutlichen Blick auf ihren riesigen Bauch.

„Schwangere Frauen können fahren", bemerkte sie.

„Nicht meine schwangere Frau", sagte er und tätschelte ihren Hintern, als er ging, Dmitri folgte ihm mit einem Zwinkern in ihre Richtung.

Theo war einige Schritte hinter ihnen und hielt inne, als er sie sah. „Wieder Freunde?"

„Natürlich", stimmte sie zu und sagte sich, dass sie ein Idiot war, sich so unwohl zu fühlen.

„Wenn es etwas gibt, das ich über die Jahre gelernt habe", erklärte Harry Mikos ein paar Stunden später, „dann ist es, sich seine Schlachten auszusuchen. Es macht einfach keinen Sinn, eine große Szene über die Tatsache zu machen, dass dein Chef will, dass ich überall hingefahren werde."

„Ich hoffe nicht", sagte Mikos, als er zur wartenden Limousine gestikulierte. „Gute Jobs sind in diesen Tagen schwer zu bekommen."

„Es ist einfach nur, dass ich mich fühle wie … äh … Ein Fernsehstar in einer Limousine. Können wir das andere Auto nehmen, das kleinere?"

„Den BMW?" Mikos zuckte mit den Schultern. „Ganz, wie du möchtest."

Sie hatte sich schnell in dem – zumindest für sie – vernünftigeren Auto niedergelassen und schaute auf die Liste, die sie am Tag zuvor ausgedruckt hatte. Sie hatte den Morgen damit verbracht, eine große Anzahl von Dingen darauf durchzustreichen, bevor sie sich entschieden hatte, dass sie eine kleine Belohnung für so viel harte Arbeit verdiente.

„Was meinst du, Mikos? Mittagessen in dem Café neben dem archäologischen Museum? Dem in der Patissionstraße? Wir können dort ein schnelles Mittagessen einlegen, bevor wir die letzten Dinge auf der Liste in Angriff nehmen."

„Was immer du möchtest, schöne Frau." Mikos summte ein Lied im Radio mit. Sie musste zugeben, dass sie Iakovos dankbar war, dass er darauf bestanden hatte, dass sie Mikos für den Tag in Anspruch nahm – es war nicht nur weniger stressig gewesen, gefahren zu werden, statt sich dem Lärm und dem Verkehr in Athen zu stellen, aber er war auch ein hervorragender Übersetzer, wenn er gebraucht wurde.

Alles in allem war sie mit sich selbst zufrieden. Dieses Gefühl blieb, bis Mikos verkündete, dass es keinen Parkplatz in der Nähe des Cafés gab. „Ich werde dich vorne absetzen und dann einen Parkplatz suchen."

„Klingt gut. Die Hitze macht mir heute ein bisschen zu schaffen, der Gedanke, zu lange in der Sonne unterwegs zu sein, hat heute keinen Reiz für mich."

Er setzte sie eine halben Block vom Café entfernt ab und erinnerte sie daran, ihren Sonnenhut nicht zu vergessen.

„Ja, Mama", sagte sie und lächelte ihm zu, als sie sich den Strohhut auf den Kopf stülpte. „Beeil dich. Ich verhungere."

Sie spazierte die Straße hinab und schaute in ein paar Schaufenster, war aber mehr an den Leuten als an allem anderen interessiert. Als sie sich dem Café näherte, wusste sie, dass sie zuerst auf die Toilette musste, also trat sie um die Tische herum in das kühlere Innere. Sie wollte gerade eine Kellnerin fragen, wo die Toiletten wären, als sie eine vertraute Silhouette erblickte, die sich über einen der kleinen Tische beugte ... Und einen winzigen blonden Flaum, dessen Kopf so nah an seinem war, dass sie sich berührten.

„Okay, Harry", sagte sie laut und ignorierte dabei die Kellnerin, als sie das Paar anstarrte. „Das ist nicht das Ende der Welt. Sie arbeiten zusammen. Es gibt keinen Grund, warum sie hier nicht Mittagessen sollten. Nur weil er verheiratet ist und bald Vater von Zwillingen wird, bedeutet das nicht, dass er nicht mit einer ehemaligen Freundin zu Mittag essen kann."

Tapfere Worte, sagte eine kleine Stimme in ihrem Kopf, als sie sie beobachtete und Schmerz piekste in die Ränder ihres Herzens; diese rätselhaften Worte, die an ihrem Hochzeitstag gefallen waren, kamen ihr wieder in den Sinn.

Weiß sie es?

Nein.

Ich hoffe, du sagst es ihr bald.

Lieber Himmel, konnte sie sich so in Iakovos täuschen? Nein, das war verrückt. Sie hatte nicht unrecht. Sie fühlte es in ihren Knochen. Aber irgendetwas lief da und verdammt, sie wollte wissen, was. Soll ich rübergehen und Hallo sagen, dachte sie bei sich, und Iakovos fragen, was zur Hölle er hier tut? Oder mit einem freundlichen Winken vorbeigehen, als ob mir das egal wäre, dass sie hier sind, sich fast küssen, vor den Augen aller? Oder, dachte sie mit einem Seufzen, soll ich einfach nach Hause gehen, und mich daran erinnern, dass ich ihm vertraue.

„Gott, ich hasse es manchmal, erwachsen zu sein", fauchte sie, als sie sich auf dem Absatz umdrehte und loszog, um Mikos zu finden.

Kapitel dreiundzwanzig

„Planänderung", erklärte Harry Mikos mit einem Lächeln, von dem sie wusste, dass es zu strahlend wäre, um überzeugend zu sein. Sie nahm seinen Arm und lotste ihn in die andere Richtung. „Lass uns zu diesem anderen Lokal gehen, das mit den leckeren Calamari."

Er schien überrascht über ihren Sinneswandel, besonders weil sie nur in ihrem Essen herumstocherte, aber Harry war viel zu ärgerlich mit sich selbst, um etwas zu essen.

Mit grimmiger Effizienz beendete sie ihre Shoppingtour und kehrte für eine kurze Pause nach Hause zurück. Als sie die Wohnung betrat, begegnete ihr Mrs. Avrabos, die die Steinwand schrubbte. Die Glasscherben und die Pfütze von Alkohol waren längst beseitigt, aber ein blasser pinker Fleck war auf den Steinen zurückgeblieben, der offensichtlich Mrs. Avrabos' Geschmack beleidigte.

„Sie müssen das nicht tun", sagte Harry mit einem empörten Blick auf die Wand, als ob sie sie persönlich beleidigt hätte. Und warum auch nicht?, dachte sie bei sich. Die gesamte Wohnung beleidigte sie. Verdammt sei Patricia! Verdammt sei Iakovos!

Harry schloss für eine Minute die Augen, plötzlich so müde, dass sie sich fühlte, als könnte sie einen ganzen Monat durchschlafen. Was genau tat Iakovos, wenn er so ein intimes Mittagessen mit Patricia veranstaltete? Es war ihr nicht möglich, die kleine Spitze der Eifersucht davon abzuhalten, sie zu pieksen, obwohl sie das Gegenteil versprochen hatte. Sie zückte ihr Handy und wählte eine bekannte Nummer.

„Hi", sagte sie, als Iakovos ranging. „Ich nehme an, du hast heute keine Zeit für ein Mittagessen?"

„Es tut mir leid, Liebling, aber ich bin den ganzen Tag zugepackt mit Meetings. Wo wir gerade davon sprechen – wärst du böse mit mir, wenn ich nicht mit zum Arzt gehen könnte heute Nachmittag?"

„Du willst den Scan nicht sehen?"

„Natürlich will ich das, aber hier ist heute die Hölle los. Bring mir die Bilder mit und ich sehe sie mir heute Abend an, in Ordnung?"

„Sicher", sagte sie und mochte die Gefühle nicht, die in ihr brodelten. „ Wir sehen uns später."

„In Ordnung. Harry?"

„Ja?"

„Geht's dir gut? Deine Stimme klingt angestrengt. Du versuchst nicht, zu viel auf einmal zu erledigen, oder?"

Würde ein Mann, der ein heimliches Mittagessen mit seiner Ex-Geliebten hatte, fragen, ob sie sich überanstrengte, fragte die Stimme in ihrem Kopf. Nein, das würde er nicht. „Mir geht's gut. Nur ein bisschen griesgrämig. Du weißt, dass Einkaufen mich unleidlich macht."

Harry legte auf und aus dem Nichts fragte sie sich, warum er nicht sagen konnte, dass er sie liebte.

Zuerst hatte sie geglaubt, dass es ein kleines Spiel war, das er spielte, seine Art der Rache, wenn sie ihn unbarmherzig mit der einen oder anderen Sache aufzog.

Aber plötzlich bekam seine Unfähigkeit, es zu sagen, eine große Bedeutung. „Wie kann er es wagen?", rief sie, sobald sie in der Privatheit ihres Schlafzimmers angekommen war und drückte sofort die Wiederwahltaste.

„Was ist los, Harry?", fragte er und in seiner Stimme schwang das kleinste bisschen von Verärgerung mit.

„Warum zur Hölle kannst du mir nicht sagen, dass du mich liebst?", rief sie ins Telefon. „Was stimmt mit dir nicht, dass du diese Worte nicht sagen kannst?"

Für mindestens zehn Sekunden herrschte Stille. „Willst du, dass ich dir jetzt sage, dass ich dich liebe?"

„Ja!", sagte sie und wischte ein paar fehlgeleitete Tränen weg. „Ja, das will ich. Ich glaube, du solltest mir jetzt in diesem Moment sagen, dass du mich liebst, denn, ehrlich gesagt, habe ich keine Lust mehr, darauf zu warten, dass du dich daran erinnerst."

Mehr Stille. „Bist du wegen irgendetwas böse mit mir?"

„Sag die Worte!", verlangte sie, Tränen strömten jetzt über ihr Gesicht.

„In Ordnung. Harry, ich –"

„Nein!", kreischte sie und unterbrach ihn. „Wage es nicht, es zu sagen! Nicht so! Vergiss es. Ignorier mich einfach. Die Schwangerschaftshormone machen mich verrückt. Auf Wiedersehen. Hab ein gutes ... Meeting."

Sie legte auf, bevor er noch etwas sagen konnte, dann schaltete sie ihr Telefon aus für den Fall, dass er versuchen würde, sie anzurufen.

„Also, solange ich Chaos in meinem Leben veranstalte, kann ich auch meine schlechte Stimmung teilen", sagte sie und ein Gefühl der Selbstgerechtigkeit erfüllte sie, als sie ins Wohnzimmer stampfte. Sie starrte all die beleidigenden Möbel an, die aus Leder, schwarzem Glas und glänzendem Silber bestanden.

„Mrs. Avrabos?", rief sie, die Hände in die Hüften gestemmt, als sie in der Mitte des Zimmers stand.

„Ja? Wünschen Sie etwas?" Die Haushälterin tauchte aus der Küche auf und wischte sich ihre Hände an einem kleinen Handtuch ab.

„Ich will, dass Möbelpacker heute Nachmittag kommen. Sagen Sie ihnen, dass sie alles hier herausnehmen sollen. Jedes einzelne Möbelstück, jede Lampe, jedes Bild, jeden postmodernen Mist von Kunstwerk."

Die Haushälterin warf einen verwirrten Blick durch das Zimmer. „Sie wollen, dass diese Dinge ... Verschwinden?"

„Ja, das tue ich. Jedes einzelne Teil hier beleidigt mich auf einem persönlichen Level, dass ich es noch nicht einmal beschreiben kann. Sie verschandeln meine Existenz. Ich will, dass sie innerhalb der nächsten drei Stunden verschwunden sind. Ich werde jetzt ein Bad nehmen und dann zum Doktor gehen, und wenn ich zurück bin, dann sollte dieses Zimmer besser leer sein."

Mrs. Avrabos nickte und beobachtete mit offenem Mund, als Harry durch den Flur zum Schlafzimmer stürmte, an Theos Zimmer innehielt, um zu rufen: „Du bist besser nüchtern, wenn du nach Hause kommst, Theo, denn wenn du wieder betrunken bist, werde ich dich so niedermachen, dass du niemals wieder aufstehen kannst."

Mrs. Avrabos fragte sich, ob die Kyria wusste, dass Theo nicht da war, dann entschied sie, dass es eigentlich egal war. Sie freute sich auf das Gesicht des Kyrie, wenn er nach Hause kam, um festzustellen, dass sein Wohnzimmer verschwunden war.

„Er liebt mich, verdammt!", hörte sie Harry aus dem Schlafzimmer rufen. „Ich weiß, dass er das tut! Er kann, verdammt noch mal, einfach das tun, was von ihm erwartet wird und es mir sagen!"

Mrs. Avrabos lächelte. Sie erinnerte sich an die ersten paar Monate ihrer eigenen Ehe. Sie erinnerte sich, dass sie selbst auch einiges gerufen hatte damals. So waren die Dinge.

Harry teilte niemandem im Besonderen einige sehr unhöfliche Dinge mit, als sie sich ihrer Klamotten entledigte und Wasser in die Wanne ließ, die wunderbare Jets hatte, die ihr helfen würden, etwas von der Spannung loszuwerden, von der sie fühlte, dass sie unter ihrer Haut kochte wie Elektrizität.

Mikos wartete auf sie, sobald sie wieder angezogen war. Sie nickte den drei Männern in Overalls zu, die dabei waren, das Mobiliar aus dem Wohnzimmer zu räumen, sagte nichts zu Mrs. Avrabos, außer dass sie zum Abendessen Pizza wollte und dass es ihr ziemlich egal war, ob Iakovos das nicht mochte.

Ihr Scan war großartig. Sie konnte die Zwillinge tatsächlich als individuelle Babys sehen. Sicher verstaut, wo sie in ihrem Bauch warteten. Sie war überwältigt bei dem Gedanken an sie, überglücklich, dass sie gesund waren und wütend auf den Mann, der sie ihr beschert hatte, denn er war nicht hier, um sie zu sehen.

Der Techniker speicherte eine Kopie des Videos für sie auf eine DVD. Sie bat Mikos, diese beim Büro vorbeizubringen, nachdem er sie nach Hause gebracht hatte.

Sie aß ihre Pizza in einsamer Größe, ab und an schaute sie auf eine Nachricht von Iakovos. Spätes Meeting. Warte nicht mit dem Abendessen. Der Bastard.

Sofort nach dem Essen schlief sie ein und war sich nur vage bewusst, dass Iakovos später ihren Rücken streichelte und sie fragte, ob sie hungrig war.

„Nur müde", sagte sie und versuchte, eine Position zu finden, die bequem war. Er half ihr, die Kissen unter und um ihren Bauch herum zu verteilen, bis sie sich wieder entspannen konnte. Mitten in der Nacht wachte sie auf, ihre Blase zum Platzen gefüllt und Iakovos schlief tief und fest neben ihr.

Sie starrte für eine Minute auf sein Gesicht und fragte sich, ob sie jemals genug davon bekommen würde, ihn anzusehen. Er war so schön – wie könnte irgendeine Frau ihm widerstehen? Und wollte sie wirklich den Rest ihres Lebens damit verbringen, sich darüber Gedanken zu machen, welche Frau ihre Klauen wetzen würde, um zu versuchen, sie in ihn zu versenken?

„Ja", sagte sie und wischte einige Haare aus seiner Stirn. „Aber du könntest etwas weniger perfekt sein, weißt du. Du könntest dir einen Bierbauch zulegen.

Du könntest eine Warze an deiner Nasenspitze wachsen lassen. Du könntest schnarchen."

Er wachte nicht auf, machte nur ein kleines zufriedenes Geräusch, als er sein Gesicht in ihre Hand lehnte, die sein Haar streichelte. Es war ein kleines Geräusch, ein wortloser, kurzer Ausdruck von Wohlbehagen, etwas, von dem er in hundert Jahren nicht wüsste, dass er es machte, aber es ging ihr direkt zu Herzen. Kein Mann könnte dieses Geräusch machen und es nicht meinen.

„Du liebst mich", sagte sie und drückte einen kleinen Kuss auf seinen Kopf, bevor sie vorsichtig aus dem Bett krabbelte, um ihn nicht zu wecken. Sie benutzte das Badezimmer und dann, plötzlich hungrig, ging sie in die Küche und machte sich drei Sandwiches, die sie aß, während sie auf dem Patio saß und in die warme griechische Nacht starrte.

Am nächsten Morgen stand Iakovos neben dem Bett und schaute auf seine Frau herab, während sie schlief, leise in sein Kissen schnarchte, das sie irgendwann in der Nacht konfisziert hatte. Das kam in letzter Zeit regelmäßig vor – häufig wachte er auf, um festzustellen, dass er kissenlos war und dass Harry über jedem einzelnen Kissen des Bettes drapiert war, ihr Gesicht in seinem vergraben.

Er streichelte ihre Wange, so sanft und liebevoll und fragte sich, warum sie es gestern vorgezogen hatte zu stürmen. Irgendetwas war ihr begegnet, soviel war klar, aber was genau, war ihm nicht klar. Eine kurze Unterhaltung mit Mikos hatte hervorgebracht, dass sie irgendwann am Tag etwas beunruhigt hatte, aber

Mikos hatte auch keine Ahnung, was das gewesen war.

Es war wahrscheinlich die bevorstehende Geburt. Ohne Zweifel war sie verärgert darüber, dass er gezwungen war, den Arzttermin mit ihr zu verpassen. Sie hatte ihn noch nicht einmal angerufen, um ihn über den Scan zu informieren und sie hatte auch keine Notiz zu der DVD dazugelegt, die Mikos zugestellt hatte. Aber Harry war nicht der Typ, stumm zu bleiben, wenn sie verärgert war und sie wusste, dass er versuchte, ein paar knifflige Deals zum Abschluss zu bringen.

Vielleicht war es die Sprachbarriere. Obwohl sie die Geburtsschule zusammen besucht hatten, musste er alle Instruktionen für sie übersetzen und er wusste, dass sie das frustrierte. Vielleicht war sie einfach von alldem gestresst. Er würde darauf bestehen, dass sie ihren eigenen Assistenten anstellte. Er konnte auf Dmitri im Moment nicht verzichten, wenn die Verhandlungen an einem so kritischen Punkt waren, aber nichts hielt sie davon ab, ihren eigenen Assistenten zu haben, der ihr helfen würde, bis sie genug Griechisch gelernt hatte, um selbst klarzukommen.

„Harry.“

„Nrf.“

Er lächelte und streichelte mit seinen Fingern über ihren samtig weichen Oberarm. „Gibt es etwas, was du mir sagen möchtest, Harry?“

Sie öffnete die Augen und blinzelte, um sie auf ihn zu fokussieren. Dann runzelte sie die Stirn. „Was?“

„Das Wohnzimmer.“ Er setzte sich auf die Bettkante, eine seiner Hände auf ihrem Bauch. Er liebte es, ihn zu berühren, liebte das Gefühl der gelegentlichen Tritte und Bewegungen der Babys.

„Wovon redest du?", fragte sie, groggy davon, aus dem Tiefschlaf geholt zu werden. Sie blinzelte ihn ein paarmal an. „Du musst zur Arbeit. Du bist in einem dieser fantastischen Anzüge."

Er schaute auf seinen marineblauen Anzug. Sie hatte ihn ihm zum Geburtstag geschenkt und gesagt, wenn er ihn trug und seine Haare zurückgekämmt hatte, dann würde er mit seinen schönen Augen und dem perfekten Gesicht aussehen wie ein Model, auf dem Weg nach Paris zu einem Laufsteg. „Ja, ich muss zur Arbeit. Das Wohnzimmer, Harry?"

„Was ist damit?"

„Es scheint verschwunden zu sein."

„Mach dich nicht lächerlich", sagte sie und ließ sich zurück in das Nest von Kissen fallen. „Zimmer verschwinden nicht einfach."

„Das tun sie, wenn man die Möbelpacker anruft und verlangt, dass sie alles daraus entfernen."

Die Erinnerung an ihren Geistesblitz von gestern kam offensichtlich zurück, denn Harry kämpfte darum, sich aufzusetzen. Er legte einen Arm um sie und half ihr, sich aufzurichten. „Oh. Das. Ich ... Äh ..."

„Ich weiß, dass du begierig bist, dass Patricia uns neu einrichtet, aber meinst du nicht auch, wir sollten erst neue Möbel haben, bevor du die alten rausschmeißt?", fragte er mit einem kleinen Lächeln.

Der Blick, den sie ihm zuwarf, war fast erschrocken. „Ich weiß nicht, was ich mir gedacht habe. Ich werde alles wieder einräumen lassen."

„Das ist nicht nötig. Ich habe dafür gesorgt, dass das heute Morgen passiert." Er streichelte ihre Wange wieder. „Geht es dir gut?"

„Ja. Nur müde." Sie lehnte sich zurück, ihre Augen trüb. Er fragte sich, was sie beschäftigte, aber ein erinnerndes Zwitschern von seinem Telefon machte ihn darauf aufmerksam, dass er jetzt aufbrechen müsste, wenn er es zum ersten von vielen Meetings heute schaffen wollte.

„Ich bin zum Abendessen zurück", sagte er und lehnte sich nach vorne, um ihre süßen Lippen zu küssen. „Wartest du auf mich?"

„Bis zum Ende der Zeit", antwortete sie und ihre Lippen verzogen sich unter seinen.

Er brach nur mit dem kleinsten Gefühl von Unwohlsein auf.

Harry schimpfte sich jede Bezeichnung, die ihr nur einfiel und noch ein paar weitere, die ihr in Momenten der Inspiration kamen. Wie, um Himmels willen, konnte sie nur den geringsten Verdacht haben, dass er etwas falsch machte, wenn er so perfekt war, wie ein Ehemann nur sein konnte? Er war liebevoll, er war rücksichtsvoll ... Er war ihr Iakovos, und nichts anderes als ein unterschriebenes, beglaubigtes Dokument von Iakovos und zwölf unabhängigen Zeugen, die alle aussagten, dass er eine Affäre hätte, würde sie davon überzeugen.

„Du hättest ihn einfach fragen können, was er anstellt", erklärte sie ihrem Spiegelbild, als sie sich die Zähne mit ihrer Lieblingszahnpasta mit Zimtgeschmack putzte. „Der Himmel weiß, dass du ja auch ansonsten alles ihm gegenüber ausplauderst."

Ihr Spiegelbild zog eine Grimasse. „Jep“, stimmte sie mit einem Seufzen zu. „Er wäre beleidigt gewesen, dass ich ihn verdächtige. Also ist es besser, einfach die Klappe zu halten.“

Das war jedoch leichter gesagt als getan. Besonders, als sie von ihrer Shoppingtour für die letzten Teile fürs Kinderzimmer zurückkam und Theo vorfand, der im frisch wieder eingeräumten Wohnzimmer stand, mit dem Rücken zu ihr, als er ins Telefon sprach. Sie hatte nicht vorgehabt zu lauschen, aber wenn man ein Zimmer betrat und jemand den eigenen Namen erwähnte, dann war es sehr schwer, nicht stehen zu bleiben und zuzuhören.

„– was, wenn Harry es herausfindet? Nein, natürlich werde ich es ihr nicht sagen, aber sie ist schlau, Jake, und sie wird irgendwann feststellen, dass du abends nicht viel da bist. Mein Rat ist, Patricia aus eurem kleinen Liebesnest zu kriegen und Harry einfach eine Entscheidung darüber fällen zu lassen, was sie will.“

Liebesnest? Patricia? Harry starte mit vor Entsetzen offenem Mund auf Theos Rücken, dann, ohne ein einziges Geräusch zu machen, schlüpfte sie leise aus der Tür. Iakovos hatte vor, abends nicht viel da zu sein? Wo ging er hin? Zu seinem kleinen Liebesnest mit Patricia?

Für einen Moment fühlte sie sich, als würde ihr Kopf explodieren, dann entschied sie, dass sie etwas unternehmen musste. Sie liebte Iakovos. Er liebte sie. Das wusste sie. Aber wenn er glaubte, dass er eine Affäre mit Patricia zur gleichen Zeit haben könnte, dann sollte er sich darüber lieber noch einmal Gedanken machen.

Sie riss die Tür auf und stellte sicher, dass sie gegen die Wand knallte, bevor sie in die Wohnung spazierte.

„Hi, Harry", sagte Theo und wirbelte herum, als er das Handy wegsteckte, das schlechte Gewissen stand ihm ins Gesicht geschrieben.

„Nüchtern heute, oder?", fragte sie mit beißender Kälte.

Er schenkte ihr eines dieser Grinsen, dass das Herz jeder Frau zum Stolpern gebracht hätte, aber nicht ihres.

Liebesnest? Mit Patricia? Wirklich? Das war das Beste, was er auf Lager hatte? Wenn er sie betrügen würde, dann wenigstens mit jemand Spektakulärem, wie zum Beispiel hohem Adel.

„Ich zeige einigen potenziellen Investoren die Stadt, also habe ich mir gedacht, ich bin besser in Topform. Ich hab mir überlegt, dass ich ihnen des Parthenon zeige. Willst du uns begleiten?"

„Ein andermal vielleicht. Ich werde heute beschäftigt sein." Der Concierge kam herauf und war bepackt mit Kinderwagen, Wiegen und Wickeltischen, die sie ausgesucht hatte.

„Ah. Babysachen", sagt er und nickte, als er der Flut von Männern auswich, die die Möbel hereinbrachten.

Sie wies ihnen den Weg in das richtige Zimmer und murmelte zu sich, als sie beobachtete, wie Theo aus der Tür schlüpfte: „Das, und ich werde ein langes Gespräch mit deinem Bruder haben darüber, ob er den übrig gebliebenen Hoden behalten will."

Er rief sie am Nachmittag an, um ihr mitzuteilen, dass er es doch nicht schaffen würde, zum Abendessen zu kommen, aber er wäre da, bevor sie zu Bett ging.

In den dazwischen liegenden Stunden hatte sie eine Anzahl von verschiedenen Szenarien ausgearbeitet und wieder verworfen, einige davon beinhalteten ziemlich kreative Rachefantasien, die sie ausführen würde. Sie war besonders stolz auf eine, wo sie ihn an Felsen in der Mitte des Meeres festgebunden hatte, mit einer Horde von hungrigen Haien, die ihn einkreisten.

„Hallo, Liebling. Du siehst göttlich aus", sagte er müde, als er hereinkam und seine Laptop- und Brieftasche fallen ließ.

Harry beobachtete stumm, wie er sich auf das Sofa fallen ließ. Sein Gesicht sah erschöpft aus, die Haut unter seinen Augen war angelaufen. Das passierte, wenn man Raubbau mit seinem Körper betrieb, dachte sie bei sich selbst, als sie sich auf ihn zubewegte.

„Hast du zu Abend gegessen?"

Er nickte und schloss die Augen, als er sich zurücklehnte. „Könntest du mir ein paar Schmerztabletten besorgen? Ich habe schreckliches Kopfweh."

„Gut."

Er öffnete seine Augen und hob den Kopf, um sie anzublinzeln. „Stimmt etwas nicht?"

„Oh, ja."

Er seufzte und schloss die Augen. „Nicht schon wieder Theo?"

„Nein, es geht nicht um Theo. Wie willst du es, Iakovos, auf zivilisierte Art oder auf die schnelle Art?"

„Was?", fragte er und seine Hände massierten seine Schläfen.

„Über deine Freundin reden."

Seine Hände erstarrten. „Du hast uns gestern gesehen."

„Ja, das habe ich."

Er fluchte auf Griechisch und schaute sie mit müder Resignation an. „Mikos hat heute gesagt, wo du vorhattest, zu Mittag zu essen gestern. Ich habe mir gedacht, da du nicht versucht hast, mich mit einem stumpfen Gegenstand zu konfrontieren, hast du uns nicht gesehen."

„Zivilisiert oder schnell, Iakovos?", fragte sie wieder.

„Wie wäre es mit keinem von beiden?", sagte er mit einem kleinen Lächeln.

„Du willst diesen verbleibenden Hoden wirklich nicht, oder?", fragte sie und trat mit Mordlust in den Augen auf ihn zu.

Er lachte, ergriff ihre Arme, als sie in seiner Reichweite war und drückte sie nach unten, sodass sie auf seinen Beinen saß. „Tut dein Rücken weh?"

„Ja, du Bastard. Was ist los, Iakovos?"

Er hob die Augenbrauen. „Was, du denkst nicht, dass ich dich betrüge?"

„Natürlich denke ich nicht, dass du mich betrügst." Sie schwieg für einen Moment. „Das tust du nicht, oder?"

„Nein, das tue ich nicht. Wie wäre es mit einer Vereinbarung – du massierst meinen Kopf und ich massiere deinen Rücken."

„Darf ich dich daran erinnern, Mister Papadomomu, dass es hier um deinen Hoden geht. Es gibt hoffentlich eine ausgezeichnete Erklärung, die diese Rückenmassage begleitet."

„Für das Wohlergehen der Kinder, die wir in Zukunft vielleicht haben möchten, werde ich mein Bestes tun, Mrs. Papaioannou."

Seine Hände waren warm auf ihrem Rücken, als er sie nach vorne lehnte, sodass sie an seiner Brust ruhte. Sie legte ihre Daumen gegen seine Schläfen und begann, in kleinen Kreisen zu streicheln.

„Deine Treffen mit Patricia – haben sie mit der Arbeit zu tun?"

„Ja, das haben sie."

„Richtet sie für dich ein Liebesnest ein?"

Seine Augenbrauen wanderten für einen Moment nach oben, dann kamen sie wieder hinunter. „Theo."

„Ja. Ich habe ihn heute Nachmittag belauscht."

„Ah." Er nickte müde. „Ja, sie richtet eine Wohnung für mich ein."

„Und diese Arbeit hat dich abends so beschäftigt?"

„Ja. Am Tag waren wir beschäftigt mit zwei Fusionen und einer Übernahme und die einzige Zeit, die ich hatte, um Patricia zu treffen, war das gelegentliche Mittagessen und abends."

„Du bist nah daran, ein Eunuch zu werden", warnte ihn Harry und bemühte sich, sowohl ihre Stimme als auch ihre Hände auf seinem Kopf sanft zu halten.

Er lächelte, verdammt sei seine köstliche Haut.

„Hast du vor, in dieser Wohnung zu leben, die deine Ex-Freundin für dich abends eingerichtet hat?"

Er nickte, die Augen geschlossen.

Sie schwieg für ein paar Minuten und dachte über ihn nach, dachte über sie nach. „Es ist für mich, oder nicht?"

Er öffnete seine Augen und sie sah die Erschöpfung darin, aber sie sah auch die Liebe, die so darin leuchtete, dass es sie bis zu den Spitzen ihrer Zehen wärmte. „Ja. Du schienst dieses Apartment niemals gemocht zu haben und weil es auch Elenas und Theos Zuhause ist, genauso wie unseres, dachte ich, du würdest vielleicht eine Wohnung nur für uns und die Babys haben wollen."

„Ich bin froh, dir mitteilen zu können, dass die Zukunft deines Hodens gesichert ist. Oh, Iakovos. Ich hätte so gerne eine kleine Wohnung nur für uns vier. Es ist nicht so, dass ich Elena und Theo nicht liebe, aber das hier schien niemals ein richtiges Zuhause zu sein."

„Ich weiß. Das ist der Grund, warum ich wollte, dass Patricia sie einrichtet. Trotz deiner Gefühle ihr gegenüber ist sie wirklich eine talentierte Inneneinrichterin. Es ist nur ironisch, dass du den gleichen Gedanken zur gleichen Zeit hattest."

„Also wird sie diese Wohnung hier nicht einrichten?"

„Das wird sie, aber ich will, dass unsere zuerst drankommt."

„Das ist der Grund, warum sie so langsam war", überlegte Harry und fühlte sich hundertmal wie ein Depp.

Ein müdes Lächeln zupfte an der Seite seines Mundes, seine Hände warm auf ihren Beinen. „Sie dachte, ich sollte das mit der Wohnung sagen, aber ich habe mir überlegt, wenn sie deine Meinung zu der Einrichtung hier als Entschuldigung benutzt, dann könnte ich dich damit überraschen."

Weiß sie es?

Nein.

Ich hoffe, du sagst es ihr bald.

„Oh. Du hast mich überrascht." Das war die Untertreibung des Jahrhunderts, Harry.

„Mm-hm." Seine Augen waren wieder geschlossen, sein Kopf lehnte in den Kissen der Couch aus Wildleder, als sie seine Schläfen massierte. Seine Hände entspannten sich auf ihren Beinen.

Er hatte das alles für sie getan. Er hatte unmenschliche Arbeitszeiten in Kauf genommen, um zu versuchen, etwas Zeit freizuschaufeln für die Geburt der Babys und ihr ein Zuhause zu verschaffen, das sie lieben konnte. Er tat all das und versuchte trotzdem noch, ihr alles andere zu geben, was sie von ihm brauchte – seine Zeit, seine Liebe, seine Hingabe.

Sie lehnte sich vor und sagte: „Ich liebe dich, Iakovos Panagiotis Okeanos Papaioannou", bevor sie ihn küsste.

Er zuckte leicht und wachte auf. „Entschuldige? Hast du etwas gesagt?"

„Nein." Sie kletterte von seinem Schoß und hielt ihm ihre Hand hin. „Komm schon, Schlafmütze. Zeit fürs Bett für dich."

Kapitel vierundzwanzig

Der Tag, an dem er Harry endlich die Wohnung sehen lassen würde, für die er so hart gearbeitet hatte, um sie fertigzustellen, begann mit dem Versprechen, insgesamt großartig zu werden und erfüllte sie mit Aufregung, aber das Leben, würde er später bemerken, hatte die Eigenart, das eine zu versprechen und das andere wahr werden zu lassen.

Genau genommen war es der schlimmste Tag seines Lebens, er übertraf den Tag, an dem seine Stiefmutter an Krebs gestorben war, den Tag, an dem sein Vater sich zu Tode getrunken hatte und den Tag, an dem er im Krankenhaus aufgewacht war, und man ihm gesagt hatte, dass er einen Hoden verloren hatte und niemals Kinder haben würde.

„Bitte, Yacky", bettelte Harry ihn an, als er aufbrach und blinzelte ihm zu und versuchte, trotz ihres großen Bauches und der Tatsache, dass ihr Haar, immer ein Barometer ihres inneren Sturms, in einem zahmen Pferdeschwanz war, verführerisch auszusehen. „Du hast dir diese ganze Arbeit für mich gemacht. Ich will es sehen. Ich will planen, wo ich all die Kindersachen hinräume."

„Du wirst es früh genug sehen", sagte er und knabberte an ihrer Unterlippe. „Patricia hat gesagt, dass die letzten Sachen heute eingebaut werden sollen und dann wird es perfekt für dich sein."

„Erinnere dich nur an dein Versprechen", erklärte sie ihm mit einer Arroganz, die er hinreißend fand. „Sie kann dich nicht berühren. Sie kann ihren Kopf nicht in die Nähe deines platzieren. Sie kann dich nicht küssen."

„Du bist hinreißend, weißt du das?", sagte er und küsste sie. Dann sammelte er seinen Laptop, seine Brieftasche und einen grinsenden Dmitri ein.

„Jetzt wäre ein guter Zeitpunkt, mir zu sagen, dass du mich liebst!", bellte sie ihm nach.

Er schenkte ihr ein fröhliches Winken.

Sie rief ihm eine Beleidigung auf Griechisch nach.

Er hielt an der Tür inne, schenkte Dmitri einen langen Blick und machte sich eine innerliche Notiz, ihr einen Lehrer zu besorgen.

„Kannst du diesen Nachmittag freinehmen?", fragte Patricia ihn später am Morgen. Sie stand in seinem Büro und spielte mit einer Fotografie auf seinem Schreibtisch, bevor sie bemerkte, dass es eine von Harry war, die er auf einem seiner Boote aufgenommen hatte, ihr Haar blies um sie herum, als sie zu ihm hinauflachte. Mit einer Grimasse ließ Patricia das Foto fallen und lehnte sich mit der Hüfte gegen seinen Schreibtisch.

„Ist es fertig?"

„Fertig und bereit für die Abnahme. Unterschreib heute und es ist alles deins. Oder eher, alles Harrys."

Iakovos schwieg für ein paar Sekunden, bevor er sagte: „Wir hätten nicht zueinandergepasst, Patricia."

Sie zuckte nachlässig mit der Schulter. „Nein, hätten wir nicht. Aber das bedeutet nicht, dass ich deine errötende, wenn auch riesige, Braut mit offenen Armen begrüßen muss."

„Du magst sie, oder nicht?", fragte er und lehnte sich in seinem Stuhl zurück und überlegte, woher er das wusste. Patricia war immer sehr darauf bedacht gewesen, ihn auf emotionale Distanz zu halten. Das war einer der Gründe, warum ihre gemeinsame Zeit zu Ende gegangen war und warum er sich sofort in die zügellose Harry verliebt hatte.

„Natürlich tue ich das nicht." Sie schaute aus einem Fenster, ihr Gesicht unbeteiligt. „Sie ist schrecklich."

„Sie mag dich auch."

Ihr Blick wanderte zu seinem Gesicht. „Du warst offensichtlich niemals der Empfänger ihrer Schläge, wenn du das glaubst."

„Sie ist eine Wilde, meine Harry", stimmte er zu. „Sie hält nichts zurück."

Patricia seufzte und sackte leicht zusammen. „Sie ist perfekt für dich. Und bis über beide Ohren in dich verliebt. Ihr verdient einander. Ich hoffe, sie weiß die ganze Arbeit zu schätzen, die ich in ihr Zuhause gesteckt habe, wo sie dich lieben kann."

„Sie wird zu schätzen wissen." Er setzte sich aufrecht und befragte seinen Kalender. „Ich werde ein Meeting absagen und bin um vier Uhr da."

Er sagte nicht, dass es fertig war. Er schickte ihr nur eine Nachricht, um ihr zu sagen, dass sie ihn zum Abendessen erwarten könne.

Nachdem er durch eine wichtige Beratung gehastet war und vorgegeben hatte, dass die Verbindung zu einem Kunden in Singapur so schlecht war, dass die Unterhaltung unmöglich war, eilte er zu der Wohnung.

Er stellte fest, dass alles bereit war und rief sofort Mikos an, damit dieser Harry abholte und sie in ihr neues Zuhause brachte.

„Ich hoffe, ihr gefällt es", sagte Patricia und verzog das Gesicht, als sie im Wohnzimmer stand. „So viel, wie es dich kostet."

Er schaute sich in dem gemütlichen Zimmer um, das ganz in Eierschalenfarben, hellem Grün und Marineblau gehalten war. Die Wohnung war halb so groß wie sein Penthouse, mit einem Elternschlafzimmer, einem Kinderzimmer, zwei Gästezimmern, von dem eines in ein Büro verwandelt worden war. Zwei weitere Räume für die Bediensteten befanden sich auf der anderen Seite der Wohnung, einer für das Kindermädchen, einer für die Haushälterin.

„Sie wird es lieben", sagte er selbstbewusst. „Sie wird alles daran lieben."

Mikos rief kurze Zeit später an. „Ich stecke im Stau", sagte er, brüllte gegen Sirenen und Hupen an. „Explosion an einer Tankstelle. Wir werden hier für Stunden feststecken."

Er fluchte und sagte ihm, er solle versuchen durchzukommen. Er war gerade dabei, Dmitri anzurufen, als er sich erinnerte, dass er seinen Cousin für den Tag nach Korinth geschickt hatte.

Er rief zu Hause an. „Liebling, kannst du ein Taxi nehmen und hierherkommen?" Er nannte ihr die Adresse.

„Zu der neuen Wohnung?", kreischte sie und machte ihn für ein paar Sekunden taub. „Ich bin gleich da! Schneller!"

„Das bezweifle ich. Es gab eine Explosion und Mikos sagt, dass überall Stau ist. Sag dem Taxifahrer, die nördliche Route zu nehmen und du kommst vielleicht darum herum."

„Ich werde schneller da sein, als du griechischer Milliardärsplayboy sagen kannst", versprach sie und legte auf.

Er marschierte durch das Haus und setzte sich in den kleinen Garten, der der Hauptgrund dafür gewesen war, dass ihm die Wohnung gefallen hatte. Das und der Blick auf die Akropolis.

Die Sonne begann zu sinken und Harry war immer noch nicht hier. Er schickte ihr eine Nachricht, um herauszufinden, wo sie war und bekam die sofortige Antwort, dass sie in dem Stau steckte, vor dem er sie gewarnt hatte, aber dass sie innerhalb der nächsten Stunde da sein würde.

Die nächste Stunde kam und verging und die Nacht brach an. Er fluchte, und rief an, um herauszufinden, wo sie steckte. Er würde sie selbst ausfindig machen.

Es kam keine Antwort. Es kam auch keine Antwort, als er ihr eine Nachricht schickte. Auch ein Anruf zu Hause wurde nicht beantwortet.

Wo zur Hölle war sie? Er versuchte gerade, die wahrscheinlichste Route herauszufinden, die das Taxi genommen haben könnte, als sein Telefon klingelte und er eine Nummer sah, die er nicht kannte.

„Mister Papaioannou?", fragte eine kühle Stimme.

„Ja? Wer ist da?"

„Ich bin der Arzt in der Anmeldung des Agsavvaskrankenhauses. Wir haben hier eine Frau, die als Eglantine Papaioannou identifiziert wurde. Sie war in einen Unfall verwickelt –"

Er hörte der Stimme zu, die ihm sagte, dass Harry in einem Auto gewesen war, bei dem Theo am Steuer gesessen hatte, einem Auto, das in eine Straßenlaterne gerast war, ihm ein gebrochenes Schlüsselbein beschert hatte und sie ohnmächtig war und vielleicht innerliche Blutungen hatte.

Er konnte nicht sprechen, er konnte nicht denken. Sein Herzschlag setzte aus – es schien nicht real, als er die Erlaubnis gab, ihr Leben um jeden Preis zu retten. Sein Sturm konnte nicht nachlassen – sich nicht in Nichts auflösen. Er würde nicht zulassen, dass sie ihn alleine ließ. Nicht jetzt, niemals.

Zwei unglaublich schreckliche Stunden später drückte er dem Fahrer des Taxis eine Handvoll Geld in die Hand; der Wagen war den Weg zum Hospital geschlichen und er stolperte in die Notaufnahme.

Er hörte sie schreien, bevor er drei Schritte gemacht hatte.

„Es ist mir egal, was sie sagen, ich werde diese Babys nicht auf die Welt bringen, bevor mein Ehemann hier ist, haben Sie mich verstanden? Nein, ich werde nicht pressen! Genau genommen sauge ich sie in mich zurück, also können Sie das Salatbesteck wieder wegpacken, denn ich weigere mich, ich weigere mich absolut, diese Kinder auf die Welt zu bringen, bis Iakovos hier ist!"

Für einen Moment sank er in die Knie, seinen Kopf in stiller Andacht gebeugt, als er die Wut in ihrer Stimme hörte, ihre wundervolle, streitlustige Stimme. Sein Sturm, sein Unwetter war lebendig und kämpfte und das war alles, worum er bat.

Er brauchte eine Minute, aber dann kam er wieder auf die Füße. „Eglantine", sagte er und kam um die Ecke.

Ihr Gesicht, mit Blutergüssen und kleinen Verletzungen übersät, leuchtete auf vor Freude, als sie ihn sah. „Yacky! Wo zur Hölle bist du gewesen?"

„Ich dachte, ich mache einen Spaziergang um den Block. Also hast du entschieden, die Babys früher auf die Welt zu bringen, oder?"

Sie griff sich seinem Hemd und zog ihn zu sich, leckte die Stelle auf seiner Oberlippe, dann küsste sie ihn mit einer Wildheit, der er mehr als begegnete. Er legte seine Arme um sie und ignorierte die verschiedenen Röhren, die an sie angeschlossen waren, und schaute in diese wunderschönen sturmgrauen Augen. „Geht es dir gut?"

„Jetzt, wo du da bist, ja. Es scheint, als würden die Babys keinen weiteren Monat warten wollen. Macht es dir etwas aus?"

„Nein, wenn es dir nichts ausmacht." Er lächelte sie an, sein Herz leicht nach, was, wie es ihm vorkam, einer ganzen Lebenszeit von Dunkelheit.

Ihr Gesichtsausdruck wurde ernst. „Theo ... Iakovos, er –“

„Über meinen Bruder sprechen wir später“, sagte er und war nicht bereit, die Wut einer Untersuchung zu unterziehen, die drohte, ihn zu überfluten, wenn er daran dachte, wie nah er daran gewesen war, sie zu verlieren. Theo, der geschworen hatte, dass er nicht mehr trinken würde ... Nein. Er konnte sich damit jetzt nicht beschäftigen. „Später“, wiederholte er, als sie protestieren wollte und küsste stattdessen ihre Hände.

„In Ordnung, aber –“ Sie hielt mit dem Sprechen inne und ein unbeschreiblicher Gesichtsausdruck kam über sie, bevor sie seine Hände ergriff und zudrückte.

„Das war eine gute“, sagte die Krankenschwester zu ihr. „Behalten Sie das bei und die Babys werden bald geboren sein. Sie weiten sich sehr schön.“

„Also, ich bin erleichtert, das zu hören“, rief sie und ließ seine Hand los, um die Krankenschwester böse anzuschauen. „Denn ich weiß nicht, wie ich jemals darüber hinwegkommen würde, wenn ich mich mangelhaft weiten würde!“

Die Frau schaute Iakovos an, um festzustellen, ob ihr irgendeine Nuance in der Sprache entgangen war.

„Wo gehst du hin?“, verlangte Harry zu wissen, als er dort hinging, wo die Krankenschwester zwischen ihre Beine schaute.

„Nachsehen, wie du dich weitest.“

Einige Tücher waren über Harrys Körper drapiert, um ihre Scham zu bewahren, aber wenn er sich bückte, dann konnte er den faszinierenden Anblick seiner Frau sehen, deren Körper sich darauf vorbereitete, seine Kinder zu gebären.

„Das tust du nicht! Du wirst nicht da hinuntergehen und mich ansehen, Iakovos! Ich bin hier drapiert wie ein gigantischer Wal, der gebärt, und ich werde nicht zulassen, dass du Dinge siehst, die dich für den Rest deines Lebens verfolgen werden. Iakovos! Wag es nicht, meine Genitalien anzusehen!"

„Liebling, gerade jetzt sind sie nicht gerade sehr bedeckt", sagte er und lehnte sich zusammen mit der Krankenschwester nach unten, um eine gute Perspektive zu bekommen.

„Argh!", schrie Harry ihre Frustration heraus und versuchte, ihn zu treten.

„Harry?", sagte er und schaute über den riesigen Berg ihres mit Laken bedeckten Bauchs. „Was?", fauchte sie.

„Ich liebe dich."

Sie saugte ungefähr die Hälfte allen verfügbaren Sauerstoffs im Zimmer ein.

„Du wagst es!", japste sie und holte dann noch mal tief Luft und brüllte mit aller Gewalt. „Du wagst es, meine Vagina zu betrachten, aus der weiß Gott was herausrinnt, die auch blutet, und die Kinder werden gleich hier sein – du schaust dir alles an und dann hast du die Nerven, die Frechheit, die Unverfrorenheit, dir genau diesen Moment auszusuchen, um mir zu sagen, dass du mich liebst?"

Er grinste. Gott helfe ihm, er liebte es, wenn sie ihn anstürmte. „Liebst du mich?"

„Nein", bellte sie und mit einer dramatischen Geste ihres Armes deutete sie zur Tür. „Ich will dich niemals wieder sehen! Sobald ich aus diesem Bett heraus bin, werde ich mich von dir scheiden lassen. Früher! Ich werde dich den Tag bereuen lassen, an dem du darauf bestanden hast, keinen Ehevertrag zu haben! Niemals will ich dich oder dein schönes Gesicht wiedersehen, oder die Stelle auf deinem Nacken, oder deine Einbuchtung auf der Oberlippe, verstehst du?"

„Das wird mich nicht davon abhalten, dich zu lieben", erklärte er ihr und erhaschte noch einen schnellen Blick zwischen ihre Beine.

„Also, du hörst mir jetzt zu, Yacky Papafroufrou! Du wirst nicht wieder herunterschauen. Hast du mich verstanden? Schau diesen Teil von mir noch einmal an und so helfe mir Gott, ich werde dich so verprügeln, wie ich deinen Bruder verprügelt habe!"

Als es so weit war, die Kinder zu gebären, informierte sie tatsächlich jeden innerhalb der Hörweite, dass seine Eltern nicht verheiratet gewesen waren, dass sie tatsächlich Marsmenschen waren, dass er von der Geburt so traumatisiert wäre, dass er niemals wieder mit ihr Sex haben würde und endlich – und er hatte es schwer, hier ihre Logik zu verstehen –, dass er, wenn er auch nur daran denken würde, auf einer weiteren Liste der begehrenswertesten Junggesellen der Welt zu sein, dann würde sie ihn persönlich kastrieren mit einer Espressotasse und einem stumpfen Küchenmesser.

Während dem allen hielt er sie aufrecht, wenn sie sich hinsetzen wollte und sie sich hart an ihn drückte, als sie sich anstrengte, die Kinder zu gebären, half ihr zu gehen, wenn sie gehen wollte, wischte ihr Gesicht ab, wenn sie auf dem Geburtsstuhl saß und sagte ihr sowohl auf Griechisch als auf Englisch, wie sehr er sie liebte, als die Babys endlich geboren wurden.

Vierundzwanzig Stunden nachdem er durch die Türen des Krankenhauses geeilt war und das Schlimmste befürchtet hatte, schaute er auf zwei fleckig kleine rote Bündel im Brutkasten, sein Herz klopfte vor Liebe.

„Ich will sie noch einmal halten", sagte Harry und bewegte sich rastlos in ihrem Bett.

Er verließ die Babys und kehrte an ihre Seite zurück, lehnte sich herab, um die Lippen zu küssen, die eingeschnitten und rau waren von den Glassplittern des Unfalls. Er dankte Gott für den Erfinder von Airbags und für die Person, die zuerst an einen Sitzgurt gedacht hatte und für welchen Engel auch immer, dessen Aufgabe es war, auf seine geliebte Göttin aufzupassen. „Liebling, sie sind gerade eingeschlafen. Der Arzt hat gesagt, wir müssen ihnen ein bisschen Zeit im Brutkasten geben, damit ihr Immunsystem stark wird."

„Ich weiß, aber ich will sie noch einmal halten. Ich glaube nicht, dass ich sie lange genug gefüttert habe. Vielleicht sind sie hungrig. Schreien sie?"

„Nein, sie schlafen. Was du auch tun solltest."

„Ich kann unmöglich schlafen. Ich bin viel zu aufgeregt. Wir haben Kinder, Iakovos!"

„Zwei wunderschöne Töchter", stimmte er zu und sah die Erschöpfung in ihren Augen. Er kuschelte sich auf das Bett, bis sie neben ihm zur Ruhe kam. „Zwei kleine Stürme in Ausbildung."

Epilog

Harry hörte mit halber Aufmerksamkeit den Stimmen zu, die in ihrem Ohr dröhnten. Elena, dachte sie, als sie die Einundzwanzigjährige beobachtete, wie sie dabei war, in den Pool zu springen, spritzend und lachend, mit der gleichen Hingabe wie die zwei kleinen Mädchen in ihren Wasserschaukeln. Elena sah besonders glücklich aus. Könnte sie endlich einen Freund gefunden haben?

Ein Geräusch beanspruchte ihre Aufmerksamkeit. Sie schaute hinüber zu der riesigen Wiege, die neben ihr im Schatten auf dem Patio stand, die kühle Brise vom Meer her brachte die Vorhänge zum Flattern.

Ihre Augen wanderten wieder zu den zwei kleinen Mädchen, Traurigkeit erfüllte sie bei dem Gedanken, dass es eigentlich eine glückliche Zeit sein sollte – der erste Geburtstag ihres Sohnes. Ihre Freunde und Familie würden später vorbeikommen, um ihnen zu helfen, ihn zu feiern ... Alle bis auf Theo.

„Noch dabei?"

Sie verzog das Gesicht, als Dmitri einen Stuhl neben ihren stellte. Sie zog die Stöpsel aus den Ohren und stellte den MP3-Player ab. „Ich versuche es. Gibt es irgendeinen Grund auf dieser Erde, für den man wissen müsste, wie man auf Griechisch sagt ‚seine Füße sind zu groß‘? Denn ehrlich, Dmitri, das scheint alles zu sein, an das ich mich erinnern kann.“

„Ich bin sicher, dass es nicht so schlimm ist. Wie wäre es mit etwas Einfachem? Warum fragst du mich nicht, mit wem ich gesprochen habe?“

„Ähm ...“ Ihr Gesicht verzog sich, als sie versuchte, die richtigen Worte zu sortieren. „Äh ... In welchem Fall steht das? Fälle verwirren mich. Sowie Deklinationen.“

Er lachte. „Dann ist es egal.“

„Wo ist dein Cousin?“

„Auf dem Festland, er trifft sich mit dem Bürgermeister wegen irgendwelcher Reparaturen, die er sponsert.“ Dmitri schwieg und Harry hatte das Gefühl, dass er noch etwas sagen wollte.

„Mit wem hast du gerade gesprochen?“, fragte sie. „Iakovos?“

„Nein.“ Er warf ihr einen schnellen Blick zu.

Sie setzte sich gerade hin, ihre Hand auf seinem Arm. „Hast du etwas von ihm gehört?“

„Ja.“

„Ist er –“

„Er hat gesagt, dass er keinen einzigen Tropfen seit der Nacht angerührt hat, in der Jake den ganzen Alkohol zertrümmert hat.“

Harry lehnte sich zurück und ihr Herz wurde schwer. „Ich habe es wieder und wieder versucht, Iakovos klarzumachen, dass Theo an dem Tag, an dem die Mädchen geboren wurden, nicht getrunken hat, aber du weißt, wie er sein kann – er hört einfach nicht zu.“

„Ich weiß, dass du es versucht hast. Ich habe ihm das auch gesagt.“

„Hast du?“ Sie betrachtete sein Gesicht. „Was hat er gesagt?“

„Er hat mir gesagt, dass, wenn ich meinen Job behalten will, ich es nicht wieder erwähnen soll.“ Dmitri zuckte mit den Schultern. „Ich habe das Thema fallen gelassen. Ich habe angenommen, dass sich Theo mit der Zeit entweder als unschuldig herausstellen wird oder Jake die Wahrheit selbst herausfindet, aber …“

„Aber das hat er nicht.“ Sie wusste sofort nach dem Unfall, dass Iakovos kaltherzig alle Verbindungen zu Theo gekappt hatte, dass er endlich die Grenze seiner Toleranz erreicht hatte und dass es ihm egal schien, wohin sein Bruder ging oder was mit ihm passierte. Es war das eine Thema, bei dem sie sich nicht einig waren, der garantierte Beginn eines Streits, aber es hatte seine Wurzeln in der Geschichte seines Vaters, der ein Alkoholproblem gehabt hatte, und während der drei Jahre ihrer Ehe musste Harry einfach lernen, es auf sich beruhen zu lassen.

„Nach der Nacht, als die Zwillinge geboren wurden, war ich sicher, dass ich Jake davon abhalten müsste, Theo umzubringen, aber Jake hat sich niemals mit ihm auseinandergesetzt.“

„Nein“, stimmte Harry traurig zu. „Ich denke, Iakovos wusste, dass das, was wir sagten, die Wahrheit war – Theo hat den Unfall nicht verursacht, nicht getrunken – aber es war der letzte Tropfen. Also hat er ihm stattdessen gesagt, dass er verschwinden soll.

Aber genug ist genug." Ihre Augen ruhten auf ihren Töchtern, als sie mit Elena spielten. „Wenn ich nichts unternehme, werden meine Kinder erwachsen werden und ihren Onkel niemals kennenlernen. Was hat Theo gemacht?"

„Das, was er kann – mit Immobilien arbeiten. Es klingt, als sei er zuerst nach New York gegangen, dann irgendwohin nach Asien und schließlich ist er in Neuseeland hängen geblieben. Jetzt ist er zurück."

„Hier?" Ihre Hoffnung erwachte. „Er ist in Griechenland?"

Dmitri nickte. „Ich war niemals jemand, der an Vorzeichen glaubte, aber wenn das keines ist, dann weiß ich es auch nicht." Sie wollte noch etwas sagen, als ihre Aufmerksamkeit von etwas anderem gefangen genommen wurde.

„Eglantine!" Die Stimme brüllte ihren Namen und kam von hinter ihr, aus dem Haus. Sie drehte sich um und lächelte, als ein großer, dunkelhaariger, griechischer Gott – und ehemals der weltbegehrteste Junggeselle – auf den Patio stapfte und seine Stimme nur dann senkte, als er sah, dass das Kind neben ihr schlief.

„Yacky?", sagte sie und hob ihre Augenbrauen.

Er knallte ein Stück Papier vor sie hin. „Was ist das?", fragte er mit wütender Intensität, seine Augen funkelten in einem unseligen Licht.

Sie schaute auf das Papier. Es war eine unterschriebene Quittung, die Art, die man bekam, wenn man für ein Essen mit einer Kreditkarte zahlte.

„Das ist von dem Mittagessen von Elena und mir gestern in der Stadt."

„Ich weiß, was das ist. Es wurde mir überreicht, weil der Besitzer der Taverne dachte, dass sich jemand vielleicht für dich ausgibt. Was, wenn es dir nichts ausmacht, es zu erklären, ist das?" Er deutete auf die untere Zeile.

„Mein Name, meinst du?" Es war fast unmöglich, ihre Lippen vom Zucken abzuhalten, aber sie betrieb einen großen Aufwand, um dem Zorn ihres Mannes mit Unschuld zu begegnen.

„Das", sagte er angeekelt, „ist nicht dein Name."

„Harry Papamiaumiau ist nicht richtig? War ich nah dran?"

„Noch nicht einmal mit viel Fantasie. Es ist nicht so schwierig, Harry. Es ist P, A, P, A –"

Die Zwillinge brachen über sie herein, kreischend und lachend warfen sie ihre nassen Arm um seine Beine, klammerten sich an ihn und sangen mit ihm in ihren hohen süßen Stimmen. „I, O, A, N –"

Elena fiel mit ein, ihre Augen funkelten, als sie ihre eigene Stimme zu den anderen gesellte. „– N,O,U."

„Ich weiß es einfach nicht", sagte Harry und schaute wieder auf die Quittung. „Ehrlich, Yacky, ich glaube, wir sollten ernsthaft darüber nachdenken, unseren Nachname in etwas Einfacheres zu ändern, wie zum Beispiel Smith oder Brow. Ich weiß – wie gefällt dir Jones? Jones ist ein schöner Name."

„Melina", sagte er und hob ein kleines Mädchen hoch und gab ihr einen Kuss, bevor er das Gleiche mit der anderen tat. „Thea. Ich hasse es, euch das sagen zu müssen, meine Lieblinge, aber eure Mutter ist verrückt."

„Verrückt, verrückt!", riefen sie erfreut.

„Jones gefällt dir nicht?", fragte Harry und beobachtete das verräterische Zeichen eines zuckenden Mundwinkels.

Er setzte die nassen, sich windenden Mädchen wieder auf ihre Füße und beugte sich vor, um Harry einen schnellen, harten Kuss zu geben, dann küsste er die Wange seiner Schwester und schlug seinem Cousin auf die Schulter, bevor er sich endlich über die Wiege lehnte, um einen Kuss auf dem Kopf seines Sohnes zu platzieren.

Elena lachte sie beide an, zwinkerte ihrem Bruder zu, bevor sie die Mädchen nach drinnen brachte, um sie aus den Badeanzügen zu kriegen. Dmitri, mit einem bedeutungsvollen Blick auf Harry, folgte ihr.

Iakovos ragte über ihr auf, dieser große, so schöne Mann, dass es wehtat. Er sagte mit strenger Resignation: „Du musst dich einfach daran gewöhnen, Harry. Es sind nicht so viele Buchstaben."

„Ich liebe dich", sagte sie ihm auf Griechisch.

Für einen Moment sah er erschrocken aus. „Was, was ... Was hast du gesagt?"

Sie wiederholte es und stand auf, sodass sie sich auf ihn werfen konnte und wickelte ihre Beine um seine Hüften.

„Das ist, was ich mir dachte, was du gesagt hast." Leidenschaft funkelte in seinen Augen, als sie zuerst die Stelle am Ende seines Nackens leckte – die Stelle, die ihr immer noch so weiche Knie bescherte, wenn sie sie zu lange ansah – und dann diesen wunderbaren Platz zwischen seinen Lippen und seiner Nase. „Liebling, was glaubst du, was du gerade zu mir gesagt hast?"

Sie hörte auf, sein Gesicht zu küssen und runzelte die Stirn. „Ich liebe dich. Ich habe gesagt, ich liebe dich."

„Nein, das hast du nicht. Du hast gesagt und ich zitiere: Die Kartoffel hängt unten."

„Das habe ich nicht!"

„Das hast du."

„Sag mir einen Grund auf der Welt, warum ich so etwas zu dir sagen sollte? Ich könnte das unmöglich sagen, selbst wenn ich wollte. Also denkst du's dir aus. Du darfst dich jetzt bei mir entschuldigen und wenn ich deine Entschuldigung annehme, dann werde ich zulassen, dass wir heißen, erotischen Sex haben und ich werde dich sogar oben sein lassen."

Er hob sie höher und lachte während er das tat. „Wir besorgen dir einen Lehrer, damit du die Sprache richtig lernen kannst. Es tut mir leid, dass ich an deiner Fähigkeit, Griechisch zu sprechen, gezweifelt habe. Und ich werde sehr gerne mit dir heißen erotischen Sex haben heute Abend, sobald Nickys Geburtstagsparty vorbei ist. Jetzt zufrieden?"

Sie biss ihn in die Nasenspitze, die Liebe schien auf ihrem Gesicht. „Ich werde ganz und vollständig zufrieden sein, wenn du eine Sache für mich tust."

„Was ist das?", fragte er und setzte sich mit ihr auf seinem Schoß hin, seine Finger wanderten zu den Knöpfen ihrer Bluse.

„Theo."

Seine Finger hielten inne.

Sie nahm sein Gesicht in ihre Hände und ihr Mund war auf seinem, als sie sagte: „Er ist zurück in Griechenland, Iakovos. Dmitri sagt, dass er trocken ist seit der Nacht, in der ihr zwei gestritten habt. Und er hat noch nicht seine Nichten und seinen Neffen gesehen."

Seine Augen, die sonst so warm waren und gefüllt mit Liebe, verschlossen sich für einen Moment.

„Es ist an der Zeit, ihm zu vergeben, mein absolut wunderbarer Ehemann. Er ist dein Bruder und ich will ihn zurück in unserem Leben haben."

Seine Hände verkrampften sich um ihre Hüften, aber er sagte immer noch nichts.

„Er verdient eine zweite Chance, mein Liebster. Er verdient, seine Familie wiederzuhaben. Besonders seit –" Sie zog eine seiner Hände herum, sodass sie auf ihrem Bauch ruhte, „diese Familie größer werden wird."

Er riss dabei die Augen auf. „Du bist nicht –"

„Oh ja, das bin ich. Das sind wir." Sie grinste ihn an. „Ich habe wirklich Glück, dass du nur einen Hoden hast, denn ansonsten würden wir zwölf Kinder haben."

„Du bist dir darüber im Klaren, dass es die Mutter ist, die über die Anzahl der Kinder entscheidet –"

„Details", sagte sie und wedelte solch triviale Dinge weg. „Bitte, Iakovos. Für mich?"

Er seufzte schwer und schob sie so auf seinem Schoß zurecht, dass ihr Rücken gegen ihn lehnte, seine Hände auf ihrem Bauch. „Du wirst mir das Leben zur Hölle machen, bis ich dir das gebe, was du willst, oder nicht?"

„Natürlich werde ich das. Das ist das, was ich am besten kann."

„Wenn ich das für dich tue, wirst du dann lernen, wie man unseren Namen buchstabiert?"

„Vielleicht. Mal sehen.“

„Harry …“, knurrte er in ihr Ohr.

Sie lachte und drehte sich herum, um ihn wieder zu küssen, den Mann, von dem sie nicht genug bekommen konnte, zufrieden, dass er tun würde, worum sie gebeten hatte und so viel mehr.